山东省高校科技和人文社科计划项目(J14W

沈约新解读

张 泉 著

山东大学出版社
SHANDONG UNIVERSITY PRESS

·济南·

图书在版编目(CIP)数据

沈约新解读/张泉著.—济南：山东大学出版社，2022.4

ISBN 978-7-5607-7303-2

Ⅰ.①沈… Ⅱ.①张… Ⅲ.①沈约(441-513)—古典文学研究 Ⅳ.①I206.391

中国版本图书馆 CIP 数据核字(2021)第 273127 号

策划编辑　张晓林
责任编辑　张晓林
文案编辑　杨露宾
封面设计　泽坤广告

出版发行　山东大学出版社
社　　址　山东省济南市山大南路 20 号
邮政编码　250100
发行热线　(0531)88363008
经　　销　新华书店
印　　刷　山东和平商务有限公司
规　　格　787 毫米×1092 毫米　1/16
　　　　　16.25 印张　241 千字
版　　次　2022 年 4 月第 1 版
印　　次　2022 年 4 月第 1 次印刷
定　　价　58.00 元

序

张可礼

在南朝文学史上，沈约是一位重要的诗人，具有“一代辞宗”的文学地位，在萧梁之代，被誉为“大家”。他创建的声律论，不仅被时人所推重，也吸引了千百年来学者的目光。他也是著名的史学家，撰有多部历史著作。他编撰的《宋书》被列为二十四史之一。由于沈约有重要的建树，所以长期以来，人们重视他、研究他，或述评其生平，或整理、评价其多方面的著述，或研讨其创建的声律论，在多方面取得了许多重要的成果。研究者在肯定这些研究成果的同时，也应发现，就已有的成果来看，其中有不少歧义，有不少问题值得深入。另外，由于沈约历仕南朝宋、齐、梁三朝，享年七十三岁又该悉旧章，博物洽闻，官高望重，思想复杂，著述丰厚，所以对他的研究在许多方面仍有待开拓。张泉的著作《沈约新解读》，就是想在前人研究的基础上，尝试对沈约做些新的探索。

《沈约新解读》是张泉在她的博士学位论文的基础上增订的。她的博士学位论文，当时只完成了关于沈约诗歌的部分。答辩的时候，她说已经写出的部分待修订，其他方面待补充。时间白驹过隙，她毕业已18年了。博士毕业后，她先后在上海和山东工作，做过行政工作，也教过大学语文、应用文写作、对外汉语、人力资源管理等课程。18年来，她在完成行政和教学任务的同时，一直没有忘记自己的承诺。在业余时间，留心国内外有关沈约的研究，不断思考，修改了已经写出的部分，增补了许多新的内容，完成了这部新著。

张泉在撰写本书的过程中，一直坚持守正创新的治学原则。在创新方面有三点值得注意：一是关于“平头、上尾、蜂腰、鹤膝”问题。长期以来，许多学者认为“平头、上尾、蜂腰、鹤膝”是病犯，张泉则认为不是病犯，而是当时的一种“四声韵”。同时，所谓“八病”乃是“八体”之讹。二是关于《宋书》的文学性问题，张泉做了比较全面的分析，梳理了沈约的历史观、《宋书》列传的文学性以及《宋书·乐志》“援雅入俗”等问题，阐述了个人的见解。三是关于后人对沈约的评价，她在全面掌握史料的基础上，分时期做了较为详细的总结和归纳。

对于《沈约新解读》的问世，我很高兴，特予祝贺。如有可能，希望她能继续在南北朝文学研究方面取得新的成果。如客观条件不允许，也不必勉强。一个人的生平经历，往往充满许多偶然性，干什么工作也不是自己所能完全决定的，也很难做到随心所欲。重要的是要提升自己的人生境界。要随缘，随遇而安。要努力做到不论做什么工作，都要有爱心、有兴味，努力做好。我愿同张泉共勉之。

2020 年 10 月 19 日

目　录

绪　论 …………………………………………………………………（1）

第一章　沈约的时代 ……………………………………………………（8）

一、阴　影 ………………………………………………………………（8）
二、繁　华 ……………………………………………………………（16）
三、门　第 ……………………………………………………………（27）

第二章　沈约传论 ……………………………………………………（32）

一、“来功嗣往迹，莫武徂升彦”——从童年到青年　…………（32）
二、“幸逢瑶池旷，得与金芝丛”——中年时代　……………（44）
三、“东枝才拂景，西壑已停辀”——暮年时光　……………（61）

第三章　沈约思想论 …………………………………………………（76）

一、错综复杂的思想表征 ……………………………………………（76）
二、以佛教归心 ………………………………………………………（81）
三、以儒术立身 ………………………………………………………（90）
四、结　语 ……………………………………………………………（96）

第四章　文学思想论 …………………………………………………（97）

一、以“情志”为本——内容理念 ……………………………………（97）
二、“声律论”——创作理念（上）　………………………………（101）

三、“三易说”——创作理念（下） …………………… (112)
四、圆转清丽的审美理想 ………………………………… (117)

第五章　《宋书》的思想和艺术论 ……………………… (121)

一 、《宋书》述略 ……………………………………… (121)
二、沈约的历史观 ……………………………………… (126)
三、《宋书》列传的文学性 ……………………………… (132)
四、“援俗入雅”的《宋书·乐志》 ……………………… (139)

第六章　诗歌作品论 …………………………………… (143)

一、诗歌创作分期 ……………………………………… (143)
二、咏怀诗和山水诗 …………………………………… (154)
三、咏物诗、游仙诗和闺情诗 ………………………… (162)
四、沈约“宪章鲍明远”辨 …………………………… (172)

第七章　沈约文章论 …………………………………… (178)

一、沈约的辞赋 ………………………………………… (178)
二、朝廷公文和记事颂赞文 …………………………… (182)
三、书牍文和论说文 …………………………………… (189)
四、沈约的其他文章 …………………………………… (193)

第八章　沈约影响论 …………………………………… (196)

一、南北朝人对沈约的继承和评价 …………………… (196)
二、沈约在隋唐五代的影响 …………………………… (202)
三、宋元时期对沈约的接受 …………………………… (211)
四、明人对沈约的接受 ………………………………… (218)
五、清人对沈约的接受 ………………………………… (226)

结　论 ………………………………………………… (242)

参考文献 ……………………………………………… (244)

后　记 ………………………………………………… (252)

绪 论

在南北朝文学史上，沈约是一个举足轻重的名字。他不仅娴于创作、精于理论，以多方面的文学才能驰骋于齐、梁之际，而且以“一代辞宗”的文学地位，在一定程度上影响了当时和后世的文学走向。他勤于著述，史载其有《晋书》《齐纪》《迩言》《谥例》《宋文章志》及《四声谱》等文集一百卷[①]，尽管大量的作品已经亡佚，但仍有十余卷文集和一部列入二十四史的《宋书》传世，留下了丰富的文学遗产。完全可以这样说，沈约有条件也有理由成为我们研究南北朝文学的重点对象之一。

然而，理由和条件却不能代表必然。由于种种原因，现代意义上的沈约研究长时期以来颇受冷落。20 世纪 80 年代之前，研究的内容几乎仅涉及沈约的年谱、诗注和“声律论”问题。80 年代以后，沈约才以淡入的方式吸引了学界的目光，经过几十年的积累，目前这一研究领域已渐成规模，专著、论文颇为可观，研究的深度、范围和角度也在不断地挖掘和拓展，涌现出了不少才华横溢、功力深厚的学者。

我们不妨对 20 世纪以来沈约研究的概貌做一个粗略的回顾。

第一，我们来梳理一下学界对沈约的文学理论的研究。

沈约研究最受瞩目的部分是对其影响深远的“声律论”的研究。“声律论”的出现是我国诗歌格律化进程中至关重要的环节，也是研究文学史、诗歌史、语言史甚至是我国文艺学史、美学史无法规避的问

① 《梁书·沈约传》《南史·沈约传》《旧唐书·经籍志》都作一百卷，《隋书·经籍志》连目录作一百一卷。

题。20世纪以来，学界就这一问题进行了热烈的讨论，参与者既有博学宏才的前辈大家，也有高才硕学的当代名家，大家相切相磋、各抒己见，俨然形成了一种百家争鸣的氛围。

陈寅恪、郭绍虞、刘师培、朱光潜、李嘉言、逯钦立、管雄、刘大杰、敏泽、王瑶、饶宗颐、游国恩、夏承焘、黄炳辉、罗根泽、罗宗强、王运熙、钱志熙、章培恒、张少康、刘跃进、曹道衡、启功、詹瑛、杜书瀛、何伟棠、谌东飚、聂鸿音、陈庆元、陈顺智等先生，包括日本学者平昌寿司、小西甚一、大矢根文次郎、清水凯夫、高木正一、鸟羽田重直、井上一之以及美国学者梅祖麟、梅维恒等都先后发表了一系列有价值的见解，这些见解或以单篇论文的形式发表，或以专著的形式出版，或作为文学史、文学批评史的一部分出现。内容上，有人研究"四声"的发生、发展、影响等问题，有人则研究"八病"的具体构成。其中比较有代表性的专著、论文例举如下：陈寅恪的《四声三问》，郭绍虞的《永明声律说》《再论永明声律说》《蜂腰鹤膝解》，启功的《诗文声律论稿》，管雄的《声律说的发生及其在中国文学史上的影响》，詹瑛的《四声五音及其在汉魏六朝中之应用》，杜书瀛的《"四声"的发现及其在诗文中的运用——魏晋南北朝一场伟大的形式运动》，普慧的《齐梁诗歌声律论与佛经转读及佛教悉昙》，卢盛江的《四声指归与唐前声病说》，等等。上述名家大师的有些观点是创获、引申和扬弃的关系，有些观点则针锋相对，但都足以成一家之言。然而，由于文献不足，这一讨论遂成沈约研究之"哥德巴赫猜想"，至今仍是见仁见智，后来的研究也仍然踵武不绝。

关于沈约的另一文论名篇《宋书·谢灵运传论》的研究，我国多数南北朝文学史著作都用相当的篇幅对其进行了理论梳理，从不同角度肯定了这篇文章的文学史价值。较早对《宋书·谢灵运传论》进行专门研究的是日本学者林田慎之助和兴膳宏，曹旭、钱志熙等也相继发表了各自的主张。此外，关于沈约的创作论——"三易说"以及他的文学审美倾向的研究也有相当数量，这些观点多数见于文学史和文学批评史，单篇论文也所在有之，如刘石泉的《论沈约的诗歌理论》、孙宝的《沈约与齐梁宗经隶事之变》等。上述研究成果对我们认识沈约的文学思想都具有积极意义。

第二，我们来看沈约的文集校勘、笺注、年谱等基础工作的研究成果。

文集校勘、笺注方面。郝立权于1935年出版了《沈休文诗注》，此书为20世纪以来唯一一个沈约作品的注本，而且仅仅注释了沈约的诗歌。在截至目前的八十余年的时间里，学界竟没有第二本沈约诗注出现，更不要说注解其现存的全部作品。而这部仅有的《沈休文诗注》也没有再版和重印，甚至要找到它都必须大费周章，这不能不说是一件令人沮丧和遗憾的事。

值得欣慰的是，陈庆元于1995年出版了《沈约集校笺》，这部著作以丁福保的《汉魏六朝名家集》为底本，对原书所收录的十卷《沈休文集》逐一做了校勘和考订，爬罗剔抉、材料翔实、全面严谨。在注本暂付阙如的现实条件下，《沈约集校笺》尤显难能可贵，它成了我们解读沈约最重要的原典读本，为我们的理论研究提供了极大的便利。在沈约研究的基础领域，陈庆元先生之功实不可没。

年谱方面。伍俶傥1931年编纂的《沈约年谱》应为最早，日本汉学家铃木虎雄的《沈约年谱》也随后发表并颇受好评。惜乎这两部年谱现已难觅踪影，购求十分不易。沈约年谱还有几种可资参考。一是罗国威撰写的《沈约任昉年谱》，收录在范子烨和刘跃进编著的《六朝作家年谱辑要》中；二是陈庆元撰写的《沈约事迹诗文系年》，附在他的《沈约集校笺》正文之后；三是林家骊撰写的《沈约事迹诗文系年》和《沈约大事年表》，分别附在他的专著《沈约研究》和《一代辞宗——沈约传》的正文文后；四是刘跃进撰写的《永明文学系年》，也附在他的专著《门阀士族与永明文学》正文文后。此外，侯云龙的《沈约年谱》发表在《松辽学刊》上。上述几种年谱及诗文系年虽然在某些问题上的结论不尽一致，但我们在互校中却能够发现线索，从而更深入地思考和了解沈约的生平、思想和创作，因此这些成果都是非常有价值的。

第三，我们来了解关于沈约研究的专著情况。

沈约研究的专著目前有三种：一是台湾学者姚振黎1989年出版的《沈约及其学术研究》，二是林家骊1999年出版的《沈约研究》和2006年出版的《一代辞宗——沈约传》。较之前者，林家骊的两部著作要更为精审和宏富。《沈约研究》和《一代辞宗——沈约传》可视为林先生研究的姊妹篇，《沈约研究》洋洋 37 万言，在广泛搜集材料的基础上，对沈约的家世、思想、创作、文学理论和史学成就做了全方位的综合观照，创获很多，填补了国内沈约研究专著的空白，有筚路蓝缕之功。《一代辞宗——沈约传》则结合南朝地域、政治、经济、文化背景，以传记的形式详细阐述了沈约的生平、交游和思想，文笔流畅、生动，兼具学术性和普及性。林家骊先生的这两部著作，标志着国内沈约研究达到的最高水平。

第四，我们聚焦于沈约作品的研究。

这一方面可谓精彩纷呈。除各种文学史中的论述之外，林家骊《沈约研究》的第五、六章是对沈约的诗歌、辞赋和其他文章创作的全面分析，特别是其对沈约诗歌所做的分类研究，较前人更为深细。研究沈约作品的专门论文蔚为大观，较早的有陈冬辉的《沈约·八咏诗·八咏楼》、常为群的《论沈约的咏物诗》、刘石泉的《论沈约的散文创作》等，沿着这条道路，不少新一代学人继续前行，他们或解读沈约的诗歌，或解读其散文、骈文、辞赋，不少研究能够做到推陈出新，如于志鹏的《情性既隐　声色大开——南朝永明咏物诗创作浅论》、闵慧的《沈约乐府诗研究》、郭常斐的《沈约的赋学理论及其在创作中的实践意义》、王巍洁《沈约辞赋研究》等。

近来，沈约的创作研究出现了新兴的方向——立足于沈约的史家身份，或研究其《宋书》的文学价值，或探讨其文学与史学的关系。朱绍侯的《沈约〈宋书〉述评》、马萌的《〈宋书·乐志〉歌诗"援俗入雅"倾向及其原因》、李敏的《〈宋书〉的文学价值》、潘旭光《〈宋书·乐志〉述评》等文章都是这方面的例子。这一方向的文章还散见于一些博士、硕士论文和期刊，如在南京大学唐志远的博士论文《六朝史学与文学》中，《宋书》就是非常重要的一个章节。此外，杨满仁的《诗具史笔：沈约诗歌的史家意识》、张亚军的《论南朝四史史传人物的文学定位》、南京大学王尔阳的《〈宋书〉文学研究》、华侨大学谭青青的《论沈约〈宋书〉的文学意义》、四川师范大学杨颜畅的《〈宋书〉所载文人交往活动考论》等均属此类。将沈约的文学研究延伸至史学领域是一种积极的推进，这也应该是后学努力的一大空间。

第五，我们对沈约的思想研究做一简要评述。

沈约的思想比较复杂，他有家族性的道家传统，又是佛教徒，同时又带有一些儒家色彩。陈庆元、林家骊在他们的专著中都涉及了这一问题，他们的结论都比较审慎，认为沈约是三教兼蓄的。其他专门论文中比较深入和有代表性的，有唐燮军的《诗人之外的沈约：对沈约思想与生平的文化考察》和复旦大学杨满仁的博士论文《智识与情感：沈约的思想世界》等。还有学者从《宋书》里寻绎沈约的思想脉络，如韩国学者李润和的论文《从〈宋书〉史论看沈约对现实的认识》和《从〈宋书〉史论看沈约的天命观与处世观》等。当然，理解沈约的思想是解读其作品和行为的钥匙，作品又是其思想的投射，把握沈约的心灵世界是与研读其作品分不开的。因此，所有对沈约作品的研究，对认识其思想都有助益。

第六，我们来关注沈约接受史研究。

总体上看，沈约其人其文（主要是诗歌）得到的评价，是生前和身后天地云泥，生前备受赞誉，身后恶评不断。这是一个耐人寻味的现象，但对这一现象的诠释却罕有问津者。各类文学史、诗歌史虽对沈约的接受问题有所提及，但一般是将其归入齐梁文学的范畴进行描述，如葛晓音的专著《八代诗史》，或者仅对其“声律论”和“永明体”的影响进行考察，如何伟棠的专著《永明体到近体》。就笔者目之所见，除林家骊的《沈约诗歌的评价和在文学史上的地位》之外，没有更多的专门论文。让我们对沈约由盛而衰的声名产生直观感受的是《沈约集校笺》后附的《诸家评论》和《沈约研究》的附录三《沈约诗文评论辑要》，二者均能在汗牛充栋的古代诗文评中披沙拣金，特别是后者还将旁搜远绍之所得，分为南北朝人的评论、唐宋人的评论、元朝人的评论和明清人的评论四个部分，使我们的直观感受有了阶段性。然而，由于缺乏充分的理论阐释，这些评论也只是有助于我们了解沈约接受史的原始资料。可见，对沈约接受史的研究还需加强。

第七，我们来看学界对沈约的场域和宗族的研究。

进入 21 世纪，古代文人场域研究成为一个颇受欢迎的方法。不少学者也采用这个方法将沈约置于“竟陵文学集团”（也称“西邸文人集团”“永明文学集团”）这一场域进行重新审视。这方面以刘跃进的《门阀士族与永明文学》最具代表性和启发性，其他著作还有普慧的

《南朝佛教与文学》、谭洁的《南朝佛学与文学：以竟陵“八友”为中心》、台湾学者刘慧珠的《齐梁竟陵八友之交游与文学》等。与此相关，也有学者将其与同一场域的其他文人相比较，如浙江大学陈伟娜的博士学位论文《“沈诗任笔”——沈约任昉比较研究》。场域研究的方法更能凸显个体与群体的异同，也更能体现群体的文学好尚及影响，还能考察场域内文人之间的交游和个体作品风格的形成和改变，相比于剖析一个单独的个体，这种方法层次和维度要更为丰富立体，是一种值得肯定的方法。

沈约是南朝声著江左的豪族“吴兴沈氏”的中流砥柱，“吴兴沈氏”在梁陈之际臻至鼎盛与沈约的地位、影响息息相关，沈氏家学家风的形成得力于沈约强有力的继承、扭转和再造。因此，以宗族为视角来定位沈约也是沈约研究的一个重要分支。这方面的研究著述为数不少，陈寅恪在《金明馆丛稿初编》和《魏晋南北朝史演讲录》中首先论及了沈氏的天师道信仰并定义其为“武力强宗”，跃进先生的《从武力强宗到文化士族——吴兴沈氏的衰微与沈约的振起》系统地阐述了沈氏宗族文化品格的转变过程，唐燮军的《六朝吴兴沈氏宗族文化的传承与变易》则重点辨析了沈氏包括沈约的宗教信仰问题。吴正岚的《六朝江东士族的家学门风》、方北辰的《魏晋南朝江东世家大族述论》、王永平的《南朝吴兴武康沈氏之学术文化述略》侧重于对沈氏儒学、经学、史学等文化学术的介绍和勾勒，山东师范大学郭桂彬的硕士学位论文《六朝吴兴文学研究》则结合了宗族与地域，专门讨论了包括沈氏家族在内的吴兴历代文学家的文学作品。在特定的南朝门阀时代，以宗族为视角来研究沈约是符合实际的，收获也是可喜的。

第八，我们对沈约研究的综述类文章进行举要说明。

上述沈约研究多方面的成果和不足，新方法、新角度、新领域的涌现和开拓，使得对沈约研究进行总结成为必要和可能，文献综述类的文章由此产生。这些文献综述，有的是综合述评，如郭常斐的《二十世纪以来沈约研究综述》；有的则针对沈约研究的某一领域进行整理归纳，如邱光华的《沈约诗歌理论近百年来研究综述》、赵静的《“永明声律论”百年研究综述》、李燕的《近五十年来沈约文学思想研究评述》、杨颜畅的《近二十年来沈约〈宋书〉研究综述》等。文献综述向我们展示了沈约研究的概貌，值得注意。

综上，20 世纪 80 年代以来，学界逐渐摆脱了对南朝文学的某些偏见，对沈约的研究也日渐繁荣，成果是有目共睹的也是值得欣慰和称赞的，但也应该看到，与沈约的文学成就和影响相比，我们的研究仍有一些惨淡经营之憾，一些空白和单薄之处亟待后学补充和丰满。如前所述，沈约集的校勘、注释亟待更多的投入；“声律论”仍莫衷一是；沈约研究专著在数量上不足以展开争鸣；对沈约接受史的探讨更为薄弱。这些不尽如人意的地方正是后学努力的方向。笔者之所以回顾这一研究历程，其目的也正在于此，希望后来之士能攻克上述难题，为沈约研究开创新的局面。笔者忝列其中，独学寡闻，不揣鄙陋，亦愿尽一点绵薄之力。

罗宗强、卢盛江说：“有时候，对于历史的真切描述本身就是研究目的。”[①]诚然，研究一个古代文学家的个案，还原历史的真相是研究者基本的责任也是最为可靠的方法。本书将从史料和文集入手，对沈约其人其文的历史存在尽可能实事求是地还原描述。限于个人才力，新见不敢奢望，能够综合前人成果，得出一点稳妥的结论，则以为心愿足矣。

日本学者兴膳宏说：“无论哪一国的文学，决不能根据某个文学家生前的评价来作其死后的评价，相反，要通过死后的评价来类推其生前的评价也是同样困难的。……文学史不应该是作家和作品的杂乱无章的集合体，为了系统地理解潮流的推移，有时必需棹舟驰入历史的长河，考察某个作家在世时的情况。”[②]

那么就让我们棹舟于南朝历史的长河，去认识沈约，去解读他的作品吧。

---

① 罗宗强、卢盛江：《四十年古代文学理论研究的反思》，《文学遗产》1989 年第 4 期。

② ［日］兴膳宏：《艳诗的形成与沈约》，《六朝文学论稿》，彭恩华译，岳麓书社 1986 年版，第 151 页。

第一章　沈约的时代

沈约生于南朝宋文帝元嘉十八年(441年),卒于梁武帝天监十二年(513年),我们略去沈约去世之后的历史,介绍一下其一生经历的南朝宋、齐和梁天监的时代。

南朝始自420年刘裕代东晋建立刘宋,终于589年杨坚灭陈,中间经历了宋、齐、梁、陈四个朝代,这四个朝代除了梁元帝以江陵作都三年外,其余的时间,各朝都定都建康(今南京)。而在北方,北朝应始于晋孝武帝太元十一年(386年)魏道武帝拓跋珪重建代国。当时北方各地仍处于各民族混战的局面之下,直到太武帝拓跋焘431年灭夏、439年灭北凉,北方才统一于北魏的版图之中。沈约生活的南朝时代,基本上是与北魏对峙的时代。这是个篡弑不断、战乱频仍的年代,是士人自危、生民涂炭的年代,不可思议的,竟也是个文化昌明、艺术发达的时代。

一、阴　影

南朝与北魏分疆而治的局面为人民之间的交流设置了森严的壁垒,也使南北文化的优势得不到顺畅的传播,更为严重的是,还刺激了统治者雄心或者野心,成为战争的借口。为统一中国,南北政权发动了数次战争,这里仅举几场著名的。

北魏泰常七年(宋永初三年,422年)五月,宋武帝刘裕病死。九月,魏明元帝拓跋嗣乘机派遣大军攻宋,先后投入十余万步骑,沿黄河流域全面开战。至次年闰四月，先后攻取金墉、虎牢和滑台等城，占有司、兖、豫诸州大部郡县。由于宋军的顽强抵抗，北魏军队也付出了沉重的代价。

宋元嘉七年（北魏神䴥三年，430年）三月，宋文帝为收复黄河以南失地，乘北魏与柔然交战，黄河以南屯兵减少之机，派兵击之。魏军主动撤退，宋军未经交战即占领滑台、洛阳和虎牢诸城。十月，北魏军全线出击，连克金墉、洛阳、虎牢、滑台，宋军再次失利。

北魏太平真君十年（宋元嘉二十六年，449年），拓跋焘率大军大破柔然，解决了后顾之忧。随即他将兵锋指向刘宋，双方互相攻伐。太平真君十一年（元嘉二十七年，450年）二月，拓跋焘亲率十万部众围攻悬瓠（今河南汝南）四十余日，不克，退还平城。宋文帝于是于同年七月发兵攻魏，魏军以号称百万之众渡过黄河，于十二月进至离宋京都建康不远的瓜步山。次年二月，魏军因乏食、疾疫流行等原因只得北撤。从此，刘宋无力争夺中原，只能沿淮设防。

北魏太和十七年（齐永明十一年，493年），魏孝文帝拓跋宏迁都洛阳后，逼近淮、汉，又频繁南下攻齐。北魏、南齐沿淮河进行了长达二十三年的战争。

梁代齐后，梁武帝萧衍于梁天监四年（北魏正始二年，505年）兴兵攻魏，大败而归。天监五年至六年，梁军在钟离之战中击败魏军，梁朝由此而享受了几十年的和平与稳定。

以上这些战争，无论是南朝胜利还是北朝胜利，遭受荼毒的都是南北方的人民。仅以公元450～451年魏军与刘宋的战争为例，《资治通鉴》记载，拓跋焘攻彭城不下，意欲强渡淮河，于是"坏民庐舍，及伐苇为筏"，宋则内外戒严，要求"丹阳统内，尽户发兵"。拓跋焘退兵时围攻盱眙，攻城三十日，死伤无数，积尸高与城齐。魏军撤退进行大杀戮和大破坏，江北魏军"所过郡县，赤地无余"，"丁壮者即加斩截，婴儿贯于架上，盘舞以为戏"。当时人说："虏之残害，古今未有，屠剥之苦，众所共见，其中幸者，不过驱还北国作奴婢耳。"[①]《宋书·索虏传》也称："喋喋黔首……强者为转尸，弱者为系虏，自江、淮至于清、济，户口

① 《资治通鉴》卷一百二十五《宋纪七》，中华书局2011年版，第4002～4027页。

数十万，自免湖泽者，百不一焉。村井空荒，无复鸣鸡吠犬。”①

北朝的百姓何尝不是如此呢？那首动人的《木兰辞》歌唱的是“同行十二年，不知木兰是女郎”的巾帼英雄，可控诉的也是“昨夜见军帖，可汗大点兵。军书十二卷，卷卷有爷名”。可汗的兵役谁人可以逃脱？不是无奈到无法可想，谁会舍得让一个“对镜贴花黄”的姑娘去忍受“寒光照铁衣”的折磨？“将军百战死，壮士十年归”，木兰是侥幸的，又有多少好儿郎马革裹尸，永远都见不到倚门期盼他们归来的爹娘？人们发出了这样的忧惧：“男儿可怜虫，出门怀死忧。尸丧狭谷中，白骨无人收。”②人民厌倦了战争，人民渴望一家人平平安安地耕田放牧的祥和生活。

沈约就是在这种战争的阴影下度过了他的一生，幸运的是，他所处的年代恰是南北政权相对平宁的年代，但战争的阴影却始终笼罩着包括沈约在内的南北朝人民。

沈约所处的时代与北魏政权少有战事，但并不说明没有战争和血腥，南朝内乱不止、充满血腥（见表 1-1）。

表 1-1　宋、齐、梁帝王世系表

宋（420～479）					
庙号	谥号	姓名	在位时间	年号及使用年限	身份及死因
高祖	武皇帝（史称宋武帝）	刘裕	420～422 年	永初(3)	开国皇帝，病死
	无谥号（史称宋少帝）	刘义符	422～424 年	景平(2)	刘裕长子，为徐羡之、檀道济废杀

① 《宋书》卷九十五《索虏传》，中华书局 1974 年版，第 2358 页。

② 《企喻歌辞》，郭茂倩编撰：《乐府诗集》第二十五卷《横吹曲辞五》，中华书局 1979 年版，第 363 页。

续表

庙号	谥号	姓名	在位时间	年号及使用年限	身份及死因
太祖	文皇帝（史称宋文帝）	刘义隆	424～453年	元嘉(30)	刘裕三子，被太子刘劭、皇子刘濬弑杀
	元皇帝（史称宋元帝、元凶）	刘劭	453年	太初(1)	未被正式承认，刘义隆长子，在位仅三月，被刘骏处死
世祖	孝武皇帝（史称宋孝武帝）	刘骏	453～464年	孝建(3) 大明(8)	刘义隆三子，病死
	无谥号（史称宋前废帝）	刘子业	464～465年	永光(1) 景和(1)	刘骏长子，被叔叔湘东王刘彧等人弑杀
太宗	明皇帝（史称宋明帝）	刘彧	465～472年	泰始(7) 泰豫(1)	刘义隆十一子，病死
	无谥号（史称宋后废帝、苍梧王）	刘昱	472～477年	元徽(5)	刘彧长子，被萧道成、王敬则联络侍从杨玉夫、杨万年斩杀，年十五岁
	顺皇帝（史称宋顺帝）	刘准	477～479年	升明(3)	史载刘彧三子，实为桂阳王刘休范之子，禅位于萧道成后被杀，年十三岁

续表

齐(479～502)					
庙号	谥号	姓名	在位时间	年号及使用年限	身份及死因
太祖	高皇帝（史称齐高帝）	萧道成	479～482年	建元(4)	开国皇帝，病死
世祖	武皇帝（史称齐武帝）	萧赜	483～493年	永明(11)	萧道成长子，病死
	无谥号（史称齐废帝、郁林王）	萧昭业	494年	隆昌(1)	文惠太子萧长懋长子，被萧鸾弑杀
	无谥号（史称齐废帝、海陵王）	萧昭文	494年	延兴(1)	文惠太子萧长懋次子，被萧鸾弑杀
高宗	明皇帝（史称齐明帝）	萧鸾	494～498年	建武(5) 永泰(1)	萧道成之侄，病死
	炀皇帝（史称齐炀帝、齐废帝、东昏侯）	萧宝卷	499～500年	永元(3)	萧鸾次子，为将军王珍国所杀
	和皇帝（史称齐和帝）	萧宝融	501～502年	中兴(2)	萧鸾八子，禅位于萧衍，后被迫自杀。年十五岁

续表

梁(502～557)					
庙号	谥号	姓名	在位时间	年号及使用年限	身份及死因
高祖	武皇帝（史称梁武帝）	萧衍	502～547 年	天监(18) 普通(8) 大通(3) 中大通(6) 大同(12) 中大同(2) 太清(3 或 6)	开国皇帝，被侯景囚禁，死于台城
	无谥号（史称临贺王）	萧正德	547 年	正平(1)	武帝之侄，未被正史承认，被侯景立而又废，后被其矫诏杀死
太宗	简文皇帝（史称梁简文帝）	萧纲	550～552 年	大宝(2 或 3)	萧衍三子，为侯景所害
	无谥号（史称豫章王）	萧栋	552 年	天正(1)	昭明太子萧统之孙，未被正史承认，被侯景立而又废，后为萧绎所杀
	无谥号（自称汉帝）	侯景	552 年	太始(1)	未被正史承认，“侯景之乱”的主角，兵败后为部下所杀

续表

庙号	谥号	姓名	在位时间	年号及使用年限	身份及死因
	无谥号（史称武陵王）	萧纪	553 年	天正(2)	未被正史承认，武帝八子，与萧绎争夺皇位，兵败父子三人为萧绎游击将军樊猛所杀
世祖	孝元皇帝（史称梁元帝）	萧绎	552～555 年	承圣(4)	武帝七子，萧纲之弟，与西魏宇文泰交战，战败投降，被人用土袋闷死
穆宗	敬皇帝（史称梁敬帝、江阴王）	萧方智	555～556 年	绍泰(2) 太平(2)	梁元帝萧绎第九子，禅位于陈霸先，后被其杀死。年十六岁

尽管宋、齐、梁三代加起来不过一百三十来年，帝王的更迭却如走马灯一般，最触目惊心的是，宋、齐、梁三代的帝王，能够寻常床箦而死的屈指可数，大多死于非命，不是父子相弑，就是兄弟相残，再不就是为权臣所杀。可见，沈约所处的时代，皇权斗争是多么残酷、多么让人胆战心惊。这些残酷的争夺，在南朝宿命般地一再上演，这里仅举两个例子。

宋文帝刘义隆以其弟彭城王刘义康为司徒、录尚书事、领扬州刺史、大将军，刘义康得以专总朝权。当时的丞相之一、领军将军刘湛与刘义康结成朋党，他们把持朝政，排除异己，一时间势倾天下。有一次，文帝病重，刘义康的亲信竟去尚书仪曹调阅东晋兄终弟及故事的经过及其仪注。此事极大地刺激了宋文帝，使他看到了刘义康的“司马昭之心”。元嘉十七年(440 年),文帝采取了断然措置,收杀了拥戴刘义康的刘湛及其族人刘斌等十多人,先改授刘义康为江州刺史,后又将其杀死。

宋文帝立了刘劭为太子,“以宗室强盛,虑有内难,特加东宫兵,使与羽林相若,至有实甲万人”①。后文帝又想废掉刘劭,刘劭先发制人,于元嘉三十年(453 年)二月,率东宫兵入宫杀文帝及宰相江湛、徐湛之、王僧绰等人,并自立为帝。这时文帝第三子武陵王刘骏正带领江、豫、荆、雍四州的军队去攻打南方的“五水蛮”,听说父亲被杀,刘骏就率军传檄州镇,声讨刘劭。刘劭出兵迎战失利,退守建康台城。大将军、江夏王刘义恭(刘裕第五子)弃家逃奔刘骏,刘劭遂杀刘义恭十二子及长沙嗣王刘瑾。到五月四日,台城被攻破,刘骏杀刘劭及其四子,又杀了刘劭的同党始兴王刘濬(文帝第二子)及其三子。《魏书》记载当时的情况是:“劭、休明,并枭首大桁,暴尸于市,经日坏烂,投水之中,男女妃妾一皆从戮。”②这种父子兄弟之间斩草除根式的屠戮传到民间,民间遂有一首夹杂着叹息和鄙视的歌谣传世:“遥望建康城,小江逆流萦,前见子杀父,后见弟杀兄。”③

和刘宋王朝一样,南齐王朝王室内部也不断爆发争权夺利的斗争。武帝嫡长子萧长懋(文惠太子)先武帝死,武帝立长懋子萧昭业为太孙。公元 493 年,萧昭业嗣位,国家大权旁落到受遗诏辅政的萧鸾手中。萧鸾杀昭业,立昭业弟昭文;旋又杀昭文自立,是为明帝。齐明帝在位五年,专事屠杀,齐高帝十九子、武帝二十三子中,除萧嶷(高帝次子)一支有后人外,其余全被明帝杀尽。

这些血腥争夺绝不仅仅是帝王宗室的争夺,还是一个势力集团与另一个集团的血拼。一个王位的争夺者胜利,则意味着另一个集团的覆灭,总有一些人因站错了队伍,惨遭血洗,还有一些无辜者人头落地。因站错了队伍而殒命的,比如在宋文帝诛杀刘义康事件里,一代史学大家、《后汉书》的作者范晔就因密谋拥立,谋泄被杀。无辜者而

① 《资治通鉴》卷一百二十六《宋纪八》,第 4054 页。

② 《魏书》卷九十七《岛夷刘裕传》,中华书局 1974 年版,第 2142 页。

③ 《魏书》卷九十七《岛夷刘裕传》,第 2142 页。

人头落地的，比如觊觎王位的刘义康担心自己万一成为天子，无法挟制当时硕果仅存的北府名将、江州刺史檀道济，宋文帝也担心自己万一一朝不豫，即位的太子无法挟制檀道济，于是檀道济就被两股势力合谋，以莫须有的罪名处死了。可叹以“唱筹量沙”奇计而青史留名的一代名将，为刘宋王朝立下了赫赫战功，却落得了个满门抄斩的下场，他的八个儿孙及两个部下尽皆斩首。①

这样的喋血事件一次次地搬演，那些在仕途上奔波的大小官员和那些正走上仕途的寒庶高门弟子该怎样选择？在封建时代，不入仕途、不为皇权宗室主公服务，则无法实现自身的荣显和家门的光耀，而仕途却又如此险恶。或许，战战兢兢、如履薄冰才是他们习惯了的心态，审时度势、保全性命才是他们首要的考虑吧。

这种惶惶不安的心境，岂止官僚阶层呢？广大的百姓又何尝不是如此？南北政权的战争已让他们感到朝不保夕，而皇权争夺战也让他们苦不堪言。宗室之间一次次所谓的“讨逆”“平叛”，拼却的都是将士们的性命，焚烧的都是百姓的田地家园，而将军们的残暴也让他们难以忍受。这里仅举一例：宋孝武帝的大将王玄谟、宗越对待将士们一贯苛酷暴虐，将士们发出了这样愤怒而无奈的哀叹：“宁作五年徒，不逢王玄谟。玄谟犹自可，宗越更杀我。”②

沈约所处的时代在军事、政治上就是这样一个外患未平、内乱不已的时代，从这个层面上说，它给时人的心理投射是：忧生。

二、繁　华

> 江南之为国，盛矣。虽南包象浦，西括邛山，至于外奉贡赋，内充府实，止于荆、扬二州。……自元熙十一年司马休之外奔，至于元嘉末，三十有九载，兵车勿用，民不外劳，役宽务简，氓庶繁息，至余粮栖亩，户不夜扃，盖东西之极盛也。既扬部分析，境极江南，考之汉域，惟丹阳会稽而已。……地广野丰，民勤本业，一

① 《宋书》卷四十三《檀道济传》，第 1344 页。

② 《宋书》卷七十六《王玄谟传》，第 1976 页。

岁或稔，则数郡忘饥。会土带海傍湖，良畴亦数十万顷，膏腴上地，亩直一金，鄠、杜之间，不能比也。荆城跨南楚之富，扬部有全吴之沃，鱼盐杞梓之利，充仞八方；丝绵布帛之饶，覆衣天下。①

写下这段话的，不是别人，正是沈约，他用优美的文字盛赞了刘宋元嘉时期江南的丰饶。

自东吴建国和东晋南渡以来，江南地区得以迅速开发，在那些狼烟不起、兵戈稍歇的日子里，江南地区凭借天时地利和百姓的勤劳，呈现出一派繁华景象。其时有谣谚云："永嘉世，天下灾。但江南，皆康平。永嘉世，九州空。余吴土，盛且丰。"②其后的宋、齐、梁、陈，虽然兴亡相续，但毕竟防御力量强大，荆、扬二州遂成为当时的经济中心，所谓"良畴美柘，畦畎相望，连宇高甍，阡陌如绣"③。传统的庄园经济持续发展，以城市为中心的商品经济也高度发达。

经济的繁荣为文化的发展提供了物质保障和安定的平台。以文学为例，诚如曹道衡、沈玉成在《南北朝文学史》中所说："经济的繁荣或者萧条，时局的安定或者动乱，并不能决定文学创作的质量，却可以影响文学创作的面貌。南朝时代的元嘉、永明、天监三朝正是文学创作的旺盛时期，这当然不是偶然的现象。"④同时，经济的繁荣还造就了一些物阜人熙的城市，都城建康首屈一指："梁都之时，户二十八万。西石头城，东至倪塘，南至石子岗，北过蒋山，南北各四十里。"⑤今人计算过当时的人口："按一户 5 口计，梁时建康人口超过 140 万，不仅是南方最大城市，而且也是世界上第一个确切人口数逾百万的大城市。"⑥此外，凭藉着水上交通的便利条件，长江、汉水沿岸也出现了许多繁华的城市，如"宣城、毗陵、吴郡、会稽、余杭、东阳，其俗亦同，然数

---

① 《宋书》卷五十四《孔季恭传论》，第 1540 页。

② 陈寅恪：《述东晋王导之功业》，《金明馆丛稿初编》，生活·读书·新知三联书店 2001 年版，第 77 页。

③ 《陈书》卷五《宣帝本纪》，中华书局 1972 年版，第 82 页。

④ 曹道衡、沈玉成编著：《南北朝文学史》，人民文学出版社 1991 年版，第 3 页。

⑤ 《资治通鉴》卷一百六十二《梁纪十八》，第 5113 页。

⑥ 许辉、蒋福亚主编：《六朝经济史》，江苏古籍出版社 1993 年版，第 367 页。

郡川泽沃衍，有海陆之饶，珍异所聚，故商贾并凑”①。这些城市不仅是政治、军事中心，也是经济和文化中心。

“大明泰始以来，相承奢侈，百姓成俗”②，南朝城市呈现出消费型城市的特征，大量的奢侈品满足了贵族们日益膨胀的物欲，整个社会弥漫着享乐气息。宋文帝元嘉时，“凡百户之乡，有市之邑，歌谣舞蹈，触处成群”，齐武帝永明时，“都市之盛，士女昌逸，歌舞声节，袪服华妆，桃花渌水之间，秋月春风之下，无往非适”③。在这些繁华都市里，吴歌、西曲处处吟唱，声色犬马刺激着士人和市民的感官，也悄然改变着社会风气和文化审美的好尚。裴子野曾批判当时的奢靡声色之风：“王侯将相，歌伎填室；鸿商富贾，舞女成群。竞相夸大，互有争夺，如恐不及，莫为禁令，伤风败俗，莫不在此。”④

在文化审美上，人们渐渐离雅趋俗。仍以文学为例，郭茂倩在论南朝乐府时说：“自晋迁江左，下逮隋唐，德泽寖微，风化不竞，去圣愈远，繁音日滋，艳曲兴于南朝，胡音生于北俗，哀淫靡曼之辞，迭作并起，流而忘返，以致陵夷。原其所由，盖不能制雅乐以相变，大抵多溺于郑卫，由是新声炽而雅音废矣。”⑤固守礼乐教化思想的人往往对这种现象大加批判，如时人王僧虔就曾愤慨地上表：“自顷家竞新哇，人尚谣俗，务在噍杀，不顾音纪，流宕无崖，未知所极，排斥正曲，崇长烦淫。士有等差，无故不可去乐，礼有攸序，长幼不可共闻。故喧丑之制，日盛于廛里；风味之响，独尽于衣冠。”⑥其实，这段话恰恰从反面证明了城市生活对社会风气和文学面貌的重大影响。萧涤非注意到了这一问题，诚如他所言：“城市生活，本近声色，而当南朝时，因官吏之贪聚，世家之挥霍，与夫伽蓝之建设，城市经济，益形膨胀。是以四方虽穷，而城市恒富，百姓虽流离痛苦，而城市居留者则正不妨于‘桃花

---

① 《隋书》卷三十一《地理志下》，中华书局 1997 年版，第 887 页。

② 《南齐书》卷一《高帝本纪上》，中华书局 1972 年版，第 3 页。

③ 《南史》卷七十《循吏传》，中华书局 1975 年版，第 1695 页。

④ 裴子野：《宋略·乐志叙》，严可均校辑：《全上古三代秦汉三国六朝文·全梁文》卷五十三，中华书局 1958 年版，第 3265a 页。

⑤ 郭茂倩编撰：《乐府诗集》第六十一卷《杂曲歌辞一》，第 884 页。

⑥ 《南齐书》卷三十三《王僧虔传》，第 595 页。

绿水之间，春风秋月之下’。”①

与经济的繁华并驾齐驱的，是南朝文化的丰富多彩。

首先是思想领域的三教并行，形成了激荡和兼容的生动局面。

魏晋时期，经学衰微，玄学鼎盛，西来的佛教异军突起，思辨哲学成为魏晋思想的主要表现。到了南朝，情况发生了变化，儒学重新被提倡。这方面的表现很多，例如，宋文帝建儒、玄、文、史馆并命儒士雷次宗主持儒学馆，讲学授业，文帝“车驾数幸次宗学馆，资给甚厚”②。梁武帝以佞佛著称，但他在政治思想层面仍然极力推崇儒学，其“开五馆，建国学，总以《五经》教授，经各置助教云。武帝或纡銮驾，临幸庠序，释奠先师，躬亲试胄，申之醲语，劳之束帛，济济焉斯盖一代之盛矣”③。儒学俨然又恢复了它的正统地位，受到统治者和世族文士的高度重视，尊经、征圣、治国、平天下，仍然是广大文士们所热衷奉行的。只不过儒学的这种正统地位不是汉代那种“罢黜百家”式的唯我独尊罢了。

道教产生于东汉中叶，是继承黄老思想并掺杂了民间巫术、神仙方术和庸俗化的今文学派阴阳谶纬内容的本土宗教，在发展的过程中又相继产生了“五斗米道（天师道）”“符水派”“金丹派”等流派和分支，具有深厚的民间基础。④ 道教产生之后常与农民起义相联系，如东汉末年的农民起义军黄巾军就以“太平道”相号召，东晋末年的孙恩、卢循也是打着天师道的旗号起义，这些农民起义使统治者对道教有所警惕，但并没有使其一蹶不振。

东晋初年，葛洪著《抱朴子》，改造和提倡道教，其追求长生、注重现实生活的教义对统治集团也有吸引力，故而一些世家大族如琅邪王氏、兰陵萧氏等都开始信奉天师道，有的最高统治者明里暗里也参与一些与道教有关的迷信活动。⑤ 南朝时期，出现了很多著名的道士，如

---

① 萧涤非：《汉魏六朝乐府文学史》，人民文学出版社 1984 年版，第 199 页。

② 《宋书》卷九十三《隐逸传》，第 2294 页。

③ 《陈书》卷三十三《儒林传》，第 433 页。

④ 参见王仲荦：《魏晋南北朝史》，上海人民出版社 2016 年版，第 741 页。

⑤ 参见《晋书》卷三十二《孝武文李太后传》所载晋简文帝招道士求子事，中华书局 1974 年版，第 981 页。

陆修静、顾欢、陶弘景,以及北朝的寇谦之等,他们对道教的传播起到了积极的作用。

他们中间,陶弘景影响尤巨,其人善琴棋,工草隶,似乎是个无所不知的人物,“尤明阴阳五行、风角星算、山川地理、方图产物、医术本草……又尝造浑天象,高三尺许,地居中央,天转而地不动,以机动之,悉与天相会。……所著《学苑》百卷,《孝经》《论语集注》《帝代年历》《本草集注》《效验方》《肘后百一方》《古今州郡记》《图像集要》及《玉匮记》《七曜新旧术疏》《占候》《合丹法式》……”[①]他自永明十年(492年)隐居句容句曲山修道,自号华阳隐居。其所著的《真诰》和《真灵位业图》两书,成为道教的重要经典。梁武帝在雍州起兵,陶弘景表示支持。武帝即帝位后,“国家每有吉凶征讨大事,无不前以咨询。月中常有数信,时人谓为‘山中宰相’”[②]。可见,道教在南朝思想领域也占有一席之地。

两汉之际传入中国的佛教,经过魏晋的长期传播,先后附会于神仙方术和玄学,至东晋时期一跃而起,成为一支与玄学分庭抗礼的强势的社会力量,到南朝则达到鼎盛,不仅帝王贵胄竞相尊奉,广大的劳苦百姓也信奉有加。

刘宋时期,王弘、范泰、何尚之、谢灵运等世家大族均称信佛。齐竟陵王萧子良也笃信释氏,他多次延请高僧讲经说法,使南齐佛教在永明年间达到极盛。梁武帝萧衍弘法更是不遗余力,他自称“皇帝菩萨”,一方面重视佛教理论的阐发,多次组织僧人讲经说法、编撰佛典,并且亲自参与讲经、翻经,注疏佛经;另一方面又积极实践,礼接僧人、严格戒律、诏断酒肉、大建佛寺、修造佛像、举办斋会、进行舍身。南朝佛教的兴盛还可以从寺庙、僧侣以及译经的数量上得到印证。唐法琳《辨正论·十代奉佛篇》著录两晋、南朝僧尼寺数、口数以及译经部数(见表1-2),以窥其一斑。

---

① 《南史》卷七十六《隐逸传下》,第1898、1900页。

② 《南史》卷七十六《隐逸传下》,第1899页。

表 1-2　两晋、南朝僧尼寺数、口数以及译戏部数

	京城内寺数	全国寺数	僧尼数	译经人数	译经部数
西晋	两京　180		3700	13	73
东晋		1768	24000	27	263
宋		1913	36000	23	210
南齐		2015	32500	16	72
梁	都内　700	2846	82700	42	238
陈	郭内　300	1232	32000	3	11

资料来源：王仲荦《魏晋南北朝史》，上海人民出版社 2016 年版，第 790 页。

诚如普慧所说："与北朝佛教重实践不同，义理的研究成了南朝佛教的主要特质。毗昙学、禅数学、俱舍学、般若学、涅槃学、成实学、地论学、摄论学、四论学、弥陀净土信仰等佛教大、小乘及大乘空、有的各学派纷纷登台亮相，竞展风姿。"[①]南朝时期，佛教不仅渗透到了当时社会的意识形态层面，也渗透到了文学领域，产生了极为重要的影响。

需要说明的是，南朝的儒、释、道三家既有相互冲突的一面又有相互整合的一面，而整合则渐渐成为一种趋势。齐代张融称："吾门世恭佛，舅氏奉道。道也与佛，逗极无二，寂然不动，致本则同。感而遂通，达迹成异。"[②]梁武帝萧衍早年学儒、信道，称帝后则宣布"舍道入佛"，并把孔子、老子、释迦牟尼合称"三圣"，确立了三教同源的理论。[③] 可见，用"三教各擅场"来概括南朝的思想是非常恰当的。

最后稍做一点补充，玄学在南朝虽然式微，但并没有销声匿迹，而是作为一种传统的文化形式保留了下来。如王僧虔的《诫子书》就告

① 普慧：《中古佛教文学研究》，世界图书出版西安有限公司 2014 年版，第 3 页。

② 释僧祐撰，李小荣校笺：《弘明集校笺》卷六，上海古籍出版社 2013 年版，第 325 页。

③ 梁武帝《会三教诗》曰："少时学周孔，弱冠穷六经。孝义连方册，仁恕满丹青。践言贵去伐，为善存好生。中复观道书，有名与无名。妙术镂金版，真言隐上清。密行贵阴德，显证表长龄。晚年开释卷，犹月映众星。苦集始觉知，因果乃方明。示教惟平等，至理归无生。分别根难一，执着性易惊。穷源无二圣，测善非三英。大椿径亿尺，小草裁云萌。大云降大雨，随分各受荣。心想起异解，报应有殊形。差别岂作意，深浅固物情。"该诗全面阐述了萧衍三教同源的理论和其个人宗教信仰的历程。见逯钦立辑校：《先秦汉魏晋南北朝诗》，中华书局 1983 年版，第 1531～1532 页。

诫子侄辈要做好谈玄的知识储备，说明谈玄在当时还是士族重视的文化素养。[①] 一言以蔽之，在南朝思想领域，儒、释、道、玄是均有各自的存在空间的。

南朝史学和文学也呈现出一派繁华景象。

梁启超有言："两晋六朝，百学芜秽；而治史者独盛……"[②]这话有些武断，但也强调了两晋六朝史学的昌盛。

首先，南朝史书数量非常多。班固的《汉书·艺文志》反映了西汉之前的文献状况，其中史学著作附于《六艺略》之"春秋"类，只有《国语》《战国策》《史记》等十一种，三百五十余卷。而唐初魏徵等修《隋书·经籍志》，特立史学一部，其所著录存于唐初的史学著作，共八百一十七部，一万三千二百六十四卷。加上唐代已经亡佚的史书，计有八百七十四部，一万六千五百五十八卷。较之汉志，其相去不可以道里计。[③]《隋书·经籍志》所著录的文献亦并非史书的全貌。单就杂传而言，清人姚振宗就补出书目二百五十一种之多。[④] 梁代阮孝绪《七录》记传类所收书，达到一千零二十种，一万四千八百八十八卷，较之汉志，种类增加了一千余种，卷数增长四十余倍，比《隋书·经籍志》所著录的也要多出不少。

其次，南朝史书性质复杂多样、门类异彩纷呈。这里仍以阮孝绪

---

① 王僧虔《诫子书》曰："见诸玄，志为之逸，肠为之抽，专一书，转诵数十家注，自少至老，手不释卷，尚未敢轻言。汝开《老子》卷头五尺许，未知辅嗣何所道，平叔何所说，马、郑何所异，《指例》何所明，而便盛于麈尾，自呼谈士，此最险事。设令袁令命汝言《易》，谢中书挑汝言《庄》，张吴兴叩汝言《老》，端可复言未尝看邪？谈故如射，前人得破，后人应解，不解即输赌矣。且论注百氏，荆州《八帙》，又《才性四本》《声无哀乐》，皆言家口实，如客至之有设也。汝皆未经拂耳瞥目，岂有庖厨不修，而欲延大宾者哉？就如张衡思侔造化，郭象言类悬河，不自劳苦，何由至此？汝曾未窥其题目，未辨其指归；六十四卦，未知何名；《庄子》众篇，何者内外；《八帙》所载，凡有几家；《四本》之称，以何为长。而终日欺人，人亦不受汝欺也。"（《南齐书》卷三十三《王僧虔传》，第598～599页）

② 梁启超：《中国历史研究法》，河北教育出版社2003年版，第19页。

③ 《隋书·经籍志》云："班固以《史记》附《春秋》，今开其事类，凡十三种，别为史部。"周一良总结魏晋南北朝史学发展的特点时说："从典籍的分类来看，史学著作摆脱了隶属于《春秋》、化为经部附属品的地位而独立了。这也就意味着史学从而成为独立的学科。"（周一良：《魏晋南北朝史论集续编》，北京大学出版社1993年版，第67页）

④ 宋衍申：《中国史学史纲要》，东北师范大学出版社1992年版，第66页。

的《七录》为例。阮孝绪的“记传录”分史书为十二类，即国史、注历、旧事、职官、仪典、法制、伪史、杂传、鬼神、土地、谱状、簿录。《隋书·经籍志》经过调整，分史部为十三类，即正史、古史、杂史、霸史、起居注、旧事、职官、仪注、刑法、杂传、地理、谱系、簿录。以杂传类为例，又包括了人物总录、地方人物、高士隐逸、孝友、忠良、名士、文士、儒者、家传、幼童、妇女、名僧、仙道、鬼神怪异等多种类型。

再次，南朝史学理论发达。南朝史家从历史进化、人事天神、直书曲笔、忠孝节义、以史为鉴等多方面探讨了与史学有关的问题。胡宝国认为，除了继承前人的评价标准外，六朝史学批评所涉及的领域有很大的拓展：“如对史书繁简问题的讨论，对条例、史论的重视，对文与史不同评价标准的认识，对编年体、纪传体体裁优劣的思考都是新出现的史学批评内容。尤为值得注意的是，人们对史学著作内部的分类也日益重视。”[①]他认为：“魏晋南北朝时期史学最大的贡献就在于它促进了史学批评的发展。”[②]

最后，南朝史学的繁荣还有一个重要的表现，那就是文、史之间的良性互动。这主要表现为该时期的史学家大多兼为文学家，这与汉代以前不同，与隋唐以后也大不相同。沈约便是其中之一，其他如江淹也是佳例。南朝史学既如此兴盛，就不能不对当时文学产生相当影响。同样，南朝文学的成就也决定了它的巨大辐射力，使南朝历史著述更具文学审美价值。

再来看南朝文学的情况。

南朝文学的繁荣首先表现在社会对文学的高度重视上。钟嵘提到了当时人们竞相学习文学的情况，他说：“今之士俗，斯风炽矣。才能胜衣，甫能小学，必甘心而驰骛焉。”[③]这种对文学的重视是前所未有的。考其原因，最重要的恐怕还是高门士族和帝王家族的文化风尚。高门士族代表的是社会地位，帝王家族代表的是政治地位。南朝时期，高门士族和帝王家族形成了倡导文学的合力，使人物品评的标准

① 胡宝国：《汉唐间史学的发展》，商务印书馆 2003 年版，第 238 页。

② 胡宝国：《汉唐间史学的发展》，第 238 页。

③ 钟嵘撰，周振甫译注：《诗品译注》，中华书局 2017 年版，第 21 页。

从魏晋时期的玄言转为对文学才能的考量。以高门士族的标杆王、谢世家为例，陈郡谢氏先后出现了谢灵运、谢朓、谢惠连、谢庄等著名文学家，琅琊王氏则累世人人有文集。[①] 南朝的帝王家族似乎也普遍具有文学才能，据《隋书·经籍志》著录，宋武帝、宋文帝、宋孝武帝、梁武帝、梁简文帝、梁元帝、陈后主等南朝皇帝均有文集传世。从存世的作品看，这些帝王大都具有相当的水平。诸王中好文学、能创作的为数更多，其中以宋临川王刘义庆、齐竟陵王萧子良最为著名。上有所好，下必则之，因此李延寿说："自中原沸腾，五马南渡，缀文之士，无乏于时。降及梁朝，其流弥盛。盖由时主儒雅，笃好文章，故才秀之士，焕乎俱集。"[②]这是基本符合事实的。

南朝文学的繁荣还表现在文学批评的空前高涨上。

这一时期，"体大而虑周"[③]的文论巨著——刘勰的《文心雕龙》横空出世。《文心雕龙》全书共五十篇，分为总论（包括《原道》《宗经》等五篇）、文体论（包括《明诗》《诠赋》等二十篇）、创作论（包括《神思》《风骨》等十九篇）、批评论（包括《时序》《知音》等五篇）。该书系统地论证了关于文学理论的很多重要问题，重视文体的区别和规范，论述了文学发展的规律，讨论了文学创作艺术技巧，同时还对齐、梁以前一些作家和作品做了扼要的评述。在《序志》篇里，刘勰阐明了其论文的宗旨，即以儒家文艺观为指导，坚持"擘肌分理，唯务折衷"的批评态度，并采用"原始以表末，释名以章义，选文以定篇，敷理以举统"的方法，得出了许多中肯而公允的评价，对后世的文学批评产生了积极而深刻的影响。

稍后，"思深而意远"[④]的钟嵘《诗品》也随之出现，成为第一部专门讨论五言诗的批评名著。钟嵘在叙述其撰写该书的动机时说："王公搢绅之士，每博论之余，何尝不以诗为口实。随其嗜欲，商榷不同，淄渑并

---

① 王筠《与诸儿书》曰："史传称安平崔氏及汝南应氏并累世有文才，所以范蔚宗云崔氏'世擅雕龙'。然不过父子两三世耳，非有七叶之中，名德重光，爵位相继，人人有集，如吾门世者也。"《梁书》卷三十三《王筠传》，中华书局 1973 年版，第 486～487 页。

② 《南史》卷七十二《文学传序》，第 1762 页。

③ 章学诚原著，严杰、武秀成校注：《文史通义全译》，贵州人民出版社 1997 年版，第 763 页。

④ 章学诚原著，严杰、武秀成校注：《文史通义全译》，第 763 页。

泛，朱紫相夺，喧议竞起，准的无依。”[①]所以他有感而作，对前人作家加以评论品第。他肯定五言诗的体裁：“居文词之要，是众作之有滋味者也。”[②]并把梁代五言诗的作者 122 人分为上中下三品，计上品 11 人，中品 39 人，下品 72 人。钟嵘对具体诗人的品评往往寻其源流，评价标准上标举风力，又偏爱典雅的风格和繁富的辞藻。《诗品》的品评具有时代色彩，一些评价颇具争议，但其对五言诗的促进作用和贡献却是不可否定的。

除上述专著之外，南朝还出现了一些其他形式的文学批评文章。这里有论文，如沈约的《宋书·谢灵运传论》、江淹的《杂体诗序》、裴子野的《雕虫论》、萧纲的《与湘东王书》、萧绎的《金楼子·立言》等，这些论文的作者多以文坛领袖的身份鼓吹各自的文学理论，对当时的创作起着指引和推波助澜的作用。这里还有选集，如梁昭明太子萧统及其门人所编撰《文选》，徐陵奉萧纲之命编选的《玉台新咏》，等等。《文选》三十卷，收录秦以前至梁代的作家一百三十人、作品五百一十四篇。《玉台新咏》全书十卷，选录自汉迄梁的诗歌六百六十余首。选集的出现反映了时人对文学进行探讨和总结的热情。

南朝仅存在短短的 169 年，而文学批评却如此踊跃和丰富，这在我国历史上是不多见的，足以再次证明南朝文学的繁荣。

南朝文学的繁荣还表现在鲜明的文学特色上。

南朝文学具有鲜明的特色，一般文论家把它概括为华丽绮靡或形式主义，这一论断有正确的一面，但失之笼统和偏颇。其实，它是文学史上的一个上分水岭，诚如曹道衡、沈玉成所言：“从宋初到陈末，文学发展的总体趋向是社会功能逐步淡化，而美学价值却为所有的作家所追求。应当认为，这种情况标志了中国文学史上一个重要的发展和转折。”[③]

首先，南朝空前强调文学作品抒发“情性”。与晋人重视玄言隽语、把人生玄理化相较，南朝人更重视诗意文心中的人情化和世俗化。按照一般的理解，文学的“言志”与“缘情”是两个相对立的概念，“志”

① 钟嵘撰，周振甫译注：《诗品译注》，第 22 页。

② 钟嵘撰，周振甫译注：《诗品译注》，第 19 页。

③ 曹道衡、沈玉成编著：《南北朝文学史》，第 13 页。

主要指思想中的理性活动，而“情”主要指感性活动。南朝时期，“缘情”的主张主导文坛，反对文学作品的政治化和伦理化，这在漫长的封建时代是罕见的现象。本时期的作品总体上呈现出精致、华丽甚至靡弱的特点，但这并不能否认文学在魏晋实现了自觉之后，再次有力地冲破了来自各方的束缚。虽然由于时代风气、文化思潮和政治以及作者本人襟怀的原因，本时期没有出现特别杰出的作品，但鲍照、谢朓还是奉献了《拟行路难》和《晚登三山还望京邑》等优秀的诗歌。

追求美的文字形式是本时期文学创作的另一大特色。南朝文学创作的风气是“若无新变，不能代雄”①，但由于生活和思想的局限，作家们要互争雄长，就只能在形式技巧上呕心沥血。声律、用事、对偶、动词的锤炼、词性的活用、词序的倒装、字面声色的选择、用词压缩而力求在五个字中容纳更多的内蕴，诸如此类，都是文学家用力的方向。

除了以上鲜明的文学特色，南朝各类体裁的文学作品也有佳作。在文人诗因过分追求形式美而备受诟病的同时，南朝民歌却以其明丽天然的特点大为后人所称道，出现了《西洲曲》那样脍炙人口的作品。南朝民歌的情趣和语言风格对文人诗产生了巨大的影响。这一时期的骈文和辞赋也颇值得一读。骈文在南朝文学中的地位仅次于诗歌，在使用范围广泛上却超过了诗歌。南朝时期的文章，除一部分奏疏论议和史学著作以外，几乎都是骈文。鲍照的《登大雷岸与妹书》、陶弘景的《答谢中书书》、吴均的《与朱元思书》、谢庄的《月赋》、江淹的《恨赋》和《别赋》都是历来传诵的名篇。另外，南朝时期继承晋代作风的俳谐之文，如孔稚珪《北山移文》、沈约《修竹弹甘蔗文》等，都笑骂戏谑，别成一体。刘宋时期的志人小说《世说新语》则着力刻画魏晋风流，其简约清隽的特点成为后来志人小说效仿的典范。

综上所述，南朝是中国文学发展史上一个重要的时期，发展的规模、速度和成果都超越了前代，也超越了同时期的北朝。南朝文学摆脱了哲学和伦理的束缚，强调情性，重视审美价值的创造、艺术技巧的积累和创作理论的探索，但作家们思想相对贫乏，生活面狭窄，轻视文学的社会功能，又成为南朝文学的严重缺陷。

① 《南齐书》卷五十二《文学传论》，第908页。

当然南朝文化的繁荣还表现在其他艺术、科技领域，但这些方面相对来说对我们研究沈约关系较远，这里就不再赘述。

南朝经济、文化的繁荣是我们研究沈约重要的背景：经济发达导致的士人阶层的奢靡之风，思想领域内的自由和兼容，史学的发达以及史学与文学密切的关系，文学繁荣以及其内在的缺陷，都形成了一股时代的风潮，将当时的文人挟裹其间，沈约亦未能免俗。

三、门 第

钱穆说："魏晋南北朝时代一切学术文化，必以当时门第背景作中心而始有解答。当时一切学术文化，可谓莫不寄存于门第中，由于门第之护持而得传习不中断，亦因门第之培育，而得生长有发展。"[①]是的，研究南朝文化人物还有一个规避不了的背景，那就是门第问题。

与东晋高门士族的政治垄断不同，南朝虽然士族与庶族之间的社会地位仍有巨大的差距，但寒门的势力也有所抬头，概括起来，是士庶有分别、寒庶掌实权。

首先来看士庶有分别的情况。

南朝的高门士族承两晋以来的趋势，仍然可以凭借世资坐取公卿。宋、齐、梁甚至以法令做出规定："甲族以二十登仕，后门（寒门）以过立（三十岁以上）试吏。"[②]高门士族子弟始仕之职，多为秘书郎和著作佐郎。这两种官都是职闲廪重、地望清美的好位置。拥有人事选铨大权的吏部尚书、吏部郎也几乎为高门士族所垄断。此外，如黄门侍郎和散骑侍郎二官，一般也只有高门士族才能充任，庶族寒门是不能染指的，所以有所谓"黄、散之职，故须人门兼美"[③]之说。秘书丞更是清贵，一般由侨姓高门士族担任，连江东大士族都不敢奢望。梁武帝以刘孝绰为秘书丞，对人说："第一官当用第一人。"[④]刘孝绰来自传统

---

① 钱穆：《略论魏晋南北朝学术文化与当时门第之关系》，《中国学术思想史论丛》（三），生活·读书·新知三联书店2009年版，第207页。

② 《梁书》卷一《武帝本纪上》，第23页。

③ 《陈书》卷三十四《文学传》，第470页。

④ 《梁书》卷三十三《刘孝绰传》，第480页。

士族彭城刘氏，自然可以充任“第一官”，而梁武帝以吴郡张率为秘书丞，则谓之曰：“秘书丞，天下清官，东南望胄未有为之者，今以相处，为卿定名誉。”[①]张率出身吴郡张氏，是东吴时期就已形成的以文采著称的江东士族，充任秘书丞尚属于特例，何况庶族寒门！[②] 可见南朝高门士族的社会地位还是非常优越的。

高门士族的经济条件也令人咋舌，如陈郡谢混，“仍世宰辅，一门两封，田业十余处，僮仆千人”[③]。混死后十余年，至宋元嘉中，谢混妻东乡君死时，犹有“资财巨万，园宅十余所，又会稽、吴兴、(南)琅邪诸处，太傅、司空琰时事业，奴僮犹有数百人”[④]。

高门士族往往以门第自矜：“服冕之家，流品之人，视寒素之子，轻若仆隶，易如草芥，曾不以之为伍。”[⑤]寒门出身的中书舍人纪僧真是齐武帝的宠臣，他曾对武帝说：“臣小人，出自本县武吏，邀逢圣时，阶荣至此。为儿昏，得荀昭光女，即时无复所须，唯就陛下乞作士大夫。”帝曰：“由江斅、谢瀹，我不得措此意，可自诣之。”僧真承旨诣斅，登榻坐定，斅便命左右曰：“移吾床让客。”僧真丧气而退，告武帝曰：“士大夫故非天子所命。”[⑥]江斅对寒门权臣纪僧真的鄙视和侮辱，足见士族的偃仰自高、骄矜作态。

其实高门士族的骄矜作态是一种“衰至便骄”的表现，唐长孺说：“士庶区别在晋宋之间似乎已成为不可逾越的鸿沟，然而那只能表示士族集团业已感到自己所受的威胁日益严重，才以深沟高垒的办法来保护自己。”[⑦]预感到身份受到了挑战，有些高门士族选择了以深沟高垒的办法来保护自己，而有些高门士族则做出了另一种选择。宋初出自琅邪王氏的王韶之、出自东海徐氏的徐佩之，与出自寒门的中书舍

① 《南史》卷三十一《张率传》，第 816 页。

② 《世说新语·赏誉》记载：“吴四姓，旧目云：张文、朱武、陆忠、顾厚。”(刘义庆撰，余嘉锡笺注：《世说新语笺注》，上海古籍出版社 1993 年版，第 590 页)

③ 《宋书》卷五十八《谢弘微传》，第 1591 页。

④ 《宋书》卷五十八《谢弘微传》，第 1593 页。

⑤ 转引自王仲荦：《魏晋南北朝史》，第 374 页。

⑥ 《南史》卷三十六《江斅传》第 943 页。

⑦ 唐长孺：《魏晋南北朝史论丛续编》，生活·读书·新知三联书店 1959 年版，第 94 页。

人邢安泰“相结党与”[①]，更有甚者，萧齐谢超宗娶张敬儿女为子妇[②]，谢朓更娶王敬则女为妻[③]。谢超宗、谢朓俱出一流高门陈郡谢氏，而张敬儿、王敬则虽位至三公但毕竟寒人出身，应该算是新出的暴发户，门第岂可与陈郡谢氏相提并论？可见当时的高门士族已不是铁板一块，出于一些现实的考虑，他们不得不与门第相差悬殊的权臣联姻。

除上述高门士族与庶族寒门交接或联姻的情况之外，南朝还存在着士庶莫辨的情况。沈约曾上书梁武帝，称刘宋以来谱系簿状毁坏严重，导致“宋、齐二代，士庶不分”，“竞行奸货，以新换故，昨日卑细，今日便成士流”[④]。梁武帝遂设立谱局，命王僧孺定《百家谱》。[⑤] 既然士庶莫辨，当然说明士族与庶族寒门的社会差距在缩小。

史载齐高帝萧道成曾设宴于华林园，令参加宴会的文武群臣各效伎艺，于是“褚渊弹琵琶，王僧虔弹琴，沈文季歌《子夜》，张敬儿舞，王敬则拍张”[⑥]，王俭和陆澄各自诵书。在这些大臣中，王僧虔、王俭、褚渊是侨姓士族，陆澄、沈文季是吴姓士族，张敬儿、王敬则是侨姓庶族。在这次宴会上，侨、吴、士、庶各展其能，充分说明了当时士庶之间彼此接纳和共存的情况。

再来看寒庶掌实权的情况。

寒庶掌实权应该是士族接纳庶族寒门的原因。如前所述，由于高门士族享有特殊的社会地位，帝王们需要他们作为重要的舆论和统治基础，而士族则只孳孳于保持家门的富贵和久长，根本不在意君统的变易、朝代的更迭，只要新的统治者许诺他们以利益，能够做到“市朝亟革，宠贵方来，陵阙虽殊，顾眄如一”[⑦]，那么，对于废立之事，高门士族不是助其篡位、乐见其成，就是不预闻、静观其变。所以，我们可以看到，南朝帝王的登基的禅代典礼上，奉玺者莫不出自高门士族。宋

---

① 《宋书》卷四十三《徐羡之传》，第 1335 页。

② 参见《南齐书》卷三十六《谢超宗传》，第 636 页。

③ 参见《南齐书》卷四十七《谢朓传》，第 827 页。

④ 沈约：《上言宜校勘谱籍》，陈庆元校笺：《沈约集校笺》，浙江古籍出版社 1995 年版，第 96 页。

⑤ 参见《南史》卷五十九《王僧孺传》，第 1462 页。

⑥ 《南齐书》卷二十三《王俭传》，第 435 页。

⑦ 《南齐书》卷二十三《王俭传论》，第 438 页。

受晋禅，谢澹授玺，王弘等为佐命元勋；南齐代宋，褚渊授玺，王俭、王晏均为谋首；萧梁代齐，王亮、王志授玺；陈氏代梁，王通、王玚授玺。难怪史家评论这些高门士族是“殉国之感无因，保家之念宜切”①。高门士族在政权更迭中的这种配合，以及这种配合背后的原因，帝王们也是心知肚明的，因此他们往往给予高门士族充分的礼遇和经济上的实利，但又防止其势力膨胀，尽可能地限制他们的政治权力。前面提到的黄门侍郎、散骑侍郎、秘书丞一类的清贵之官，虽为高门士族所独占，但既名曰“清贵”，则在某种程度上就意味着实权被剥夺。

长期习于逸乐的南朝高门士族大都鄙薄武事，不肯“屈志戎旅”②，“不乐武位”③，政权最主要的支柱即军队就顺理成章地为庶族寒门将帅所掌握。南朝政权依靠的将帅，如刘宋时的蒯恩、到彦之、宗越，齐代的张敬儿、王敬则、陈显达，梁时的吕僧珍、昌义之、陈庆之等都出身寒门，也都是凭借军功而位至荣显的。这些将帅中有不少人成了王朝的方面大员，更有的位列三公，权重一时。正是出于需要“权力”的支持或保护，才出现了陈郡谢氏通婚于张敬儿、王敬则的现象。兵权在寒门是我们所说的寒庶掌实权的表现之一。

南朝自宋文帝以来，引用寒素而有实际行政能力的人来担任中书通事舍人等官职。这些官职属于当时的卑官，不限门资却专管机密，后地位日益重要，成为实际宰相。在高门世族还控制着舆论标准的南朝，这些人多被目为“小人”“细人”，所以《宋书》《南齐书》分别把他们归入《恩幸传》《幸臣传》。其时，居中书通事舍人之职而权倾天下者，如纪僧真、刘系宗、吕文显、吕文度、茹法亮等，均门户低贱，出自寒人。齐武帝尝说：“学士辈不堪经国，唯大读书耳。经国，一刘系宗足矣。沈约、王融数百人，于事何用？”④茹法亮任中书通事舍人时，太尉王俭曾说：“我虽有大位，权寄岂及茹公。”⑤以上足以说明，寒素人物在当时的政治舞台上扮演着如何重要的角色了。

南朝的君主内省重用寒人参掌机要，外藩则托付宗室，由诸王出

① 《南齐书》卷二十三《王俭传论》，第 438 页。

② 《宋书》卷六十三《王昙首传》，第 1679 页。

③ 《南齐书》卷五十二《文学传》，第 890 页。

④ 《南史》卷七十七《恩幸传》，第 1927 页。

⑤ 《南史》卷七十七《恩幸传》，第 1929 页。

任刺史。可自宋中叶以后，出任方镇的诸王，年龄都比较小，而州府上佐又大多由士族子弟来充任，他们往往寄情物外，不屑于留心吏事。于是，君主不得不指派寒人出身的亲近左右来充任诸王典签（也称“签帅”），代替诸王批阅公事，甚至照管诸王的饮食起居，这样，典签的职位虽低，实权却很重。齐竟陵王萧子良曾经问范云：“士大夫何意诣签帅？”范云答道：“诣长史以下皆无益，诣签帅便有倍本之价，不诣谓何！”[①]南海王萧子罕“戍琅邪，欲暂游东堂，典签姜秀不许而止”，子罕回京后，哭着对母亲说：“儿欲移五步亦不得，与囚何异！”[②]从以上的事例来看，典签“权重藩君”四字是真实不虚的。因此，我们说，寒庶之人掌中枢控藩王是寒庶掌实权的另一重要表现。

当然，这里所谓的“士庶有分别，寒庶掌实权”是相对而言的，是一个大概的趋势，个别的情况还要做具体的分析。总之，南朝士庶之间的区别虽然还存在，但差别却在逐渐变小，庶族寒士经常成为掌握实权的关键，这对士族来说不啻是一种挑战。于是，士族在拼命固守自己的优越地位，庶族寒士却在一步步蚕食着士族的地盘。这种微妙的变化和情绪，在出身江东士族的沈约身上都有不同程度的反映，使他成为当时士族文人中有代表性的一个。

《孟子·万章下》曰：“颂其诗，读其书，不知其人可乎？是以论其世也。”[③]在研究沈约之前，我们感受到了南朝人挥之不去的忧生情结，也感受到了当时城市的奢靡和文化的繁荣，更为重要的是，我们也注意到了根深蒂固的士族正逐步没落，庶族对士族的冲击不间断地刺激着社会进步的脉搏。这一些就是沈约生存的时代，是我们研究沈约的前提和基础。

---

① 《南史》卷四十四《齐武帝诸子》，第 1116 页。

② 《南史》卷四十四《齐武帝诸子》，第 1115 页。

③ 杨伯峻译注：《孟子译注》，中华书局 2008 年版，第 193 页。

第二章　沈约传论

沈约历仕宋、齐、梁三代，其间政治风云多变、历史事件纷繁。为避免茫然陷入历史的包围之中，寻找一条贯穿他一生的线索是十分必要的。笔者认为：沈约是吴兴沈氏的沈约，在那个颇有忧生之虑的年代，身处保家之念宜切的阶级，浸淫着家族的文化，传承家族的血脉，他的一生都在为家族的振兴而奋斗，这是解读沈约的人生轨迹和心路历程的钥匙。以此为思路，笔者将沈约的一生分为三个时期：

"来功嗣往迹，莫武徂升彦"[①]——从童年到青年；

"幸逢瑶池旷，得与金芝丛"[②]——中年时代；

"东枝才拂景，西壑已停辀"[③]——晚年时光。

一、"来功嗣往迹，莫武徂升彦"——从童年到青年

宋文帝元嘉十八年(441 年)，江东豪右吴兴沈氏毓秀产灵，时任始兴王刘濬主簿的沈璞喜获麟儿，此子"左目重瞳子，腰有素志，聪明过人"[④]，取名沈约，字休文。这个生有异相的婴儿，似乎注定要担负起家族的期望与使命。

青少年是决定一个人的人生走向和人格形成的最为关键的时期。

---

① 沈约：《长歌行》，陈庆元校笺：《沈约集校笺》，第 287 页。

② 沈约：《江蓠生幽渚》，陈庆元校笺：《沈约集校笺》，第 294 页。

③ 沈约：《东武吟行》，陈庆元校笺：《沈约集校笺》，第 311 页。

④ 《梁书》卷十三《沈约传》，第 242 页。

在这一人生阶段，人们的生活空间往往比较狭小和封闭，他对世界的认识和对自身的塑造也往往深受家庭的影响。在六朝那个特殊的历史环境里，士族子弟的成长和命运无不深深地背负着家族的烙印。沈约更是如此。可以这样说，从童年到青年，沈约不仅仅是一个单独存在的个体，他与他的家族也是血脉相连而又息息相关的。因此，在探究沈约的人生轨迹和心路历程的起始点时，我们必须将他与他的家族渊源和家族特征联系起来共同进行剖析。

我们先来追溯吴兴沈氏的家世。这是一个渊远流长的家族，也是一个拥有过骄人荣耀的家族。关于沈氏的起源，有三种说法。

《沈氏述祖德碑》云："武王受命，其同母弟聃季载，乃文王十子也，有才德，为司空，封于汝南平舆之沈亭，为沈子国。沈氏得姓，实始诸此。"①

沈约说："昔少皞金天氏有裔子曰昧，为玄冥师，生允格、台骀。台骀能业其官，宣汾、洮，障大泽以处太原，帝颛顼嘉之，封诸汾州。其后四国，沈、姒、蓐、黄。沈子国，今汝南平舆沈亭是也。春秋之时，列于盟会。定公四年，诸侯会召陵伐楚，灭之，沈子不会，晋使蔡伐楚，以沈子嘉归。其后因国为氏。"②

东汉王符却说："祝融之孙，分为八姓：己、秃、彭、姜、妘、曹、斯、芈。……芈姓之裔熊严，成王封之于楚，是为粥熊，又号粥子，生四人：伯霜、仲雪、叔熊、季纠。纠嗣为荆子，或封于夔，或封于越，夔子不祀祝融、粥熊，楚伐灭。……沈氏……皆芈姓也。"③

以上三种说法究竟孰是孰非，由于年代久远而又史无明证，现在要做一个明确的判断是很困难的。可以确定的是，沈氏得姓较早而且来自北方。

将沈氏与吴兴联系起来，为这支始终活跃在南朝政治舞台的门阀力量奠定了坚实基础的关键人物，是东汉的沈戎。沈戎字威卿，因劝

---

① 沈麟士：《述祖德碑》，严可均校辑：《全上古三代秦汉三国六朝文·全梁文》卷四十，第 3179b 页。

② 《宋书》卷一百《自序》，第 2443 页。

③ 王符著，张觉译注：《潜夫论全译·志氏姓》，贵州人民出版社 1999 年版，第 678～687 页。

降剧贼尹良有功,被光武帝封海昏侯,而他却坚辞不受并率族人徙居于吴兴,“始过江,为著姓之最,子孙位至二千石……是为洪族”[①]。相传沈戎下葬之时,“有金鹅飞集,三鸣而去。童谣曰:‘金鹅鸣,沈氏兴,代代出公卿。’”[②]童谣或许是后人的补缀,吴兴沈氏却以此为契机步入了江东名门的行列。

沈戎有三子:酆、浒、景,其嫡嗣宗支主要来自沈浒、沈景后人,如沈田子、沈林子、沈约一支出自沈浒;沈充、沈劲、沈演之、沈庆之、沈怀文等则出自沈景。[③] 东汉前期的吴兴“衿带重山、地多汙泽”[④],并不利于农业生产和日常生活。吴兴沈氏在迁居之初,即为争夺生存条件相对较好的柯山,而与同期迁入的姚氏宗族发生了激烈的冲突。[⑤] 同时,吴兴民风又历来剽悍好斗,至东汉中叶,犹复“好用剑,轻死易发”[⑥]。置身其间的沈氏宗人,为应对紧张的地缘关系,又受当地剽悍民风之深刻影响,遂崇尚武力,渐成门风。沈酆——汉零陵太守,沈宪——吴定阳侯,沈矫——吴列侯、建威将军,沈陵——晋镇东将军……这些名字和职位,莫不与“武力”相关。伴随着这些光耀过沈氏门楣的人物渐次淡出,殆及东晋,吴兴沈氏已经发展成为一支以武力强宗著称的重要地方势力。

需要指出的是,由于久居江东,沈氏始终处于东晋统治集团的外围,无法跻身于南渡士族所盘踞的统治集团的核心,这是沈氏心有不甘的。同时,沈氏的武力实力对于南渡士族来说,既有重要的利用价值,又是必须提防的心腹大患。因此,沈氏与统治核心的关系实质上是相当微妙的。这一点在沈氏后来的命运中体现得非常清楚。

此时,吴兴沈氏的宗豪是沈景族系的沈充。沈充“少好兵书,颇以雄豪闻于乡里”[⑦],他成了东晋南朝时期沈氏宗族中卷入最高权力之争

① 转引自陈斯风:《南朝名门吴兴沈氏宗族考论》,《社会科学辑刊》2001年第4期。

② 沈麟士:《沈氏述祖德碑》,严可均校辑:《全上古三代秦汉三国六朝文·全梁文》卷四十,第3179b页。

③ 参见王永平:《东晋南朝吴兴沈氏之尚武及其地位的变迁》,《南都学坛》2005年第5期。

④ 《宋书》卷九十九《二凶传》,第2435页。

⑤ 参见唐燮军:《六朝吴兴沈氏宗族文化的传承与变易》,《重庆社会科学》2007年第3期。

⑥ 《汉书》卷二十八《地理志下》,中华书局1962年版,第1667页。

⑦ 《晋书》卷九十八《王敦附沈充传》,第2565页。

旋涡中心的第一人。

南渡之初，侨姓士族对义兴周氏“一门五侯，并居列位，吴士贵盛，莫与为比”①的现象深为忌惮，而实力与周氏相侔的沈充也愿意通过击垮周氏来稳固其江东第一豪族的地位。王敦拉拢、指使沈充尽灭义兴周氏，并许诺事成之后“充等得专威扬土”②。于是由王敦罗织罪名而由沈充提供军事支援，彻底粉碎了周氏在江东的势力。可以说，在对付周氏的行动中，王敦利用了沈充的军事实力，尽管这种利用对双方均有好处。接着，王敦掀起了叛乱。王敦的叛乱似乎使沈充看到了提高家族地位的希望，作为铲除周氏的有功之臣，王敦如果成功，沈氏必然可以分一杯羹。忿忿不平于排除在统治核心之外的沈充自然愿意积极投靠王敦。然而，王敦失败了，沈充为部曲所杀，“父子授首，党与诛者以百数”③。这是东晋南朝以来沈氏宗族遭受的第一次沉重打击。

其实，即便不参加王敦叛乱，沈氏迟早也要被摧残。早在谋灭周氏的时候，有人就曾向王敦进言：“今江东之豪，莫强周、沈，公万世之后，二族必不静矣。”之所以首先消灭周氏，只不过是由于“周强而多俊才，宜先为之所，后嗣可安”，而王敦“纳之”。④ 这个“先”字很说明问题。那“后”呢？是不是要向沈氏下手呢？可见，在被引为同盟的王敦眼里，沈氏也是必须铲除的对象。何况统治核心中那些其他士族呢？沈氏的处境多么可怕！

沈氏的宗族精神里有一种顽强的韧性。在沈充被杀的时候，他的一个儿子沈劲“当坐诛，乡人钱举匿之得免。其后竟杀仇人……年三十余，以刑家不得仕进”⑤。如何摆脱这一困境呢？沈劲走的仍是武功之路。当时吴兴郡将王胡之受命北守洛阳，上书请以沈劲为参军：“吴兴男子沈劲，清操著于乡邦，贞固足以干事。且臣今西，文武义故，吴兴人最多，若令劲参臣府事者，见人既悦，义附亦众。”⑥百足之虫，死而

① 《晋书》卷五十八《周处传》，第 1041 页。

② 《晋书》卷五十八《周处传》，第 1041 页。

③ 《宋书》卷三十一《五行志二》，第 916 页。

④ 《晋书》卷五十八《周处传》，第 1040 页。

⑤ 《晋书》卷八十九《忠义传》，第 2317 页。

⑥ 《晋书》卷八十九《忠义传》，第 2317 页。

不僵，尽管沈充被杀，沈劲却得益于沈氏在吴兴的影响力而再一次步入仕途。当鲜卑慕容氏进入中原时，沈劲自募壮士，得千余人，助冠军将军陈祐坚守洛阳，终于被俘遇害。“劲志欲致命，欣获死所……朝廷闻而嘉之，赠东阳太守……子赤黔为大长秋。赤黔子叔任，义熙中为益州刺史。”[1]仅用了一代人的慷慨悲壮，沈氏就一雪前耻，再一次跻身仕伍。沈充父子一云“贼臣”，一曰“忠义”，看似忠奸天壤，实就家族利益而言，沈充父子的行为目的是一致的，都是为了家族的仕进与家门的荣光。

然而，一个凭武功起家立身的家族，要想在政治风云中既不受猜忌又保持家门的地位，实在太难了。东晋隆安年间，沈氏再遭家难，这一次的主人公是沈约的高祖沈警和曾祖沈穆夫。

东晋衣冠南渡，北方的高门士族是凭借着顾氏等江东士族的接引才立稳脚跟的[2]，这在江东士族某些人看来，顾氏等士族是引狼入室，而北方高门是鸠占鹊巢。吴兴乌程文人丘灵鞠曾说：“我应还东，掘顾荣冢。江南地方数千里，士子风流，皆出其中，顾荣忽引诸伧渡，妨我辈途辙，死有余罪。”[3]这段话反映的正是江东士族某些人的共同心态。可见，在南渡之初，北方高门与江东士族还是矛盾重重的。

《南史·沈约传》记载：

> (沈)警字世明，惇笃有行业，学通《左氏春秋》，家产累千金。后将军谢安命为参军，甚相敬重。警内足于财，为东南豪士，无进仕意，谢病归。安固留不止，乃谓曰：“沈参军，卿有独善之志，不亦高乎？”警曰：“使君以道御物，前所以怀德而至，既无用佐时，故遂饮啄之愿尔。”还家积载，以素业自娱。前将军王恭镇京口，与警有旧好，复引为参军。手书殷勤，苦相招致，不得已而应之。寻复谢去。子穆夫字彦和，少好学，通《左氏春秋》。王恭命为前将军主簿，谓警曰：“足下既执不拔之志，高卧东南，故屈贤子共事，

① 《晋书》卷八十九《忠义传》，第2317页。

② 参见王仲荦：《魏晋南北朝史》，中华书局2007年版，第五章。

③ 《南齐书》卷五十二《文学传》，第890页。

非吏职婴之也。”①

这一段，透露出很多消息：第一，沈警与沈穆夫俱通《左氏春秋》，大有一些儒生景象。第二，沈氏富甲一方。第三，沈警并不愿为侨姓士族王谢世家服务，向往自在富足的生活。

《南史·沈约传》继续说：

> 初，钱唐人杜炅字子恭，通灵有道术，东土豪家及都下贵望并事之为弟子，执在三之敬。警累世事道，亦敬事子恭。子恭死，门徒孙泰、泰弟子恩传其业，警复事之。隆安三年，恩于会稽作乱，自称征东将军，三吴皆响应。穆夫在会稽，恩以为余姚令。及恩为刘牢之所破，穆夫见害。②

这一段告诉我们两个消息：第一，吴兴沈氏累世事天师道；第二，沈氏是自愿响应孙恩起义的。

乍看起来，这次家难是由于沈警和沈穆夫参与孙恩叛乱而咎由自取，然而事情是否如此简单呢？

作为东南豪士，尽管沈警以儒业自娱，颇有些不以物务自缨的姿态，但他与谢安、王恭等人不合作的态度，却让侨姓士族不放心。这种不放心未必是针对沈氏，但所谓“甚相敬重”的客气背后，暴露的是沈氏与侨姓士族之间的疏远和提防。

孙恩、卢循所领导的起义，其实是江东次等士族对侨姓士族的一种反抗③，而沈氏偏偏自动卷入了这场祸乱，这说明什么呢？这说明沈氏其实并不甘心当时的地位，他们想借助孙恩、卢循的力量来一场赌博，如果赢了，就能摆脱久居人后的局面，可惜，沈氏这次赌输了。

沈警和沈穆夫的悲剧再次给沈氏敲响了警钟：以武力强宗的姿态卷入政治旋涡是相当危险的，沈氏必须选择一条更为光明的出路。但是，沈警和沈穆夫的失败，使沈氏遭受的打击比沈充的失败更为沉重，因为这一次沈氏不仅家破人亡，而且内部开始分裂，沈警父子等人的

---

① 《南史》卷五十七《沈约传》，第1405页。

② 《南史》卷五十七《沈约传》，第1405页。

③ 参见田余庆：《东晋门阀政治》，北京大学出版社2005年版。

遇害竟然是族人告密："先是穆夫宗人沈预与穆夫父警不协，至是告警及穆夫，弟仲夫、任夫、预夫、佩夫，并遇害。"[①]侥幸逃脱的只有沈穆夫之子渊子、云子、田子、林子和虔子。沈约曾以沉痛的笔调记录了兄弟五人逃亡的情况："一门既陷妖党，兄弟并应从诛。逃伏草泽，常虑及祸。而沈预家甚富强，志相陷灭。……时生业已尽，老弱甚多，东土饥荒，易子而食，外迫国纲，内畏强雠，沈伏山草，无所投厝。"[②]

这一次，沈氏顽强坚韧的家族品格又一次拯救了这个家族，并把家族推到了荣耀的顶峰。

在贫困、恓惶与恐惧中过了五年，沈约的祖父沈林子和从祖沈田子等兄弟五个走投无路，再一次走上了武功之路，因为，别无选择。风云际会，他们参加了政坛新贵刘裕的北府兵，讨刘毅、伐司马休之、平卢循、灭后秦，立下了赫赫战功。刘裕建立刘宋政权，沈林子封汉寿县伯，死后追赠征虏将军；沈田子死于王镇恶、王修、傅弘等几大军阀之间的互相残杀，但因为军功卓著，仍得封龙骧将军、始平太守；沈渊子则战死沙场，封五等县侯。沈田子兄弟终于用性命换来了沈氏渴望已久的家门的贵盛。

沐浴着祖父辈的光辉，沈约开始了他的童年时代，而此时父亲沈璞的仕途更是春风得意，他先是为刘濬所赏异，后又在抵御北魏南下的盱眙保卫战中表现得有勇有谋，得封淮南太守。一时间，宋文帝对他"赏赐丰厚，日夕宴见"[③]，"沈氏之兴，莫是过也"[④]。

与此同时，沈约的远房亲戚沈景的后代沈演之正深得宋文帝的信任，迁领国子祭酒、本州大中正，转吏部尚书，领太子右卫率，"虽未为宰相，任寄不异也"[⑤]。稍后，沈演之从子沈攸之也因战功得封县侯。还有一位沈庆之也赫赫扬扬，他在征讨荆、雍蛮族的战争中俘获蛮人20万，壮大了刘宋的国家实力。随后声望和地位不断上升，文帝任为

---

① 《南史》卷五十七《沈约传》，第1405页。

② 《宋书》卷一百《自序》，第2453页。

③ 《宋书》卷一百《自序》，第2464页。

④ 沈麟士：《沈氏述祖德碑》，严可均校辑：《全上古三代秦汉三国六朝文·全梁文》卷四十，第3180a页。

⑤ 《宋书》卷六十三《沈演之传》，第1686页。

太子步兵校尉，孝武帝则任领军将军、加散骑常侍，出为使持节，督南兖、豫、徐、兖四州诸军事，镇军将军，南兖州刺史，等等，后又进号镇北大将军，进督青、冀、幽三州，开府仪同三司，封始兴郡公，食邑三千户，并固让司空。孝武帝死，又为顾命大臣。在沈庆之的带动下，其兄弟子侄多人皆有将用，著名者有沈劭之、沈僧荣、沈文秀等，“群从姻戚，由之在列位者数十人”①。吴兴沈氏遍地开花，其权势气焰，真可谓烈火烹油。不过沈庆之、沈攸之后来都卷入了帝王夺权斗争之中，由武力起家，又由武力而死于非命，重蹈覆辙。不过，那是后话了。

不难想见，年幼的沈约生活在这种荣耀之下，必能朦胧地意识到作为士族子弟和沈氏成员的自豪。

其实，沈约童年的这个时期，沈氏作为后起之秀而忝列其中的高门华胄已经开始走下坡路了，它们失去了东晋时期的政治特权，刘裕处置它们的方法是“除其宿衅，倍其恩泽，贯叙门第，显擢才能”②，也就是承认它们的门第、给予它们经济实惠却削弱它们的政治实权。同时，它们的政治能力也萎缩了：“高门大族者，不过雍容令仆，裙屐相高，求王导、谢安，柱石国家者，不一二数也。”③越是如此，越要维护，王球不与庶族显贵徐爰交接，傲慢地说：“士庶区别，国之章也。”④正是这种没落心态的反映。受这种心态的驱使，它们开始严格地撰写族谱，唯恐寒人窜入，玷污血统的纯洁。⑤ 作为武力强宗沈氏虽然权力在握，在南朝高级门阀重文轻武的社会背景下，其武将的社会地位也是颇受轻视的。史载：“（沈）文季风采棱岸，善于进止。司徒褚渊当世贵望，颇以门户裁之。”⑥沈氏多少代人马革裹尸所积累的武功，在高门士族看来不过是一群武夫的拼命而已。

然而，年少的沈约不可能理解这一切。他看到的是沈氏子弟和其

---

① 《宋书》卷七十七《沈庆之传》，第 1999 页。

② 《宋书》卷九十三《隐逸传》，第 2278 页。

③ 赵翼著，王树民校证：《廿二史札记校证》卷十二，中华书局 1984 年版，第 268 页。

④ 《南史》卷二十三《王球传》，第 630 页。

⑤ 当时族谱的撰写情况，可参考苏绍兴《两晋南朝的士族》、李传印《魏晋南北朝时期史学与政治的关系》等著作。

⑥ 《南齐书》卷四十四《沈文季传》，第 776 页。

他士族“傲九棘之家，黄散之孙，蔑令长之室；转相骄矜，互争铢两。所论必门户，所议莫贤能”[①]，潜移默化之中，他那强烈的士族情结和家族意识形成了。后来沈约在《宋书·自序》里夸耀门第，对“魏晋以来，以贵役贱，士庶之科，较然有辩”[②]大加赞赏，并且痛斥王源与庶族通婚是“灭祖辱亲”[③]。这些言论和举动，很可能都肇始于此时的所见所闻。

沈约尊贵优渥的日子并没有过多久。宋元嘉三十年（453年），元凶弑逆，沈璞因未能及时奉迎武陵王刘骏义师而遭刘骏心腹颜峻的谗言遇害，年仅三十八岁。可叹这位“奉时无纤介之失，在家有孝友之称，学优才赡，文义可观”[④]的壮年才俊，未及一逞其才就匆匆殒命。一夜之间，沈约就由无忧无虑的翩翩佳公子变成了幼年失怙的罪臣之子。这一年，沈约十三岁，巧合的是，他的祖父沈林子失怙的那一年，也是十三岁。罪臣之子的生活是人尽可欺的，“（沈约）少时孤贫，丐于宗党，得米数百斛，为宗人所侮，覆米而去”[⑤]，但这种饱含屈辱和辛酸的生活却考验了沈约。艰难困苦，玉汝于成，童年的剧变对于沈约来说，既是折磨也是锤炼，他告别了纨袴与膏粱，开始了真正的成长。

沈璞之死也有深层的原因，刘濬是所谓的“二凶”之一，而颇有军事力量的沈璞又曾是他的亲信。对于刘骏来说，保留沈璞岂不是遗患于后？不如采用一箭双雕之计，在堂而皇之地消灭刘濬的同时，狠狠打击一下沈璞，或许沈璞没有军事力量倒可以幸免。[⑥]

这次家难再次暴露了沈氏作为武力强宗的悲哀：虽然政权更迭了，但统治者对它的态度却没有实质性的改变，军事力量的强大使它总是冒着深受猜忌的危险，而它又没有强大到可以与统治者相抗衡的地步。不必再做尝试了，一次次的挫折启示沈氏，要想自保必须放弃武力，不再卷入残酷的皇权军事斗争。但是，放弃武力岂不是等于丧

① 裴子野：《宋略·选举论》，严可均校辑：《全上古三代秦汉三国六朝文·全梁文》卷五十三，第3265a页。

② 《宋书》卷九十四《恩幸传论》，第2302页。

③ 沈约：《奏弹王源》，陈庆元校笺：《沈约集校笺》，第99页。

④ 《宋书》卷一百《自序》，第2461页。

⑤ 《梁书》卷十三《沈约传》，第242页。

⑥ 王永平猜测沈林子也是死于刘裕兔死狗烹的暗害。参见王永平：《东晋南朝吴兴沈氏之尚武及其地位的变迁》，《南都学坛》2005年第5期。

失了家族得以存在的唯一合理性吗？沈氏在思索。他们看到：同样是著名将门的吴郡陆氏，在陆绩、陆机等几代人努力以文义扭转门风之后，家运一直都呈现平稳之势。陆氏的经验不失为一条极好的思路。他们还看到：南北对峙已成定局，统治者破土开疆的雄心不再，偃武修文的施政倾向初见端倪，“近世取人，多由文史”[①]的风气也渐趋明朗，这仿佛暗示着一种契机。

同时，反观自身，虽然以武力著称，但文化积累也达到了相当的水平。沈约关于沈氏家族文化氛围的描述，也许颇多溢美，但绝不是凭空杜撰。在沈约笔下，沈警学通《左氏春秋》。沈林子颇具儒将风采：“简泰廉靖，不交接世务，义让之美，著于闺门，虽在戎旅，语不及军事。所著诗、赋、赞、三言、箴、祭文、乐府、表、笺、书记、白事、启事、论、老子一百二十一首。”[②]伯父沈亮不仅“清操好学，善属文”[③]，还热心儒学：“值儒学崇建，亮开置庠序，训授生徒。”[④]父亲沈璞更是“好学不倦，善属文”[⑤]。可见，沈氏的儒行文章在沈约之前都达到了一定的高度。其他家族的榜样、统治者的施政倾向和自身的条件都指向同一个标的——转化为文化士族，依靠文化的传递博取家族的绵延。曹丕不是说文章“盖经国之大业，不朽之盛事”[⑥]吗？宋文帝元嘉十五年（438年），立儒、玄、文、史四馆，这是不是统治者偃武修文的信号？[⑦] 弃武从文吧！这是历次家难的血泪教训，也是振兴家族的稳妥方法。沈约有志于文史的初衷大概正是有鉴于此。

通过前面的叙述，我们还可以看到沈氏家族有强烈的功名进取心，这种功名进取心也可以理解为儒家立事立功的人生理想。沈充率部曲起兵时曾豪迈地说：“男儿不竖豹尾，终不还也！”[⑧]沈田子率众北

---

① 《梁书》卷十四《江淹任昉传论》，第 258 页。

② 《宋书》卷一百《自序》，第 2459 页。

③ 《宋书》卷一百《自序》，第 2449 页。

④ 《宋书》卷一百《自序》，第 2460 页。

⑤ 《宋书》卷一百《自序》，第 2451 页。

⑥ 曹丕：《典论·论文》，宋效永校点：《三曹集》，岳麓书社 1992 年版，第 177 页。

⑦ 参见《宋书》卷九十三《隐逸传》，第 2292 页。

⑧ 《晋书》卷九十八《王敦附沈充传》，第 2567 页。

伐，敌众我寡，支撑他信念的只有："封侯之业，其在此乎？"[①]沈璞在魏兵压境之际对官兵慷慨陈词："此是吾报国之秋，诸君封侯之日。"[②]耳濡目染之下，这种进取精神必为沈约所秉承，而亲身经历过功名的繁华和负罪潜窜、居无定所、饱受屈辱的落魄，两相对比，天壤之别的感受更加深了他对功名必要性的认识。沈约的"昧于荣利，乘时籍势"[③]，也许即肇端于此。

然而，身为罪臣之子，虽然得到了赦免[④]，博取功名也绝非易事，只有发奋图强、汲汲自修才有可能把握难得的机会，沈约正是这样做的。《梁书·沈约传》说："流寓孤贫，笃志好学，昼夜不倦，母恐其以劳生疾，常遣减油灭火。而昼之所读，夜辄诵之，遂博通群籍，能属文。"[⑤]一个在困境中不坠青云之志的青年才俊的形象跃然纸上。

需要指出的是，沈约虽然弃武从文，其少时所属意的却不是文学，"常以晋氏一代竟无全书，年二十许，便有撰述之意"[⑥]，可见，其最先的志向在于史学。之所以选择史学，除自身的条件和爱好之外，沈约恐怕还有其他的考虑。其一，裴子野说："宋初迄于元嘉，多为经史。"[⑦]可见当时史学的地位要高于文学，沈约选择史学为主攻方向也就是很顺理成章的事了。其二，何法盛窃取郗绍的《晋中兴书》手稿前，对郗绍说："卿名位贵达，不复俟此延誉。我寒士，无闻于时，如袁宏、干宝之徒，赖有著述，流声于后。宜以为惠。"[⑧]正如何法盛所言，写一部成一家之言的史书是"寒士"立身扬名的极佳途径。进，可以为步入仕途增添砝码；退，又可以贻惠后人。沈约当时的处境正与"寒士"相差无多，故而史学途径就成了他改造家风的首选。

---

① 《宋书》卷一百《自序》，第 2448 页。

② 《宋书》卷一百《自序》，第 2463 页。

③ 《南史》卷五十七《沈约传》，第 1414 页。

④ 孝建二年(455 年)，宋孝武皇帝刘骏颁布赦免诏书曰："在朕受命之前，凡以罪徙放，悉听还本。犯衅之门，尚有存者，子弟可随才署吏。"事见《宋书》卷六《孝武帝本纪》，第 113 页。

⑤ 《梁书》卷十三《沈约传》，第 233 页。

⑥ 《南史》卷五十七《沈约传》，第 1413 页。

⑦ 裴子野：《雕虫论》，严可均校辑：《全上古三代秦汉三国六朝文·全梁文》卷五十三，第 3262b 页。

⑧ 《南史》卷三十三《郗绍传》，第 859 页。

“弱年孤苦，傍无期属”[1]使沈约早早地理解了结交戚里豪门对于个人前途的意义，“有客弱冠未仕，缔交戚里，驰骛王室，遨游许史”[2]，正是他的自方。沈约所结交的王室戚里具体是哪些人，现在已经很难弄清楚了，但里面可能就有他的远房亲戚沈庆之。[3] 在积累学识的寒窗之下，在交接宗党的忙碌之中，沈约渐渐成熟了，这种成熟不再是为将门有后积累的成熟，而是为仕途准备的成熟，为成为文学之士准备的成熟。随着才华和阅历的与日俱增，沈约等到了机会的青睐。二十余岁的时候，他起家奉朝请[4]，叩开了仕途之门。

入仕之初，虽然不过是“崎岖薄宦”[5]，但它是来之不易的，又是解决温饱的依靠，在罪臣之子的阴影笼罩下，沈约肯定会对它倍加珍惜，不敢有丝毫懈怠。根据他当时的处境，我们不妨这样猜想：沈约做事是兢兢业业的，行为是稳重踏实的，或许也是沉默罕言的吧，总之一定是非常内敛的。在忠于职守和任劳任怨的背后，沈约的真实感受应该是深深的压抑。

“中池所以绿，待我泛红光”[6]，沈约对自己的才学是自负的。这个时候，他开始着手构思《晋书》，期待着有一双巨眼能够发现他的光彩，也只有这件事情是他可以自主的。沈约在压抑和期待中步入了中年。

综上所述，沈约领略了世家子弟的优越，饱尝了罪臣之子的艰辛，迈进了起伏不定的宦海，也形成了以压抑为内核、以内敛为表象的性

---

① 沈约：《与徐勉书》，陈庆元校笺：《沈约集校笺》，第 140 页。

② 沈约：《丽人赋》，陈庆元校笺：《沈约集校笺》，第 2 页。

③ 据林家骊考证，沈约所作的《为始兴王让仪同表》为《为始兴公让仪同表》之误，而始兴公就是沈庆之，彼时沈约尚未出仕，可能依附在沈庆之门下。沈约能够起家奉朝请，疑与沈庆之的推荐有关。参见林家骊：《一代辞宗——沈约传》第三章，浙江人民出版社 2006 年版。

④ 关于沈约起家奉朝请的时间，严可均系为孝建中（454～456 年）（《全上古三代秦汉三国六朝文》），时沈约 16～18 岁；铃木虎雄（《沈约年谱》）、刘跃进（《门阀士族与永明文学》）、林家骊（《沈约研究》）、罗国威（《沈约任昉年谱》）、侯云龙（《沈约年谱》）等系为大明四年（460 年）或大明五年（461 年），时沈约 20 岁或 21 岁；王达津系为泰始元年（465 年）（《沈约评传》），时沈约 25 岁；陈庆元《沈约集校笺》系为泰始二年（466 年）或稍前，时沈约 26 岁或稍前；柏俊才（《沈约“起家奉朝请”的时间新考》）系为孝建二年（455 年），时沈约 15 岁。本文从大明五年（461 年）。

⑤ 沈约：《与徐勉书》，陈庆元校笺：《沈约集校笺》，第 140 页。

⑥ 沈约：《咏芙蓉》，陈庆元校笺：《沈约集校笺》，第 428 页。

格。家族的辉煌培养了他深刻的士族情结和家族意识,家族的灾难促使他做出了弃武从文的抉择,家族的进取精神则坚定了他投身仕途的决心。一言以蔽之,沈约是吴兴沈氏的沈约,他奋起于家族的衰微之际,而正是因此,也决定了沈约一生的行为不可能有更高的境界了。

二、"幸逢瑶池旷,得与金芝丛"——中年时代

宋明帝泰始三年(467 年),沈约期待的巨眼出现了,他就是刘宋王朝的肱股大臣蔡兴宗。这一年,沈约二十七岁。二十七岁,我们看来还是青年,但在古人心中已经属于中年了。这里我们结合沈约的生平,主要考察一下沈约仕宋、仕齐的经历和他的交游情况。

《梁书·沈约传》说:"济阳蔡兴宗闻其才而善之,兴宗为郢州刺史,引为安西外兵参军,兼记室。"[①]沈约得到了蔡兴宗的赏识,跟随他到了郢州、会稽和荆州,直到泰豫元年(472 年)蔡兴宗去世。[②]

蔡兴宗出身名门望族,他是东晋司徒蔡谟玄孙、吏部尚书蔡廓之子,"幼立风概,家行尤谨,奉宗姑,事寡嫂,养孤兄子,有闻于世"[③],颇有儒家孝悌德行。孝武帝一度非常信任他,曾委托他选拔全国官吏:"卿详练清浊,今以选事相付,便可开门当之,无所让也。"[④]但蔡兴宗"每正言得失,无所顾惮,由是失旨。竟陵王诞据广陵城为逆,事平,兴宗奉旨慰劳。州别驾范义与兴宗素善,在城内同诛。兴宗至广陵,躬自收殡,致丧还豫章旧墓。上闻之,甚不悦。庐陵内史周朗以正言得罪,锁付宁州,亲戚故人,无敢瞻送;兴宗在直,请急,诣朗别。上知尤怒。坐属疾多日,白衣领职"[⑤]。可见,蔡兴宗还是个有原则、讲义气、敢于直言犯上的耿介刚直之人。后来,蔡兴宗又重新被启用,仕途顺利,官至都督荆、湘、雍、益、梁、宁、南北秦八州诸军事,征西将军,开府

---

① 《梁书》卷十三《沈约传》,第 233 页。

② 《沈约研究》认为沈约曾追随蔡兴宗到过会稽,本书从之。参见林家骊:《沈约研究》,杭州大学出版社 1999 年版,第二章。

③ 《宋书》卷五十七《蔡廓附蔡兴宗传》,第 1584 页。

④ 《南史》卷二十九《蔡廓附蔡兴宗传》,第 765 页。

⑤ 《宋书》卷五十七《蔡廓附蔡兴宗传》,第 1574 页。

仪同三司，荆州刺史，还做了宋明帝的顾命大臣，朝野威望很高。

能够得到蔡兴宗的赏识，对于沈约来说，自然是件荣幸的事。不过，考虑到沈约青年时期可能投奔在沈庆之门下，他和蔡兴宗也可能在沈庆之处就有交集。总之，蔡兴宗对沈约是十分了解的。史载："兴宗尝谓其诸子曰：'沈记室人伦师表，宜善事之。'及为荆州，又为征西记室参军，带厥西令。"①沈约之所以被蔡兴宗誉为"人伦师表"，大概不外以下几种原因。一是因为他"不饮酒，少嗜欲……居处俭素"②的生活方式。青少年时期所经历的磨难使沈约没有沾染上纨绔子弟的浮华，这与蔡兴宗儒家道德观有一致之处。二是因为沈约"该悉旧章，博物洽闻"③，有真才实学。三是长久的压抑所造成的比较内敛的性格，这种性格使沈约常常以礼貌、谦虚、谨慎、随和的面貌示人，所谓"谦谦君子，温其如玉"，这与儒家推崇的"温良恭俭让"的君子人格相符。沈约的这些人格特点，不仅博得了蔡兴宗的嘉许，也有利于他建立起融洽的人际关系。

蔡兴宗的儿子蔡撙颇有乃父风范，"风骨鲠正，气调英嶷，当朝无所屈让"④，是梁朝的一代名臣。他始终把沈约当作府中故旧看待，对他的评价也很高。据《南史·蔡廓传》记载，梁武帝尝谓蔡撙曰："卿门旧尚有堪事者多少？"撙曰："臣门客沈约、范岫各已被升擢，此外无人。"⑤

除了为沈约延誉之外，蔡兴宗还奏启明帝，帮助沈约取得了撰述《晋书》的合法性⑥，这对沈约来说无疑是一种鼓励和鞭策，同时，也促使他更为坚定地走上文史之路。

沈约对蔡兴宗一直存有感念之情，元徽三年(475 年)，他写了一篇《栖禅精舍铭并序》，在序文中他说："此寺征西蔡公所立，昔厕番麾，预

---

① 《梁书》卷十三《沈约传》，第 233 页。

② 《南史》卷五十七《沈约传》，第 1412 页。

③ 《梁书》卷十三《沈约传》，第 242 页。

④ 《南史》卷二十九《蔡廓附蔡兴宗传》，第 775 页。

⑤ 《南史》卷二十九《蔡廓附蔡兴宗传》，第 779 页。

⑥ 沈约曾说："常以晋氏一代，竟无全书，年二十许，便有撰述之意。泰始初，征西将军蔡兴宗为启明帝，有敕赐许。"可见蔡兴宗对他的信任和帮助。事见《宋书》卷一百《自序》，第 2466 页。

班经创之始，今重游践，览旧兴怀。故为此铭，以传芳迹。”[1]字里行间流露出一种对蔡兴宗的隽永深切的缅怀意味。

在蔡兴宗幕府，沈约受益良多：他不仅收获了赞誉，走出了家乡吴郡，开阔了眼界，应该还熟悉了行政规范，提高了理事能力。尤其是他还收获了一些志趣相投的朋友。

比如范云。范云的父亲范抗时任蔡兴宗府的参军，范云先是随父在郢州结识了沈约，后来他也成了蔡兴宗的幕僚，做了沈约的同事。范云“性笃睦，事寡嫂尽礼，家事必先谘而后行。好节尚奇，专趋人之急”[2]，是一个谨守儒家礼教，又颇有点侠义精神的人。同时，“性机警，有识具，善属文，下笔辄成，时人每疑其宿构”[3]，具有非常突出的文学才能。与沈约的内敛性格不同，范云“性颇激厉，少威重，有所是非，形于造次”[4]，举止比较率性。沈约和范云二人，兴趣才能相侔，性格互补，惺惺相惜，常常切磋文艺、有所赠答。[5] 入齐以后，二人又同在文惠太子和竟陵王萧子良门下共事，都是“竟陵八友”的成员。齐末，二人又同助萧衍成就帝业，萧衍建梁，范云、沈约任吏部尚书、左右仆射。天监二年（503 年），范云病逝，沈约为其作《尚书右仆射范云墓志铭》以寄托哀思。沈、范的友谊持续了一生，二人几乎相互见证了彼此所有重要的人生转折，又几乎取得了相同高度的文名和社会地位，这在文学史上是非常罕见的，堪称一段传奇。所以，《梁书 · 范云沈约传论》说：“范云、沈约，参预缔构，赞成帝业；加云以机警明赡，济务益时，约高才博洽，名亚迁、董，俱属兴运，盖一代之英伟焉。”[6]

沈约当时的好友还有庾杲之。沈约与庾杲之相识于蔡兴宗府上，后来又共同任晋熙王刘燮的属官，二人颇有友缘。庾杲之“学涉文义”，而且“风范和润，善音吐”，口才极好，幽默诙谐，连齐武帝都“每叹

① 沈约：《长栖禅精舍铭并序》，陈庆元校笺：《沈约集校笺》，第 198 页。

② 《梁书》卷十三《范云传》，第 231 页。

③ 《梁书》卷十三《范云传》，第 229 页。

④ 《南史》卷五十七《沈约范云传》，第 1420 页。

⑤ 范云有《送沈记室夜别》五言诗，见陈庆元校笺：《沈约集校笺》，第 511 页。

⑥ 《梁书》卷十三《范云沈约传论》，第 244 页。

其风器之美"[①]。入齐之后他担任侍中,曾奉旨应对北使。杲之病逝后,沈约写了《伤庾杲之》,感伤于友人的坟茔"楸槚今已合",回忆他"蕴藉含文雅,散朗溢风飚"[②]的昭昭容范。

沈约当时的好友还有范岫。范岫与沈约也是相识于蔡兴宗府上,后来又同在文惠太子、竟陵王府中任职,时人认为"岫文虽不逮约,而名行为时辈所与,博涉多通"[③],入梁后,范岫官至金紫光禄大夫,"每所居官,恒以廉洁著称"[④],两人的友谊也持续了一生。沈约有《别范安成》诗传世。

此外,沈约的朋友还有李珪之、胡谐之等人,沈约都曾为他们写过诗[⑤],那些文字都是友谊的见证。可以想见,当时的工作之暇,沈约或者与友人谈论文义,或者撰写《晋书》,生活应该是愉快而充实的。

泰豫元年(472 年)蔡兴宗卒,此时沈约已略有文名,他"始为安西晋安王(晋安王当为晋熙王之误)法曹参军,转外兵,并兼记室。入为尚书度支郎"[⑥],职位也有小幅度的提升。

沈约第二次到了郢州,这一次是做晋熙王刘燮的属官,为时约有五年。在任上,沈约结识了直接上司王奂。王奂出身琅琊王氏,时任晋熙王镇西长史、冠军将军、江夏武昌太守。此人笃信佛教,可能对沈约的佛教信仰起到过一定的影响。多年以后的齐永明年间,沈约曾撰文称颂他"深达法相,洞了宗极。勤诫外著,仁隐内弘"[⑦]。由此推断,王奂与沈约的上下级关系是融洽的。

元徽四年(476 年),沈约迎来了他的第二任上司萧赜。萧赜被任命为晋熙王镇西长史、江夏内史、行郢州事,跟随他前来的还有他的长子萧长懋。结识萧赜父子对于沈约的人生走向起到了至关重要的作

---

① 《南齐书》卷三十四《庾杲之传》,第 615 页。

② 沈约:《伤庾杲之》,陈庆元校笺:《沈约集校笺》,第 413 页。

③ 《南史》卷六十《范岫传》,第 1467 页。

④ 《南史》卷六十《范岫传》,第 1468 页。

⑤ 沈约有《伤李珪之》《伤胡谐之》等五言诗传世。参见陈庆元校笺:《沈约集校笺》,第 412 页。

⑥ 《梁书》卷十三《沈约传》,第 233 页。

⑦ 沈约:《湘州枳园寺刹下石记》,陈庆元校笺:《沈约集校笺》,第 170 页。

用，如果说跟随蔡兴宗让他摆脱了困顿的话，那么结识萧赜父子则让他走向了腾达。萧赜当时是势力急剧飙升的镇军将军萧道成的儿子，后来则成了齐武帝，而萧长懋就是后来的文惠太子。

萧赜为人“刚毅有断，为治总大体，以富国为先。颇不喜游宴、雕绮之事”[①]。他瞧不起文人，说他们“不堪治国，唯大读书尔”[②]，同时又说“文章诗笔，乃是佳事”[③]，显然，他认为文学之士有可用无大用，持一种认可但不重视的态度，估计其对沈约也是这种态度。不过，萧赜喜欢南朝民歌，曾经仿写过《估客乐》，还命乐府令“管弦披之”[④]。萧赜在诗歌审美上的趋俗倾向，对沈约和齐梁诗风应该有一定的影响。萧长懋与其父不同，非常看重文教事业，也喜欢礼接文士，他对沈约应该是有过特别关注的。

总之，在刘宋王朝的最后几年里，沈约虽谈不上有所作为，但得到了仕途的历练，“善属文”的才能得到了时人的认可，还结识了一批重量级的人物，因此沈约这段平静的生活是积极的，是努力的，也是成功的。

除才华横溢之外，人们所看到的沈约一定是勤奋、简朴、谨慎和随和的，可这种倍受欢迎的性格，有多少是出于他的天性呢？当然是有的，所谓性格有时候不过是一种习惯，但我们相信其中的不得已也占了相当大的比重。他的内敛遮蔽不了本质上的峥嵘，他的内心仍然燃烧着功名的火焰，怀抱着重振家声的梦想，这一点随着沈约人生际遇的变化将会有明显的体现。

沈约在刘宋末年的生活是平静的，但当时的政治形势却极不平静。宋顺帝升明三年(479 年)，江山易主。权倾一时的萧道成逼宋帝禅位，建立齐朝，萧赜被立为太子。

宋、齐易代对于沈约来说不啻为一个大解放，他终于可以摆脱罪臣之子的阴影，重新挺直腰板、踌躇满志地书写生命中崭新的一页了。果然，他旋即来到萧长懋身边，“齐初为征虏记室，带襄阳令，所奉之

① 《南齐书》卷三《武帝本纪》，第 62 页。

② 《南齐书》卷五十六《幸臣传》，第 976 页。

③ 《南齐书》卷四十《武十七王》，第 710 页。

④ 郭茂倩编撰：《乐府诗集》第四十八卷引释智匠《古今乐录》，第 708 页。

王，即文惠太子也”[1]。这段时间，萧长懋被封为南郡王，沈约为他写了不少应用文章，如《为南郡王让中军表》《为南郡王舍身疏》等，俩人对彼此的了解逐步加深。

文惠太子入居东宫之后，沈约迅速升迁：“为步兵校尉，管书记，直永寿省，校四部图书。时东宫多士，约特被亲遇，每直入见，影斜方出。当时王侯到宫，或不得进，约每以为言。太子曰：‘吾生平懒起，是卿所悉，得卿谈论，然后忘寝。卿欲我夙兴，可恒早入。’迁太子家令，后以本官兼著作郎，迁中书郎，本邑中正，司徒右长史，黄门侍郎。”[2]

文惠太子的一句“吾生平懒起，是卿所悉”，道出了老朋友的亲近，郢州的相识是这场亲遇的伏笔，而此时，沈约已年届四十。之前，他曾经频频干谒豪门，此时却陡然以太子家令的身份成了众多王侯卿相的进身之梯，这不仅为他接权纳贵提供了天然的方便，也应该使他感到扬眉吐气吧。然而，我们从他的文字中看不到任何的情绪波动，或许这种波澜不惊是他一贯的内敛的性格使然吧？但也许不是，而是他感到了压抑，自从游走在皇亲贵胄周围，为了飞得更高，也为了惧祸保全，他全力迎合着皇亲贵胄的好尚，这使他原本就难得一见的真性情更加扑朔迷离。似乎他必须这么做，因为走到如今这一步太艰难了，他有理由去珍惜。这种可悲可叹的珍惜，使沈约感到的压抑从罪臣之子的压抑，变成了另一种压抑，一种文学侍从的压抑。

萧长懋是个非常重视文教的储君，《南齐书·文惠太子传》说他提倡儒学，不仅本人通《左氏春秋》，还于永明三年（485 年），在崇正殿讲《孝经》，永明五年（487 年）又临国学，亲自策试诸生，策试涉及《礼》《易》《孝经》等儒家经典。同时，他还是佛教徒，“其与竟陵王子良俱好释氏，立六疾馆以养穷民”[3]。萧长懋儒、佛兼奉，作为太子家令的沈约必然亦步亦趋。

当时在东宫的文士，有范云、范岫、胡谐之三位老朋友。还有王俭、王僧祐、王谌、周颙、虞炎、萧顺之等人，这些新朋友各具面貌。

---

① 《梁书》卷十三《沈约传》，第 233 页。

② 《梁书》卷十三《沈约传》，第 233 页。

③ 《南齐书》卷二十一《文惠太子传》，第 401 页。

王俭是一代名臣，同时也是硕学之士，《南齐书·王俭传》说他“寡嗜欲，唯以经国为务，车服尘素，家无遗财。手笔典裁，为当时所重”[①]。同时，“长礼学，谙究朝仪”[②]，官至侍中、中书令、太子少傅、国子祭酒、卫军将军、开府仪同三司、南昌公。曾撰《古今丧服集记》，并依《七略》撰《七志》，又撰定《元徽四部书目》。应该说，南齐的典章礼仪制度与王俭的功绩是分不开的。王俭去世后，沈约为其撰写了碑文和墓志铭，表达了对王俭的景仰。他们还有唱和之作，如沈约的五言诗《和王卫军讲解》。[③] 沈约入梁后参与典章制度的建设，可能与这时候的经历有一定的关系。

王僧祐是王俭的从弟，其人“雅好博古，善《老》《庄》，不尚繁华。工草隶，善鼓琴。亭然独立，不交当世”[④]。这个人有股傲气：“自天子至于侯伯，未尝与一人游。”[⑤]萧子良“闻其工琴，于座取琴进之，不从命”[⑥]。更有甚者，连皇帝的账也不买，齐高帝曾经对王俭曰：“卿从(僧祐)可谓朝隐。”[⑦]食君俸禄却不去凑皇家的热闹，王僧祐的任性使气惹恼了谨小慎微的沈约，沈约弹劾了他，说他“肆情运气，不顾朝典，扬眉阔步，直辔高驱”[⑧]。沈约很少弹劾同僚，弹劾王僧祐的行为，也许是他揣摩出了权贵们的心意，也许是为了维护礼法，也许还怀着嫉妒的心理吧？一个如履薄冰般活着的人，嫉妒一个肆情运气的人，这符合人性，一点也不奇怪。或者，是沈约揣摩到了主公的意思？

王谌和虞炎都是以文采见长的同僚，也都是沈约的好朋友，他们去世的时候，沈约都为他们写了哀悼的诗句。[⑨] 特别值得一提的是周颙。周颙泛涉百家，长于佛理，曾著《三宗论》论佛教空、假二名，为僧俗世人所推重，本人也很注重佛教的实践修行，同时又兼善《老》《易》。

① 《南齐书》卷二十三《王俭传》，第 438 页。
② 《南齐书》卷二十三《王俭传》，第 436 页。
③ 参见陈庆元校笺：《沈约集校笺》，第 202、214、433 页。
④ 《南史》卷二十一《王僧祐传》，第 580 页。
⑤ 《南史》卷二十一《王僧祐传》，第 580 页。
⑥ 《南史》卷二十一《王僧祐传》，第 580 页。
⑦ 《南史》卷二十一《王僧祐传》，第 580 页。
⑧ 沈约：《奏弹太子中舍人王僧祐》，陈庆元校笺：《沈约集校笺》，第 102 页。
⑨ 沈约有《伤虞炎》《伤王谌》诗，参见陈庆元校笺：《沈约集校笺》，第 413、414 页。

他还有一个人所不能及的本领——“音辞辩丽，出言不穷，宫商朱紫，发口成句”①，每当宾友会同的时候，他谈起话来，“辞韵如流，听者忘倦”②。覃思好学的沈约立即对周颙所精通的声律学产生了极大的兴趣。这对“四声韵”的发明有极大的促进作用。

总之，身份恢复为贵族公子，并成功地进入文惠太子所代表的统治集团的最高层，是沈约人生走向和个性发展的又一个标志。自此以后，其作为一个典型的御用文人的特征突出地体现出来，高层统治者以及士族风气的影响成了他重新塑造和修正自己的决定性因素。如果把成功定义为高官显贵的话，他无疑是成功的。

需要说明的是，沈约当时所承担的工作是校订四部图书、奉诏编撰国史和撰写《起居注》③，在时人心目中，他仍然是一位学者和史家。他之前开始撰写的《晋书》，在宋末遗失了一帙，此时已无暇增补了，之后也终未定稿，沈约为此深感遗憾。

沈约倍受文惠太子优渥的同时，也是竟陵王萧子良的司徒右长史。这是永明年间——南齐王朝的鼎盛时代。承平稳定的社会环境使统治者有暇去考虑文化事业的发展，他们加意王朝的文教之兴：早在立国的第二年，即建元二年(480 年)，豫章王萧嶷就开立学馆，置儒林参军一人、文学祭酒一人。建元四年(482 年)，齐立国学。同时，皇室成员的文化素养也达到了相当的水平：高帝萧道成“博涉经史，善属文，工草隶书，弈棋第一品”④；武帝萧赜赞扬儿子萧子懋：“知汝常以书读在心，足为深欣”⑤；豫章王萧嶷不仅自己工表启，而且其子萧子恪、萧子显、萧子云等并长文笔、焕乎文章；竟陵王萧子良“著内外文笔数十卷”⑥，其他宗室成员如随郡王萧子隆等均不乏文采。

凭借自身所具有的文化色彩，南齐宗室很容易与文士辈形成对话，文士们也愿意比较真诚地对其做出回应。文惠太子在东宫招士，

① 《南齐书》卷四十一《周颙传》，第 731 页。

② 《南齐书》卷四十一《周颙传》，第 732 页。

③ 参见《宋书》卷一百《自序》，第 2466 页。

④ 《南齐书》卷二《高帝本纪下》，第 38 页。

⑤ 《南齐书》卷四十《武十七王传》，第 710 页。

⑥ 《南齐书》卷四十《武十七王传》，第 701 页。

被招者“人人自以为得意”[①]，即是这种互动关系的证明。上述种种使皇室成员有足够的条件与文士辈共同塑造一种彬彬之盛的文化景象，于是，由宗室为盟主的文化集团应运而生了。

这个盟主就是萧子良，而沈约则是所招文士的翘楚。《金楼子》曾记载了当时文士风云聚会的盛况：“（萧子良）少有清尚，礼才好士。居不疑之地，倾意宾客，天下才学皆游集焉。善立胜事，夏月客至，为设瓜饮及甘果，著之文教。士子文章及朝贵辞翰，皆发教撰录。居鸡笼山西邸，集学士抄《五经》、百家，依《皇览》例为《四部要略》千卷。招致名僧，讲语佛法，造经呗新声，道俗之盛，江左未有也。好文学，我高祖（萧衍）、王元长、谢玄晖、张思光、何宪、任昉、孙广、江淹、虞炎、何僩、周颙之俦，皆当世之杰，号士林也。”[②]《梁书》也记载了为竟陵王所礼遇的著名文士：“竟陵王子良开西邸，招文学，高祖（萧衍）与沈约、谢朓、王融、萧琛、范云、任昉、陆倕等并游焉，号曰‘八友’。”[③]其实，竟陵王招致的文士岂止上述诸位。还有刘绘：“永明末，京邑人士盛为文章谈义，皆凑竟陵王西邸，绘为后进领袖。”[④]有柳恽：“初，宋世有嵇元荣、羊盖并善弹琴，云传戴安道之法，恽幼从之学，特穷其妙。齐竟陵王闻而引之，以为法曹行参军，雅被赏狎。”[⑤]有王僧孺：“司徒竟陵王子良开西邸招文学，僧孺亦游焉。”[⑥]有宗夬：“齐司徒竟陵王集学士于西邸，并见图画，夬亦预焉。”[⑦]有谢璟：“齐竟陵王子良开西邸，招文学，璟亦预焉。”[⑧]还有陆慧晓、虞羲、范缜、孔稚珪、江革等，天下名士网罗泰半！

西邸集团是一个颇为松散的组织，自萧子良建元四年（482 年）封王以来，进出王府的主要有三类人：一是在王府供职的僚佐；二是以世族子弟为代表的座上宾客；三是萧子良恭谦礼敬的出家人。据考察，

① 《南史》卷四十四《文惠太子传》，第 1099 页。
② 萧绎撰，许逸民校笺：《金楼子校笺·说蕃篇第八》，中华书局 2011 年版，第 643 页。
③ 《梁书》卷一《武帝本纪》，第 2 页。
④ 《南齐书》卷四十八《刘绘传》，第 841 页。
⑤ 《梁书》卷三十一《柳恽传》，第 331 页。
⑥ 《梁书》卷三十三《王僧孺传》，第 469 页。
⑦ 《梁书》卷十九《宗夬传》，第 299 页。
⑧ 《梁书》卷五十《文学传下》，第 717 页。

竟陵王府每年都有人进进出出，人事变动相当频繁。出入王府的人数众多，且不稳定。[①] 我们不妨撮其要者——盟主萧子良和"八友"作一个简单的介绍。

竟陵王萧子良，字云英，齐武帝第二子，刘宋时出仕，武帝继位，受封竟陵郡王。萧昭业继位，除侍中，进太傅。卒年三十五，谥号为"文宣"。萧子良受时代以及家族环境的影响，对佛教"敬信尤笃，数于邸园营斋戒，大集朝臣众僧，至于赋食行水，或躬亲其事"[②]。在西邸广致文士的同时，他还挑选慧微、僧业、僧尚、慧象、法慈等四十余人就慧忍受学，制作新赞呗。永明八年(490 年)，著《净住子净行法门》二十卷，全书旨在弘扬佛法，并认为儒学和佛教为内外之教，其本均同。[③] 萧子良的文化倾向对西邸文人的文学和思想影响甚巨。

王融，字符长，琅邪临沂人，官至宁朔将军。王融"以父官不通，弱年便欲绍兴家业"[④]，这一点与沈约的志向有相似之处，但他比沈约狂妄："自恃人地，三十内望为公辅。"[⑤]他与萧子良"特相友好，情分殊常"[⑥]，也因此图谋拥立子良，事败被萧昭业诏于狱中赐死，时年二十七。在提倡"永明体"诗歌方面，沈约与王融是同道："齐永明中，文士王融、谢朓、沈约文章始用四声，以为新变。"[⑦]王融文辞出众，反应迅速，"(融)少而神明警惠，博涉有文才"[⑧]，"文辞辩捷，尤善仓卒属缀，有所造作，援笔可待"[⑨]。他的《曲水诗序》"文藻富丽，当世称之"[⑩]，传到北魏之后，北魏人认为超过了颜延之。王融与沈约交情甚笃，他的死也许更加强化了沈约谨慎的性格。沈约后来曾作《伤王融》一诗，表达

---

① 参见谭洁：《南朝佛学与文学：以竟陵"八友"为中心》，宗教文化出版社 2009 年版，第 38 页。

② 《南史》卷四十四《齐武帝诸子》，第 1103 页。

③ 参见谭洁：《南朝佛学与文学：以竟陵"八友"为中心》，第 89 页。

④ 《南齐书》卷四十七《王融传》，第 817 页

⑤ 《南齐书》卷四十七《王融传》，第 822 页。

⑥ 《南齐书》卷四十七《王融传》，第 823 页。

⑦ 《梁书》卷四十九《文学传上》，第 690 页。

⑧ 《南齐书》卷四十七《王融传》，第 817 页。

⑨ 《南齐书》卷四十七《王融传》，第 823 页。

⑩ 《南齐书》卷四十七《王融传》，第 821 页。

了对王融的怀念。

谢朓，字玄晖，陈郡阳夏人，官至尚书吏部郎。谢朓"少好学，有美名，文章清丽"[①]，"善草隶，长五言诗"[②]。他所作的《齐敬皇后哀策文》，后人认为"齐世莫有及者"[③]。谢朓也是个悲剧人物，因卷入齐末王敬则图谋废立事件而下狱死，年仅三十六岁。沈约与谢朓的诗歌审美标准比较接近，两人都是"永明体"的代表人物，也都参与了"声律论"的研究，在文学上可谓志同道合。沈约非常欣赏谢朓的诗，经常说："二百年来无此诗也。"[④]永明年间，沈约与谢朓的同题诗作和相互赠答都很多，这样的友谊对于双方的诗歌理论和创作都有促进作用。谢朓死后，沈约又作《伤谢朓》以悼之。[⑤]

任昉，字彦升，乐安博昌人，官至梁御史中丞、秘书监，领前军将军，是梁朝的一代名臣。任昉"幼而聪敏，早称神悟"[⑥]，"雅善属文，尤长载笔，才思无穷，当世王公表奏，莫不请焉。昉起草即成，不加点窜，沈约一代词宗，深所推挹"[⑦]。任昉"性至孝，居丧尽礼"[⑧]，"为政清省，吏民便之"[⑨]。任昉不置家产，好交朋友，人脉甚广，有"奖进士友，得其延誉者，率多升擢，故衣冠贵游，莫不争与交好"[⑩]，有一种洒脱的豪侠之气。去世之时，百姓立祠堂于城南，武帝谥曰"敬子"。任昉对梁初的文化事业贡献很大，"禅让文诰，多昉所具"[⑪]，又亲自雠校秘阁四部，"所著文章数十万言，盛行于世"[⑫]。沈约和任昉都是著名的藏书家，"（昉）家虽贫，聚书至万余卷，率多异本"[⑬]，去世后，沈约还给他的藏书

① 《南齐书》卷四十七《谢朓传》，第825页。
② 《南齐书》卷四十七《谢朓传》，第826页。
③ 《南齐书》卷四十七《谢朓传》，第826页。
④ 《南齐书》卷四十七《谢朓传》，第826页。
⑤ 参见陈庆元校笺：《沈约集校笺》，第413页。
⑥ 《南史》卷五十九《任昉传》，第1452页。
⑦ 《梁书》卷十四《任昉传》，第253页。
⑧ 《梁书》卷十四《任昉传》，第252页。
⑨ 《南史》卷五十九《任昉传》，第1445页。
⑩ 《梁书》卷十四《任昉传》，第254页。
⑪ 《南史》卷五十九《任昉传》，第1454页。
⑫ 《梁书》卷十四《任昉传》，第254页。
⑬ 《南史》卷五十九《任昉传》，第1455页。

勘定了书目。沈约与任昉的交往，有非常温情的一面，任昉为官清廉，天监年间任义兴太守，和到溉等人做山泽游，不知怎么竟然到了没有衣服的程度，还是沈约给他送去了衣服。[①] 在文学上，沈约和任昉常常被时人称为“任笔沈诗”，两人的交往应该有其互补的一面。

陆倕，字佐公，吴郡吴人，陆慧晓之子，入梁官至太常卿。陆倕擅长写铭文，其所作《新漏刻铭》“其文甚美”[②]。陆倕和任昉关系非常好，“为《感知己赋》赠昉，昉因此名以报之”[③]。任昉为中丞的时候，“簪裾辐凑，预其宴者，殷芸、到溉、刘苞、刘孺、刘显、刘孝绰及倕而已，号曰‘龙门之游’，虽贵公子孙不得预也”[④]。

萧琛，字彦瑜，兰陵人。少而朗悟，有纵横才辩，好音律、书、酒，官至金紫光禄大夫，谥曰“平子”，曾接待北魏使者，有辞令之美。[⑤]

“八友”中还有时任卫将军王俭属下东阁祭酒，后为梁武帝的萧衍。萧衍，字叔达，南兰陵人，天监元年(502 年)即帝位，是为梁武帝，太清三年(549 年)，死于侯景之乱。萧衍“博学多通，好筹略，有文武才干”[⑥]。当时识鉴过人的王融对他就另眼相看，认为“宰制天下，必在此人”[⑦]。沈约此时结识萧衍，是他政治生涯中的又一个里程碑。

“八友”中的范云是沈约的老朋友，范云的生平事迹前已交代，兹不赘述。

参与竟陵王西邸活动的人物，还有一个人必须补充一下，那就是以《神灭论》而名耀古今的范缜。范缜，字子真，是范云的从父兄、萧琛的姨表兄，他“卓越不群而勤学……博通经术，尤精《三礼》。性质直，好危言高论”[⑧]。曾在永明年中出使北魏，著名于邻国。有文集十五卷。范缜与萧子良关于有佛无佛的问题进行过一次辩论：“子良精信释教，而缜盛称无佛。子良问曰：‘君不信因果，世间何得有富贵，何得

① 参见《梁书》卷十四《任昉传》，第 253 页。
② 《梁书》卷二十七《陆倕传》，第 402 页。
③ 《梁书》卷二十七《陆倕传》，第 401 页。
④ 《南史》卷四十八《陆倕传》，第 1193 页。
⑤ 参见《梁书》卷二十六《萧琛传》，第 397 页。
⑥ 《梁书》卷一《武帝本纪上》，第 2 页。
⑦ 《梁书》卷一《武帝本纪上》，第 2 页。
⑧ 《梁书》卷四十八《儒林传》，第 664 页。

有贱贫?'缜答曰:'人之生譬如一树花,同发一枝,俱开一蒂,随风而堕,自有拂帘幌坠于茵席之上,自有关篱墙落于粪溷之侧。坠茵席者,殿下是也;落粪溷者,下官是也。贵贱虽复殊途,因果竟在何处?'子良不能屈,深怪之。"[①]范缜退论其理,著《神灭论》,认为神形不二,形存则神存,形谢则神灭。形者神之质,神者形之用。此论一出,朝野哗然。萧子良"使王融谓之曰:'神灭既自非理,而卿坚执之,恐伤名教。以卿之大美,何患不至中书郎,而故乖剌为此,可便毁弃之。'缜大笑曰:'使范缜卖论取官,已至令仆矣,何但中书郎邪?'"[②]从上面的记载可以看出,范缜坚持自己的无神论主张的行为是非常有胆识、有气魄的。永明年间的这次辩论是范缜第一次与佛教的公开交锋,第二次是在梁朝,梁武帝亲自指挥数十名学者、僧侣、思想家和文人与之辩论,范缜仍然毫不示弱,也从未屈服,显示了一个思想家的铮铮铁骨。不过,范缜似乎并未因此而受到政治上的压制,这从一个侧面可以看出竟陵王西邸集团的宽容环境。

除了上述文人之外,参与西邸活动的还有为数众多的僧侣,这里就不一一赘述了。[③] 可以证明与沈约有交往的是释慧约。慧约,字德素,俗姓娄,东阳乌伤人。幼年时,有异于凡童。七岁即诵《孝经》《论语》乃至史传,十七岁出家,师事南林寺沙门慧静,后随慧静入住梵居寺。[④] 沈约因竟陵王而认识慧约,而周颙隐居在草堂寺之际,沈约与慧约的交情更为深厚。永明七年(489 年),沈约作《与约法师书》共同哀悼周颙。还有释宝月,沈约与他同题写过《永明乐》。与这些僧侣的友谊,与沈约佛教信仰的建立和加深有必然的关联。

我们之所以将竟陵王西邸集团称为"文化集团"而不是"文学集团",是因为他们的活动并不仅仅限于文学。如前面引文中提到的:他们编纂类书、抄录文章,充当学者的角色;他们大建道场、讲论佛法,以虔诚的佛教徒自居;他们还弹琴论画、诗歌互答,既相互切磋又相互辩难,形成了宽容、开放的交流环境。他们有时也不分彼此地开着玩笑,

---

① 《梁书》卷四十八《儒林传》,第 665 页。

② 《南史》卷五十七《沈约传》,第 1421~1422 页。

③ 参见谭洁:《南朝佛学与文学:以竟陵"八友"为中心》,第 111 页。

④ 参见释道宣撰,郭绍林点校:《续高僧传》卷六,中华书局 2014 年版,第 182 页。

如史载："高祖（萧衍）在西邸，早与（萧）琛狎，每朝宴，接以旧恩，呼为'宗老'。"①再如，萧衍戏谑地对任昉说："我登三府，当以卿为记室。"任昉应声回答："我若登三事，当以卿为骑兵。"②这玩笑里包含着萧衍对任昉文采的肯定、任昉对萧衍骑术的赞美，读来令人莞尔。当然，也有令人感慨唏嘘的"友谊"，比如奏劾王融致其殒命的是孔稚珪，两人也同是西邸文友。不过，沈约也弹劾了孔稚珪。③

沈约参与的影响最大的活动是汉语声律问题研究，他最终确定了"四声韵"，并将其推广到诗歌创作中去，与谢朓、王融等人共同创立了以"永明体"命名的五言新体诗。这种"永明体"诗歌以他和谢朓等人的作品为典范，掀起了诗坛"新变"的高潮。《南齐书·文学传》说："永明末，盛为文章。吴兴沈约、陈郡谢朓、琅邪王融以气类相推毂。汝南周颙善识声韵。约等文皆用宫商，以平上去入为四声。以此制韵，不可增减，世呼为'永明体'。"④倡导"永明体"，沈约是不遗余力的，他颇为自负地先后在《宋书·谢灵运传论》和《答陆厥书》中反复重申着这一理论。

由于生活环境局限在皇室和士族中间，沈约的《饯谢文学》和《永明乐》也像所有西邸同题的作品一样，歌咏着富贵欢乐和抒发着离情别绪，更多的是《三日侍林光殿曲水宴应制诗》《咏竹槟榔盘》《奉和竟陵王郡县名》等应制、咏物和游戏的作品。毋庸讳言，这些作品的感情因素更为缺乏。然而，虽然内容苍白，但文人辐辏却给了他锤炼技巧的绝佳机会。在那些与他人同题而作、互较短长的作品中，沈约无论在取境、造语还是在隶事、韵律方面都展示了个人的特点，虽不敢说屡拔头筹却也绝不逊色。不夸张地说，永明十年，是沈约驰骋其诗歌才能的十年，"其专攻方向已从史学转向文学"⑤。从此，沈约即不再仅仅以学者和史家擅名当时，而且以著名诗人和诗歌理论家的身份屹立于

---

① 《梁书》卷二十六《萧琛传》，第 397 页。

② 《梁书》卷十四《任昉传》，第 253 页。

③ 参见沈约：《奏弹孔稚珪违制启假事》，陈庆元校笺：《沈约集校笺》，第 103 页。

④ 《南齐书》卷五十二《文学传》，第 898 页。

⑤ 钱志熙：《〈宋书·谢灵运传论〉与永明文学革新——兼论沈约的文学发展道路》，《求索》1993 年第 2 期。

萧齐文坛,“一代辞宗”的地位初步确立。

沈约由学者和史家向文学家发展也有他的道理。自刘宋孝武帝、明帝以来,统治者渐渐显露出喜爱诗歌的趋向:孝武帝“尝欢饮,普令群臣赋诗”[①],明帝“博好文章……每有祯祥,及幸宴集,辄陈诗展义,且以命朝臣”[②]。这种趋向为萧齐统治集团所继承,高帝萧道成的诗歌鉴赏能力十分敏锐,他评价谢灵运,“康乐放荡,作体不辨有首尾”[③],被清人汪师韩誉为“卓识冠色绝千古”[④]。沈约所奉的府主文惠太子和竟陵王均雅爱文艺,文士聚会免不了奉令作诗,他们自己也常常欣然命笔。[⑤] 优游在高层统治者和士族中间的沈约不可能不受到他们的影响,既然与时尚相吻合,又具有这方面的才能,轻松转向,何乐而不为?尽管永明时期他完成了《宋书》的撰写,但这部史书却基本以何乘天、徐爰的旧作为蓝本,属于“踵成前作”[⑥],写作周期也仅仅一年。可见,其精心的程度已经不能和青年时写作《晋书》时相比了。[⑦] 这是他将精力由史学而分散至文学的证明。

事业在悄然转向,沈约的性格却没有显著的变化。首先,性格一经定型就具有极强的顽固性,要将沈约那以内敛为特征的性格彻底改变是十分困难的。其次,沈约固守着他的谨慎、谦虚也是势所必然。一方面,齐代统治者是以武功起家的寒门素族,他们虽然竭力笼络沈约这样的士族文士,但对他们的政治才能却不无轻忽。萧赜曾说:“学士辈不堪经国,唯大读书耳。经国,一刘系宗足矣!沈约、王融数百

---

① 《宋书》卷七十七《沈庆之传》,第 2001 页。

② 裴子野:《雕虫论》,严可均校辑:《全上古三代秦汉三国六朝文·全梁文》卷五十三,第 3262a 页。

③ 《南齐书》卷三十五《高帝十二王传》,第 625 页。

④ 汪师韩:《诗学纂闻谢诗累句》,丁福保编:《清诗话》,上海古籍出版社 1999 年版,第 454 页。

⑤ 关于文惠太子、竟陵王的诗作,参见逯钦立辑校:《先秦汉魏晋南北朝诗》,第 1381、1382 页。

⑥ 《宋书》卷一百《自序》,第 2467 页。

⑦ 沈约撰写《晋书》历时二十年,一百二十卷,具体情况参见《宋书》卷一百《自序》,第 2466 页。

人，于事何用！"[①]既然是此种态度，他们就不可能对文士们委以重任，他们不过是统治者夸耀升平的点缀罢了，也就是说，沈约这样的士族文人缺乏张扬个性的政治资本。另一方面，整个士族的道德观也不允许他那么做。魏晋名士的放达已为齐代士人所抛弃。谢朓说："若桓谭之褰俗，冯衍之忤时，北海之凝峭，中散之峻绝，率以方寸之情，丧不訾之德，盖无取焉。"[②]他们主张"去骄矜，除慢傲，节情欲，制贪求，修礼让，习谦恭，奉仁义，敦孝弟"[③]。既然人们所推崇的理想人格恰恰与沈约的个性不谋而和，他就没有理由改变它而只有理由加强它。

西邸学士虽然热心文化活动，但对于政治却不能释怀，与竟陵王的亲密关系使其中很大一部分成员愿意为其登上帝王的宝座贡献力量，而这也正是竟陵王养士的根本目的之一。竟陵王本来是极有希望继承大统的，但与服玩过制的文惠太子过从甚密断送了他的帝王之梦，武帝最终将继承人选定为太孙萧昭业。他自然心有不甘，与竟陵王心情一样的还有武帝的另一个儿子萧鸾。永明末，齐武帝病重，萧子良和萧鸾蠢蠢欲动。不幸的是，萧子良将这一生死攸关的使命托付给了浮躁冒进的王融："世祖疾笃暂绝，子良在殿内，太孙未入，融戎服绛衫，于中书省阁口断东宫仗不得进，欲立子良。上既苏，太孙（萧昭业）入殿，朝事委高宗（萧鸾）。"[④]接着，萧昭业即位，萧鸾辅国，竟陵王不明不白地死去，王融也招致了杀身之祸。西邸集团土崩瓦解，才士名僧风流云散。继而，萧鸾废萧昭业，迎立萧昭文，后来干脆自立为帝。

萧鸾对西邸学士的态度是有区别的：王融作为竟陵王的死党，是必须铲除的；谢朓、任昉等人没有直接参与皇权争夺，是需要拉拢的。而对于慎于言行的沈约，萧鸾却无法确切地把握他的政治态度。因此，对于如何处置他，萧鸾颇费了一番思量。萧鸾认为，沈约受过文惠

---

① 《南史》卷七十七《恩幸传》，第 1927 页。

② 谢朓：《与王俭书》，严可均校辑：《全上古三代秦汉三国六朝文·全梁文》卷四十五，第 3207a 页。

③ 萧子良：《与孔中丞稚珪书》，严可均校辑：《全上古三代秦汉三国六朝文·全齐文》卷七，第 2828a 页。

④ 《南齐书》卷四十七《王融传》，第 824 页。

太子和竟陵王的突出礼遇，这自然免不了对立的嫌疑，应该对其进行适当的打击。但是，冠冕一时的文章才华和朦胧的政治态度，又使萧鸾看到了利用沈约的可能性。于是，萧鸾决定采用恩威并施的手段，让沈约“出为宁朔将军，东阳太守”①。一方面，将他逐出京城，以表明对其过去种种的不满；另一方面，又加封他“宁朔将军”，将领九个县、并且隶属于“京辇神皋”②扬州的大郡——东阳郡交给他治理，提供给他改弦更张的机会。

出任东阳太守是沈约步入仕途后遭受的第一次挫折，他的心情当然会比较郁闷。但是，逃离了京城这一危机四伏的政治旋涡，四周不再是那些虎视眈眈的眼睛，而是江南的碧水青山，他的心情得到了暂时的放松。他不必再勉强写那些永明年间的奉教应令的诗歌，而是可以自由地寄情山水，自然地抒发自己内心的感受，他表达了“愿以潺湲水，沾君缨上尘”③的轻灵欢快，写出了“山光浮水至，春色犯寒来”④等风味可人的小诗，也写出了“渴就华池歌，饥向朝霞食”⑤那样奇幻的游仙诗，更写出了脍炙人口的《八咏》等名篇。因此，在出任东阳太守的短短两三年里，他的诗歌创作水平达到了高峰，再次向世人展示了其出众的诗歌才华。

沈约是携名僧慧约一同赴任的，他们“在郡惟以静漠自娱，禅诵为乐”⑥，同时他还多次致书在句容修道的陶弘景，谋求一见。虽然屡次遭拒，但彼此保持着书信往来和诗歌酬答。与僧道交游，使沈约的东阳之任看来确乎有摈弃魏阙营营而高尚其事的想法。他还与友人说：“冀幽期可托，克全素履，与尊弋钓泉皋，以慰闲暮，则平生之心，于此遂矣。”⑦不过，诚如沈约自己所说的：“霞志非易从。”⑧归去来兮谈何容易！“沈约尝因疾，遂有挂冠志，疾愈，复留连簪绂。先生封前书以

① 《梁书》卷十三《沈约传》，第 233 页。
② 《南齐书》卷十四《州郡志下》，第 245 页。
③ 沈约：《新安江水至清浅深见底贻京邑游好》，陈庆元校笺：《沈约集校笺》，第 351 页。
④ 沈约：《泛永康江》，陈庆元校笺：《沈约集校笺》，第 395 页。
⑤ 沈约：《赤松涧》，陈庆元校笺：《沈约集校笺》，第 364 页。
⑥ 释道宣撰，郭绍林点校：《续高僧传》卷六，第 183 页。
⑦ 沈约：《答沈驎士书》，陈庆元校笺：《沈约集校笺》，第 131 页。
⑧ 沈约：《循役朱方道路》，陈庆元校笺：《沈约集校笺》，第 355 页。

激其志。约启云'上不许陈乞。'先生叹曰'此公乃尔蹇薄。'"[1]是的，东阳的江树山花和宽松的生存环境并不能安放沈约那颗勇于仕进的心。

沈约对萧鸾给自己的机会心领神会。于是，他撰写文章取悦萧鸾以求擢升，吹捧他："伏惟陛下，大圣在躬，君德夙表……睿化神行，无思不洽，狱讼允归，天人戴仰……虽中宗之兴殷道，宣后之隆汉德，异世同符，千载一揆……率土含欣，怀生戴赖。"[2]他的《八咏·披褐守山东》表达的也是同样的情感："幸帝德之方升，值天网之未毁。既除旧而布新，故化民而俗徙。播赵俗以南徂，扇齐风以东靡。乳雉方可驯，流蝗庶能弭。清心矫世浊，俭政革民侈。"[3]

萧鸾希望见到的正是这种见风使舵的行为。果然，萧鸾即位后，立即招他回京，并"进号辅国将军，征为五兵尚书，迁国子祭酒"[4]，这意味着沈约拥有了"国师"的政治地位[5]，后来萧鸾又放心地让他撰定遗诏[6]。沈约的地位更加稳固，他的言行文章在文人中产生的影响更为深重。

与少年时期的落魄相比，此时的沈约该志得意满了吧？他的想法我们不得而知，历史却给了将近暮年的沈约以更大的机会。

三、"东枝才拂景，西壑已停辀"——暮年时光

在萧子良、萧昭业、萧鸾的帝王争夺战中获利的，不仅仅只有沈约，另一位"竟陵八友"之一的萧衍更是平步青云：他先是在萧鸾麾下任宁朔将军、镇寿春，萧鸾死后，又凭借在抗击北魏的战争中迅速膨胀起来的军事实力，晋升为中书监，都督扬、南徐二州诸军事，大司马，录尚书事，骠骑大将军，扬州刺史，封建安郡公。此时，朝野上下再也没

---

① 贾嵩：《华阳陶隐居内传》，《续修四库全书》编委会编：《续修四库全书》第1294册，上海古籍出版社2002年版，第218页。

② 沈约：《贺齐明帝登祚启》，陈庆元校笺：《沈约集校笺》，第115页。

③ 沈约：《八咏·披褐守山东》，陈庆元校笺：《沈约集校笺》，第447页。

④ 《梁书》卷十三《沈约传》，第233页。

⑤ 《梁书》卷四十一《王规传》说：王承字安期，为国子祭酒，"承祖俭及父暕尝为此职，三世为国师，前代未之有也，当世以为荣"。由此可见，"国子祭酒"在时人看来是"国师"的地位。

⑥ 参见《梁书》卷十三《沈约传》，第233页。

有制衡萧衍的政治力量了，萧衍称帝可谓万事俱备。

然而，萧衍犹豫了，自己称帝毕竟名不正言不顺，他需要舆论的支持。已在仕途摸爬滚打了四十来年的沈约看出了萧衍的顾虑。作为老朋友，他当然知道萧衍称帝对自己意味着什么，也知道自己那朝野瞻望的文人领袖身份，恰恰可以给予萧衍最需要的东西——一个代表文人阶层的明确的肯定的态度。于是，他一反谨慎矜持的常态，挺身而出了。

《梁书·沈约传》记载沈约的劝进极为详细：

> 时高祖勋业既就，天人允属，约尝扣其端，高祖默而不应。他日又进曰："今与古异，不可以淳风期万物。士大夫攀龙附凤者，皆望有尺寸之功，以保其福禄。今童儿牧竖，悉知齐祚已终，莫不云明公其人也。天文人事，表革运之征，永元以来，尤为彰著。谶云'行中水，作天子'，此又历然在记。天心不可违，人情不可失，苟是历数所至，虽欲谦光，亦不可得已。"高祖曰："吾方思之。"对曰："公初杖兵樊、沔，此时应思，今王业已就，何所复思。昔武王伐纣，始入，民便曰吾君，武王不违民意，亦无所思。公自至京邑，已移气序，比于周武，迟速不同。若不早定大业，稽天人之望，脱有一人立异，便损威德。且人非金石，时事难保，岂可以建安之封，遗之子孙？若天子还都，公卿在位，则君臣分定，无复异心。君明于上，臣忠于下，岂复有人方更同公作贼。"高祖然之。约出，高祖召范云告之，云对略同约旨。高祖曰："智者乃尔暗同。卿明早将休文更来。"云出语约，约曰："卿必待我。"云许诺，而约先期入，高祖命草其事。约乃出怀中诏书并诸选置，高祖初无所改。俄而云自外来，至殿门不得入，徘徊寿光阁外，但云"咄咄"。约出，问曰："何以见处？"约举手向左，云笑曰："不乖所望。"有顷，高祖召范云谓曰："生平与沈休文群居，不觉有异人处；今日才智纵横，可谓明识。"云曰："公今知约，不异约今知公。"高祖曰："我起兵于今三年矣，功臣诸将，实有其劳；然成帝业者，乃卿二人也。"①

① 《梁书》卷十三《沈约传》，第 233～234 页。

沈约的劝进表达得很充分：第一，萧衍称帝堪比武王伐纣；第二，萧衍称帝是天意；第三，机不可失、时不再来。这番话态度鲜明、有理有据、一气呵成，很有煽动性，萧衍听了怎能不下定决心！好一个“士大夫攀龙附凤者，皆望有尺寸之功，以保其福禄”，这句话从一个堂堂的辅国将军、国子祭酒嘴里说出来，我们不禁为齐明帝萧鸾感到悲哀，也为梁武帝感到悲哀，更为南朝的百姓感到悲哀。这里哪有什么国是民瘼，有的只是赤裸裸的功名利禄。

上面所引的沈约、范云的劝进过程，最后一节挺有戏剧性——沈约让范云等他，两人第二天一起去张罗萧衍的登基事宜，可是沈约却没等范云，一个人早早地起草好诏书和人事安排直接去见萧衍了。这种争功邀宠唯恐落人之后的行为、这种言而无信的丑态，不仅可鄙甚至有点可笑。然而，耐人寻味的是，范云并没有因此而与沈约交恶，这是为什么呢？因为沈约为范云所安排的官阶位置，不仅达到了范云的预期，也超过了沈约给自己的安排。原来，范云和沈约是一类人，其积极劝进的目的也和沈约一样，不过是一个区区富贵而已。何况，自己跑到萧衍那里去要官，总归有点不好启齿，反而不如就让沈约替自己开口。沈约想必也猜到了范云的这种心态，所以当他面对范云时才毫无愧色。我们只能慨叹，这对好朋友真是“知己”！

箭在弦上不得不发，皇权之间的争夺本来就无关是非，何况萧衍已万事具备。博一场，成功了，大家都有高官厚禄；输了，就一败涂地。那为什么不博？在重大决策面前一个人的本性能得到最真实的反映。难怪萧衍承认此时才真正了解沈约，也可见沈约平时的“不觉有异人处”是多么深沉的矫饰，这就是沈约的峥嵘！我们不得不承认，一向谨慎的沈约，其实是有见识、有决断、有魄力的，是一个敢于冒险、敢于孤注一掷的赌徒。

中年沈约可以说已经完全实现了青少年时期以饱学之士的身份重返士林的理想，为什么他还如此执着于权势，背弃对他有知遇之恩的竟陵王和萧齐王朝，急不可耐地趋迎新主呢？沈约阐述过这样的思想：“辟运创基，非机变无以通其务，世及继体，非忠贞无以守其业。辟运之君，千载一有，世及之主，无乏于时，须机变之用短，资忠贞之路长也。”[①]这番话，其实也是沈约的自我辩白：他的劝进，不是不忠，而是难得一有的辟运之主征服了善于择木而栖的良臣。这实在是一个皆大欢喜的理论——使他和像他一样见风使舵的人避免了良心的谴责，也恰到好处地吹捧了所奉之主。萧衍将他视为佐命功臣，真可谓良有以也。可惜，理论毕竟只是理论，沈约的乘时藉势恐怕不像自己说得那么冠冕堂皇吧？

步入中年的沈约是深受环境影响的，身边权贵政要的叱咤风云，难免会刺激他的虚荣心，促使他向更显赫的地位跋涉。年少轻狂而又积极进取的王融不也是这样吗？“（融）直中书省，夜叹曰：‘邓禹笑人。’行逢大鮹开，喧湫不得进。又叹曰：‘车前无八驺卒，何得称为丈夫！’”[②]原来热衷名利的人比比皆是。但是，沈约不知疲倦地追名逐利，更根本的原因却来源于其青少年时期的另一个理想——振兴家族。中年沈约的家族意识并没有淡化，而是隐蔽在他的心灵深处与他血肉相融了。他作《荐沈驎士义行表》为同宗沈驎士扬名延誉，梦想着“子孙千亿，广树厥家”[③]。同时，他少年时“丐于宗党，得米数百斛，为宗人所侮，覆米而去。及贵，不以为憾”[④]，更证实了他那家族团结远远大于个人荣辱的价值观。所有这一切都说明同青少年时期一样，时刻涌动着的家族野心仍旧是推动他进取的巨大动力，通过自身的荣显来加强家族的势力仍旧是他不懈的追求。

如第一章所述，这种高度重视家门的繁荣、以家族利益为标准来决定进退的做法，在南朝特定的历史时期是非常普遍的，这个可以从当时的谱牒之学的繁盛窥见一斑。[⑤] 这里仅举一例：东晋南朝著名的谱学家有贾弼之、贾匪之、贾渊祖孙三人和王僧孺。贾氏为南渡的平阳大族，贾弼之在东晋太元年间由朝廷委任撰修谱牒，“广集众家，大

---

① 《宋书》卷八十九《袁粲传论》，第 2234 页。

② 《南齐书》卷四十七《王融传》，第 822 页。

③ 沈约：《冠子祝文》，陈庆元校笺：《沈约集校笺》，第 235 页。

④ 《梁书》卷十三《沈约传》，第 242 页。

⑤ 参见李传印：《南朝的谱学与政治》，《历史理论研究》2003 年第 2 期。

搜群族”[①]，撰成《十八州士族谱》百帙，共七百余卷，其子匪之，匪之子渊，世传其业。齐永明中，贾渊与王俭共同参撰《百家谱》，又撰《氏族要状》《人名书》等谱牒，并行于世。谱牒研究成了贾氏世传的家学。[②]王僧孺在梁代继续贾氏的研究，接成《十八州谱》七百一十卷、《百家谱集抄》十五卷、《东南谱集抄》十卷。[③] 此时的谱牒之学，已巍然成为一代显学。

当时有这样一种品评人物的风气，某姓只要出一个优秀的孩子，大家就马上将其与家族的兴旺联系起来，这样的例子不胜枚举。

> (王)镇恶……生……(祖父王)猛见奇之，曰：“……是儿亦将兴吾门矣。”[④]
>
> (王茂)为大父深所异，常谓亲识曰：“此吾家之千里驹，成门户者必此儿也。”[⑤]
>
> (刘)怀珍幼随奉伯至寿阳，豫州刺史赵伯符出猎，百姓聚观，怀珍独避不视，奉伯异之，曰：“此儿方兴吾宗。”[⑥]
>
> (王)瞻年数岁，尝从师受业，时有伎经其门，同学皆出观，瞻独不视，习诵如初。从父尚书仆射僧达闻而异之，谓瞻父曰：“吾宗不衰，寄之此子。”[⑦]
>
> (萧)琛年数岁，从伯惠开抚其背曰：“必兴吾宗。”[⑧]

谱学的兴盛、人们对优秀子孙振兴家族的希望，这些都强化着沈约的家族意识，使他更加感受到了作为吴兴沈氏翘楚的责任。

齐和帝中兴二年(502年)，萧衍在沈约、范云等人的积极鼓动下代齐自立，建国号梁，年号天监。萧衍论功行赏，沈约为“尚书仆射，封建昌县侯，邑千户，常侍如故。又拜约母谢为建昌国太夫人。奉策之日，

---

① 《南史》卷五十九《王僧孺传》，第1462页。

② 参见《南齐书》卷五十二《文学传》，第907页。

③ 参见《南史》卷五十九《王僧孺传》，第1462页。

④ 《宋书》卷四十五《王镇恶传》，第1365页。

⑤ 《梁书》卷九《王茂传》，第175页。

⑥ 《南齐书》卷二十七《刘怀珍传》，第499页。

⑦ 《梁书》卷二十一《王瞻传》，第317页。

⑧ 《梁书》卷二十六《萧琛传》，第396页。

右仆射范云等二十余人咸来致拜，朝野以为荣”[①]。六十二岁的沈约终于等到了期盼已久的尊贵和显赫。

沈约仕梁的前十年可真够忙碌的：他草拟诏书、参议五礼、制定新律、造郊庙歌辞、定官品，还给昭明太子做老师。总之，凡是与梁王朝的文化事业有关的活动，都少不了这位“一代辞宗”的主持和参与。同时，萧衍对他也比较满意，不断以赏赐的方式感念他的辛劳。[②] 沈约毫无争议地再次巩固了文坛盟主的地位。位居文臣之首而又深受恩宠，沈约是非常有条件在政治上有所作为的。但是，他的忙碌却仅限于赞成文教这一个方面：“用事十余年，未尝有所荐达，政之得失，唯唯而已。”[③]这是很值得思考的现象。

有人说沈约缺乏政治才能，这种看法值得商榷。齐末的政治格局纷繁复杂，他却能够毅然投靠到萧鸾和萧衍身边，其审时度势的能力是王融辈无可企及的。而萧衍受禅之初，在如何处置亡国之君齐和帝的问题上，沈约又一次表现了他的峥嵘，甚至是狰狞，表现出了务实冷血的政治强腕和出类拔萃的政治投机的本领。其实，这种务实冷血的政治强腕沈约运用了不止一次：“初，梁武帝欲以南海郡为巴陵国邑而迁帝（齐和帝萧宝融）焉，以问范云，云俛首未对。沈约曰：‘今古殊事，魏武所云，“不可慕虚名而受实祸”。’梁武颔之。”[④]于是鸩杀齐和帝。齐和帝的存在对忠于萧齐王朝的人来说，是一个名正言顺的旗号，为断绝后患计，除掉他显然是上策。其实，齐和帝对新王朝的威胁，萧衍也十分清楚，他之所以与沈约、范云商量，不过是顾虑自己的仁慈形象将因此而受损，希望借他们之口说出自己想说而不能说的话罢了，沈约的回答正中下怀，而范云“俛首未对”的举动显然不及沈约果断和高明。同时，前面已经谈到，在树立新王朝的文化品格方面，沈约也是功不可没的。可以说，沈约并不缺乏政治才能，他的“唯唯而已”只能说明他想远离政治旋涡，不想招来不必要的麻烦，并以“不介入”的方式

① 《梁书》卷十三《沈约传》，第235页。

② 沈约有《谢女出门宫赐绢绮烛启》《谢赐甘露启》《谢赐交州槟榔启》等文章，表达对武帝赏赐的感谢，足见其受到的恩遇。参见陈庆元校笺：《沈约集校笺》，第121、114、122页。

③ 《梁书》卷十三《沈约传》，第242页。

④ 《南史》卷五《齐本纪下》，第160页。

来保住其苦心经营的功名。

对政治失去了兴趣，那沈约的兴趣在哪里呢？曾经居处简素的他于“郭外三十亩”大建豪宅，其中“繁蔬既绮布，密果亦星悬”[①]，不亚于谢灵运的始宁墅。沈约还为此写了《郊居赋》，表达了依止郊居度过晚年的想法。同时，他“好坟籍，聚书至二万卷，京师莫比”[②]。可见，沈约感兴趣的首先是远离政治，读读书，安心做一个“朝隐”。

他第二个感兴趣的事情是积极奖掖后进，受到他揄扬的文士实在太多了，这里仅举几个见于《梁书》的例子。

沈约亦爱其（何逊）文，尝谓逊曰：“吾读卿诗，一日三复，犹不能已。”[③]

沈约尝见（吴）均文，颇相称赏。[④]

（湘州刺史杨）公则卒，（萧）几为之诔，时年十五，沈约见而奇之，谓其舅蔡撙曰：“昨见贤甥杨平南诔文，不减希逸（谢庄）之作。”[⑤]

（谢举）年十四，尝赠沈约五言诗，为约称赏。[⑥]

（刘显）尝为《上朝诗》，沈约见而美之。时沈约郊居宅新成，因命工书人题之于壁。[⑦]

（何思澄）为《游庐山诗》，沈约见之，大相赏异，自以为弗逮。[⑧]

（张率）与同郡陆倕幼相友狎，尝同载诣左卫将军沈约，适值任昉在焉。约乃谓昉曰：“此二子后进才秀，皆南金也，卿可与定交。”[⑨]

（刘）勰自重其文，欲取定于沈约。约时贵盛，无由自达，乃负

① 沈约：《憩郊园和约法师采药》，陈庆元校笺：《沈约集校笺》，第439页。
② 《梁书》卷十三《沈约传》，第242页。
③ 《梁书》卷四十九《文学传上》，第693页。
④ 《梁书》卷五十《文学传下》，第698页。
⑤ 《梁书》卷四十一《萧几传》，第596页。
⑥ 《梁书》卷三十七《谢举传》，第529页。
⑦ 《梁书》卷四十《刘显传》，第570页。
⑧ 《梁书》卷五十《文学传下》，第714页。
⑨ 《梁书》卷三十三《张率传》，第475页。

其书，候约出，干之于车前，状若货鬻者，约便命取读，大重之，谓为深得文理，常陈诸几案。①

应该说，沈约对后进的称赏，为当时的文坛营造了互相促进、取长补短的批评风气。尤其难能可贵的是，作为一个固守士庶天壤观念的人，沈约对待寒门才子也能一视同仁，例如上面引文里提到的他对吴均、刘勰的褒扬。因此，他的识鉴、公正和虚怀若谷一再得到后人的称赞，这当然是值得肯定的。但是，在这公正和虚怀若谷的背后，我们仍然可以感觉到一些功利的味道。假如仅为促进文坛的百家争鸣，他为什么对文学观点与其有显著不同的钟嵘三缄其口、置若罔闻？当然，钟嵘《诗品》对"四声韵"有不赞同的看法，在诗风源流、品评标准和品级定位上也有值得商讨的地方，但不管怎样，作为同时期的诗歌评论家，争鸣一下总是应该的，但沈约没有那样做。

沈约所肯定的仅仅是那些肯定他的人，这可以从他对王筠的激赏中看出来。在所有的后进之中，沈约特别推崇王筠。

每见筠文，咨嗟吟咏，以为不逮也。尝谓筠："昔蔡伯喈见王仲宣称曰：'王公之孙也，吾家书籍，悉当相与。'仆虽不敏，请附斯言。自谢朓诸贤零落已后，平生意好，殆将都绝，不谓疲暮，复逢于君。"约于郊居宅造阁斋，筠为草木十咏，书之于壁，皆直写文词，不加篇题。约谓人云："此诗指物呈形，无假题署。"约制《郊居赋》，构思积时，犹未都毕，乃要筠示其草，筠读至"雌霓（五激反）连蜷"，约抚掌欣抃曰："仆尝恐人呼为霓（五鸡反）。"次至"坠石磓星"，及"冰悬坎而带坻"，筠皆击节称赞。约曰："知音者希，真赏殆绝，所以相要，政在此数句耳。"筠又尝为诗呈约，即报书云："览所示诗，实为丽则，声和被纸，光影盈字。夔、牙接响，顾有余惭；孔翠群翔，岂不多愧。古情拙目，每伫新奇，烂然总至，权舆已尽。会昌昭发，兰挥玉振，克谐之义，宁比笙簧。思力所该，一至乎此，叹服吟研，周流忘念。昔时幼壮，颇爱斯文，含咀之间，倏焉疲暮。不及后进，诚非一人，擅美推能，实归吾子。迟比闲日，清觏乃

① 《梁书》卷五十《文学传下》，第712页。

申。"筠为文能压强韵，每公宴并作，辞必妍美。约常从容启高祖曰："晚来名家，唯见王筠独步。"[①]

王筠把"霓"读作"五激反"而不是"五鸡反"，说明他非常注意声律的问题，这与沈约生平最得意的"声律论"有关；王筠作草木十咏，指物呈形，与沈约的咏物诗创作宗旨一致，而王筠的作品所呈现的"丽"的审美特点，以及对"新奇"的追求，都与沈约的诗歌理论有相近之处。从沈约对钟嵘和对王筠的不同态度来看，沈约的奖掖后进还是有门户之见的。为什么我们说在奖掖后进方面的门户之见与功利有关呢？沈约深知，多数后进文士之所以拜谒到他那里，是希望借"一代辞宗"的光而已，如果他们不是像钟嵘一样与自己的观点针锋相对，那么，为这些后辈美言说项，既不妨害自己的地位，又可以团结新生力量，他何乐而不为呢？这也许是沈约奖掖后进的出发点之一吧！

除了后进晚辈，这一时期，沈约结交的朋友不多，著名的有沈驎士、徐勉等。

沈驎士，字云祯，吴兴武康人。"少好学，家贫，织帘诵书，口手不息"[②]，宋元嘉末曾短暂出仕，后称疾归乡，讲经教授，从学者数十百人，屡征不就。永明六年(488年)，沈约曾上表荐其义行，亦不就，守操终老。"著《周易两系》《庄子内篇训》，注《易经》《礼记》《春秋》《尚书》《论语》《孝经》《丧服》《老子要略》数十卷"[③]，卒年八十六。沈约非常推崇沈驎士这位同宗不同支的吴兴沈氏成员，与他有书信往来。

徐勉，字修仁，东海郯人，梁代名臣，"幼孤贫，早励清节……及长好学"[④]。武帝践祚以后，他"掌枢宪，多所纠举，时论以为称职"[⑤]。徐勉有三件为后世所称道的轶事，一是："天监三年，除给事黄门侍郎，尚书吏部郎，参掌大选。迁侍中。时师方侵魏，候驿填委。勉参掌军书，劬劳夙夜，动经数旬，乃一还家。每还，群犬惊吠。勉叹曰：'吾忧国忘

① 《梁书》卷三十三《王筠传》，第484～485页。

② 《南齐书》卷五十四《高逸传》，第943页。

③ 《南齐书》卷五十四《高逸传》，第944页。

④ 《南史》卷六十《徐勉传》，第1477页。

⑤ 《南史》卷六十《徐勉传》，第1478页。

家，乃至于此。若吾亡后，亦是传中一事。'"[①]二是："常与门人夜集，客有虞暠求詹事五官，勉正色答云：'今夕止可谈风月，不宜及公事。'故时人服其无私。"[②]三是："勉虽居显职，不营产业，家无蓄积，奉禄分赡亲族之穷乏者。门人故旧或从容致言。勉乃答曰：'人遗子孙以财，我遗之以清白。子孙才也，则自致辎軿；如不才，终为他有。'"[③]去世的时候，武帝闻而流涕，车驾临殡，谥曰"简肃"。徐勉"善属文，勤著述，虽当机务，下笔不休。尝以起居注烦杂，乃撰为《流别起居注》六百六十卷，《左丞弹事》五卷。在选曹，撰《选品》三卷。齐时撰《太庙祝文》二卷。以孔、释二教殊途同归，撰《会林》五十卷。凡所著前后二集五十卷，又为人《章表集》十卷"[④]。徐勉为人正直，忠心事主，梁武帝对他非常信任。沈约与他都是朝廷举足轻重的文官，颇有交集，也是较为亲密的朋友。沈约的《与徐勉书》是一篇了解其晚年心境的重要文章。

我们一再强调，沈约是吴兴沈氏的沈约，强烈的家族情结是他选择人生走向的决定性因素，这种意识一直保持到他的晚年。沈约晚年的行为——求田问舍、扩大其"一代辞宗"的影响，都可以用家族情结来解释。求田问舍不正是实现少年时"广树厥家"的梦想吗？扩大其"一代辞宗"的影响，也是他实现家族由"武力强宗"转为"文化士族"的表现。

家族利益至上的表现还可以通过沈约晚年的一段史实来证明："初，高祖（萧衍）有憾于张稷，及稷卒，因与约言之。约曰：'尚书左仆射出作边州刺史，已往之事，何足复论。'帝以为婚家相为，大怒曰：'卿言如此，是忠臣邪！'"[⑤]萧衍问得好，问得也很尖锐：张稷与沈约是姻亲，沈约明知萧衍对其有宿憾却还想含糊过关，难怪萧衍要大怒。沈约从来不是任何一姓帝王的忠臣，他忠实的从来都是他的吴兴沈氏。萧衍与张稷之间的恩怨曲直暂且不论，沈约为姻亲辩护的企图却是不能否认的，而为庇护姻亲不惜出言无状，其所维护的还是他的家门。

---

① 《南史》卷六十《徐勉传》，第 1478 页。

② 《南史》卷六十《徐勉传》，第 1478 页。

③ 《南史》卷六十《徐勉传》，第 1483 页。

④ 《南史》卷六十《徐勉传》，第 1486 页。

⑤ 《梁书》卷十三《沈约传》，第 242～243 页。

随着梁朝的稳定，沈约的佐命之功渐渐为时间所淡化，其在萧衍心目中的形象也在悄然改变。萧衍看到的是一个是拿着自己的高官厚禄而不能输诚尽忠的臣子，而对于帝王来说，不能为自己鞠躬尽瘁就是不称职，就不配得到恩宠。他对沈约的不满在不断地积累，这对曾经互相信任的君臣和老朋友之间渐渐产生了裂痕。

萧衍对沈约的不满有很多表现。“梁初，郊庙未革牲牷，乐辞皆沈约撰，至是承用。（萧）子云始建言宜改……敕答曰：‘此是主者守株，宜急改也。’仍使子云撰定。敕曰：‘郊庙歌辞，应须典诰大语，不得杂用子史文章浅言；而沈约所撰，亦多舛谬。’”[①]粗看起来，萧衍批评沈约所作的郊庙歌辞，是文学批评，是对事不对人，但果真如此吗？从萧衍和萧子云的对话里，我们可以感受到萧衍口气里的反感与严厉。对于沈约“一代辞宗”的地位来说，萧衍的态度不仅是对其作品的否定，也是对他声望的一种打压，因而，也更近乎于一种人格的羞辱。

同时，随着官阶的升高，又自恃佐命有功，晚年沈约的性格与早年的内敛、谨慎相比，有了一些轻率的地方。如果说沈约为张稷辩护还是有家族目的的话，下面这个例子则可以说明沈约的忘乎所以。《梁书·沈约传》说：“约尝侍宴，值豫州献栗，径寸半，帝奇之，问曰：‘栗事多少？’与约各疏所忆，少帝三事。出谓人曰：‘此公护前，不让即羞死。’帝以其言不逊，欲抵其罪，徐勉固谏乃止。”[②]一个栗事的游戏和一个无关紧要的玩笑，竟然让萧衍动了治罪的念头。如果说萧衍年轻气盛还可以理解，可他当时已年逾六旬，一个九五之尊的花甲老人值得为臣子的口无遮拦而大动肝火吗？而且，萧衍不是十足的佛教徒吗？忍辱不是佛教“六度”法门之一吗？有人辱你不恰是你修行的机缘吗？萧衍不至于这点佛理都不懂。一定是沈约还有其他令萧衍反感的地方，让他忍无可忍。比如庇护姻亲，比如在其位不谋其政，很有可能还包括他奖掖后进所造成的影响，萧衍不愿意看到任何一个臣子有巨大影响力，何况还是自己不喜欢的臣子。可见，这件小事只是萧衍的借题发挥，是对沈约的一次警告。

---

① 《梁书》卷三十五《萧子显传》，第 514 页。

② 《梁书》卷十三《沈约传》，第 243 页。

《梁书·沈约传》说沈约"久处端揆，有志台司"[①]，这是后人根据其"每进一官，辄殷勤请退，而终不能去"[②]的推断。微妙的是，沈约居台司之位竟然"论者咸谓为宜"[③]，这种舆论对于沈约当时的处境当然起到了反作用，萧衍认为那是他培植的势力在给自己施加，所以"帝终不用"[④]。萧衍对沈约的不满，沈约不可能体会不到，他忧心忡忡。我们认为，沈约是否"有志台司"是无法考证的，他所希望的是保住既得的利益，但从上述种种迹象来看，台司之位固不可得，沈约要保住既得利益的愿望也变得艰难起来。他希望能远离萧衍，过几天清净日子，"乃求外出，又不见许"[⑤]。他在《与徐勉书》里描述了自己病魔缠身、身心俱疲的状况："开年以来，病增虑切，当由生灵有限，劳役过差，总此凋竭，归之暮年，牵策行止，努力祗事。外观旁览，尚似全人，而形骸力用，不相综摄，常须过自束持，方可僶俛。解衣一卧，支体不复相关。"[⑥]徐勉被他的文字所感动，"为言于高祖，请三司之仪"[⑦]，然而，"弗许，但加鼓吹而已"[⑧]。"沈郎腰瘦"这四个字远没有看起来那么飘逸和诗意，那代表一种深沉的忧虑和无力。

沈约是一个内心世界非常复杂的人，虽然出于个人和家族的野心，他极力促成了齐梁禅代，也力主杀齐和帝，但萧齐王朝毕竟对自己不薄，他对齐代宗室尤其是文惠太子、竟陵王怀有一种难以言说的情绪。梁台初建之时，齐宗室萧颖达"出为豫章内史，意甚愤愤。未发前，预华林宴，酒后于座辞气不悦。沈约因劝酒，欲以释之。颖达大骂约曰：'我今日形容，正是汝老鼠所为，何忽复劝我酒！'举坐惊愕。"[⑨]即使遭到了如此的当众辱骂，沈约也没有追究。还有一个记载："(沈约)尝侍宴，有妓婢师是齐文惠宫人，帝问识座中客不？曰：'唯识沈家

---

① 《梁书》卷十三《沈约传》，第 235 页。
② 《梁书》卷十三《沈约传》，第 242 页。
③ 《梁书》卷十三《沈约传》，第 235 页。
④ 《梁书》卷十三《沈约传》，第 235 页。
⑤ 《梁书》卷十三《沈约传》，第 235 页。
⑥ 沈约：《与徐勉书》，陈庆元校笺：《沈约集校笺》，第 140 页。
⑦ 《梁书》卷十三《沈约传》，第 236 页。
⑧ 《梁书》卷十三《沈约传》，第 236 页。
⑨ 《南史》卷四十《齐宗室传》，第 1050 页。

令。'约伏地流涕。"[①]这种难以言说的情绪,使他常对自己劝进,尤其是建言杀齐和帝感到悔愧。到了晚年,悔愧的情绪常使他寝食难安:"梦齐和帝剑断其舌,召巫视之,巫言如梦。乃呼道士奏赤章于天,称禅代之事,不由己出。"[②]为了减轻心理负担,他急于甩掉杀害齐和帝的责任。那么,沈约要甩掉的这个责任谁来背?那就只能是梁武帝萧衍了。萧衍怎能容忍如此大逆不道的行为?他怒不可遏,立即谴人到沈约宅邸痛斥他的种种不端,风烛残年的沈约哪里经受得住萧衍的斥责与恐吓,终于在梁武帝天监十二年(513 年)怀着满腹的悔恨和忧惧溘然长逝,享年七十三岁。

沈约死后,有司谥曰"文",萧衍却说:"怀情不尽曰隐"[③],遂改谥为"隐",史称"沈隐侯"。"隐"算不得美谥,只能算个平谥[④],这是萧衍对沈约的最后评价,平心而论,萧衍还是念了一点旧情的。萧衍对沈约毕竟是相当了解的:他的一生得以释放真性情的时刻有多少?为跻身仕途,他从青少年时期开始就将个性深深地压抑起来,后来谨慎则成为他处世的原则和习惯,晚年虽有短暂的放松,但立即招致了忌恨,生命也戛然而止。萧衍谥之为"隐"是多么敏锐!

我们不禁对沈约产生了深深的悲悯:中国历史上著名的诗人很多,而诗人兼为文论家的却凤毛麟角;诗人兼为文论家的有之,但同时又是学者和史家的能有几人?但沈约却兼而有之:除文集一百卷之外,他还著有《四声谱》、《宋文章志》三十卷、《迩言》十卷、《谥例》十卷、《晋书》百一十卷、《宋书》百卷、《齐纪》二十卷、《高祖纪》十四卷,虽然这些著作大多亡佚,但历史毕竟侵蚀不去他的旷世才华。然而,翻开今天传世的十余卷《沈约集》,与那些随处可见的为统治者代笔的诏、令、奏、议和触目皆是的奉令应制的作品相比,沈约的真情之作实在是太少了。假如没有那么强烈的个人和家族野心,肯将真性情诉诸笔端,以那样才华横溢的一个人,将会写下怎样的作品?然而,历史没有假如。

---

① 《南史》卷五十七《沈约传》,第 1413 页。

② 《南史》卷五十七《沈约传》,第 1413 页。

③ 《梁书》卷十三《沈约传》,第 243 页。

④ 参见汪受宽:《谥法研究》,上海古籍出版社 1995 年版,第 53 页。

但是，作为吴兴沈氏的一员，沈约没有辜负家族的重托。立足于其所奠定的基础，吴兴沈氏走上了繁荣之路。他的儿子沈旋步其后尘，将主要精力投入到文化领域，“集注《迩言》，行于世”[①]，孙子沈众文采飞扬，被梁武帝誉为“文体翩翩，可谓无忝尔祖”[②]，族人沈炯“其文甚工，当时莫有逮者”[③]。到了陈代，他的家“财帛亿计”[④]，吴兴沈氏仍然兴盛。毛汉光考察了当时五品以上官员的任职情况，并进行了量化统计，得出的结论是：吴兴沈氏是仅次于吴郡陆氏和琅邪王氏的高门士族。[⑤] 同族之中，甚至还出了两位皇后，五位沈氏子弟尚公主。直到唐宋时期，据宋左文质《吴兴统记》引《沈氏先贤传》统计，沈氏“子孙见史者一百五十八人，三十八人有正传，一百二十人附焉”[⑥]。这一切，没有沈约的惨淡经营几乎是不能想象的。求仁得仁，作为吴兴沈氏家族从“武力强宗”到“文化士族”的转型期的关键人物，沈约总算成功地实现了他的理想。或许我们不必为他遗憾，或许泉下有知，他将认为他所付出的一切都得到补偿了吧。

应该看到，从晋代以来，像沈约这样的士族子弟以家族的进退为进退者，比比然皆是。王衍“虽居宰辅之重，不以经国为念，而思自全之计。说东海王越曰：‘中国已乱，当赖方伯.宜得文武兼资以任之。’乃以弟澄为荆州，族弟敦为青州。因谓橙、敦曰：‘荆州有江汉之固，青州有负海之险，卿二人在外，而吾留此，足以为三窟矣。’”[⑦]王衍授官，着眼点全在自我保全，宰辅尚且如此，何况百官？袁昂说：“吾释褐从仕，不期富贵，但官序不失等伦，衣食粗知荣辱，以此阖棺，无惭乡里。往忝吴兴，属在昏明之际，既暗于前觉，无识于圣朝，不知天命，甘贻显戮，幸遇殊恩，遂得全门户。”[⑧]一代名臣袁昂，临终之际总结自己的一

① 《南史》卷五十七《沈约传》，第1414页。

② 《南史》卷五十七《沈约传》，第1414页。

③ 《陈书》卷十九《沈炯传》，第253页。

④ 《南史》卷五十七《沈约传》，第1415页。

⑤ 参见毛汉光：《两晋南北朝士族政治之研究》，（台北）中国学术著作奖助委员会1966年版，第43页。

⑥ 转引自陈斯风：《南朝名门吴兴沈氏宗族考论》，《社会科学辑刊》2001年第4期。

⑦ 《晋书》卷四十三《王戎传》，第1237～1238页。

⑧ 《梁书》卷三十一《袁昂传》，第455页。

生，也以保全门户为幸。王衍经营“三窟”的谋划、袁昂的“全门户”和“无惭乡里”与沈约一样，都把家族的利益作为为政的动机和个体价值的最终实现。

同时，南朝家训式的诗文作品大量涌现，谢混有《诫族子诗》、颜延之有《廷诰》、王僧虔有《诫子书》、王褒有《幼训》、徐勉有《为书诫子崧》。这些诗文虽然内容不同，但督促、激励后辈成才，指点、教导他们立身处世之道，最终希望家族兴旺发达的宗旨却是一致的。可见，在政权走马灯般更迭的南朝，如何维持家族的既得利益是士族十分关心的共同课题。用那句“殉国之感无因，保家之念宜切”[①]来概括他们的取舍是最恰当不过的了。也正是因为此，沈约的家族意识在当时并没有招致非议，我们对此也不应该带有太多的偏见。客观地说，士族情结和家族意识是那个时代的必然产物，沈约的所作所为只是比较典型而已。

---

① 《南齐书》卷二十三《王俭传论》，第 438 页。

第三章　沈约思想论

在上一章里，我们主要以家族情结和士族意识为决定性因素梳理了沈约的生平及其心路历程。需要指出的是，沈约的行为和性格诚然与其士族意识和家族情结有极为密切和直接的关系，但是，沈约的思想却不能仅仅用士族意识和家族情结来概括。沈约的思想是十分错综复杂的，其士族意识和家族情结也有更深刻的思想根源做支撑。在这一章里，我们将走进沈约的精神世界，分析其世界观、人生观的特点。

一、错综复杂的思想表征

沈约的思想呈现出十分错综复杂的面貌。

首先，沈约的身上有明显的儒家烙印。这一点，我们可以从以下三个方面得到证明。

其一，沈约有儒学家传。自汉代以来，沈氏以儒学著称者代有其人，如汉代沈仪，“少有至行，兄瑜十岁仪九岁而父亡，居丧过礼，毁瘠过于成人……三年礼毕，殆至灭性，故兄弟并以孝著。瑜早卒。仪笃学有雅才，以儒素自业”①。沈约的高祖沈警“惇笃有行业，学通《左氏

① 《宋书》卷一百《自序》，第2444页。

春秋》”[①]、祖父沈穆夫“少好学，亦通《左氏春秋》”[②]。在文化呈现家族性的南朝时期，这种家学渊源对沈约应该具有相当的影响。沈约年少时期“笃志好学，昼夜不倦……遂博通群籍”[③]，其所通者，必有相当数量的儒家经典。

其二，沈约的儒家思想还大量地表现在他的作品里。沈约不仅在《宋书》中特置《礼志》和《乐志》详赡地梳理了历代的礼乐制度，还首创《孝义传》，宣扬儒家的君子人格。他直接主持和参与了梁朝的朝章国采以及“五礼”“新律”的制定，并为昭明太子侍讲《孝经》。[④] 他所作的《谥例》十卷虽已亡佚，但根据书名不难推测为儒家礼法之书。沈约的文集里，更是随处可见其引用或化用的儒家经典。

其三，从沈约的交游中还可以发现很多名儒的身影，比如以“恭敬俨恪，进止以礼”[⑤]的儒家操守著称的范岫，是沈约三十余年的知交好友；被称为“今世曾子”[⑥]的刘瓛也是他的朋友；淹通儒家经典的族人沈驎士更与他多有书信往来。

其次，沈约的佛教思想也有目共睹。永明初年，沈约即撰写了《为齐竟陵王解讲疏》《为文惠太子礼佛愿疏》等文章阐述自己的佛教信仰。入梁之后，沈约不仅著《难范缜〈神灭论〉》《神不灭论》等文章响应梁武帝对范缜的围攻，还写了《究竟慈悲论》《因缘义》等佛学论文，显示出良好的佛学造诣。他还在《忏悔文》中检讨自己种种违背佛旨的行为，将其对佛教果报的信仰表露无遗。他的朋友中奉佛精进的人不胜枚举，出家修行的僧尼也为数不少。他不避男女之大嫌，为尼僧净秀作行状，景仰之情溢于言表[⑦]；他与释慧约则情同手

---

① 《宋书》卷一百《自序》，第 2444 页。

② 《宋书》卷一百《自序》，第 2445 页。

③ 《梁书》卷十三《沈约传》，第 233 页。

④ 《梁书》卷二十五《徐勉传》记载：“昭明太子尝于殿内讲《孝经》，临川靖惠王、尚书令沈约备二傅。（徐）勉与国子祭酒张充为执经，王莹、张被、柳澄、王暕为侍讲。时选极亲贤，妙尽时誉。”（第 378 页）

⑤ 《梁书》卷二十六《范岫传》，第 392 页。

⑥ 《南齐书》卷三十九《刘瓛传》，第 679 页。

⑦ 参见沈约：《南齐禅林寺尼净秀行状》，陈庆元校笺：《沈约集校笺》，第 227 页。

足，不仅文章往复，而且“临官莅职，必同居府舍，率意往来”[①]。毫无疑问，惟其拥有共同的信仰基础，沈约与这些僧尼的交往才能如此不拘行迹。

再次，沈约信奉道教的事实不容质疑。在上一章里我们已经提到，沈约的高祖沈警和曾祖沈穆夫被杀的直接原因是参与了道教领袖孙恩的叛乱，其家世的道教传统不言自明。沈约临终时呼道士奏赤章于天的做法，也完全符合天师道的教规。同时，他与上清派茅山道教领袖陶弘景长期保持着良好的关系，经常进行诗文和宗教信仰的辩难交流。[②] 沈约还写了《游金华山诗》等很多游仙诗，抒发其对羽化成仙的向往。谢朓曾说他：“闻夫君之东守，地隐蓄而怀仙。登金华以问道，得石室之名篇。”[③]可见，他奉道的心迹在朋友之间是人所共知的。

另外，沈约的道家思想也时有表现。这里需要首先说明，笔者所指的道家，系采用冯友兰《中国哲学简史》中的定义，包括两方面的内容：一是以老、庄为代表的原始道家，二是以魏晋玄学为代表的“新道家”。沈约认为“至道玄妙，无迹可寻。寄言立称，已乖宗极”[④]，显然继承了老子“道常无名”[⑤]的观念；沈约认为“惟至人之非己，固物我而兼忘。自中智以下洎，咸得性以为场”[⑥]，观点与庄子“至人无己”[⑦]及郭象“天性所受，各有本分”[⑧]的思想略同。沈约称赞谢朏“形虽庙堂，心犹江海”[⑨]，也与郭象的“圣人虽在庙堂之上，然其心无异于山林之中”[⑩]的观点如出一辙。

然而，沈约思想的复杂性，还不仅仅表现在上述几个方面。在他

---

① 释道宣撰，郭绍林点校：《续高僧传》卷六，第 184 页。

② 可参见陈庆元校笺《沈约集校笺》中《答陶隐居难〈均圣论〉》《与陶弘景书》《酬华阳陶先生》等诗文。

③ 谢朓：《酬德赋》，《全上古三代秦汉三国六朝文·全齐文》卷二十三，第 2919b 页。

④ 沈约：《善馆碑》，陈庆元校笺：《沈约集校笺》，第 208 页。

⑤ 饶尚宽译注：《老子》，中华书局 2006 年版，第 81 页。

⑥ 沈约：《郊居赋》，陈庆元校笺：《沈约集校笺》，第 5 页。

⑦ 郭象注，成玄英疏：《庄子注疏》，中华书局 2011 年版，第 12 页。

⑧ 郭象注，成玄英疏：《庄子注疏》，第 69 页。

⑨ 沈约：《司徒谢朏墓志铭》，陈庆元校笺：《沈约集校笺》，第 204 页。

⑩ 郭象注，成玄英疏：《庄子注疏》，第 15 页。

的内心深处，儒家、释家、道教、道家的思想并不像我们分析得那样清晰，而是常常纠缠在一起，处于一种高度融合的状态。

佛教倡言养神，道教主张炼形，沈约则模糊二者的根本区别，说："养形可至不朽，养神安得有穷？"[①]道家盛称无为，儒家志在济世，沈约却认为："圣人遗情忘己，常以兼济为念。"[②]因此，他既赞赏"清源素范，体业伦正"[③]的蔡约，又推崇"道风清邈""德宇夷旷"[④]的王亮和王莹。沈约调和儒、释两家更为用心。他之所以称赞释法云的《难范缜〈神灭论〉》，是由于其"孔、释兼弘，于是乎在"[⑤]，他对等地看待佛教的戒杀思想与儒家的恻隐之心，指出："周、孔二圣，宗条稍广。见其生不忍其死，闻其生不食其肉……逮于酣蕾于酒，淫迷乎色，诡妄于人，攘滥自已，外典所禁，无待释教。"[⑥]继而推导出"内圣外圣，义均理一"[⑦]的结论。

由此可见，我们之所以强调沈约的思想错综复杂，不仅在于他兼奉儒道两家以及释道两教，而且在于他对诸家思想都做了一定程度的融会贯通。考察南朝的社会思潮，我们将会看出沈约这种统合诸家思想的做法在他那个时代是相当普遍的。

清代史学家赵翼归纳了大量的史实得出结论说："梁时五经之外，仍不废《老》《庄》，且又增佛义。"[⑧]南齐张融临终交代，要"左手执《孝经》《老子》，右手执小品《法华经》"[⑨]步入另一个世界。梁武帝萧衍则自述"少时学周孔，弱冠穷六经""中复观道书，有名与无名""晚年开释卷，犹月映众星"[⑩]，十分清晰地说明了其儒、释、道三教兼收并蓄的思想脉络。与沈约同时期的庾承先，"玄经释典，靡不该悉；九流《七略》，

① 沈约：《神不灭论》，陈庆元校笺：《沈约集校笺》，第158页。

② 沈约：《辩圣论》，陈庆元校笺：《沈约集校笺》，第144页。

③ 沈约：《授王缋蔡约王师制》，陈庆元校笺：《沈约集校笺》，第22页。

④ 沈约：《王亮王莹加授诏》，陈庆元校笺：《沈约集校笺》，第37页。

⑤ 沈约：《答释法云〈难范缜《神灭论》〉》，陈庆元校笺：《沈约集校笺》，第126页。

⑥ 沈约：《均圣论》，陈庆元校笺：《沈约集校笺》，第148页。

⑦ 沈约：《均圣论》，陈庆元校笺：《沈约集校笺》，第148页。

⑧ 赵翼著，王树民校证：《廿二史札记校证》，第177页。

⑨ 《南齐书》卷四十一《张融传》，第729页。

⑩ 萧衍：《会三教诗》，逯钦立辑校：《先秦汉魏晋南北朝诗》，第1531页。

咸所精练"[①],即是当时文士学问修养的典型。关于南朝时期诸家思想走向融合的过程,前辈学者已论述详备[②],这里不再赘述。总之,在陆修静、陶弘景等道士"接收儒、释两家的思想以改造和充实道教的神仙学说和修炼理论"[③]之后,在南朝"一般名士都礼玄双修,表示'名教'与'自然'之统一"[④]的形势下,在佛教越来越彰显其有益政教的本质之后,沈约的思想能够呈现上述错综复杂而又统合诸家的面貌是与时代思潮同步的。

因为以上错综复杂的表现,关于沈约思想的主导方面的研究,学界看法不尽相同。陈寅恪认为天师道信仰在其思想中占主导地位,他说:"迨其临终之际,仍用道家上章首过之法,然则家世信仰之至深且固,不易湔除,有如是者。"[⑤]陈庆元也持此论,他说:"沈约依违于道释之间,佞佛乃'逢时之意',骨子里所尊奉的却仍然是道。"[⑥]林家骊认为沈约"既是一位进取心很强的儒者,又是一位虔诚的道教徒,还是一位至诚的佛教徒"[⑦],他的思想是三教兼蓄的。唐燮军则主张沈约的言行基本"契合儒家的说教","其学术研究归根结底只是用以追逐世俗功名的手段而已,故其治学重点始终随着人主的好恶趋尚而不断转移。他的曲学阿世,实际上使之像诸多时人那样自置于对皇权的依附之中"[⑧]。

我们认为,尽管沈约的思想统合诸家而又与时代同步,但诸家思想在沈约的精神世界中所占的比重并不是等量齐观的,时代思潮也绝不可能完全取代个人的思想。

---

① 《梁书》卷五十一《处士传》,第753传。

② 参见任继愈:《论魏晋南北朝社会思潮的交融》,深圳大学国学研究所编:《中国文化与中国哲学》,东方出版社1986年版。

③ 胡道静:《中国道教》,知识出版社1994年版,第24页。

④ 唐长孺:《魏晋玄学之形成及其发展》,《魏晋南北朝史论丛》,生活·读书·新知三联书店1955年版,第349页。

⑤ 陈寅恪:《天师道与滨海地域之关系》,《金明馆丛稿初编》,生活·读书·新知三联书店2001年版,第36页。

⑥ 陈庆元:《沈约集校笺》,前言第6页。

⑦ 林家骊:《沈约研究》,第121页。

⑧ 唐燮军:《诗人之外的沈约——对沈约思想与生平的文化考察》,《文学遗产》2006年第4期。

通过厘析其错综复杂的思想表征，可以看出，道教和道家思想只是对沈约精神世界的补充。首先，道家出于隐士，沈约虽然对隐居行为经常表示赞赏，其本人却始终执着于宦海，甚至认为隐逸行为是出于仕进无路的无奈。他认为："夫独往之人，皆禀偏介之性，不能摧志屈道，借誉期通。若使值见信之主，逢时来之运，岂其放情江海，取逸丘樊，盖不得已而然故也。"[①]这段话即是沈约无心此道的自白，道家理想不过是其在宦海压抑中的一种审美取向而已，并不具有实践意义。

另外，鉴于沈约家族的天师道信仰，临终上赤章的仪轨很有可能绵延沉淀成为家族的传统和风俗，后辈尊而从之，习以为常，但其中到底有多少信仰成分，颇难置评，也颇难作为其信奉道教的证据。同时，沈约对道教所鼓吹的羽化成仙诚然心存向往，还写了一些游仙的作品，但他却认为其"禁誓严重，志业艰劬"[②]，是自己这样的"俗士所不能窥"[③]的，这实际上是其放弃道教追求的明确表态。

对于佛儒两家，沈约的态度却大为不同，他说："中外群圣，咸载训典，虽教有殊门，而理无异趣。故真俗两书，递相扶奖。孔发起端，释穷其致，撤网去纲，仁惠斯在。变民迁俗，宜以渐至，精粗抑引，各有由然。"[④]可见，他认为儒家在"变民迁俗"的过程中起着发端导引的作用，而佛家则激流导源、直指心性，以佛教归心而以儒术立身，二者是可以递相扶奖、并行不悖的。在这里，沈约丝毫没有涉及道教和道家。可见，佛儒两家是他精神世界的两极。

二、以佛教归心

佛教的兴盛是南朝时期突出的文化现象之一。

作为一种纯粹的外来文化，佛教能够在中国不断扩张其发展的空间，在于它始终努力与中国人的传统思想相契合。汉代，初入中土的佛教首先与黄老方技相通，打破了人们的认识壁垒，获得了立足中国

---

① 《宋书》卷九十三《隐逸传论》，第 2297 页。

② 沈约：《金庭馆碑》，陈庆元校笺：《沈约集校笺》，第 209 页。

③ 沈约：《金庭馆碑》，陈庆元校笺：《沈约集校笺》，第 209 页。

④ 沈约：《内典序》，陈庆元校笺：《沈约集校笺》，第 177 页。

的一席之地。接着，在玄学昌明的魏晋时代，它又将本身的虚无之旨涉入老、庄，真正得到了上层文化的认同。然后，佛教的面目在儒学渐有复兴之势的南朝又为之一变，“内乖天属之重而不违其孝，外阙奉主之恭而不失其敬”①，与儒家思想融合无间。这种面目一经显现，立即引起了统治者的重视。宋文帝说：“若使率土之滨皆纯此化，则吾坐致太平，夫复何事。”②因此，统治者们对佛教的提倡也更加不遗余力了。

另外，佛教滥觞于南朝还与中土文化的空白有关。按照范文澜的观点，中国人本身并没有在巫术基础上创立过普遍流行的宗教。③ 中国的传统思想，无论是儒家所弘扬的内圣外王之道，还是道家所追求的精神自由，都以现实人生为关注的对象。但是，汉末以来“人的自觉”之后，面对着生老病死的无奈、兵荒马乱的残酷、天灾人祸的无常，现实的人生总是使人们感到痛苦的失落。为了摆脱日益凸显的生存的危机和生命的虚无，在精神世界里，他们需要一种超脱于现实人生之上的理论来抚慰，而恰恰此时佛教传入了中土。它指出人生原本就是苦海和虚无，人生的意义也只能是解脱和皈依，并信誓旦旦地承诺在现实人生之上有一个美好的彼岸世界可以追求。这无疑迎合了人们的心理需求，中国本土文化显然不具有如此高明的麻痹性。同时，思辨性极强的玄学思潮使人们的思维经历了“哲学化”的锻炼，在运思方式上，博大精深的佛教经典与广大士人的学术期待视野相吻合。上述两方面的优越性，使人们越来越倾向于以佛教为心灵的归宿，而将根深蒂固的儒家思想作为经世立身的方略。孙绰说：“周、孔救极弊，佛教明其本。”④“范泰、谢灵运常言：‘六经典文，本在济俗为治，必求灵性真奥，岂不得以佛经为指南耶？’”⑤

在沈约的仕途中起着关键作用的贵人大都信奉佛教。蔡兴宗曾造寺供佛，名栖禅精舍，竟陵王萧子良“与文惠太子同好释氏”⑥，梁武

① 慧远：《沙门不敬王者论》，刘立夫等译注：《弘明集》，中华书局 2013 年版，第 318 页。

② 何尚之：《答宋文帝赞扬佛教事》，刘立夫等译注：《弘明集》，第 715 页。

③ 参见范文澜：《中国通史》第 2 册，人民出版社 2009 年版。

④ 孙绰：《喻道论》，刘立夫等译注：《弘明集》，第 176 页。

⑤ 何尚之：《答宋文帝赞扬佛教事》，刘立夫等译注：《弘明集》，第 715 页。

⑥ 《南齐书》卷四十《武十七王传》，第 700 页。

帝萧衍的佞佛则更是人所共知：他不仅将佛教立为国教，多次舍身同泰寺，还制《涅槃》《大品》《净名》《三慧》诸经义记数百卷[①]，佛学素养极其深厚。我们无法确定沈约何时开始奉佛，也无法判断他的奉佛究竟是完全出于个人的选择，还是出于附和人主，但就其现存涉及佛教的四十三篇文章和一篇《八关斋》诗，我们确乎能感受到他对佛教的用力之勤和钻研之深。在佛教氛围里浸淫日久，将之奉为信仰也顺理成章。事实上，绝大多数宗教信徒都是受了环境的影响而起信的。以沈约所服务的人主多信奉佛教而判断其敬奉佛教不是出于真心，不仅是武断的，也是不符合事实的。这一论断，我们既可以从他的理论建树中得以了解，更可以从他的修行中窥见一斑。

从创作时间上看，沈约的佛教文章基本上集中于两个时期：一是入文惠太子与竟陵王门下时期；二是梁武帝发布舍道归佛诏书前后。[②]

竟陵王在斋僧、造像之外，于佛教义理致力提倡，经常组织名僧讲说，沈约是这些活动的积极参加者。此时，他写了《南齐皇太子解讲疏》《竟陵王题佛光文》《齐竟陵王发讲疏》《和王卫军解讲》《南齐仆射王奂枳园寺刹下石记》《瑞石像铭》《南齐皇太子礼佛愿疏》《竟陵王解讲疏》《南齐南郡王舍身疏》《比丘尼敬法师碑》《内典序》等文章。

沈约佛教作品创作的第二个多产时段是梁天监年后。天监三年(505 年)，梁武帝萧衍宣布"舍道入佛"，又自称"皇帝菩萨"，极力弘扬佛法。[③] 作为萧衍最重要的"文胆"之一，沈约写了大量的护法文章，主要有：《法王寺碑》《均圣论》《答陶隐居〈难均圣论〉》《上钱随喜光宅寺启》《南齐禅林寺尼净秀行状》《光宅寺刹下铭》《答释法云〈难范缜神灭论〉》《难范缜〈神灭论〉》《舍身愿疏》《临终表》等。此外，还有《佛记序》《千僧会愿文》《论形神》《究竟慈悲论》《佛知不异众生知义》《六道相续作佛义》《因缘义》《忏悔文》等，作年待考，约与这一历史时期相关。

---

① 参见《南史》卷七《梁本纪中》，第 223 页。

② 关于沈约佛教文章的统计以及各个时期的具体篇目，参见杨满仁：《论沈约的佛教思想及其创作》，《北方论丛》2012 年第 2 期。

③ 事见释道宣《广弘明集》卷四。此事的真伪颇有争议，参见熊清元：《梁武帝天监三年"舍事李老道法"事证伪》，《黄冈师专学报》1998 年第 2 期；赵以武：《关于梁武帝"舍道事佛"的时间及其原因》，《嘉应大学学报》1999 年第 5 期。

《神不灭论》《答释法云〈难范缜神灭论〉》《难范缜〈神灭论〉》《均圣论》《论形神》《究竟慈悲论》等作品主要表现了沈约的基本宗教观和释教义理修养。

《神不灭论》《难范缜〈神灭论〉》《论形神》等论文都是针对范缜《神灭论》而作的。"神不灭"是一切宗教神学体系的中枢神经，宗教信仰者总是全力以赴地捍卫它，沈约也不例外，这些阐述"神不灭"的文章成了其宗教信仰的基础。在《神不灭论》里，沈约将中国固有的灵魂、养生和养神的观念灌注于佛教理论中，首先提出了几个人所共知的常识，比如昆虫的认知无法理解犬马，人的智力有高下之差，人的耳鼻五官各有司直，继而推断出只有五官兼忘才能兼照，最后断言："生既可夭，则寿可无夭，既无矣，则生不可极，形神之别，斯既然矣。形既可养，神宁独异？神妙形粗，较然有辨，养形可至不朽，养神安得有穷？养神不穷，不生不灭，始末相较，岂无其人？"[①]沈约的这一理论明显带有借鉴《庄子·逍遥游》思路的痕迹，从层层的推论中得出了"自凡及圣，含灵义等。但事有精粗，故人有凡圣。圣既长存，在凡独灭。本同末异，义不经通"[②]的结论。

相对于《神不灭论》，沈约的《难范缜〈神灭论〉》则更为优胜。他针对范缜的"形神相即"的观点，首先强调神、形的二分："神者，对形之名。而形中之形，各有其用；则应神中之神，亦应各有其名矣。"[③]在找到"形神相即"的弱点后，接着对范缜之形神譬如刀与刃的理论进行批驳："刀则唯刃犹利，非刃则不受利名。故刃是举体之称，利是一处之目，刀之与利，既不同矣，形之与神，岂可妄合耶？"[④]接着用以子之矛攻子之盾的方法，指出："若形即是神，神即是形，二者相资，理无偏谢，则神亡之日，形亦应消。而今有知之神亡，无知之形在，此则神本非形，形本非神，又不可得强令如一也。"[⑤]最后得出结论："生神化为死神，即

---

① 沈约：《神不灭论》，陈庆元校笺：《沈约集校笺》，第 158 页。
② 沈约：《神不灭论》，陈庆元校笺：《沈约集校笺》，第 158 页。
③ 沈约：《难范缜〈神灭论〉》，陈庆元校笺：《沈约集校笺》，第 159 页。
④ 沈约：《难范缜〈神灭论〉》，陈庆元校笺：《沈约集校笺》，第 159 页。
⑤ 沈约：《难范缜〈神灭论〉》，陈庆元校笺：《沈约集校笺》，第 160 页。

是三世，安谓其不灭哉？”[1]

《论形神》用人的“出神”状态来说明神有形空：“凡人一念之时，七尺不复关所念之地。……凡人之暂无其无，其无甚促；圣人长无其无，其无甚远。……一念而暂忘，则是凡品；万念而都忘，则是大圣。”[2]这一理论指出，人在神思之时，形在此而神思在彼，故其形为无，当他停止神思时，其神与形又合于一处，故其形为有。然凡人不能总是神思，故其形之无是暂时的，而圣人万念俱忘，其形无长存，故其神亦永恒常驻。沈约正是依靠着上述严密的结构、严谨的论说、犀利的文辞，与范缜分庭抗礼，建立起了自己的“神不灭”的学说。

《均圣论》系奉梁武帝之命而作，是一篇鲜明表现沈约宗教观的作品。文章的主旨是消解儒释之间的差异，调和二教的关系。《内典序》乃佛教典籍之总序，全面反映了沈约的宗教态度。文章第一部分是叙述佛教发生与发展之概况，第二、三部分讲修行之义趣，第四部分则再次阐述了沈约齐化夷夏、调和儒释的理念。

专门针对佛教的某个义理予以阐释的文章，沈约也有不少，如《究竟慈悲论》论佛教慈悲之理，《述僧设会论》论设僧会之理，《述僧中食论》论僧人过中不餐之理。《佛知不异众生知义》强调了佛知之义，宣扬了大乘佛教的普遍平等的佛性说，引导众生向善求善之心。《六道相续作佛义》《因缘义》则阐述了因缘相续、因果报应之理和修行的重要性。

在南朝流行的佛教理论，以《成实论》《般若经》和《涅槃经》影响最大，这方面沈约也有论述。

《成实论》属小乘教派，中天竺诃梨跋摩著，鸠摩罗什译。它的义理主要是由“苦”的判断来探究“业”的原因，指出一切物质存在和心理活动都是“苦”，即所谓“五受阴是苦”，并提出“灭一切相”的禁欲主义的主张。与其他佛经的模棱两可不同，《成实论》是通过给概念下定义的方式来解说佛理的，所以它的表述条理清楚、内涵明晰，与玄学的思辩在方法上有共同之处。因此，它不仅被认为是佛教初学者的入门手

---

① 沈约：《难范缜〈神灭论〉》，陈庆元校笺：《沈约集校笺》，第160页。

② 沈约：《论形神》，陈庆元校笺：《沈约集校笺》，第156页。

册，也为爱好玄学的人所垂青。

《般若经》是印度早期大乘佛教的经典之一，东汉支谶将其译为汉语。“般若”意为“智慧”，与“布施”“持戒”“忍辱”“精进”“禅定”合称为“六波罗蜜”或“六度”。“波罗蜜”意译为“到彼岸”“度无极”或“度”。《般若经》认为众生可以通过“六度”的修行由生死苦恼的此岸到达涅槃解脱的彼岸，因此被称为“诸佛之母”。按照“般若”的观点，世上一切皆“空”，而“空”即是一切。“空”不仅意味着一切对象皆虚幻不实，也是世界万有的统一性，它超越时间和空间，是“法性”“真如”，也就是“佛性”。《般若经》宣称：他们不以达到个体的解脱为目标，而要用“般若”这种智慧，以种种“方便”，应机教化众生去体任“法性”的真实。《般若经》所阐述的“诸法皆空”的思想，与玄学“有”与“无”的基本命题有一定的契合之处，因此也受到了上层文化界的普遍欢迎。

《涅槃经》也属于大乘教。相对于《般若经》，它的来源或内容都比较复杂，比较规整的译本是由刘宋时期慧严、慧观和谢灵运等润色的。尽管佛教各派都以涅槃为最后归宿，但《般若经》力主一切皆“空”，既无须追求无生的涅槃，也无须厌恶有生的烦恼；小乘教则认为解脱不过是灰身灭智，将“涅槃”等同于对死亡的讴歌。而《涅槃经》却主张：世俗人生诚然是无常苦的，理应从中解脱出来，但涅槃并不是死亡而是创造净土。可见，菩提涅槃亦有亦常。因此，《涅槃经》不仅像《般若经》一样要求信仰者于世间“无所得”，而且要求他们应该在世间“得慧”。与此相适应，《涅槃经》提出了“一切众生皆有佛性”“若离众生不得阿耨多罗三藐三菩提”的口号，突出“智慧佛性”和“因果佛性”在成佛中的作用，主张在现实人生中证得“大涅槃”。所谓“大涅槃”就是指“涅槃四德——常、乐、我、净”，“常”指“法身”，“乐”指“涅槃”，“我”指“佛身”，“净”指“佛法”。可见，“涅槃四德”既是修持的根据又是佛的特征。但佛教对世俗宣讲“涅槃四德”时，又往往将“常”解释为长生不死，将“乐”解释为欢喜快乐，将“我”解释为自主自由，将“净”解释为道德高尚。这样佛家的涅槃境界就成为了一个令人无限憧憬的澄明、自由的极乐世界。也因为此，《涅槃经》对所有阶层都产生了强大的吸引力。

综上，南朝虽然同时盛行着《成实论》《般若经》和《涅槃经》，但

《涅槃经》的诱惑力显然要强于前两者。尤其对于像沈约这样的优婆塞来说，《涅槃经》无疑更有现实的可行性：既然"若离众生不得阿耨多罗三藐三菩提"，只要持有"智慧佛性"和慎重因果，安享人世的生活一样可以达到"涅槃"境界。因此，沈约的佛教思想更多地心仪于"涅槃"。

《涅槃经》的信徒们在当时往往困惑于一个问题：虽然"一切众生皆有佛性"，但究竟什么是正因佛性，什么是众生皆有的不生不灭、永恒常在的成佛依据呢？有人以众生和六法为正因佛性，有人以神识为正因佛性，还有人以得佛之理为正因佛性。[①] 众说纷纭，莫衷一是。沈约也表达了对这个问题的看法。他在《佛知不异众生知义》里说：

> 佛者，觉也。觉者，知也。凡夫之与佛地，立善知恶，未始不同也。但佛地所知者，得善之正路；凡夫所知者，失善之邪路。凡夫得正路之知，与佛之知不异也。正谓以所善非善，故失正路耳。故知凡夫之知，与佛之知不异。由于所知之事异，知不异也。凡夫之所知，不谓所知非善，在于求善而至于不善。若积此求善之心，会得归善之路；或得路，则至于佛也。此众生之为佛性，实在其知性常传也。[②]

可见，沈约以"知性"为正因佛性。所谓"知性"，实际上指的是人的思想和观念，这种思想和观念不异于佛，因此，"一切众生皆有佛性"，只有将求善之心导入归善之路，依法修炼才能成佛。沈约又说："余以为因果、情照，本是二物，先有情照，却有因果，情照既动，而因果随之。"[③]情照指的是领悟了解，是思想的发端，因果则指的是由思想支配的种种行为。需要指出的是，沈约以"知性"为正因佛性，无非是强调精神的第一义，与释宝亮以"心识"和梁武帝以"真神"为正因佛性的观点没有根本差别。[④]

那么，更进一步的问题是：作为正因佛性的思想和观念有怎样的

---

① 参见释吉藏：《人乘玄论》卷三，《大正藏》第45册，第35～46页。

② 沈约：《佛知不异众生知义》，陈庆元校笺：《沈约集校笺》，第182页。

③ 沈约：《论形神》，陈庆元校笺：《沈约集校笺》，第156页。

④ 参见任继愈：《中国佛教史》第3卷，中国社会科学出版社1985年版。

特征呢？沈约没有沉溺于宗教的理论泥潭，而是指出所谓“知性”的开始，乃是众生皆有的好生之性，因为只有好生畏死、避苦求乐才有可能生发追求涅槃的意愿，所以，好生之性才是向善的基础。他说：“凡含灵之性，莫不乐生。”“好生之性，万品斯同。”①因此，他对于佛教的戒律，最强调戒杀，以为“慈悲之要，全生为重”②。沈约之所以如此“好生”，除了继承传统儒家、道家“贵生”的主张之外，与当时战争和政变频仍所导致的“忧生”阴影应该有一定的关系。

沈约在当时属于一流的佛教理论家，难怪梁武帝把他作为佛教理论创作之文胆。梁武帝曾令中书侍郎虞阐等编撰佛教经藏《佛记》并令他们作序，序成后武帝认为序体不称，虞阐等多次改动也未能使其满意，于是武帝敕令沈约厝笔。对沈约的信仰深为了解的武帝还说：“乃不应以此相烦，亦是一途善事。”③称作为信徒的沈约为《佛记》作序乃是一件大功德。如果仅仅是出于对人主的迎合，不是自觉地进行研究，恐怕很难企及这样的高度。诚如任继愈先生所说：“一个严肃探讨问题的唯心主义哲学家往往能够在客观上指出通向真理的道路，尽管他没有真理。”④我们评价沈约的佛教理论文章也应该持这样的态度。

理论家之外，沈约在生活中也恪守“三皈五戒”，以“优婆塞”自居，日常修行颇为自觉。沈约的《八关斋》诗是一首在以佛教修行为内容的五言诗，这在当时是不多见的题材。沈约在诗歌理论上是主张以“情志”为抒写内容的，而对佛教修行进行吟咏，正反映了佛教乃是其“情志”所系，是其精神生活的重要内容。诗歌如下：

因戒倦轮飘，习障从尘染。四衢道难辟，八正扉犹掩。
得理未易期，失路方知险。迷涂既已复，豁悟非无渐。⑤

所谓“八关斋”是指佛教的戒律，全称为“八关斋戒”，即不杀生，不

① 沈约：《因缘义》，陈庆元校笺：《沈约集校笺》，第184页。

② 沈约：《究竟慈悲论》，陈庆元校笺：《沈约集校笺》，第153页。

③ 萧衍：《敕沈约撰佛记序》，严可均校辑：《全上古三代秦汉三国六朝文·全梁文》卷五，第2974a页。

④ 任继愈等：《中国哲学发展史》，人民出版社1988年版，第825页。

⑤ 沈约：《八关斋》，陈庆元校笺：《沈约集校笺》，第365页。

偷盗,不淫欲,不妄语,不饮酒,不眠坐高广华丽之床,不装饰、打扮及观听歌舞,不食非时食。前七为戒,后一为斋。受戒期间,信教人士一天之内要恪守戒律,过着近似僧人一样的宗教生活。[①] 沈约在这里表达了对自身修行懈怠的惭愧心情。

按照南朝佛教流行的修行次第,信徒应"当先发愿,若得应相,然后从受"[②],即先举办斋会发愿,然后才能受戒或舍身。沈约也是这么做的。他的《千僧会愿文》和《舍身愿疏》即是"实施文件"。这两篇文章作于天监八年(509 年),于时沈约已六十八岁,身体健康状况堪忧。因此,他"集百僧于所创田庐"[③],举办了盛大的斋会,随后舍身[④],以期消弭痾疾,应证来业。

《千僧会愿文》首先陈述了佛教的世界观,然后说明了斋会的缘起和过程,最后表达了沈约为达成所愿而自罄家财的志愿。《舍身愿疏》陈述了佛教因缘论和不聚财货等基本观念,表达了沈约布施禅门,"一日一夜,同佛出家"[⑤]的舍身心愿,态度比较诚恳和谦卑。与上述两篇文章互为表里的修行文章,还有沈约的《忏悔文》。在这篇文章里,沈约不仅把吃毛群鲐品、绮语言谑、杀蚊虫当作恶业,对小时候的恶作剧也心存悔惧,甚至写道:"追寻少年,血气方壮,习累所缠,事难排豁。淇水、上宫,诚无云几。分桃、断袖,亦足称多。"[⑥]连分桃、断袖这样的隐私也公之于众,其虔诚的态度可窥一斑。沈约感叹道:"至理可祈,必凭诚于正觉;极妙有感,乃归仰于真如。"[⑦]他盛赞佛陀如来:"法吼震洒于无外,甘露炳焕于龙宫。开宗阐教,致之有渐。标四谛于鹿园,辨百非于双树。廓不二之法门,广一乘之长陌。行迷复路,弱丧知归。"[⑧]

如果说博学该通的沈约写作佛教理论文章,还有可能是人主的授意

---

① 参见普慧:《中古佛教文学研究》,世界图书出版西安有限公司 2014 年版,第三章。

② 释道宣撰,郭绍林点校:《续高僧传》,第 163 页。

③ 沈约:《千僧会愿文》,陈庆元校笺:《沈约集校笺》,第 240 页。

④ 据丁福保《佛学大辞典》,舍身意为"设斋会仪式,而舍己身入佛寺"。我国南朝梁陈时代,贵族为对佛教表皈依之心,经常有此行为。

⑤ 沈约:《舍身愿疏》,陈庆元校笺:《沈约集校笺》,第 250 页。

⑥ 沈约:《忏悔文》,陈庆元校笺:《沈约集校笺》,第 238 页。

⑦ 沈约:《南齐皇太子礼佛愿疏》,陈庆元校笺:《沈约集校笺》,第 241～242 页。

⑧ 沈约:《佛记序》,陈庆元校笺:《沈约集校笺》,第 179 页。

或者是研究和宣传的话，他的这类修行文章则无疑是自觉的，是其信仰的证明。我们之所以不厌其烦地介绍上述文章，目的也在于此。

知识分子的生命意识相对强烈，对人生的悲喜也相对敏感，因而，他们对治心之道往往显得更亲近。通过以上的分析，我们不难联想到沈约的奉佛与其人格之间的关系。为杜绝身、口、意三业的过失，他将孩提时代的贪吃和顽皮都视为恶业，这自然可以强化其谨慎的性格特征。他那"好生"的佛教思想，与他在仕途上自保优先的考虑之间，也应该有一定的联系。如果不是基于佛教的信仰，他晚年对于齐和帝之死的忏悔也不会那么强烈，以致于出现"梦齐和帝以剑断其舌"的幻觉。另外，佛教文化对于沈约诗歌理论的构建更有至关重要的关系，这一点，我们留待以后再做详细探讨。

三、以儒术立身

在前面的论述中，我们已谈到了沈约的儒学活动和交往，并初步涉及了他以儒术立身的问题，这里我们对沈约的儒家思想做进一步的讨论。

作为重要的背景，我们先来了解一下儒家思想在南朝的地位。众所周知，汉末经学的衰微导致了魏晋玄学的兴起，魏晋玄学也强有力地冲击了儒学的权威。但是，尽管儒学面临着前所未有的危机，但儒家思想在文化领域内却依然具有顽强的生命力。如何使儒家思想与玄学相调和，一直是王弼、郭象等玄学大家始终求索的方向。嗣后，玄学和清谈的虚无放诞之弊逐渐暴露，东晋以后清谈误国的朝论肆起，统治者更为清醒地认识到了儒家思想对于治国的优越性，他们开始了重树儒家思想正统地位的努力。在实践中，每一次政权更替，有关立国的禅诏、告书，有关军政大事的诏书、奏表，有关礼乐制度的修订，无一不引据儒家经典。同时，统治者重振儒学的态度也十分明朗：元嘉十九年(442 年)，宋文帝下诏鲁郡修学舍，招生徒，重修孔子墓[①]；泰始

① 参见《宋书》卷五《文帝本纪》，第 89 页。

六年(470 年),宋明帝立总明观,儒学为五部学之首。[①] 萧齐建元四年(482 年),开国之主萧道成拟立国学,“式遵前准,修建教学,精选儒官,广延国胄”[②]。梁武帝萧衍固然佞佛,但他对儒学的热情并不亚于佛学。他不仅亲自撰写了《孔子正言》《五经讲疏》等儒学著作,还下诏:“不通一经,不得解褐。”[③]这样,南朝儒学逐渐走向了复兴,社会上尊重儒家学行的风气也逐渐高涨。

但是,儒学虽然依旧以一种正统的姿态出现在思想界,但它已不可能再次对人们的思想形成垄断。人们更多的认同它作为“外王”之道的功用,实用性成为南朝儒学的突出特点,而对其在“内圣”方面的价值则有所忽略。[④] 宋文帝的《诏立国子学》说:“诏以三德,崇以四术,用能纳诸义方,致之轨度。”[⑤]诏书中特别强调了诗、书、礼、乐“四术”之“用”,即其对统治秩序的巩固所起到的作用。阮孝绪也说:“非夫丘素坟典,诗书礼乐,何以成穆穆之功,致荡荡之化也哉!”[⑥]可见,在对儒家思想的认识上,南朝有着上下一致的功利倾向。而将这种功利倾向推而下之,则仅仅是将儒家作为一种统治策略或者立身扬名的手段。换句话说,儒家思想在南朝是作为维护统治秩序和士人行为规范的“术”而存在的。

在沈约的精神世界中,儒家也仅是一种“术”。这一点,可以从他对“礼”的态度上得到证明。孔子崇“礼”,但认为没有“仁”,也就谈不上“礼”,反对将“礼”形式化、功用化。沈约也崇“礼”,他不仅在梁朝初立之际与徐勉等人制定五礼,还在《宋书·礼志》里对古往今来的礼仪做了不厌其详的介绍,还说:“夫有国有家者,礼仪之用尚矣。”[⑦]又说:“礼既是行己经邦之切,故前儒不得不补缀以备事用。”[⑧]很明显,沈约对“礼”的重视恰恰在于它的功用。可见,在沈约那里,“礼”已经失去了原始儒家所赋

---

① 参见《南史》卷三《宋明帝本纪》,第 83 页。

② 《南齐书》卷二《高帝本纪下》,第 38 页。

③ 《梁书》卷二《武帝本纪中》,第 41 页。

④ 参见赵吉会等编:《中国儒学史》,中州古籍出版社 1991 年版,第三编。

⑤ 《宋书》卷五《文帝本纪》,第 89 页。

⑥ 阮孝绪:《七录序》,严可均校辑:《全上古三代秦汉三国六朝文·全梁文》卷六十六,第 3345b 页。

⑦ 《宋书》卷十四《礼志一》,第 327 页。

⑧ 沈约:《答诏访古乐》,陈庆元校笺:《沈约集校笺》,第 67～68 页。

予的形而上的意义，萎缩成了一种形式化的行已经邦的工具。

沈约委实以儒家自诩。他说："臣实儒品。"[①]又说："六经奥远，方轨之正路；百家浅末，捷至之偏道。"[②]沈约在《宋书》中虽未曾专立"儒学传"或"儒林传"，却不仅在该书《臧焘徐广傅隆传论》中，评述了儒家经学在两汉至刘宋之间的演变轨迹，而且谨守儒家的华夷界限，既置《索虏传》以贬斥北魏为僭越，又设《符瑞志》以渲染江左政权乃膺受天命的正朔所在，这些都能反映出他的儒家思想。他流传下来的诏、策、表、奏等应用文章几乎无一例外地以孔孟的言教来开宗明义。同时，他也确实以实际行动贯彻着积极入世的儒家主张。但是，出于对儒家思想的"术"化认识，沈约割裂了原始儒家由内圣而外王的体系，他的儒家思想也因此拉开与原始儒家的距离。

沈约说："《易》曰：'圣人之大宝曰位。'非学则不得也。学所以行其志，孝、悌、慈、仁、信、义是也。虽诵先王之典谟，而不行其志，圣人之大宝，亦不可得也。要须学行兼有，然后取之。"[③]这诚然仿佛是儒家思想，因为其中的每一句话都源自儒家经典。但这也当然不是正统的儒家思想，因为整个的价值观南辕北辙了：按照沈约的逻辑，"志于学"的目的是"位"，而孔、孟何尝这样认为，在他们看来"志于学"的目的是"道"，而"位"不过是手段。摒弃了内圣之本，儒家思想在沈约那里变得如此似是而非。

然而，沈约的似是而非的儒家思想，最突出的表现还不在于此，而在于他断章取义地将"孝"的观念置于一切儒家价值观和道德规范之上。他在《宋书》中创立《孝义传》，表彰"捐躯舍命，济主安亲"[④]的孝行和义行。然而，他所选择的二十余位传主，以义行入传的仅有三五位，而以孝行著称的却多达十六七人，"孝"与"义"在他心中孰轻孰重不言自明。他虽然认为"求忠臣必于孝子之门"[⑤]，但同时却说："出身事主，

---

① 沈约：《奏弹王源》，陈庆元校笺：《沈约集校笺》，第100页。

② 《宋书》卷五十五《臧焘徐广傅隆传论》，第1552页。

③ 沈约：《高士赞》，陈庆元校笺：《沈约集校笺》，第187～188页。

④ 《宋书》卷九十一《孝义传》，第2241页。

⑤ 《宋书》卷八十七《萧惠开殷琰传论》，第2212页。

虽义在忘私，至于君亲两事，既无同济，为子为臣，各随其时可也。”[①]又说：“‘八十者一子不从政，九十者家不从政。’岂不以年薄桑榆，忧患将及，虽有职王朝，许以辞事，况颠沛之道，虑在未测者乎？”[②]在对待“忠”与“孝”的矛盾方面，他显然更倾向于“孝”。

沈约如此强调“孝”的意义，并不是完全出于个人的任意选择，这与六朝士族的集体意识是分不开的。

我国的忠孝观念源远流长。孝的观念产生颇早，它是父系氏族公社时期的产物。“孝”的内涵最初是指敬老尊亲和奉养父母，主要用于规范子女与父母的关系。“忠”作为另外一种重要的道德观念，其产生稍晚于“孝”，是进入封建社会后所形成的一种价值取向。“忠”“孝”虽然是两种价值观念，但二者却有相通之处。古代的封建政治是一种宗法制的伦理政治，其特点是家国同构。因此，很多伦理观念和社会制度都是从家庭、家族和宗族引申出来的，“孝”被认为是百行之首，正所谓“孝，德之本也，教之所由生也”[③]。与家国同构紧密相关，父子君臣也是一种同构关系。以孝为首的家的价值体系引申至国的价值体系，则表现为对“忠”的推崇。因此，维护家族整体的和谐和稳定就是维护国家的稳定。这样一来，君、父的角色合二为一，君主既具有至高无上的政治权威，又成为天下所有人都必须尽孝的父母。因此，对君主尽忠也就等于最大的孝亲，所以历代统治者都毫无例外地提倡孝道，“忠”“孝”也就成了维持封建统治顺畅运行的伦理基础。

然而，魏晋以至南朝，“忠”“孝”这一组对立统一、互为补充的观念有了微妙的变化。与春秋世族依靠分封不同，六朝士族是靠着自身在政治文化上的突出表现逐步得到社会确认的，有一定的流动性和可变性，要巩固其社会地位，需要他们付出更多自觉的努力。引入宗法精神，强化“孝”的观念，增强家族的凝聚力，就是这种努力的一部分。魏晋以后，随着世族门阀制度的形成，世族社会家族本位意识逐步增强，士人忠君观念则进一步淡化，重要的表现之一就是《孝经》成为显学。《隋书·经籍志》经部《孝经》类，著录各类《孝经》著作五十九部，其中

---

① 《宋书》卷七十三《颜延之传论》，第 1904 页。

② 《宋书》卷七十三《颜延之传论》，第 1904 页。

③ 李隆基注，邢昺注疏：《孝经注疏》，上海古籍出版社 2009 年版，第 3 页。

绝大部分为六朝人所作。在六朝士族子弟的教育中,《孝经》是最受重视的一部经典,史载钟会四岁得授《孝经》[①],谢贞习《孝经》也在八岁之前[②]。同时,南朝政权频繁更迭,士人仕宦于篡夺相继之世,要让他们死心塌地忠实于某个政权或王朝,是不现实的。当时大族无不"与时推迁,为兴朝佐命,以自保其家世。虽市朝革易,而我之门第如故"[③]。另外,南朝的统治者也格外提倡"孝道"。究其原因,正如鲁迅先生说的:"为什么要以孝治天下呢?因为天位从禅让,即巧取豪夺而来,若主张以忠治天下,他们的立脚点便不稳,办事便棘手,立论也难了,所以一定要以孝治天下。"[④]《南史》记载:"齐高帝践祚,召(刘)瓛入华林园谈语,问以政道。答曰:'政在《孝经》,宋氏所以亡,陛下所以得之是也。'帝咨嗟曰:'儒者之言,可宝万世。'"[⑤]在以上种种原因的作用之下,"孝先于忠"的观念在南朝成为一种较为普遍的认识。沈约强调"孝"的价值,也可以视为对"孝先于忠"普遍观念的反映。

由"孝"及"慈"再至"家",这是非常自然的逻辑。因此,沈约在极力鼓吹"孝"道的同时,也相应地高度推崇能"慈"和兴"家"。他肯定"启方说主,迹表遗亲,邓攸淳行,爱兼犹子"[⑥]的慈父行为,赞赏沈驎士"长兄早卒,孤侄数四,摄尪鞠稚,吞苦推甘"[⑦],对宋文帝"经国之义虽弘,而隆家之道不足"[⑧]则深表惋惜。从这里,我们便能够理解沈约那强烈的家族意识和士族情结的根源了。

儒家的政治性极其强烈,"内圣"一定要外化为"王道","君子儒"一定要践行内圣外王的人格,君子要成为帝王之师,至少也得学而优则仕。士人们往往将他们的全部命运押在能否仕途通达之上,选择最

---

① 参见《三国志·魏书》卷二十八《钟会传》,中华书局1959年版,第785页。

② 参见《陈书》卷三十二《孝行传》,第426页。

③ 赵翼著,王树民校证:《廿二史札记校证》,第268页。

④ 鲁迅:《魏晋风度及文章与药及酒之关系》,吴俊编校:《鲁迅学术论著》,浙江人民出版社1998年版,第381页。

⑤ 《南史》卷五十《刘瓛传》,第1236页。

⑥ 《宋书》卷八十七《萧惠开殷琰传论》,第2212页。

⑦ 沈约:《荐沈驎士义行表》,陈庆元校笺:《沈约集校笺》,第74页。

⑧ 《宋书》卷八《明帝本纪》,第171页。

简捷的途径跻身官场，然后尽力为主公服务，所谓“学也，禄在其中矣”[①]，所以，章太炎尖锐地指出：“儒家之病，在以富贵利禄为心。”[②]他们实际上已经将自己的人格失落在政治关系之中，等而下之者，即成为主公的奴隶或者附庸。沈约一生的表现很多时候都是如此，让人为他的际遇感到感慨，也让人为他深深地叹息。

沈约那种强烈的家族意识，虽然深受时代的影响，却也其来有自。孔子说：“其为人也孝弟，而好犯上者，鲜矣；不好犯上而好作乱者，未之有也。君子务本，本立而道生。孝弟也者，其为仁之本与！”[③]孟子也说：“人人亲其亲、长其长，而天下平。”[④]又说：“天下之本在国，国之本在家。”[⑤]可见，他认为治理天下的根本就是要推广家族关系的原则。董仲舒也以家族伦理为出发点来考察、论述天人关系和人际关系，他说：“性有善端，动之爱父母，善于禽兽，则谓之善。此孟子之言。循三纲五纪，通八端之理，忠信而博爱，敦厚而好礼，乃可谓善。”[⑥]可见，家族主义观念是董氏思想的核心，这和孔、孟是一脉相承的。儒家经典是家族主义思想的理论本源，南朝的士族的家族意识，除了政治和经济的原因，也与儒家本源思想有密切的关系。

《孝经》有云：“忠顺不失，以事其上，然后保其禄位，而守其祭祀，盖士之孝也。”[⑦]在沈约看来，不能守其祭祀、兴业齐家就是不孝。同时，沈约那样执着于功名，也是极尽孝道。不是说“立身行道，扬名于后世，以显父母，孝之终也”[⑧]吗？沈约对于东海王源嫁女与富阳满氏义愤填膺，指责其“唯利是求，玷辱流辈”“蔑祖辱亲，于事为甚”[⑨]，这些言论所维护的固然是士族集团的纯粹性，但在本质上未尝不是一种对“孝”的提倡和利用。

---

① 杨伯峻译注：《论语译注》，中华书局1980年版，第168页。

② 章太炎：《诸子学略说》，广西师范大学出版社2010年版，第5页。

③ 杨伯峻译注：《论语译注》，第2页。

④ 杨伯峻译注：《孟子译注》，第130页。

⑤ 杨伯峻译注：《孟子译注》，第125页。

⑥ 苏舆：《春秋繁露义证》卷第三十五，中华书局1992年版，第304页。

⑦ 李隆基注，邢昺注疏：《孝经注疏》，第19页。

⑧ 李隆基注，邢昺注疏：《孝经注疏》，第4页。

⑨ 沈约：《奏弹王源》，陈庆元校笺：《沈约集校笺》，第100页。

沈约以儒为“术”作为立身的手段，使其求仕之目的并非修齐治平兼济天下，而仅仅是为了门第的通达荣显。为了实现这个人生目标，他积极捕捉每一个时机，甚至连个人的文化目标也经常随着社会或人主的风向而转变，比如我们在第二章里所提到的，他由史学转为文学的学术志向。因此，沈约常常被认为是“曲学阿世”的代表，我们无意为其辩解，当世情普遍将儒家思想看作“术”的时候，正学不明，道义自然不昌。从这个层面看，沈约的儒家思想也是与时代同步的。

四、结　语

通过上面的分析，我们可以看到：不仅沈约谨慎的性格特征符合南朝士族推崇的行为规范，他那强烈的士族情结和家族意识也是南朝士族共同的心理。同时，沈约以佛教归心、以儒术立身的思想，也与当时士族的思潮同步。因此，从人格角度来看，沈约是南朝士族文人的典型代表。

毋庸质疑，士族是盘踞在社会上层、享有特权地位并且具有排外性的集团。本质上相同的价值观和行为规范，是他们藉以证明其精英性和优越性的象征，而恪守这些象征又是获得其内部肯定的首要条件。笔者认为，沈约能够历仕三朝而不倒并被时人誉为“一代辞宗”，除自身“博物洽闻，当世取则”[①]的文化才能之外，他所体现的士族价值观和行为规范也是非常重要的原因。

① 《梁书》卷十三《沈约传》，第 242 页。

第四章　文学思想论

沈约是一位比较自觉的文学家，他不仅积极创作，而且有比较系统的文学思想。因此，在考察沈约的作品之前，我们必须首先对他的文学理念有一个全面的了解。

一、以“情志”为本——内容理念

在西邸文化集团，沈约有了大量的创作积累，塑造了文学家尤其是诗人的形象，初步确立了“一代辞宗”的文学地位，而他在永明年间完成的《宋书·谢灵运传论》也标志着其文学理论的成熟。由于“写什么”直接决定了文学作品的内容，是作者无法回避的首要问题，沈约的这篇文章也对此花费了大量的笔墨。

他采用激流导源的方法来阐述自己的观点：

> 民禀天地之灵，含五常之德，刚柔迭用，喜愠分情。夫志动于中，则歌咏外发，六义所因，四始攸系，升降讴谣，纷披风什。虽虞夏以前，遗文不睹，禀气怀灵，理或无异。然则歌咏所兴，宜自生民始也。
>
> 周室既衰，风流弥著，屈平、宋玉导清源于前，贾谊、相如，振芳尘于后。英辞润金石，高义薄云天。自兹以降，情志愈广。王褒、刘向、扬、班、崔、蔡之徒，异轨同奔，递相祖师。然清辞丽曲，时发乎篇，而芜音累气，固亦多矣。若夫平子艳发，文以情变，绝

唱高踪，久无嗣响。至于建安，曹氏基命，二祖陈王，咸蓄盛藻，甫乃以情纬文，以文被质。

自汉至魏，四百余年，辞人才子，文体三变。相如工为形似之言，班固长于情理之说，子建、仲宣以气质为体，并标能擅美，独映当时。是以一世之士，各相慕习，原其飚流所始，莫不同祖《风》《骚》。徒以赏好异情，故意制相诡。

降及元康，潘、陆特秀，律异班、贾，体变曹、王，缛旨星稠，繁文绮合。缀平台之逸响，采南皮之高韵，遗风余烈，事极江右。有晋中兴，玄风独振，为学穷于柱下，博物止乎七篇。驰骋文辞，义单乎此。自建武暨乎义熙，历载将百，虽缀响联辞，波属云委，莫不寄言上德，托意玄珠，遒丽之辞，无闻焉尔。仲文始革孙、许之风，叔源大变太元之气。①

在这一段文学史的勾勒中，沈约主要针对的是诗、赋等有韵的文体，尤其侧重于诗歌，因此我们可以把上面这段文字理解为其对诗歌史的概括。

我们知道，以抒情为本质是我国古代诗歌的基本特征。但是，诗歌究竟应该抒发怎样的感情却是我国古代诗歌理论莫衷一是的问题。换句话说，写什么，始终是古代诗歌理论家见仁见智、众说纷纭的话题。在沈约之前，汉儒的传统观念是“诗言志”，《诗大序》说：“诗者，志之所之也。在心为志，发言为诗。情动于中而形于言。”②同时又说：“发乎情，止乎礼义。”③要之，“诗言志”虽然承认吟咏情性是诗人“情动于中”的外在表现，但诗人的情感必须以伦理道德为约束，传递给读者的信息也必须以有益教化为目的。因此，诗歌的纯正感情只能是“讽”或“颂”、“美”与“刺”。然而，汉代之后，儒学之普遍的约束力式微，人们也越来越希望突破这种诗教传统，于是“诗缘情”的观点应运而生

① 《宋书》卷六十七《谢灵运传论》，第1778页。

② 孔祥军点校：《毛诗传笺》，中华书局2018年版，第1页。

③ 孔祥军点校：《毛诗传笺》，第2页。

了。陆机在《文赋》中说:“诗缘情而绮靡。”[①],倡言诗歌必须发乎情而不必止乎礼义,诗人应该摆脱讽颂的藩篱而走向自主抒情的道路。这样,审美价值就首次取代了功利价值成为诗歌得以存在的依据和基础,“诗缘情”与“诗言志”也渐渐成为诗学理论中两大对立的命题。

沈约认为“歌咏外发”是“志动于中”的必然结果。这一观点乍看起来似乎符合“诗言志”的说法。但是,他同时又指出诗歌所抒发的“志”,是生民伊始、人类处于自然状态下即可以感受到的“喜愠分情”。在这里,沈约首先有意识地模糊了“志”与“情”的差别。但是,“情”与“志”的传统含义毕竟有所不同,因此,沈约在之后分析汉代以来的诗风时,则以“情志愈广”来立论,直接提出了“情志”的概念。

那么,“情志”的具体内容是什么呢?在沈约看来:自汉及魏,诗歌虽然经历“文体三变”的过程,但这三个过程“莫不同祖《风》《骚》”,一样取得了值得肯定的成就。由此可知,沈约所谓的“情志”既包含了《诗大序》中“明乎得失之迹,伤人伦之废,哀刑政之苛”[②]的内容,也包含着《楚辞》中“露才扬己”[③]的内容。可见,“情志”是“诗缘情”和“诗言志”的综合。它一方面遵循着儒家的诗教传统,另一方面则顺应了诗人要求自主抒情的需要。它将“诗缘情”和“诗言志”包容在一起,极大地拓宽了诗歌的抒情范围,实际上是承认了诗人的一切感情,无论是“志”还是“情”,都有资格成为吟咏的对象。

由于“情志”具有兼容性,“诗缘情”和“诗言志”的差别就不再重要了,重要的是诗歌必须本于“情志”。因此,沈约对于情感类型非常宽容,但对诗歌缺乏抒情性却极为不满。他认为,东汉之前的诗歌“英辞润金石,高义薄云天”、东汉之后的诗歌“情志愈广”、建安时期的诗歌“以情纬文,以文披质”,虽然作品呈现“意制相诡”的面貌,但这只不过是由于作者的“赏好异情”,对于诗歌的成就并无妨碍。然而,在肯定上述作品的同时,沈约却独独对东晋的“玄言诗”提出了批判。他指责

① 陆机:《文赋》,严可均校辑:《全上古三代秦汉三国六朝文·全晋文》卷九十七,第2013b页。

② 孔祥军点校:《毛诗传笺》,第2页。

③ 周振甫:《文心雕龙今译》,中华书局1986年版,第41页。

“玄言诗”的作者们“为学穷于柱下，博物止乎七篇”，将诗歌视为阐发玄理的工具，创作主旨完全背离了诗歌的抒情本质。因而，纵然他们“驰骋文辞”，也无济于事，只能导致“遒丽之辞，无闻焉尔”。可见，“情志”理论更加强调了诗歌的抒情性。

“情志”理论的提出，强调了诗歌的抒情性，并使诗人的一切情感都合理地成为诗歌的吟咏对象，这对于当时诗歌的创作是有利有弊的。其有利的一面自不待言，它有助于诗人自由地释放感情，这自然可以加强作品的真实性和艺术感染力。同时，它对情感的宽容使诗人们感到审美愉悦之情也可以入诗，这又促使他们能够从日常生活中发现诗情，开拓诗歌的题材领域。齐梁时期大量涌现的咏物诗正是从日常生活中发现诗情的产物。而“情志”理论的弊端也很明显，它放弃了对情感取向应有的道德评判，使诗人们脱离现实，沉缅于个人的小情调，也使艳情等不健康的内容得到了泛滥的条件。齐梁时期的诗歌之所以走上“宫体”的道路，沈约的这一理论恐怕是难脱其咎的。

沈约提出的以“情志”为本的抒情理论，一方面没有违背儒家的诗教传统，另一方面则顺应了诗人自主抒情的需要，这在当时是一种比较折中的观点。在齐梁诗坛，传统的“诗言志”理论尚有余响。裴子野说：“古者四始六艺，总而为诗，既形四方之气，且彰君子之志，劝美惩恶，王化本焉。”[①]这显然代表着“诗言志”的复归。而“诗缘情”的观点则更为流行，钟嵘说：“气之动物，物之感人，故摇荡性情形诸舞咏。”[②]沈约受儒家思想影响良深，齐梁时期儒学又呈现复兴之势，这首先使他不能像钟嵘一样力主“诗缘情”而置儒家的诗教传统于不顾。沈约之所以拒绝为钟嵘延誉，抒情观念上的这一分歧，应该是其中的一个重要原因。同时，作为一名诗人，沈约了解自主抒情的重要性，他也不可能赞成裴子野的复古理论。而以“情志”为本的抒情理论则恰恰能够调和诗教传统与自主抒情的这种矛盾。刘勰说：“人本七情，应物斯

① 裴子野：《雕虫论》，严可均校辑：《全上古三代秦汉三国六朝文·全梁文》卷五十三，第3262b页。

② 钟嵘撰，周振甫译注：《诗品译注》，第15页。

感，感物吟志，莫非自然。”[①]而沈约“谓为深得文理”[②]。可见，在对于这个问题的看法上，刘勰不失为沈约的同道 。

以“情志”为本是以强调诗歌的抒情性为基础的，有的学者对这一理论的理解往往只关注其张扬“情”的一面而忽视其同样肯定的“志”的一面，认为它的实质是“诗缘情”，这恐怕违背了沈约提出这一理论的初衷。以“情志”为本毕竟仍然保留了“诗言志”的因素，不能等同于“诗缘情”。这一点我们还可以从他的创作中得到证明。御用文人的地位使沈约很难以诗歌表现“诗言志”所提倡的“讽”和“刺”的内容，但他的诗歌对“颂”“美”或者有所劝诫的内容还是有所考虑的。不必说他的那些郊庙歌辞，他的咏物诗在结尾处也往往有劝诫的尾巴，这显然是继承了“诗言志”的精神。如《咏檐前竹诗》结句：“得生君户牖，不愿夹华池。”表达了对竹之高洁的推崇和仰慕。再如《咏山榴诗》结句：“长愿微名隐，无使孤株出。”也曲折地道出了寒门出仕的艰难。

二、“声律论”——创作理念(上)

《宋书·谢灵运传》对诗歌理论的阐述是比较系统的。在解决了“写什么”的问题之后，沈约又解答了“怎么写”的问题。这就是著名的“声律论”。由于“声律论”决定了“永明体”诗歌创作的面貌，在分析“声律论”之前，我们不妨首先来了解一下“永明体”诗歌的特征。

《南齐书·陆厥传》云：

> 永明末，盛为文章。吴兴沈约、陈郡谢朓、琅邪王融以气类相推毂。汝南周颙善识声韵。约等文皆用宫商，以平上去入为四声。以此制韵，不可增减，世呼为“永明体”。[③]

《梁书·庾肩吾传》说：

---

① 周振甫：《文心雕龙今译》，第 56 页。

② 《梁书》卷五十《文学下》，第 712 页。

③ 《南齐书》卷五十二《文学传》，第 898 页。

齐永明中，文士王融、谢朓、沈约文章始用四声，以为新变。至是转拘声韵，弥为丽靡，复逾于往时。①

可见，在齐梁之后的文人看来，“永明体”诗歌的基本特征，一是用“四声”（即平、上、去、入四声调）来制韵，二是“拘声韵”。其中“用四声以制韵”是因，“拘声韵”是果。因此，“用四声以制韵”应该是“永明体”诗歌的核心特征。

这里首先涉及一个问题：“四声”之说究竟是如何发明的？

陈寅恪认为佛经的转读与“四声”的发明有直接的关系。他说：“所以适定为四声，而不为其他数之声者，以除去本易分别，自为一类之入声，复分别其余之声为平上去三声。综合通计之，适为四声也。但其所以分别其余之声为三声者，实依据及摹拟中国当日转读佛经之三声。而中国当日转读佛经之三声又出于印度古时声明论之三声也。”②该理论得到了学术界的广泛认可，之后的很多论者都沿着这一思路展开，肯定佛经转读在发明“四声”中的重要作用，同时又深入寻找汉文化本身的原因。王瑶、游国恩、朱光潜、詹瑛等人均持此论。如王瑶就认为：永明声律论产生及自然演进的原因是历来追求形式的声音美的积累，加之当时音韵学的发达和文人们对音乐声律的爱好，同时他们依据及模拟转读佛经之声，创为四声之说。③ 饶宗颐则明确指出：“四声之发现，盖从悉昙音理受到启发。”④对陈寅恪的这一著名论断，论述最为详赡的是普慧，他认为：“永明四声说的提出受到了佛教文化多方面的影响。其中，四声说对梵语的拼音化原理、佛曲、梵呗、唱导等都有一定的借鉴。最为直接的，则是受到了佛教经论的转读的启迪。”⑤也有学者对上述观点提出了质疑，如郭绍虞就认为：“四声之定固然与当时转读佛经之声调有关，但决不能只凭这一点来说明这个问题。因为这只是近因而不是远因；何况这只是人为的次要的原因，

① 《梁书》卷四十九《文学上》，第 690 页。
② 陈寅恪：《四声三问》，《金明馆丛稿初编》，上海古籍出版社 1980 年版，第 328 页。
③ 参见王瑶：《隶事·声律·宫体》，《中古文学史论》，商务印书馆 2017 年版。
④ 饶宗颐：《梵学集》，上海古籍出版社 1993 年版，第 79 页。
⑤ 普慧：《齐梁诗歌声律论与佛经转读及佛教悉昙》，《文史哲》2000 年第 6 期。

而不是语言自然演变的主要原因。求其远因，则四声之起可能还与以前经师一字两读之例有关。”[①]陈顺智则认为：“汉语四声说的理论基础与依据并非外来的古印度声明论之三声与佛经转读，而是深深植根于中国文化土壤之中的四象模式。四象模式不仅决定了沈约确定汉语声调的调数，而且还确定了汉语声调的调值。”[②]刘跃进则提出：“四声的发现，不仅肇始于佛经的转读，江南新声杂曲的影响也是不能低估的。”[③]

在文献不足的情况下，我们很难判断上述观点哪一种更接近史实，但这些或一脉相承或针锋相对的观点其实向我们传递了一个消息——“四声”的出现，不是单一原因造成的，而是多种因素的综合和融汇的结果，包括汉语本身的特点，音韵学、音乐的发展，也包括佛教的影响，玄谈的需要和民歌的流行，等等。

汉语有声调的变化固然是古已有之的现象，但这种变化是自然的音律，也不仅仅只有四声，无法应用于文学创作。永明文人却将纷繁复杂的音调以四声来约之，这样，自然的音律一变而成为了人为的声律，文学创作追求声韵之美也变得有据可依了。这是一种归纳和总结，同时又是一项开创性的工作。

那么，在创立四声并将其引入诗歌领域的过程中，沈约起了怎样的作用呢？首先，他是发明四声的重要奠基者。首次揭橥四声之目的功勋应该属于周颙，《南史·周颙传》对此有明确的记载：“（周颙）始著《四声切韵》行于时。”[④]但是，几乎在周颙提出四声之目的同时，沈约也撰写了《四声谱》：“以为在昔词人，累千载而不寤，而独得胸衿，穷其妙旨。自谓入神之作。”[⑤]惜乎亡佚，我们已经无法了解这部著作的面貌了。但是，沈约能够如此自负，其中必有其独到的见解。因此，对于发

① 郭绍虞：《声律说考辨》，《照隅室古典文学论集》下编，上海古籍出版社 1983 年版，第 266 页。

② 陈顺智：《沈约“四声”说本于传统文化之四象理论》，《武汉大学学报》（人文社会科学版）2000 年第 9 期。

③ 跃进：《永明诗歌平议》，《文学评论》1992 年第 6 期。

④ 《南史》卷三十四《周颙传》，第 895 页。

⑤ 《梁书》卷十三《沈约传》，第 243 页。

明“四声”，沈约是功不可没的。

其次，沈约是将“四声”引入诗歌理论的首创者。阮逸说：“四声韵起自沈约。”[①]“永明体”诗歌正是用“四声”制韵的。可见，发明“四声”之功虽不为沈约所拥有，但在诗歌创作上（主要是五言诗）以“四声”制韵则是沈约的首创。正如阮元所说：“休文所矜为创获者，谓汉魏之音韵乃暗合于无心，休文之音韵，乃多出于意匠也。”[②]他的自负正是因此。让我们回到《宋书·谢灵运传》上来。在这里，沈约对其“用四声”“拘声韵”的理论做了提纲挈领的阐述。他说：

> 若夫敷衽论心，商榷前藻，工拙之数，如有可言。夫五色相宣，八音协畅，由乎玄黄律吕，各适物宜。欲使宫羽相变，低昂互节，若前有浮声，则后须切响。一简之内，音韵尽殊；两句之中，轻重悉异。妙达此旨，始可言文。至于先士茂制，讽高历赏，子建函京之作，仲宣霸岸之篇，子荆零雨之章，正长朔风之句，并直举胸情，非傍诗史，正以音律调韵，取高前式。自骚人以来，多历年代，虽文体稍精，而此秘未睹。至于高言妙句，音韵天成，皆暗于理合，匪由思至。张、蔡、曹、王，曾无先觉，潘、陆、颜、谢，去之弥远。世之知音者，有以得之，知此言之非谬。如曰不然，请待来哲。[③]

所谓“五色相宣，八音协畅”“玄黄律吕，各适物宜”，是泛说诗歌应该追求声律和谐之美，而“欲使宫羽相变，低昂互节，若前有浮声，则后须切响”则是沈约对声律和谐所提出的总要求。“宫羽”“低昂”“浮声”“切响”都是平、上、去、入的代称，采用上述几组对立的名词来论述，体现了其对四声二元化的一种朦胧的认识。[④] 可见，由于沈约了解四声的区别，在实际创作中他要求音调高低相间和抑扬相对，而这种抑扬相对并不是后来律诗中明确的“平仄”，而是“四声”，这是笔者强调的一点。

---

① 王通著，秦耀宇点校：《文中子中说》，凤凰出版社 2017 年版，第 11 页。

② 阮元撰，邓经元点校：《揅经室集》，中华书局 1993 年版，第 1065 页。

③ 《宋书》卷六十七《谢灵运传论》，第 1779 页。

④ 参见[日]兴膳宏：《从四声八病到四声二元化》，中国唐代文学学会辑：《唐代文学研究》，广西师范大学出版社 1992 年版。

"一简之内，音韵尽殊；两句之中，轻重悉异"是沈约对运用四声进行五言诗创作所规定的操作方法，也就是用"四声"制韵的具体内容。

首先，让我们来审视"一简之内，音韵尽殊"的含义。

以前我们研究沈约这段话，总是习惯地采用唐代才成熟的平仄规范，认为沈约所举的所谓"先士茂制"，并不符合律诗的要求。但是，沈约立论的基础始终围绕着"四声"展开，并未达到区别"平仄"的程度，因此，我们不妨给沈约标举的"先士茂制"标出四声，然后再层层剥茧，寻绎出其真实的含义。

从军度函谷，驱马过西京（子建函京之作）
平平去平上，平上去平平
南登霸陵岸，回首望长安（仲宣霸岸之篇）
平平去平去，上去去平平
晨风飘歧路，零雨被秋草（子荆零雨之章）
平平平平去，平上平平上
朔风动秋草，边马有归心（正长朔风之句）
去平去平上，平上上平平

史载，梁武帝曾问周舍："何谓四声？"舍曰："天子圣哲是也。"[①]我们姑且按照"天子圣哲"的读音大致上标出以上诗句的声调。可以看出，除了"零雨"之章以外，这些诗句的每　句里第二个字与第五个字、第三个字与第四个字的声调都不相同。当然，我们以今天的汉字读音来推断古代的汉字读音是不科学的，但好在本节内容只是一种大胆的猜测。虽然上述诗句里每个字的读音很难确定，但第二个字与第五个字、第三个字与第四个字的音调互异应该比较符合当时的情况。沈约认为这些诗句都是符合"一简之内，音韵尽殊"的要求的。那这会不会就是"四声韵"的标准呢？"

让我们再来看看唐人李延寿是怎样描述当时的情况的，他说：

约等文皆用宫商，将平上去入四声，以此制韵，有平头、上尾、

① 《梁书》卷十三《沈约传》，第 243 页。

蜂腰、鹤膝。五字之中，音韵悉异。两句之内，角徵不同，不可增减。[①]

这是史书第一次提到“平头、上尾、蜂腰、鹤膝”，但其含义却让人费解。启功认为：头、尾、腰、膝是五言诗一句之中的第二个字、第五个字、第三个字和第四个字。[②] 那么，五言诗的每一句里第二个字与第五个字是不是头、尾呢？所谓“平头、上尾”，指的是否就是一句诗里的第二个字与第五个字音调互异呢？那么，第三个字与第四个字是否就应该是腰和膝？第三个字与第四个字音调互异是否指的就是“蜂腰、鹤膝”？

李延寿所说的“以此制韵，有平头、上尾、蜂腰、鹤膝”，是否意味着“平头、上尾、蜂腰、鹤膝”正是“以此制韵”的“韵”？如果“平头、上尾、蜂腰、鹤膝”是病犯，李延寿为何不干脆说“有平头、上尾、蜂腰、鹤膝之病”？而在陈述“永明体”特征的时候，突然加上一句病犯之论，是否明显不符合行文习惯？合理的解释只有一个：“平头上尾”“蜂腰鹤膝”绝不是病犯。

所有困惑迎刃而解，其实，“平头”与“上尾”是一组对应的概念，指的是第二个字与第五个字声调不同，而“蜂腰”与“鹤膝”也是一组对应的概念，指的是第三个字与第四个字的声调各异。五言诗的一句一旦达到了“平头上尾”“蜂腰鹤膝”的标准，吟咏时自然可以“四声”相间、抑扬错落，也就是刘勰所说的“异音相从谓之和”[③]。

时人中提到“蜂腰鹤膝”这一名目的还有钟嵘。钟嵘是声律论的反对派，他说：“平上去入，余病未能，蜂腰鹤膝，闾里已具。”[④]他以“蜂腰鹤膝”代指“平头、上尾、蜂腰、鹤膝”，指出这种“韵”是“闾里已具”的现象，没有什么新鲜和高明之处。钟嵘在这里所表达的无非是对声律论的不屑，但他也没有将“蜂腰鹤膝”作为病犯的意思。

我们再来看“两句之中，轻重悉异”的含义。

---

① 《南史》卷四十八《陆厥传》，第 1195 页。

② 参见启功：《诗文声律论稿》，中华书局 2009 年版，第 95 页。

③ 周振甫：《文心雕龙今译》，第 300 页。

④ 钟嵘撰，周振甫译注：《诗品译注》，第 28 页。

了解了“一简之内，音韵尽殊”的含义，理解这句话就比较容易了。“轻重”也是“四声”的代称，所谓“两句之中，轻重悉异”，无非指的是一联之中，对应的字的声调不能雷同。但是，要求一联之中所有相对应的字都不能出现相同的声调，这实际上是不可能做到的。试看沈约所举的范例，只有第五字与第十字的声调严格执行着互异的原则，也就是五言诗每一联的最后一个字“四声”要互异。再加上前面所说的“平头上尾”“蜂腰鹤膝”，就是沈约“以此制韵”的“四声韵”，也是“永明体”诗歌的基本格律要求。

那么，为什么“平头上尾”“蜂腰鹤膝”原本是“韵”而逐渐演化为“病”了呢？为什么“八病”又与沈约联系在一起了呢？

大约永明文士确乎有过一种“八体”之论，沈约《答甄公论》说：“作五言诗者，善用四声，则讽咏而流靡；能达八体，则陆离而华洁。”①《文镜秘府论》载常景《四声赞》云：“四声发彩，八体含章。”②所谓“八体”应该是符合“平头上尾”“蜂腰鹤膝”这一原则的，否则沈约就不会对其表示赞同，也不会用“能达八体”的“达”字表述，而这也是“八体”与“平头上尾”“蜂腰鹤膝”唯一的联系。

在隋以前的文献中，未见“八病”一词。较早提到“八病”的是隋末的王通，他说：“(李)伯药退谓薛收曰：‘吾上陈应刘，下述沈谢，四声八病，刚柔清浊，各有端序。’”③阮逸注曰：“八病未详。”④可见，在隋末之时，“八病”已在世间流传，但未见具体解说，其创始者也没有确指。

最早将“八病”的创始与沈约联系起来的是初唐的卢照邻，他说：“八病爰起，沈隐侯永作拘囚。”⑤中唐的皎然也说：“沈休文酷裁八病，碎用四声。”⑥我们猜想，唐朝初年“八体”大约已经失传了，“八病”的说法却尚有流传，而“八体”与“八病”是很容易使人产生联想的，人们这才将了不相关的“八体”附会到“八病”上来，而沈约对“八体”的赞同又

---

① 沈约：《答甄公论》，陈庆元校笺：《沈约集校笺》，第468页。

② [日]遍照金刚撰，卢盛江校考：《文镜秘府论汇校汇考》，中华书局2015年版，第299页。

③ 王通著，秦耀宇点校：《文中子中说》，第11页。

④ 王通著，秦耀宇点校：《文中子中说》，第11页。

⑤ 李云逸校注：《卢照邻集校注》，中华书局1998年版，第321页。

⑥ 皎然著，李壮鹰校注：《诗式校注》，人民文学出版社2003年版，第14页。

为他们将其视为“八病”的创始者提供了理由。于是，沈约创立“八病”之说逐渐形成了一种共识。但尽管如此，“八病”中包含“平头上尾”“蜂腰鹤膝”的说法，在中唐之前却仍没有确切的记载。

随着时间的推移，中唐之后，“八病”可能也只保留了一个说法，人们对其具体名目已不甚了了。因而，又产生了一种附会之上的附会，封演说：“永明中，沈约文词精拔，盛解音律，遂撰《四声谱》。文章八病，有平头上尾、蜂腰鹤膝，以为自灵均以来，此秘未睹。”[①]自此，“平头上尾”“蜂腰鹤膝”一变而成了病犯。但因为凑不够“八病”的数目，人们则开始了在附会之上的另一种附会——努力补足“八病”之数。遍照金刚罗列出文章病犯二十八种，并指出前八病——“平头、上尾、蜂腰、鹤膝、大韵、小韵、旁纽、正纽”就是当时人所谓的“八病”。可见，中唐之后，人们已经补足了“八病”的名目，而“平头上尾”“蜂腰鹤膝”是病犯的观念也得到了巩固。但是，由于所谓“八病”本身就是附会，人们对它的解释也混乱不堪，后代越来越多的学者开始怀疑沈约“八病”之说的真实性。清代纪昀曾断言：“齐梁诸史，休文但言四声五言，不言八病，言八病自唐人始。”[②]民国时期丁仪也说：“大抵陈、隋间人附会沈约，后人未加深考，遂列入沈约‘八病’中，可嘲也。”[③]此诚卓识！事实是：不仅“八病”与沈约无关，“平头上尾”“蜂腰鹤膝”也是与“八病”毫无关系的。[④]

综上，沈约的声律论可作如下概括：高度重视声调抑扬对于五言诗审美的重要性，炼字谋篇充分考虑声律的和谐。一句之中，必须避免同声同韵的字重复使用，并以“平头、上尾、蜂腰、鹤膝”为原则，达到四声的相间。而一联之中，每一句的结尾也必须要有不同的声调。这就是以“四声”制韵的具体内容。“平头”“上尾”“蜂腰”“鹤膝”不仅不

---

① 封演撰，赵贞信校注：《封氏闻见记校注》，中华书局2005年版，第13页。

② 纪昀：《沈氏四声考》，王灏辑：《畿辅丛书》第1252册，民国定州王氏廉德堂刻本，第161页。

③ 丁仪：《诗学渊源》，李剑冰等校点：《民国诗话丛编》第3册，上海书店出版社2002年版，第99页。

④ 参见刘跃进：《门阀士族与永明文学》，生活·读书·新知三联书店1996年版，第383页。

是“病犯”而是“用四声以制韵”的“韵”，它只有在并提时才具有意义。沈约没有提出过“八病”之说，“八病”是后人基于“八体”言论而产生的一种附会，而将“平头”“上尾”“蜂腰”“鹤膝”归入“八病”则是附会之上的附会。

沈约的声律论重视诗歌的音韵美，并首次提出了自己的一套原则，理论之新，前所未有，其公布伊始即受到了广泛的关注。积极响应者大有人在：刘勰的《文心雕龙》特设《声律》篇，阐述了与沈约基本一致的观点，反映了当时文人对声律论的赞赏。[①] 同时，相反的意见也不在少数：萧衍“雅不好焉”[②]，钟嵘更是旗帜鲜明地予以反对，谓之：“文多拘忌，伤其真美。”[③]钟嵘之外，甄琛和陆厥也是反对派的代言人，而沈约则对他们的攻讦做了必要的辩解和澄清。

陆厥的诘难主要集中于两点：第一，声音清浊的区别前英早已识之，不可谓“此秘未睹”；第二，前哲的创作之所以产生音韵不协调的现象，一是由于“人之著述，不能无病”[④]，二是由于他们“急在情物，而缓于章句”[⑤]。因此，他认为沈约的声律论并不是“独得胸衿”[⑥]，而且认为：“一人之思，迟速天悬；一家之文，工拙壤隔，何独宫商律吕，必责其如一邪？”[⑦]总之，他是用商榷的态度表达其否认沈约发明“四声”之功，同时也质疑“四声”在五言诗中的运用。

沈约《答陆厥书》云：

> 宫商之声有五，文字之别累万，以累万之繁，配五声之约，高下低昂，非思力所举。又非止若斯而已也。十字之文，颠倒相配，字不过十，巧历已不能尽，何况复过于此者乎？灵均以来，未经用之于怀抱，固无从得其髣髴矣。若斯之妙，而圣人不尚，〔何〕邪？

---

① 关于《文心雕龙·声律》与沈约的声律论的一致性，参见郭绍虞《声律说考辨》《声律说续考》等论文。

② 《南史》卷五十七《沈约传》，第1414页。

③ 钟嵘撰，周振甫译注：《诗品译注》，第27页。

④ 《南齐书》卷五十二《文学传》，第898页。

⑤ 《南齐书》卷五十二《文学传》，第898页。

⑥ 《南齐书》卷五十二《文学传》，第899页。

⑦ 《南齐书》卷五十二《文学传》，第899页。

此盖曲折声韵之巧，无当于训义，非圣哲立言之所急也。是以子云譬之“雕虫篆刻”，云“壮夫不为”。

自古辞人，岂不知宫羽之殊，商徵之别。虽知五音之异，而其中参差变动，所昧实多，故郦意所谓“此秘未睹”者也。以此而推，则知前世文士便未悟此处。

若以文章之音韵，同弦管之声曲，则美恶妍蚩，不得顿相乖反。譬由子野操曲，安得忽有阐缓失调之声，以《洛神》比陈思他赋，有似异手之作。故知天机启，则律吕自调；六情滞，则音律顿舛也。

士衡虽云“炳若缛锦”，宁有濯色江波，其中复有一片是卫文之服？此则陆生之言，即复不尽者矣。韵与不韵，复有精粗，轮扁不能言，老夫亦不尽辨此。[①]

沈约在这里指出：宫商角徵羽五音，用于诗歌太过繁杂，“以累万之繁，配五声之约，高下低昂，非思力所学”，而将四声运用于诗歌正是对五音的简化，这一简化就为诗人追求声律美提供了切实可行的方法。同时，古人虽有“天机启，则律吕自调”的优秀篇章，但这些作品只是知其然而不知其所以然的巧合之作，更多的辞人却“虽知五音之异，而其中参差变动，所昧实多”。因此，对于发明“四声”，他是比较自信的。

北魏定州刺史甄琛指责沈约的“四声”之论“不依古典、妄自穿凿”[②]，又提出“万声万纽，不可止四声”[③]，对为何将汉语音调定为“四声”表示不解。

沈约在《答甄公论》中辩驳道：

昔神农重八卦，卦无不纯，立四象，象无不象。但能作诗，无四声之患，则同诸四象。四象既立，万象生焉；四声既周，群声类焉。经典史籍，唯有五声，而无四声。然则四声之用，何伤五声也。五声者，宫商角徵羽，上下相应，则乐声和矣；君臣民事物，五者相得，则国家治矣。作五言诗者，善用四声，则讽咏而流靡；能达八体，则陆离而华洁。明各有所施，不相妨废。昔周、孔所以不

① 《南齐书》卷五十二《文学传》，第899～900页。

② [日]遍照金刚撰，卢盛江校考：《文镜秘府论汇校汇考》，第270页。

③ [日]遍照金刚撰，卢盛江校考：《文镜秘府论汇校汇考》，第270页。

论四声者，正以春为阳中，德泽不偏，即平声之象；夏草木茂盛，炎炽如火，即上声之象；秋霜凝木落，去根离本，即去声之象；冬天地闭藏，万物尽收，即入声之象：以其四时之中，合有其义，故不标出之耳。是以《中庸》云："圣人有所不知，匹夫匹妇，犹有所知焉。"斯之谓也。①

在这篇文章里，沈约主要针对"四声"的出现是否"不依古典"而展开。他首先解释了"五音"与"四声"的不同作用，沈约指出："宫商角徵羽"是自然的声律，应用于音乐是适用的，而"四声"则适用于五言诗的创作，二者"各有所施，不相妨废"，音乐和诗歌是不能奉行统一标准的，完全可以采用两套体系。接着，他用了很大的篇幅说明了将汉语音调定为"四声"的文化原理。沈约用传统的"四象"理论来解释"四声"的发明。四象之说始于《周易》："《易》有太极，是生两仪，两仪生四象，四象生八卦。"②沈约认为，四声与四象之间是一种异质同构的关系，即所谓："四象既立，万象生焉；四声既周，群声类焉。"同时，他又明确将四声与四时联系起来："春为阳中，德泽不偏，即平声之象；夏草木茂盛，炎炽如火，即上声之象；秋霜凝木落，去根离本，即去声之象；冬天地闭藏，万物尽收，即入声之象。"这样，沈约于四季不同的气候特征中发现了四声及其特征，从而确立了春平、夏上、秋去、冬入的模式，同时，也证明"四声"的发明正是以古典为依据的。这一理论现在看来有牵强的一面，却也真实地反映了沈约发明四声的依据和思考。③

声律论的出现是意义深远的，它以"四声"制韵，建立了诗歌由古体向律诗过渡的桥梁，因此，沈约被清人吴淇称为"千古诗道中最有关系之人"④。但是，由于沈约对"四声"的二元化只有一种朦胧的意识，较之律诗之以"平仄"制韵，他的以"四声"制韵的原则，无疑要复杂繁难很多。按照沈约"声律论"的方法进行创作，势必产生"拘声韵"的后

---

① 沈约：《答甄公论》，陈庆元校笺：《沈约集校笺》，第468～469页。

② 徐志锐：《周易大传新注》，齐鲁书社1986年版，第82页。

③ 参见陈顺智：《沈约"四声"说本于传统文化之四象理论》，《武汉大学学报》(人文社会科学版)2000年第9期。

④ 吴淇撰，汪俊、黄进德点校：《六朝选诗定论》，广陵书社2009年版，第426页。

果。因此，声律论的消极影响也是有目共睹的。钟嵘批评声律论“襞织细微，专相陵架”[①]，也是有一定道理的。

三、“三易说”——创作理念（下）

沈约的诗歌创作要求，其一是“声律论”，其二则是“三易说”。《颜氏家训》云：“沈隐侯曰：‘文章当从三易：易见事，一也；易识字，二也；易诵读，三也。’”[②]沈约所谓的“三易”是指“文章”而言，但在“文笔之辩”兴起以后，“文章”多偏指韵文，因此，我们不妨将“三易说”视为他对诗歌创作的要求。

“易识字”的含义比较显豁，就是为诗避免使用生涩难认的字眼。“易诵读”也容易理解，对沈约来说，就是以声律论的原则进行创作，而“易见事”的含义则相对来说不太容易把握。在《宋书·谢灵运传论》里，沈约提出过“直举胸情，非傍诗史”的观点，一些论者往往将这句话作为“易见事”的注脚，认为他是反对“用事”的。其实这种理解是片面的。

《南史·刘瓛传》云：“（沈约）于坐策（刘）显经史十事，显对其九。约曰：‘老夫昏忘，不可受策；虽然，聊试数事，不可至十。’显问其五，约对其二。”[③]同书《刘峻传》记载：“（梁武帝）每集文士策经史事，时范云、沈约之徒皆引短推长。”[④]如果沈约反对“用事”，为何对隶事的较量显得如此热衷？沈约将“字”“事”“诵读”并提，旨在突出上述三者对于创作的重要性，而参考沈约本人的作品，其“用事”的倾向也是相当明显的。可见，对于“用事”，沈约的态度不仅不反对而且是积极提倡的。沈约所谓的“直举胸情，非傍诗史”是就抒情内容而言，要求诗人不必拘泥于“诗史”，大胆抒发个人的情怀，这与是否隶事无关。

“易用事”的含义，首先是要求诗人避免堆砌典故、苦求生典，更重要的则是要求“用事”须达到与内容的浑然天成。这一点，沈约本人的

---

① 周振甫译注：《诗品译注》，第 28 页。

② 檀作文译注：《颜氏家训》，中华书局 2007 年版，第 151 页。

③ 《南史》卷五十《刘瓛传》，第 1240 页。

④ 《南史》卷四十九《刘峻传》，第 1219 页。

作品可以证明。《颜氏家训》云:“邢子才常曰:‘沈侯文章,用事不使人觉,若胸臆语也。’深以此服之。祖孝徵亦谓吾曰:‘沈诗云“崖倾护石髓”,此岂似用事邪’?”[①]可见,“若胸臆语”才是沈约所谓“易用事”的最高境界。

那么,沈约提出“三易说”的目的何在,对当时的诗坛风气又有怎样的影响呢?

我们知道,当文人诗在魏晋时代脱去闾里歌谣的性质而逐渐成熟的时候,也是它渐趋雅化的开始。然而,从西晋到刘宋,文人诗本无可厚非的雅化却走向了僵化的绝境。太康年间,四言诗复兴。挚虞曾说:“雅音之韵,四言为正,其余虽备曲折之体,而非音之正也。”[②]又说:“后世之为诗者多矣。其功德者谓之颂,其余则总谓之诗。颂,诗之美者也。”[③]可见,在当时的文人看来,四言诗是诗歌的正体,而“颂”则是诗中最美的形式。四言既是古雅的体裁,又要表现庄严肃穆的“颂”的内容,炼字和选典自然免不了古奥生僻。五言诗在四言诗风的影响下,内容上虽呈现缘情绮靡的特点,但形式上仍力求典雅。陆机曾批评有些作品:“或奔放以谐合,务嘈杂而妖冶。徒悦目而偶俗,固高声而曲下。寤防露与桑间,又虽悲而不雅。”[④]即是这种倾向的反映。而西晋诗风的另一个倾向则是“缛旨星稠,繁文绮合”[⑤],二者相结合,求典雅又要显得繁富,则必须弃俗字熟典而不用,搜寻冷僻艰深的字眼和典故以敷衍成篇。同时,随着玄学的日趋兴盛,文人诗的用典也扩大到玄学的领域。逮及东晋,“玄言诗”遂成为诗坛的主流,刘宋以后,“庄老告退,而山水方滋”[⑥],刘宋文人虽然从内容上否定了“玄言诗”,但他们依旧沿袭了晋人那种喜欢用冷僻艰深的字眼和典故的习气,故

---

① 檀作文译注:《颜氏家训》,第 151 页。

② 挚虞:《文章流别论》,严可均校辑:《全上古三代秦汉三国六朝文·全晋文》卷七十七,第 1905b 页。

③ 挚虞:《文章流别论》,严可均校辑:《全上古三代秦汉三国六朝文·全晋文》卷七十七,第 1905a 页。

④ 陆机:《文赋》,严可均校辑:《全上古三代秦汉三国六朝文·全晋文》卷九十七,第 2013b 页。

⑤ 《宋书》卷六十七《谢灵运传论》,第 1778 页。

⑥ 周振甫:《文心雕龙今译》,第 60 页。

而“大明泰始中，文章殆同书抄”[①]。“元嘉三大家”的作品在隶事上也有不同程度的表现：谢灵运的诗歌辞藻富艳而多征引玄言；鲍照的乐府虽然比较质朴自然，但其山水诗却充斥着艰深的字眼；颜延之的作品则不仅“唯睹事例，顿失清采”[②]，用字也诘屈聱牙。有些刘宋文人意欲创新，却摆脱不了长久的积习，反而到更冷僻的文字中去钻牛角尖。像“婉娩寡留晷，窈窕闭淹龙”[③]“瞽夫违盛观，竦蛹企一方”[④]等句子，隶事用字都非常晦涩，令人不忍卒读。可见，如果沿着旧的方向走下去，诗歌将面临困境。

当然，笔者对晋宋诗风所作的上述概括是就大多数作家作品的总体倾向而言。本时期左思、陶渊明等诗人，创作出了自成一格而享誉古今的名篇，这是不争的事实，但他们的诗风并不代表当时的主流风尚。有鉴于魏晋旧诗风在当时的困境，呼唤革新成了对齐梁文人的共同要求。刘勰说：“文律运周，日新其业，变则可久，通则不乏。”[⑤]萧子显也说：“习玩为理，事久则渎，在乎文章，弥患凡旧。若无新变，不能代雄。”[⑥]然而，如何革新诗风呢？

就在典雅晦涩的诗风走向绝路的同时，一种新的审美思潮已初见端倪。《南史·萧惠基传》说：“自宋大明以来，声伎所尚，多郑、卫，而雅乐正声鲜有好者。”[⑦]这里所谓“郑、卫”指的是民歌。同书《王俭传》也记载：“（齐高帝）幸华林宴集，使各效伎艺，褚彦回弹琵琶，王僧虔、柳世隆弹琴，沈文季歌《子夜来》，张敬儿舞。”[⑧]可见，《子夜来》等吴声歌曲，此时已堂而皇之地步入了帝王之家。当时上流社会对南朝民歌的喜爱，不仅在于其音乐的动听，还在于民歌那种缠绵的情思、流畅的韵律、短小精致的形式和直白通俗的语言，都使对诗歌的典雅庄重、隔

---

① 钟嵘撰，周振甫译注：《诗品译注》，第 28 页。

② 《南齐书》卷五十二《文学传论》，第 908 页。

③ 谢惠连：《豫章行》，逯钦立辑校：《先秦汉魏晋南北朝诗》，第 1189 页。

④ 谢瞻：《经张子房庙诗》，逯钦立辑校：《先秦汉魏晋南北朝诗》，第 1133 页。

⑤ 周振甫：《文心雕龙今译》，第 274 页。

⑥ 《南齐书》卷五十二《文学传论》，第 908 页。

⑦ 《南史》卷十八《萧惠基传》，第 500 页。

⑧ 《南史》卷二十二《王俭传》，第 593 页。

膜晦涩感到厌倦的人们心驰神往。

这时候，沈约适时地提出了“三易说”。“三易说”倡导的是平易流畅的诗风，这与南朝民歌的风格有显而易见的一脉相承之处。诚如葛晓音先生所指出的，“三易说”正是得益于民歌的启发而对日渐僵化的文人诗所作的一种革新。[①] 而这也揭示了“三易说”的实质——摆脱典雅晦涩，力求通俗浅切。

沈约不仅提出了“三易说”，在创作中也成功地实践了这一理论。试看这首《别范安成》：

> 生平少年日，分手易前期。及尔同衰暮，非复别离时。
> 勿言一樽酒，明日难重持。梦中不识路，何以慰相思。[②]

通篇没有一个生僻的字，韵律也抑扬错落。“勿言一樽酒”一句乃化用伪苏武诗“我有一樽酒，欲以赠远人”[③]，“梦中不识路”一句则化用了《韩非子》张敏与高惠的故事。[④] 两句均为用典，读者却浑然不觉。这种平易流畅的作品，一改魏晋旧貌，使人耳目一新，受到了当时文人的普遍好评。

由于沈约不仅提出了符合民歌审美格调的“三易说”，其个人创作又相当成功地运用了这一理论，所以以“三易说”为纲领对诗歌进行的革新受到了理论界的普遍认同。萧子显在《南齐书·文学传论》中为诗歌树立的艺术标准是：“委自天机，参之史传，应思悱来，勿先构聚。言尚易了，文憎过意，吐石含金，滋润婉切。杂以风谣，轻唇利吻，不雅不俗，独中胸怀。”[⑤]其所谓“言尚易了”“轻唇利吻”“独中胸怀”云云，与沈约的“声律论”“三易说”均同出一辙。同样，刘勰在《文心雕龙·练

---

① 参见葛晓音：《论齐梁文人革新晋宋诗风的功绩》，《北京大学学报》（哲学社会科学版）1985 年第 3 期。

② 沈约：《别范安成》，陈庆元校笺：《沈约集校笺》，第 399 页。

③ 萧统编，李善注：《文选》，上海古籍出版社 1986 年版，第 1354 页。

④ 李善注《文选》引《韩非子》：“六国时，张敏与高惠二人为友，每相思，不能得见，敏便于梦中往寻，但行至半道，即迷不知路，遂回。”参见《文选》，第 983 页。

⑤ 《南齐书》卷五十二《文学传论》，第 908～909 页。

字》篇中提出用字“避诡异”[1],在《声律》篇中强调“音以律文”[2],在《事类》篇中指出“凡用旧合机,不啻自其口出”[3],这些看法也都可以视为沈约的同调。

需要指出的是,对于沈约来说,“易诵读”意味着按照声律论的原则进行创作,但是由于“易诵读”的说法比较笼统,因此对声律论持反对意见的人,却并不反对“易诵读”。这一点,钟嵘是比较典型的例子。他在《诗品·序》中一方面对声律论表示了极大的不满,一方面又说:“文制本须讽读,不可蹇碍。但令清浊通流,口吻调利,斯为足矣。”[4]可见,钟嵘对“易诵读”也是肯定的。

理论界既然如此认同,诗人们的创作势必不同程度地体现着“三易说”的倾向。以成就最高的谢朓为例,他的《玉阶怨》是一首名篇:“夕殿下珠帘,流萤飞复息。长夜缝罗衣,思君此何极。”这里也不再有生僻的字眼和令人费解的典故,韵律也很流畅。不独谢朓,王融、何逊的作品也是如此,甚至后来盛行一时的“宫体诗”,在语言风格上也显得相当平易。于是,魏晋诗风终于退出了主流诗坛,平易流畅则成了齐梁诗歌在形式语言方面的共同特点。可见,在革新诗风的过程中,“三易说”是功不可没的。

然而,尽管“三易说”对于革新诗风功不可没,但其理论所强调的是韵律与语言等形式因素对于诗歌审美的重要意义,而忽略了不应忽略的内容因素,因此它的片面性是值得我们注意的。

“三易说”虽然强调一个“易”字,但按照“三易”的要求进行创作,其实是相当不易的。选择常见的字来表达以情志为本的丰富内容,实属不易;用典若胸臆语更是不易;以声律论为方法达到易诵读的目的,则尤为不易。可见,“三易说”所揭示的是“绚烂归于平淡”的精神,唐代著名诗论家皎然在《诗式》中要求诗歌:“至险而不僻,至奇而不差,至丽而自然。”[5]所说的正是这种精神,这也是我国诗歌创作一贯追求的境界。

---

① 周振甫:《文心雕龙今译》,第346页。
② 周振甫:《文心雕龙今译》,第346页。
③ 周振甫:《文心雕龙今译》,第303页。
④ 周振甫:《文心雕龙今译》,第339页。
⑤ 皎然著,李壮鹰校注:《诗式校注》,人民文学出版社2003年版,第26页。

四、圆转清丽的审美理想

沈约在内容上提出了以“情志”为本的抒情理念，强调诗歌的抒情性；在创作上又提出了“声律论”和“三易说”，主张炼字、用典的平易和韵律的流畅。应该说，一首诗如果能够达到上述要求就基本符合沈约的审美理想了。但是，沈约对诗歌审美诸要素的重视程度是不同的，对诗歌的审美类型也是有所偏重的。

我们来探讨沈约究竟最为关注哪一种诗歌审美要素的问题。《南史·王筠传》记载：“（沈）约尝启上，言晚来名家无先（王）筠者。又于御筵谓王志曰：‘贤弟子文章之美，可谓后来独步。谢朓常见语云：“好诗圆美流转如弹丸。”近见其数首，方知此言为实。’”[①]可见，“好诗圆美流转如弹丸”虽然由谢朓所首倡，但沈约是完全赞同的。因此，“圆美流转”可以视为沈、谢二人共同的诗歌审美理想。

中国古代对“圆”的崇尚有着久远的历史和深厚的传统，在华夏初民的心目中，那形如穹庐、笼盖四野的苍茫天空，在一种超自然的信仰力量的驱使下，传导着仿佛是来自神灵的信息，给远古的国人镂刻出难以磨灭的心灵印迹。中国人从观摩宇宙天体的运行中体味到了“圆”的特征和意义，那就是往复循环、生生不已、运转不息的精神以及相反相成的动态平衡。中国艺术的尚“圆”精神积淀着华夏民族“天圆”的宇宙观，既是完满的象征，也是循环往复、相反相成的表现，更是华夏民族对社会、人生以及自身理想的一种理解和构想。这种尚“圆”精神使中国艺术散发出独特的灵气与韵味，影响到国人的观念、心理及审美理想上，使中国文化趋向一种柔性与韧性，也使中和之美与圆融和谐成为人们的追求。

以“圆”为美也是佛教美学的基本特征之一。由于“圆”给人以圆满无缺的感受，因此佛家经常以“圆”来形容佛教境界的至美无憾。佛家一般称般若智（或称菩提心）为“圆智”；称般若智对世相的观照为“圆照”“圆观”；称破除俗障的认知方法为“圆辩”“圆解”；称修行的最

---

① 《南史》卷二十二《王筠传》，第 609～610 页。

高阶段为“圆成”；称修行的最终结果为“果圆”或“性圆”；称大彻悟为“圆明”；称涅槃为“圆寂”“圆常”；称美好事物的集合体为“圆圆海”；称佛教为“圆教”。谢朓曾置身佛事活动频繁的西邸文化集团，而沈约则是一位虔诚的佛教徒，他们能够借用佛教文化以“圆”为美的观念来评论诗歌是自然而然的事情。

那么，“圆”与“转”又有什么关系呢？现代审美心理学实验表明，人们在观照圆形时，视线会情不自禁地沿着圆周运动，从而产生一种静中生动的美感。① 可见，“圆”作为审美主体，必然产生“转”的审美感受，而“圆转”所体现的是一种“流动美”。沈、谢二人能够将“圆”与“转”联系起来，说明他们已经朴素地领悟了这一审美过程。理解了这一点，对于他们所说的“圆美流转”，我们就可以有比较清楚的解释了：所谓“圆美流转”，就是要求诗歌应该具有“流动美”。

诗歌的“流动美”要以韵律和谐来体现。这一点，刘勰有明确的阐释：“切韵之动，势若转圜。”②“圜”是圆的异体字，字义是相同的。由此可知，在当时的人看来，韵律和谐即是圆美流转的体现。清人贺贻孙也说：“玄晖能以圆美之态，流转之气，运其奇俊幽秀之句。”③因此，他认为“圆美流转”乃是谢朓对其本人作品的自评。沈约对谢朓作品的评价则是“调与金石谐，思逐风云上”④。可见，在沈约看来，谢朓诗歌对“圆美流转”的体现首先表现为韵律和谐。这再次证明了“好诗圆美流转如弹丸”的理论，实质上是主张通过韵律的和谐来实现诗歌的“流动美”。这与沈约的声律论以及“易诵读”的观点是理出一致的，所不同者，是“好诗圆美流转如弹丸”的理论更加凸显了韵律在诗歌审美诸要素中的首要地位。

我们再来探讨沈约究竟推崇哪几种诗歌审美类型的问题。沈约曾深为叹服地赞誉谢朓的作品说：“二百年来无此诗也。”⑤而谢朓则是

① 参见祁志祥：《佛教美学》，上海人民出版社 1997 年版，第 220 页。

② 周振甫：《文心雕龙今译》，第 303 页。

③ 贺贻孙：《诗筏》，郭绍虞编选、富寿荪校点：《清诗话续编》，上海古籍出版社 1983 年版，第 161 页。

④ 沈约：《伤谢朓》，陈庆元校笺：《沈约集校笺》，第 413 页。

⑤ 《南齐书》卷四十七《谢朓传》，第 826 页。

以文章清丽擅名诗坛的，由此可见，沈约对“清丽”的风格尤为激赏。与这种好尚相一致，沈约对于体现了“丽”或体现了“清”的作品都有不同程度的肯定。

先看沈约对“丽”的称赏。他认为王筠的诗“实为丽则”①，夸奖其“擅美推能，实归吾子”②。他认为鲍照的诗“文甚遒丽”③，特在《宋书》中为其立传。他认为刘杳的诗有“丽辞之益”④，因而书之于新宅之壁。

再看沈约对“清”的赞誉。他称赞萧衍的作品“兴绝节于高唱，振清辞于兰畹”⑤；赞赏吴均的诗歌“清拔有古气”⑥，所以“颇相称赏”⑦。不仅如此，沈约本人的作品也呈现出“长于清怨”⑧的特点。由此可知，在沈约看来，理想的诗歌审美类型是“清丽”，如果不能“清”“丽”兼备，不妨偏美于“清”或偏美于“丽”。

综上所述，沈约通过对“好诗圆美流转如弹丸”的赞同，将韵律抬高到诗歌审美诸要素的首位，同时他又通过对谢朓等人的赞誉，将“清丽”的风格树立为理想的诗歌审美类型。作为“一代辞宗”，他的这些观点势必会成为当时诗坛的风尚。而推崇“清丽”的风格，在当时也不乏追随者，如刘勰也说：“五言流调，则清丽居宗。”⑨

那么，如何评价沈约的上述诗歌审美理想呢？首先，我们知道，韵律和谐固然是诗歌应有的审美要素，但思想内容却是决定诗歌审美格调的核心。而“好诗圆美流转如弹丸”的观点，却将韵律和谐当作好诗的充要条件，这无疑显示了沈、谢二人对于形式因素的片面推崇。关于这一点，我们虽然不必像以往那样冠之以“形式主义”来批判，但对其负面效应也应该有清醒的认识。同时，“清丽”的风格固然有相当的审美价值，但沈约将其视为唯一理想的审美类型就失之片面了。齐梁

---

① 《梁书》卷三十三《王筠传》，第 485 页

② 《梁书》卷三十三《王筠传》，第 485 页。

③ 《宋书》卷五十一《刘义庆附鲍照传》，第 1477 页。

④ 《梁书》卷五十《文学传下》，第 715 页。

⑤ 沈约：《武帝集序》，陈庆元校笺：《沈约集校笺》，第 172 页。

⑥ 《梁书》卷四十九《文学传上》，第 698 页。

⑦ 《梁书》卷四十九《文学传上》，第 698 页。

⑧ 钟嵘撰，周振甫译注：《诗品译注》，第 76 页。

⑨ 周振甫：《文心雕龙今译》，第 62 页。

诗歌历来因“绮靡”“靡丽”“绮丽”为后世有卓识的诗家所诟病，产生上述后果的原因是复杂的，也并不是哪一个人的主观倾向可以左右的，但过于强调诗歌韵律流畅则不免产生流靡的现象，“清丽”与“绮丽”之间也没有不可逾越的鸿沟。因此，沈约的诗歌审美理想对于齐梁的不良诗风是有推波助澜的作用的。

第五章 《宋书》的思想和艺术论

沈约存世的作品，以一百卷的《宋书》最为著名。一般认为其本纪十卷、志三十卷、列传六十卷，收录了当时的诏令奏议、书札、文章等各种文献，较好地保存了原始史料，有利于后代的研究。对于《宋书》所载史实的真实性，历来颇有微词，其原因主要在于《南齐书·文学传》所载："世祖使太子家令沈约撰《宋书》，拟立《袁粲传》，以审世祖。世祖曰：'袁粲自是宋家忠臣。'约又多载孝武、明帝诸鄙渎事，上遣左右谓约曰：'孝武事迹不容顿尔。我昔经事宋明帝，卿可思讳恶之义。'于是多所省除。"[①]关于这一点，我们既没有回护的必要，也没有过多讨论的必要，我们要了解的是沈约治史的基本思想和其在纪传体史书创作上的特点。

一、《宋书》述略

沈约于齐永明五年(487 年)春受齐武帝萧赜之命编撰《宋书》，到永明六年(488 年)二月完成，历时不到一年。沈约说："本纪列传缮写已毕，合七帙七十卷。"[②]据此可知，沈约在一年内完成的只是纪传部分，不包括《志》三十卷。其实《纪》《传》也不完全是沈约撰写的，而是在何承天、山谦之、孙冲之、苏宝生、徐爰等人所撰的基础上汇编、改

---

① 《南齐书》卷五十二《文学传》，第 896～897 页。

② 沈约：《上〈宋书〉表》，陈庆元校笺：《沈约集校笺》，第 88 页。

写、补写而成的。

据《宋书·何承天传》记载，宋文帝元嘉十六年(439年)，何承天"除著作佐郎，撰国史"[①]，《宋书·徐爰传》也说何承天"草创国史"[②]。关于何承天撰写国史的情况，沈约在《上〈宋书〉表》中有所说明，他说："宋故著作郎何承天始撰《宋书》，草立纪传，止于武帝功臣，篇牍未广。"[③]另据《隋书·经籍志》，裴松之的助手孙冲之也写出了别自创立为一家之言的《宋书》。[④] 之后，山谦之、苏宝生等又相继撰写《宋书》，到了大明六年(462年)，徐爰在丘巨源等人的协助下写成《宋书》，"使终其业"[⑤]。这部《宋书》就是沈约《宋书》最主要的蓝本。因此，赵翼在《廿二史札记·宋书多徐爰旧本》条说："今按其自序而细推之，知约书多取徐爰旧本而增删之者也。"[⑥]又说："余向疑约修《宋书》，凡宋、齐革易之际宜为齐讳，晋、宋革易之际不必为宋讳，乃为宋讳者反甚于为齐讳，然后知为宋讳者徐爰旧本也，为齐讳者约所补辑也。"[⑦]以上说明《宋书》的成书实际上经历了一个艰难的过程，论者认为沈约"踵成前作"[⑧]，是有一定道理的。

然而，上述成书过程并不能说明沈约在《宋书》写作中无所作为。他说："自永光以来，至于禅让，十余年内，阙而不续，一代典文，始末未举。且事属当时，多非实录，又立传之方，取舍乖衷，进由时旨，退傍世情，垂之方来，难以取信。臣今谨更创立，制成新史，始自义熙肇号，终于升明三年。"[⑨]从沈约的话中，我们可以看出，沈约是以"制成新史"自居的。首先，他要补上宋末十余年的历史；其次，他还要补全诸志；最后，他还要把徐书中限于世势人情、内容不够公允的地方改写。《宋

① 《宋书》卷六十四《何承天传》，第1704页。

② 《宋书》卷九十四《恩幸传》，第2308页。

③ 沈约：《上〈宋书〉表》，陈庆元校笺：《沈约集校笺》，第87页。

④ 孙冲之名严(一作崖)，所著《宋书》，《隋书·经籍志》作六十五卷，《旧唐书·经籍志》作四十六卷，应已成书。

⑤ 《宋书》卷九十四《恩幸传》，第2308页。

⑥ 赵翼著，王树民校证：《廿二史札记校证》，第188页。

⑦ 赵翼著，王树民校证：《廿二史札记校证》，第188～189页。

⑧ 沈约：《上〈宋书〉表》，陈庆元校笺：《沈约集校笺》，第87页。

⑨ 沈约：《上〈宋书〉表》，陈庆元校笺：《沈约集校笺》，第87页。

书》的《前废帝本纪》《明帝本纪》《顺帝本纪》以及前废帝至顺帝宋末十余年人物列传都是沈约所撰，对徐书有违史实处也有所更正。另外，《宋书》诸志时有何承天、徐爰的按语，说明《宋书》八志同样也吸收了何承天、山谦之、徐爰等书的成果。至于《宋书》诸志的成书时间，苏晋仁根据各志中的避讳情况，大致推测了各志成书的时间。如《乐志》中避“衍”“顺”二字，将“邹衍”写成“邹羡”，这显然是避梁武帝萧衍的名讳。此外，还有很多地方将“顺”写作“从”，应是避萧衍之父萧顺之的名讳。据此可知，《宋书》八志成书的时间应是梁朝初。[①] 不过，沈约《宋书》也有“取舍乖衷”之弊，如省除了孝武帝、明帝的“诸鄙渎事”，再如与裴子野为了家族名声所作的交易。[②] 这些事件颇具典型性，某种程度上可以说是旧史的通病，沈约也不能避免。沈约说其编撰《宋书》时，是“夕惕载怀，忘其寝食”[③]的，也是“鞠躬局蹐，腼汗亡厝”[④]的，因此，我们可以认为，《宋书》反映了沈约在史学方面所能达到的最高水平。

《宋书》有《本纪》十卷，其中《武帝本纪》三卷，记录了刘宋王朝开国皇帝刘裕的一生，因其功勋无与伦比，故一人独占三纪，符合重点突出的编史原则。其他七帝，一帝一纪，但各纪的分量各不相同，如《少帝本纪》仅用一千二百余字，而《文帝本纪》则超十倍以上。各纪的分量与各帝在位年限和事迹的多少基本相称，可以起到宋代大事记的作用。

《宋书》有《列传》六十卷，标明传主姓名的有二百三十余人，加上附传和夹带叙述的人物，总数近五百人。附传一般都是亲族如祖孙、父子、兄弟、叔伯及侄辈的相互附传，这与当时重门第、重家世的习俗相一致。清代赵翼对这一做法非常赞赏，他说：“人各一传则不胜传，而不为立传则其人又有事可传，有此带叙法，则既省多立传，又不没其人，此诚作史良法。……此例乃《宋书》所独创耳。”[⑤]还有一点值得注

---

① 参见苏晋仁：《〈宋书〉丛考》，《纪念陈垣诞辰百周年史学论文集》，北京师范大学出版社1981年版。

② 沈约与裴子野的交易为：裴子野在《宋略》中删去“戮淮南太守沈璞”事，沈约在《宋书》中删除“松之以后无闻焉”。事见《南史》卷三十三《裴松之传》，第866页。

③ 沈约：《上〈宋书〉表》，陈庆元校笺：《沈约集校笺》，第87页。

④ 沈约：《上〈宋书〉表》，陈庆元校笺：《沈约集校笺》，第88页。

⑤ 赵翼著，王树民校证：《廿二史札记校证》，第194页。

意:《宋书》所设《列传》折射出时代特点,门阀士族的人物传几乎占了半数,而王、谢两家一流门阀士族的人传者有三十人左右,反映出门阀士族的政治实力虽然从东晋时左右政局的地位跌落下来,但仍有举足轻重的作用,在社会上还有相当大的影响。

《宋书》设有独特的《恩幸传》,从沈约主观目的讲,是要贬低寒人出身而掌实权的政治人物,实际上却反映了皇族对门阀士族的提防和戒备。《宋书》设有《二凶传》,反映了刘姓皇族互相倾轧的丑恶和血腥。《宋书》设有《孝义传》,反映了当时士人"孝"和"义"的取舍观。《宋书》设有《索虏传》,记录了刘宋敌对政权北魏的历史和时人对北魏的看法。这些看法有时表现为两个政权之间的相互独对,如对战争的记载,宋败则曰"引军还",魏军转移则云"奔走";有时则表现为两个政权之间的互不了解,如记魏太武帝死后文成帝即位之事,就与《魏书》不合,显然是《宋书》有误。《宋书》还设有《鲜卑吐谷浑》《蛮夷》《氐胡》等传,主要是记述当时少数民族政权的发展状况及其与刘宋政权的关系。《夷蛮传》则记述了亚洲各国发展的状况及与刘宋政权的交往,其中关于高句丽、百济、倭国的记载是我们了解当时东北亚国家关系的宝贵资料,其中"天竺迦毗黎国遣使"一节,则记述了佛教在南亚国家的传播情况,也极富史料价值。

《宋书》共八志,三十卷,八志之前有篇《志序》。下面我们对八志略作简单介绍。

《律历志》三卷。《律志上》记述了从汉至刘宋的音律发展史和音律理论。古代的律吕知识,特别是晋协律中郎将列和的笛律赖本志得以保存下来,使有关音律的计算方法和资料得以流传后世,是研究我国音律学史的宝贵财富。《律历志》中、下卷记述了由古代至刘宋的历法发展史,包括杨伟的《景初历》、何承天的《元嘉历》、祖冲之的《大明历》,以及上述历法的全部结构、推算法则及各项数据,还有祖冲之与戴法兴关于历法的辩论,都在该两卷中保存下来。

《礼志》共五卷。一、二卷是礼仪,三、四卷是祭礼,第五卷是舆服。凡魏晋典制,诸儒议论,均有收录。清代学者郝懿行曾赞扬:"《礼志》

详博淹赡，胜于《史记·礼书》《汉书·礼志》多矣。”[①]

《乐志》共四卷。沈约精通律吕之学，故备载前史所无的八音乐器，民间流传的歌谣如《子夜》《团扇》《懊侬》等也均收入其中，反映了古代人民在文学、音乐等方面的辉煌成就。同时，还记述了汉、魏、晋、宋宫廷乐舞演变和发展的情况，凡属历代郊庙乐章，“非淫哇之辞，并皆详载”[②]。尤为可贵的是，本志还记载了晋代以来带有音符曲谱的歌诗。

《天文志》共四卷。其中收录了古代有关天体论的各派学说，反映了当时天文学的最高成就。如“宣夜”“盖天”“浑天”等六家理论，以及流星雨、新星、超新星和太空星云、极光变化等情况。晋代王浑的浑天仪形制也赖之得以保存下来，这些都是研究天文学的难得资料。《天文志》还对当时不甚了了的天象变异情况，作了与政治相联系的祥端和灾异迷信性的解说，这当然是属于糟粕的部分。

《符瑞志》共三卷。这是《宋书》“补前史之缺”[③]的新创造，但同时也是最受史学家贬斥的一类专志。宋代陈振孙说：“沈约所创《符瑞志》，不经且无益，其赘甚矣。”[④]

《五行志》共五卷。沈约把各种灾变按木、金、水、火、土分为五大类，每大类集为一卷，每卷中再分出若干细目，一一进行记载。沈约认为之所以出现种种不正常现象，都是因为五行“失其性而为灾也”[⑤]。他还把五行之灾与君主和权臣的行为联系起来，认为上天的震怒和谴责都是由于君臣失道所致。这些附会当然是迷信，但在客观上对专制君权和跋扈的权臣也起了一种约束作用。

《州郡志》共四卷。沈约说：“地理参差，其详难举，实由名号骤易，境土屡分，或一郡一县，割成四五，四五之中，亟有离合，千回百改，巧历不算，寻校推求，未易精悉。”[⑥]自东晋南北分裂割据形成之后，州郡

---

① 胡承珙：《求是堂文集》，《续修四库全书》第1500册，上海古籍出版社2002年版，第275页。

② 《宋书》卷十一《志序》，第204页。

③ 《宋书》卷十一《志序》，第205页。

④ 陈振孙撰：《直斋书录解题》，上海古籍出版社1978年版，第101页。

⑤ 《宋书》卷三十二《五行志三》，第931页。

⑥ 《宋书》卷三十五《州郡志一》，第1028页。

县的变动很大，特别是侨置郡县的设置，更加剧地方建制的混乱。尽管《州郡志》没有对侨置郡县的设置完全梳理清楚，但其成就还是有目共睹的，对哪些郡县是秦汉旧置，哪些是晋宋新置或侨置，尤其对州郡县的分合、户口的消长都有基本交代。特别是从益州、宁州、广州、交州等新设置的郡县的记载中，我们还可以看出各地人口分布和南方开发状况，资料极为可贵。

《百官志》共二卷。内容既追踪了古代官制的源流本末，又重点介绍了魏、晋、宋的官制。对由中央到地方文武官员的官称、职务，州郡县佐吏，军府幕僚，四征、四镇、四平和各种杂牌名号的将军，以及尚书、中书、太子府的官员都有比较详细的记载，不仅弥补了《三国志》无《百官志》的缺陷，也为《隋书·百官志》提供了丰富的素材，历来为官制史研究者所重视。

《宋书》没有《食货志》《刑法志》《艺文志》，这应该说是个缺憾，但它能够进入二十四史，足可以说明其正史的地位和史料价值。《宋书》虽不能与《史记》《汉书》相提并论，但与《后汉书》《三国志》相比并不逊色，质量在中古史书中应属上乘。

二、沈约的历史观

沈约是一个封建时代的文人，他有一些封建社会共有的、落后的史观，同时，作为一个有深厚儒家修养的知识分子，他又有一些朴素的、唯物主义的历史观。这些在《宋书》里都有比较突出的表现，我们虽然不必苛求古人，但也不能视而不见。本节我们将对沈约的历史观进行分析和概括。

第一，沈约深受天命、迷信思想的影响。

据《梁书·沈约传》记载，南齐末年，沈约对萧衍说："今童儿牧竖，悉知齐祚已终，莫不云明公其人也。天文人事，表革运之征，永元以来，尤为彰著。谶云'行中水，作天子'，此又历然在记。天心不可违，人情不可失，苟是历数所至，虽欲谦光，亦不可得已。"[1]沈约以"行中

[1] 《梁书》卷十三《沈约传》，第234页。

水，作天子”的谶语为萧衍代齐制造舆论，这里固然包含着他进行政治投机的目的，但也可以从中看出其对天人感应思想的信服。

沈约宣扬天命和预言。在《宋书》的一些人物传记中，他往往记载一些天人感应的事例，以证明某种道理。如《王昙首传》载：

景平中，有龙见西方，半天腾上，荫五彩云，京都远近聚观，太史奏曰：“西方有天子气。”太祖入奉大统，上及议者皆疑不敢下，昙首与到彦之、从兄华固劝，上犹未许。昙首又固陈，并言天人符应，上乃下。……既下在道，有黄龙出负上所乘舟，左右皆失色，上谓昙首曰：“此乃夏禹所以受天命，我何德以堪之。”①

沈约以天命迷信思想思考历史。他将君主受命视为秉承天意，宣称“创业之君，自天所启”②，又说：“圣王膺录，自非接乱承微，则天历不至也。自三、五以来，受命之主，莫不乘沦亡之极，然后符乐推之运。水德迁谢，其来久矣。”③在沈约看来，萧齐代宋也是天意，所以才说宋末是“天厌宋道，鼎运将离”④。

沈约治史还深受佛教影响，《宋书》时有为佛教张目的篇章。如《王玄谟传》载：“初，玄谟始将见杀，梦人告曰：‘诵《观音经》千遍，则免。’既觉，诵之得千遍，明日将刑，诵之不辍，忽传呼停刑。”⑤

此外，《宋书》里的《天文》《符瑞》《五行》三志不仅有十二卷的分量，而且其内容也多是大肆宣传君权神授、天人感应的文字。正如白寿彝所说的，这三志可谓“集相法、星占、望气、阴阳、灾异、符命、图谶、僧谶等神秘记录的大成，总的目的不过在企图证明皇权神授、天命有数”⑥。沈约相信天人感应，相信阴阳灾异，相信祸福报应，又受佛教的因果报应思想的影响，这导致他对于历史上的福祸灾异现象不能正确地解释与说明，只能以附会人事来说明。

---

① 《宋书》卷六十三《王昙首传》，第1679页。

② 《宋书》卷四《少帝本纪》，第67页。

③ 《宋书》卷十《顺帝本纪》，第200页。

④ 《宋书》卷七十四《沈攸之传论》，第1943页。

⑤ 《宋书》卷七十六《王玄谟传》，1974页。

⑥ 白寿彝：《中国史学史论集》，中华书局1999年版，第151页。

第二，沈约具有儒家史学的基本思想。

上述宗教、迷信的影响之外，沈约治史基本上还是立足于儒家思想。这主要表现在以下两个方面。

一是极为重视礼乐的教化作用。如沈约在《宋书》中立《礼》《乐》二志，系统地记载了东汉以后至刘宋时期礼乐发展演变的情况，并极力强调礼制对于治理国家的重要性。如沈约引用傅隆的上疏指出："原夫礼者，三千之本，人伦之至道。故用之家国，君臣以之尊，父子以之亲。用之婚冠，少长以之仁爱，夫妻以之义顺。用之乡人，友朋以之三益，宾主以之敬让。所谓极乎天，播乎地，穷高远，测深厚，莫尚于礼也。其乐之五声，《易》之八象，《诗》之《风》《雅》，《书》之《典》《诰》，《春秋》之微婉劝惩，无不本乎礼而后立也。其源远，其流广，其体大，其义精，非夫睿哲大贤，孰能明乎此哉。"①沈约认为：只有聪明睿智的大贤，才能体察到礼乐的体大和思精。"礼"穷尽了天地之间的一切道理，而儒家经典所蕴含的思想都渊源于礼。

二是品评人物时强调孝义。《宋书》不仅首创了《孝义传》，在列传中也创立了家传的形式，一般是子、孙附父、祖传。如《刘穆之传》附长子虑之、虑之子邕、穆之中子式之、式之子瑀、穆之少子贞之，乃至穆之女婿蔡祐等；其《自序》更是沈约的家传，追述其家族成员多达三十余人。沈约在立传选择方面以家族为传承依据的做法，本身就反映了其对孝道的彰显。当然，将家族史引入官修史，也折射了南北朝时期重视门第的时代特质。《宋书》列传中赞美孝行的记载比比皆是。如《臧焘传》称赞臧焘："以母老家贫与弟熹俱弃人事，躬耕自业，约己养亲者十余载。父母丧亡，居丧六年，以毁瘠著称。"②再如，《张敷传》称："（敷）生而母没。年数岁，问母所在，家人告以死生之分，敷虽童蒙，便有思慕之色。年十许岁，求母遗物，而散施已尽，唯得一画扇，乃缄录之，每至感思，辄开笥流涕。见从母，常悲感哽咽。"③这些事例均反映出沈约对孝道的由衷赞叹。同时，沈约又赞美忠义，他宣称"士君子当

---

① 《宋书》卷五十五《傅隆传》，第1551页。

② 《宋书》卷五十五《臧焘传》，第1544页。

③ 《宋书》卷六十二《张敷传》，第1663页。

以体正为基，蹈义为本”[①]，同时，他又将仁义与忠孝联系起来，认为："仁义者，合君亲之至理，实忠孝之所资。"[②]在沈约看来，只有孝子才有可能成为忠臣；而只有具备仁义的品质，才可能做到忠孝。沈约将儒家忠孝仁义等一系列封建社会所推崇的品质视为一个整体，并指出其内在的联系，这对于探讨封建道德和伦理具有启发意义，也包含着某些合理因素。

此外，沈约还宣扬儒家的民本思想。在沈约看来，历代帝王的兴起无非"以功静乱"与"以德济民"两种途径。他反思自汉代以来的历史，说："帝王受命，自非以功静乱，以德济民，则其道莫由也。自三代以来，醇风稍薄，成功济务，尊出权道，虽复负扆南面，比号轩、牺，莫不自谢王风，率由霸德。"[③]对自汉、晋的兴衰变化进行纵向考察，指出各个朝代的弊端。他举例说："魏武直以兵威服众，故能坐移天历，鼎运虽改，而民未忘汉。及魏室衰孤，怨非结下。晋藉宰辅之柄，因皇族之微，世擅重权，用基王业。"[④]他分析刘宋一代的纲纪废弛，认为自太祖开始，"网以疏行，法为恩息，妨德害美，抑此之由。降及大明，倾诐愈甚，自非讦窃深私，陵犯密讳，则左降之科，不行于权戚。若有身触盛旨，衅非国刑，免书裁至，吊客固望其门矣。由是律无恒条，上多弛行，纲维不举，而网目随之"[⑤]。这些例子说明沈约对于王权更替有着朴素的理解，那就是只有纲纪严明、以德济民才能稳定王权。

沈约看到了民心对于巩固统治的作用，认识到"胜败之数，实由众心，社庙尊严，民情所系"[⑥]。他强调"汉氏载祀四百，比祚隆周，虽复四海横溃，而民系刘氏，惵惵黔首，未有迁奉之心"[⑦]，认为民心向汉是汉朝得以延续四百年之久的原因所在。

沈约将历代的君主分为尧舜之主、中等之主、桀纣之主三种类型，

① 《宋书》卷五十三《张茂度传论》，第1526页。

② 《宋书》卷九十一《孝义传序》，第2241页。

③ 《宋书》卷四十五《王镇恶传论》，第1385页。

④ 《宋书》卷三《武帝本纪下》，第60页。

⑤ 《宋书》卷四十四《谢晦传论》，第1362页。

⑥ 《宋书》卷八十四《邓琬传》，第2163页。

⑦ 《宋书》卷三《武帝本纪》，第60页。

他说:“役己以利天下,尧舜之心也;利己以及万物,中主之志也;尽民命以自养,桀纣之行也。”[①]因此,沈约主张,君主治理天下必须照顾民情,要稳定自己的统治,则又要争取民心。与此相适应,沈约极力主张治理天下要实行善政。

在《良吏传论》里,沈约称赞汉代的宽简政策:“善政之于民,犹良工之于埴也,用工寡而成器多。汉世户口殷盛,刑务简阔,郡县治民,无所横扰。”[②]他概述了刘宋初期轻徭薄赋的盛世景象:“(太祖)入纂大业,及难兴陕方,六戎薄伐,命将动师,经略司、兖,费由府实,役不及民。自此区宇宴安,方内无事,三十年间,氓庶蕃息,奉上供徭,止于岁赋,晨出莫归,自事而已。……凡百户之乡,有市之邑,歌谣舞蹈,触处成群,盖宋世之极盛也。”[③]沈约对帝王关心民情的举措给予充分的肯定,他引宋明帝的诏书称:“分遣大使,广求民瘼,考守宰之良,采衡闾之善。若狱犴淹枉,伤民害教者,具以事闻。鳏寡孤独,癃残六疾,不能自存者,郡县优量赈给。贞妇孝子,高行力田,详悉条奏。”[④]之所以保留这些诏书,很大程度上意味着沈约对这些看法的肯定。

沈约称道体恤民情和爱护百姓的官吏,他赞扬王玄谟“时北土饥馑,乃散私谷十万斛,牛千头以振之”[⑤]的义举。同时,沈约反对暴虐伤民,称赞刘勔攻克寿春时对人民秋毫无犯:“士民无遗刍委粒之叹,莫不扶老携幼,歌唱而出重围,美矣。”[⑥]

第三,沈约能以发展变化的眼光来观照典章制度和学术文化。

沈约说:“夫有国有家者,礼仪之用尚矣。然而历代损益,每有不同,非务相改,随时之宜故也。汉文以人情季薄,国丧革三年之纪;光武以中兴崇俭,七庙有共堂之制;魏祖以侈惑宜矫,终敛去袭称之数;晋武以丘郊不异,二至并南北之祀。互相即袭,以讫于今,岂三代之典

① 《宋书》卷六《孝武帝本纪论》,第 135 页。

② 《宋书》卷九十二《良吏传论》,第 2272 页。

③ 《宋书》卷九十二《良吏传序》,第 2261 页。

④ 《宋书》卷八《明帝本纪》,第 154 页。

⑤ 《宋书》卷七十六《王玄谟传》,第 1975 页。

⑥ 《宋书》卷八十六《刘勔传》,第 2197 页。

不存哉，取其应时之变而已。"[①]在沈约看来，礼仪制度是纲纪伦常的体现，也是统治者治理国家的重要手段，历代礼仪制度都是在前代的基础上不断损益并逐步发展而来的。礼仪制度应该因时制宜，随时变易。他又说："且闵子讥古礼，退而致事；叔孙创汉制，化流后昆。由此言之，任己而不师古，秦氏以之致亡，师古而不适用，王莽所以身灭。"[②]沈约这种礼仪制度应随世易时移而变化的思想，既反对任今而不师古，也不赞成师古而不适用，包含着合理的历史辩证法思想。

此外，沈约还娴于梳理和考察学术文化的继承和流变。他在《谢灵运传论》里用五百字左右的文字，系统地探讨了自古至刘宋时期文学的发展脉络，为我们清晰地勾勒出了文风嬗变的过程，这不仅需要较高的概括和归纳能力，也需要高超的把握事物本质的能力。

沈约还善于通过揭示事物的内在联系来分析事物的变化。如他在分析选举制度对社会风气的影响时说：

> 选贤于野，则治身业弘；求士于朝，则饰智风起。《六经》奥远，方轨之正路；百家浅末，捷至之偏道。汉世登士，闾党为先，崇本务学，不尚浮诡，然后可以俯拾青组，顾蔑籯金。于是人厉从师之志，家竞专门之术，艺重当时，所居一旦成市，黉舍暂启，著录或至万人。是故仕以学成，身由义立。自魏氏膺命，主爱雕虫，家弃章句，人重异术。又选贤进士，不本乡闾，铨衡之寄，任归台阁。以一人之耳目，究山川之险情，贤否臆断，万不值一。由是仕凭借誉，学非为己，崇诡遇之巧速，鄙税驾之迟难，士自此委笥植《经》，各从所务，早往晏退，以取世资。庠序黉校之士，传经聚徒之业，自黄初至于晋末，百余年中，儒教尽矣。高祖受命，议创国学，宫车早晏，道未及行。迄于元嘉，甫获克就，雅风盛烈，未及曩时，而济济焉，颇有前王之遗典。[③]

在这里，沈约将学风的形成与统治者个人好尚联系起来，解释虽然不够全面，但也指出了二者之间的密切关系，其历史认知无疑较同

① 《宋书》卷十四《礼志一》，第 327 页。
② 《宋书》卷十四《礼志一》，第 327 页。
③ 《宋书》卷五十五《臧焘传》，第 1552～1553 页。

时人要深刻得多。

第四，沈约有儒、玄兼具的人物品评尺度。

玄学盛行于晋代，在南朝仍有广泛的余响。人们喜欢以玄学思想品评人物，沈约也未能免俗，这主要体现在《宋书》经常以识量器局作为人物评价的标准。如称何偃“少陶玄风，淹雅修畅，自是正始中人”[①]。称王惠“恬静不交游，未尝有杂事。陈郡谢瞻才辩有风气，尝与兄弟群从造惠。谈论锋起，文史间发，惠时相酬应，言理清远”[②]。沈约还经常用玄谈的方式赞美人物的风度仪容，如称谢晦“美风姿，善言笑，眉目分明，鬓发如点漆”[③]。有时候他还喜欢用玄谈的方式赞美人物的才性智慧，如称颜延之“居身清约，不营财利，布衣蔬食，独酌郊野，当其为适，傍若无人”[④]。有时候则用玄谈的方式赞扬传主的器识风度，如“或人问史臣曰：‘王惠何如？’答之曰：‘令明（王惠的字）简。’又问：‘王球何如？’答曰：‘倩玉（王球的字）淡。’又问：‘谢弘微何如？’曰：‘简而不失，淡而不流，古之所谓名臣。’”[⑤]这些品评人物的方法都颇有玄谈的余味。

总的来说，沈约以发展变易的思想审视历史，但又从天命迷信出发，往往把历史变化尤其是政权更替看成是天的意志。同时，他以儒家思想为出发点来观照历史，看到了民心对于巩固统治的作用，主张治理天下要行善政，赞扬那些循吏的业绩，赞美忠孝仁义的品质。可以说，沈约的史学思想是比较典型的门阀士族的意识形态。[⑥]

三、《宋书》列传的文学性

史传是记言记事的文体，不论撰者述道义，彰法式，通古今，还是著功勋，表贤能，抑或明罪恶，旌怪异，都离不开对历史人物的刻画以

---

① 《宋书》卷六十二《王微传》，第1669页。

② 《宋书》卷五十八《王惠传》，第1589页。

③ 《宋书》卷四十四《谢晦传》，第1348页。

④ 《宋书》卷七十三《颜延之传》，第1903页。

⑤ 《宋书》卷五十八《王惠传》，第1595～1596页。

⑥ 参见朱绍侯：《沈约〈宋书〉述评》，《南都学坛》2001年第7期。

及对历史精心的裁剪和渲染。约而言之,《宋书》的行文,从文学角度上看,大致有以下几个特点。

第一,夸张传神的外貌描写。

《宋书》某些列传在人物描写方面与《世说新语》颇为相似,内容多为品评人物外貌和表现名士风度。从书中大量对人物容止的评论中,我们不难发现当时社会对人的才能、品质、仪容等多方面的审美要求和观点,并可以了解当时士族的思想品格和生活作风。

《宋书》特别留意对于人物神态的描述。如沈约在《羊欣传》里称其"少靖默,无竞于人,美言笑,善容止"①,刻画了一个温其如玉的美男子形象。危机关头,俊美的丰姿甚至可以力挽狂澜,如沈约说张畅:"元凶弑逆,义宣发哀之日,即便举兵。畅为元佐……举哀毕,改服,著黄韦绔褶,出射堂简人,音仪容止,莫不瞩目,见之者皆愿为尽命。"②描写人物仪表风度的词语可谓比比然多矣,但这里张畅的丰姿神貌竟然能使"见之者皆愿为尽命",实在是闻所未闻。这说明文字里面有适度的夸张,当然不符合史家直笔的写法,但不这样写就不足以说明张畅的风神。再如《谢庄传》这样描述谢庄:"年七岁,能属文,通《论语》。及长,韶令美容仪,太祖见而异之,谓尚书仆射殷景仁、领军将军刘湛曰:'蓝田出玉,岂虚也哉!'"③这里借用了宋文帝所谓的"蓝田美玉"来赞美谢庄容颜仪表,使本来不易传述的人物丰姿外化为可见的传神之形,令人对谢庄产生了无穷遐想。沈约有时还引用别人的话来突出传主的气度:"(王)昙首有识局智度,喜愠不见于色,闺门之内,雍雍如也。手不执金玉,妇女不得为饰玩,自非禄赐所及,一毫不受于人。……高祖甚知之,谓太祖曰:'王昙首沈毅有气度,宰相才也。'"④

这种描写方式丰富了史传人物形象,有利于展现其精神面貌,同时也增添了史书的文学色彩,从文学角度来说是值得肯定的。

第二,择取逸闻轶事来刻画人物的特征和时代特色。

《宋书》记载了很多反映朝廷内外世态风情的轶事,从不同角度生

---

① 《宋书》卷六十二《羊欣传》,第1661页。
② 《宋书》卷五十九《张畅传》,第1606页。
③ 《宋书》卷八十五《谢庄传》,第2167页。
④ 《宋书》卷六十三《王昙首传》,第1678~1679页。

动地再现了那个时代的历史特点和社会风貌。

如沈约说:"(陶潜)谓亲朋曰:'聊欲弦歌,以为三径之资,可乎?'执事者闻之,以为彭泽令。公田悉令吏种秫稻。妻子固请种秔,乃使二顷五十亩种秫,五十亩种秔。郡遣督邮至,县吏白应束带见之,潜叹曰:'我不能为五斗米折腰向乡里小人。'"[①]这一则轶事的描写与《归去来兮辞序》有较大的差别,但不肯束带见督邮则更加突出了陶渊明厌恶官场、傲岸任诞的品格。从此,"不为五斗米折腰"遂成典故,历久不衰。

又如《张邵传》记载:"敷小名查,父邵小名梨,文帝戏之曰:'查何如梨?'敷曰:'梨为百果之宗,查何可比。'"[②]短短的对答将张敷的敏捷机智表现得十分到位,《世说新语》里记载的早慧少年也不过如此。难怪瞿益锴曾说:"昔人讥南北史似小说,而不知南北朝人之生活状态非小说不能传出,其似小说自是当时实录,虽良史不能易也。"[③]

《刘穆之传》中为了表现刘瑀的气量狭窄,选择了下面一个令人哭笑不得的典型事例:刘瑀与何偃有宿怨,"何偃尝案云:'参伍时望。'(刘)瑀大怒曰:'我于时望何参伍之有!'遂与偃绝。及为吏部尚书,意弥愤愤。……疽发背,何偃亦发背痈。瑀疾已笃,闻偃亡,欢跃叫呼,于是亦卒"[④]。刘瑀直到何偃得病而亡,自己才欢呼雀跃地死去,这样的气量不能仅以一个"狭小"可以当之。短短几句话便将刘瑀使气任性和睚眦必报的性格刻画得入木三分。

再如《武帝纪下》对孝武帝的描写也十分传神。"孝武大明中,坏上所居阴室,于其处起玉烛殿,与群臣观之。床头有土障,壁上挂葛灯笼、麻绳拂。侍中袁颛盛称上俭素之德。孝武不答,独曰:'田舍公得此,以为过矣。'"[⑤]侍中袁颛为劝谏孝武帝刘骏,大力称赞武帝刘裕的勤俭朴素,没想到孝武帝却自言自语道:种田的老头子得到这些,已经过分了。孝武帝当时的表现,与武帝刘裕的节俭形成了鲜明的对比,孝武帝的奢靡可以想见。

---

① 《宋书》卷九十三《隐逸传》,第 2287 页。

② 《宋书》卷四十六《张邵传》,第 1396 页。

③ 瞿益锴:《国史杂议》,《"国立华北编译馆"馆刊》1943 年第 2 卷第 1 期,第 3 页。

④ 《宋书》卷四十二《刘穆之传》,第 1310 页。

⑤ 《宋书》卷三《武帝本纪下》,第 60 页

复如《王镇恶传》写道:“镇恶以五月五日生,家人以俗忌,欲令出继疏宗。猛见奇之曰:‘此非常儿,昔孟尝君恶月生而相齐,是而亦将兴吾门矣。’故名之为镇恶。年十三而苻氏败亡,关中扰乱,流寓崤、渑之间。尝寄食渑池人李方家,方善遇之。谓方曰:‘若遭遇英雄主,要取万户侯,当厚相报。’”[①]王镇恶生于五月五日,家人认为不吉,而只有他的祖父王猛认为“儿亦将振兴吾门”,这就从侧面烘托了王镇恶不凡的禀赋。在年少流亡的日子里,他还发出了“若遭遇英雄主,要取万户侯”的豪言壮语,这个细节把这位武将少年时的形象描绘得活灵活现,也为他日后成为一代名将做了铺垫。

《宋书》正是通过对轶闻琐事的搜罗与描写,塑造了一个个性格鲜明、有血有肉的人物形象,这种写法不仅对人物刻画起到了锦上添花的作用,还增强了史书的可读性。宋代晁公武曾指出沈约取材的诞诬问题,他说:“至于取沈约诞诬之说,采《语要》《世说》《幽明录》《搜神记》诡异谬妄之言,亦不可不辨。”[②]殊不知这种缺点恰恰是《宋书》可读性的原因之一。正因为如此,《宋书》才获得了长久的生命力,这也是《宋书》文采所在。宋代吴缜指出:“为史之要有三,一曰事实,二曰褒贬,三曰文采。有是事而如是书,斯谓事实;因事实而寓惩劝,斯谓褒贬;事实褒贬既得矣,必资文采以行之,夫然后成史。”[③]此乃中正之言。

第三,用隐讳的笔法提点史实。

清人赵翼说:“《宋书》书法,全多回护忌讳而少直笔也。”[④]为身家性命计,沈约很多时候不得不有所顾忌,但其毕竟是一位史德未泯的史学家,在为尊者讳的同时,也不时采取委婉及影射的手法,将历史的真实穿插于其他的传记中。

这里试举一例:《宋书》称宋武帝刘裕即位是晋恭帝自愿禅位的,刘裕对晋恭帝恩礼有加,封其“为零陵王,全食一郡。载天子旌旗,乘五时副车,行晋正朔,郊祀天地礼乐制度,皆用晋典。上书不为表,答

① 《宋书》卷四十五《王镇恶传》,第 1365 页。

② 晁公武撰,孙猛校注:《郡斋读书志校证》,上海古籍出版社 2011 年版,第 182 页。

③ 吴缜:《新唐书纠谬》,吉林出版集团有限公司 2005 年版,第 5 页。

④ 赵翼:《陔余丛考》,中华书局 1963 年版,第 120 页。

表勿称诏"[①]。晋恭帝被毒杀而死的经过只字不提,反而这样记载:"九月己丑,零陵王薨。车驾三朝率百僚举哀于朝堂,一依魏明帝服山阳公故事。太尉持节监护,葬以晋礼。"[②]然而,在《褚叔度传》则记载:"(秀之与淡之)兄弟并尽忠事高祖,恭帝每生男,辄令方便杀焉,或诱赂内人,或密加毒害,前后非一。及恭帝逊位,居秣陵宫,常惧见祸,与褚后共止一室,虑有酖毒,自煮食于床前。高祖将杀之,不欲遣人入内,令淡之兄弟视褚后,褚后出别室相见,兵人乃逾垣而入,进药于恭帝。帝不肯饮,曰:'佛教自杀者不得复人身。'乃以被掩杀之。"[③]秀之与淡之都是褚后之兄,两人都为了自己的政治前途投靠刘裕,不惜虐杀外甥,谋害妹夫。《宋书》于正传隐晦而载之于此,使刘裕篡权夺位的真相昭然若揭。沈约保存史实的考虑,可谓用心良苦。

再如《明四王传》记载:"随阳王翙字仲仪,明帝第十子也。元徽四年,年六岁,封南阳王,食邑二千户。……齐受禅,降封舞阴县公,食邑千五百户。谋反,赐死。新兴王嵩,字仲岳,明帝第十一子。元徽四年,年六岁,封新兴王,食邑二千户。齐受禅,降封定襄县公,食邑千五百户。谋反,赐死。始建王禧字仲安,明帝第十二子也。元徽四年,年六岁,封始建王,食邑二千户。齐受禅,降封荔浦县公,食邑千五百户。谋反,赐死。"[④]沈约明确地说,这三个王子在元徽四年(477 年)都是六岁,齐受禅是在 479 年,此时三王才八岁,但都被冠以"谋反"的罪名而赐死。试问八岁的幼童,无兵无权,如何谋反?这里沈约利用了语言的启发性,让读者去体会含蓄语言背后的深意。

刘知几曾说:"古来唯闻以直笔见诛,不闻以曲词获罪。"[⑤]然而,史书的功能毕竟要记载一个朝代的得失,给后世以借鉴,这就使史官常常处于两难的境地。沈约撰史也是如此,既要为尊者讳,又要不使史书失真,那唯一的办法也只能用曲辞遮掩了。

第四,大量应用带叙法。

---

① 《宋书》卷三《武帝本纪下》,第 52 页。

② 《宋书》卷三《武帝本纪下》,第 57 页。

③ 《宋书》卷五十二《褚叔度传》,第 1503 页。

④ 《宋书》卷九十《明四王传》,第 2238~2239 页。

⑤ 刘知几撰,浦起龙通释:《史通通释》,上海古籍出版社 1978 年版,第 199 页。

《宋书》列传传目大都因袭前史，多为合传或类传。除此之外，它还采取了一种新颖的叙事方法，即带叙法。诚如赵淡元所说："《宋书》创带叙法，这也是作史的一种良法。所谓带叙法，就是其人不必立传，但有事可叙，则将其附叙与其有关的某人传内。如《刘道规传》叙刘道规命刘遵为将，攻破徐道覆时，即带叙刘遵，说刘遵，淮西人，官至淮南太守，义熙十年卒。下文又继续叙刘道规事迹。这种带叙法，既可避免多立传，又可使读者对所牵涉的人物能详其生平。这种带叙法与《三国志》《后汉书》的附传不同，附传是附载在本传后，带叙是将带叙人物简要的生平事迹插入本传的叙事中，因而文省，且结合得紧密，自然能增强读者对叙事的理解。"①

如《檀道济传》描写檀道济"立功前朝，威名甚重"②，太祖因忌惮而下诏杀了他以及他的心腹薛彤、高进之，最后在文末简略带叙两人："并檀道济腹心，有勇力，时以比张飞、关羽。初，道济见收，脱帻投地曰：'乃复坏汝万里之长城。'"③叙述檀道济事迹时，插入薛、高两人生平，然后又回到传主事件上来，这就是带叙法。这里将薛、高比作张飞、关羽，可以映衬传主有刘备一样的胸怀气概，而这两人连累被杀，也足见刘义隆的昏庸无道。

再如《庐陵孝献王义真传》记载，在镇守关中时，刘义真受左右的蛊惑，"乃使左右刘乞等杀修。修字叔治，京兆灞城人也。初南渡见桓玄，玄知之，谓曰：'君平世吏部郎才。'修既死，人情离骇，无相统一"④。从桓玄的评论中我们可知王修是一个有经世之才的大臣，刘义真杀了他为其后来的人心离析埋下了隐患。沈约在这里不着一字，情感态度却很鲜明。

带叙法在《宋书》中的广泛运用，显示了作者对写作素材的驾驭能力，也展示了作者统摄调度材料的能力。这种写法不仅为史书的写作提供了一种值得借鉴的方法，也对后来的传奇小说产生了较为深刻的影响。

---

① 赵淡元：《中国历史要籍介绍及选读》，高等教育出版社1988年版，第221页。

② 《宋书》卷四十三《檀道济传》，第1343页。

③ 《宋书》卷四十三《檀道济传》，第1344页。

④ 《宋书》卷六十一《武三王传》，第1634页。

第五，讲究骈俪的文风。

沈约作为齐梁间的文坛领袖，左右一时之风会，从《宋书》来看，其行文最主要表现是行文骈俪化。

周一良指出，纪传体史书最能体现作者特色的地方，就是序或论部分，“以此部分大抵为作者之原创而少因袭也”[①]。沈约《宋书》自然也不例外，整部《宋书》以“史臣曰”形式出现的史论共六十八篇，分别为《帝纪》八篇、《志》一篇、《列传》五十九篇。序则共五篇，其中三十《志》共有一序，诸《列传》中又有四序，分别见于《孝义传》《良吏传》《隐逸传》《恩幸传》。这七十余篇序论堪称《宋书》之精华，带有非常浓厚的骈俪色彩。

试看《宋书·氐胡传论》：“杨氏兵精地险，境接华汉，伺隙边关，首鼠疆埸，遂西入白马，东出黄金，乘晋寿之捷，构围涪之衅，规吞黑水，志倾井络，纪、郢之势方危，樊、邓之心屡骇。天子听朝不怡，有怀辛、李之将，而齐之宣皇，率偏旅数百，定命先驱，推锋直指，势逾风电，云彻席卷，致届南城，逐北追奔，全胜万里，敌人皆裹骨舆尸，越至险而自窜，其余皆膏身山野，委骸川泽。既而裴、刘二将，藉其威声，故使浊水靡旗，兰皋失险，氐族转徙奔亡，遗烬不灭者若线，梁土获乂，以迄于今。由此而言，功烈可谓盛矣。”[②]全篇行文皆两两对仗，使气逞辞，一气呵成，尤其“齐之宣皇”一段将萧承之写得所向披靡、勇猛超群，文章掷地可作金石声。

再如《袁淑传论》说：“天长地久，人道则异于斯。蕣华朝露，未足以言也。其间夭遽，曾何足云。宜任心去留，不以存没婴心。徒以灵化悠远，生不再来，虽天行路险，而未之斯遇，谓七尺长存，百年可保也。所以据洪图而轻天下，吝寸阴而败尺璧。若乃义重乎生，空炳前诰，投躯殉主，世罕其人。若无阳源之节，丹青何贵焉尔。”[③]沈约表达了人生苦短、不以存没婴心的人生观，最后用钦佩的语气写出了袁淑“空炳前诰，投躯殉主”的气节，令人读来荡气回肠、不胜感慨。

---

① 周一良：《略论南朝北朝史学之异同》，《魏晋南北朝史论集续编》，北京大学出版社1991年版，第251页。

② 《宋书》卷九十八《氐胡传论》，第2418页。

③ 《宋书》卷七十《袁淑传论》，第1841页。

《宋书》超过三分之二的内容是各样文章的摘录，但在作品的选择上沈约也并非随意：对于文学家的传主，多选择其具有代表性的作品；传主非文学家的，选取的文章也偏向于其文辞艳丽的骈文。这些摘录使《宋书》呈现出与其他史书不一样的特点，在众多优美骈文的烘托下，显得格外整洁和庄严。如《谢灵运传》中摘录整篇的《撰征赋》和《山居赋》，不仅保留了作品，也足以证明谢灵运作为重要文人的身份特征，这远比记述其言行要直观得多。

诚如明代何良俊所说："沈约作《宋书》，虽非当行家，然约本文士，出自一手，终是可观。"①《宋书》之所以为人称道与其鲜明的文学倾向是密不可分的。

四、"援俗入雅"的《宋书·乐志》

沈约不仅是文学家、史学家，还是一位造诣颇深的音乐家，而《宋书·乐志》四卷即是沈约将三者有机结合的一份硕果。

《宋书·乐志》是继承《汉书·礼乐志》的传统而设立的。《宋书·乐志》不仅将音乐从礼仪中分离出来，还开宗明义地说："今《志》自郊庙以下，凡诸乐章，非淫哇之辞，并皆详载。"②这一标准极大地拓展了乐志的载录范围，使得吴歌等民歌进入了史籍，与朝仪国采并驾齐驱。《宋书·乐志》的这一举措被人们称为"援俗入雅"。"援俗入雅"是一个具有代表性和标志性的事件，也是诗风顺应时代潮流而"新变"的标志，值得我们深入了解。

沈约依据歌诗的雅化程度将音乐分为四个层次：置于总论及乐章之首的朝仪雅乐；总论论及并载录乐章的相和歌、杂舞和鼓吹铙歌；总论详列作者及本事而未载录乐章的吴歌；总论斥为"哥词多淫哇不典正"③且未载录乐章的杂曲。"援俗入雅"主要指第二、三层次而言，而尤以第三层次最为突出。总之，《宋书·乐志》采用的是平行结构，传统乐志的主要对象——朝仪雅乐，"虽然仍处在全书之首，但只是其中

---

① 何良俊撰：《四友斋丛说》，中华书局 1959 年版，第 41 页。

② 《宋书》卷十一《志序》，第 204 页。

③ 《宋书》卷十九《乐志一》，第 552 页。

之一类,并未被特别强调"[①]。

我们知道,《宋书》擅长梳理和考察学术文化的继承和流变,《乐志》也是如此。沈约用"及秦焚典籍,《乐经》用亡"[②]概括了秦汉之前音乐的面貌,用"汉兴,乐家有制氏,但能记其铿锵鼓舞,而不能言其义"[③]交代了秦汉之后宫廷音乐的尴尬处境。从东汉开始,沈约记述甚详,尤其对宫廷音乐的沦丧和数次复兴的尝试,都做了忠实的记载。书中还保存了历代政府官员、乐官、乐工关于音乐的奏折、争论,对了解中国音乐在魏晋南北朝时的发展脉络,提供了重要的文献资料。

《乐志》详细介绍了相和歌、杂舞和鼓吹铙歌自曹魏以来的发展脉络。"相和歌"是对汉代北方各地流行的民歌的通称,其名最早见于《宋书·乐志》:"相和,汉旧歌也。丝竹更相和,执节者歌。"[④]《乐志三》载录的相和歌,包括相和歌十三首、清商三调(清调、大曲和楚调怨诗)三十六首、四首无题无辞的"但歌",除作者不可考的古词之外,大多为魏氏三祖及曹植辞。魏氏三祖酷爱"相和歌",在他们的雕琢、润色之下,民间音乐逐步文人化。清商三调的歌词在西晋荀勖"撰旧词施用"[⑤]的改造下进一步雅化。进入南朝,相和歌地位继续上升,以致王僧虔上表称清商三调"京、洛相高,江左弥贵"[⑥]。《南齐书·萧惠基传》云:"自宋大明以来,声伎所尚,多郑卫淫俗,雅乐正声,鲜有好者。惠基解音律,尤好魏三祖曲及《相和歌》,每奏,辄赏悦不能已。"[⑦]可见,宋孝武帝大明以后,随着俗乐的兴起,"相和歌"已经位列"雅乐正声"之中。

杂舞曲也是一样。《乐志四》列汉《鼙舞歌》五篇、魏《鼙舞歌》五篇,歌辞俱亡,仅存篇名。据《南齐书·乐志》载,前者为汉章帝造,后者为魏明帝造。汉章帝亲作歌诗,表明"至迟在汉章帝时期,《舞》已成为宫廷宴享用乐"[⑧],成为一种美化统治、粉饰太平的"程式化、仪节性

① 李方元:《隋前五部正史乐志及其文本传统》,《中国音乐学》2004年第3期。
② 《宋书》卷十九《乐志一》,第533页。
③ 《宋书》卷十九《乐志一》,第533页。
④ 《宋书》卷二十一《乐志三》,第603页。
⑤ 《宋书》卷二十一《乐志三》,第608页。
⑥ 《南齐书》卷三十三《王僧虔传》,第595页。
⑦ 《南齐书》卷四十六《萧惠基传》,第811页。
⑧ 萧亢达:《汉代乐舞百戏艺术研究》,文物出版社1991年版,第207页。

的舞蹈"[①]。从魏明帝《明明魏皇帝》《太和有圣帝》等篇目看,《舞》的内容以颂美时政为主,雅乐特征明显。曹植《鼙舞歌》五篇,颂美"圣皇"与个人失意杂糅,文辞典雅华丽,文人色彩浓厚。《拂舞》歌诗《独禄篇》民间风味浓郁,但全篇近乎整齐的四言,似经过文人的加工,其他无名氏作品也有被加工的痕迹。《乐志一》云:"孝武大明中,以鞞、拂、杂舞合之钟石,施于殿庭。"[②]宋孝武帝此举,提升了鞞、拂、杂舞的规格,到了明帝期间,"宋明帝自改舞曲哥词"[③],诏近臣并作,均以"颂""大雅""风"来命名,可见杂舞曲已经被改造得完全雅化了。

鼓吹铙歌(鼓吹曲)也是如此。《乐志一》云:"鼓吹,盖短箫铙哥。蔡邕曰:'军乐也,黄帝岐伯所作,以扬德建武,劝士讽敌也。'"[④]《乐志》著录汉《铙歌十八曲》及后世拟作,大约"本来有声无辞,后来陆续补进歌辞,所以时代不一,内容庞杂。其中有叙战阵,有纪祥瑞,有表武功,也有关涉男女私情的"[⑤],有文人士大夫制作,也有民间歌谣。曹魏以后鼓吹,全部由文士撰述,成为歌功颂德之作。曹魏演奏鼓吹的黄门鼓吹署由掌管俗乐的少府管辖,西晋改隶太常,这一变化"说明了短箫铙歌在应用上的进一步雅化"[⑥]。宋代的鼓吹曲没有新造,宋武帝北府兵出身,靠军功起家,鼓吹的地位在宋代应该得到了提升。因此《隋书·音乐志上》说:"鼓吹,宋、齐并用汉曲,又充庭用十六曲。"[⑦]由此可见,鼓吹曲也经历了逐步雅化的过程。

相和歌、杂舞和鼓吹铙歌自曹魏以来的发展脉络,是民歌一步步雅化的过程,同时也是雅乐一步步俗化的过程,也就是我们所谓的"援俗入雅"。沈约将以上三者纳入《乐志》,并叙其源流、载录乐章是对这一结果的确认。

《宋书·乐志》"援俗入雅"还有一个更为突出的表现,那就是首次将南朝民歌"吴歌"纳入了其载录范围。王运熙将吴歌的发展分为从

---

① 萧亢达:《汉代乐舞百戏艺术研究》,第 208 页。

② 《宋书》卷十九《乐志一》,第 552 页。

③ 《宋书》卷十九《乐志一》,第 552 页。

④ 《宋书》卷十九《乐志一》,第 558 页。

⑤ 余冠英:《乐府诗选》,人民文学出版社 1997 年版,第 7 页。

⑥ 杨生枝:《乐府诗史》,青海人民出版社 1985 年版,第 179 页。

⑦ 《隋书》卷十三《音乐志上》,第 304 页。

孙吴到东晋初年、东晋中叶以后、刘宋时代三个阶段。① 第一阶段，吴歌主要为吴人歌唱。第二阶段，吴歌被部分侨姓士族所接受。第三阶段，由于刘宋统治者出身庶族，儒教礼法薄弱，宋孝武帝大明年间，吴歌进入宫廷。这个时期是南朝雅乐、俗乐地位发生转折的关键点，从此吴歌成为宫廷中深受喜爱的音乐。

正是朝廷和世风这种态度上的转变，使沈约有勇气对吴歌考其来源，并将其记录在案。《宋书・乐志》所载的《子夜歌》《前溪歌》《欢闻歌》《督护歌》《懊侬歌》等吴歌，沈约都是先述本事，然后列举歌词，将起始流传于民间的、没有乐器伴奏的徒歌进入上流社会的过程，做了极鲜明而概括的勾勒。所谓“凡此诸曲，始皆徒哥，既而被之弦管。又有因弦管金石，造哥以被之”②。例如《子夜歌》：“《子夜哥》者，有女子名子夜，造此声。晋孝武太元中，琅邪王轲之家有鬼哥《子夜》。殷允为豫章时，豫章侨人庾僧度家亦有鬼哥《子夜》。殷允为豫章，亦是太元中，则子夜是此时以前人也。”③

《宋书・乐志》云：“古者天子听政，使公卿大夫献诗，耆艾修之，而后王斟酌焉。秦、汉阙采诗之官，哥咏多因前代，与时事既不相应，且无以垂示后昆。”④沈约主张仿照先秦的采诗制度，将前面所谓雅乐和逐步雅化的俗乐（吴歌）均采入音乐机关，作为统治者行政的参考。这样，沈约就从儒学内部找到沟通雅俗的理论依据。

《宋书・乐志》能够“援俗入雅”，除了治史者的责任感之外，沈约也许还有借机提升江东吴歌的地位，进而扩大江东士族在文化上的影响的用意。但无论其原因与目的如何，《宋书》的做法事实上扩大了“雅乐”的领域，也使吴歌这种民歌形式登堂入室。这一做法显示了刘宋以后，随着庶族势力及包括吴兴沈氏在内的新兴士族的崛起，一系列政治、哲学、文化的变革正悄然生发，整个文化也呈现了俗化的趋势，《宋书・乐志》的出现也是势所必然。⑤

---

① 参见王运熙：《论吴声与西曲》，《乐府诗述论》，上海古籍出版社 1996 年版，第 425～427 页。

② 《宋书》卷十九《乐志一》，第 550 页。

③ 《宋书》卷十九《乐志一》，第 549 页。

④ 《宋书》卷十九《乐志一》，第 550 页。

⑤ 参见马萌：《〈宋书・乐志〉歌诗“援俗入雅”倾向及其原因》，《殷都学刊》2007 年第 2 期。

第六章　诗歌作品论

南宋学者葛立方曾说："……'诗多而能者沈约，少而能者谢朓、何逊。'虽有迟速多寡之不同，不害其俱工也。"①不错的，沈约的诗歌今存二百四十余首，数量上堪称当时文人之最。同时，他的诗歌众类兼备，各具特色。本章我们在对沈约诗歌进行分期的前提下，将沈约的作品按内容分为咏怀诗、山水诗、咏物诗、游仙诗以及闺情诗等五大类进行分析，并对其"宪章鲍明远"问题进行探讨。

一、诗歌创作分期

沈约的创作心态在人生的各个历史时期各有不同，他的诗歌所表现的内容和审美特征呈现出一定的阶段性。这为我们对这些诗歌进行分期提供了依据。沈约的诗歌大致可以分为四个时期：永明前期、永明时期、齐末时期和入梁时期。

第一个阶段——永明前期。

本时期沈约确切可考的作品只有《钟山诗应西阳王教》和《石塘濑听猿》两首。我们知道，在永明之前，沈约一直锐意史学，对文学的投入相对较少。因此，虽然存在着客观上的亡佚现象，诗人本身对诗歌创作缺乏热情却是本时期其诗歌数量稀少的根本原因。惟其不以文学为主攻方向，诗人在因物所感、诗兴盎然时，则以比较自由的心态进

① 葛立方：《韵语阳秋》，上海古籍出版社 1984 年版，第 30 页。

行创作，这使本时期的诗歌首先呈现出自然、率真的审美特征。

我们来看这首《石塘濑听猿》：

> 噭噭夜猿鸣，溶溶晨雾合。不知声远近，惟见山重沓。
> 既欢东岭唱，复伫西岩答。①

全诗以“听”字落笔，“不知声远近，惟见山重沓”一句，传神地描绘出猿鸣声在重峦叠嶂中回响的悠远而飘渺的意境。“既欢东岭唱，复伫西岩答”则逼真地刻画了猿声的活泼和欢快，而这只闻其声不见其影、虚虚实实、飘忽不定的猿鸣声，所暗示的不正是某些可以神会而不可迹求的自然之道吗？所谓“郁郁荒山里，猿声闲且哀”②，经过历代文本的提炼和固定，“猿鸣”这一意象早已沉淀着凄厉、感伤的情调。但是，沈约却没有追求这种“隶事”之工，而是突破了意象的概念化，反其道而行之，从自身的实际感受出发，将“猿鸣”写得如此欢快而情趣盎然。这不能不说是一种意象上的革新。这首诗语言浅切，意境深远，是一首天然去雕饰的上乘佳作。通过这首成功的早年作品，我们可以看出沈约那无可质疑的诗歌天赋。

虽然沈约本时期不以诗人自居，但文士的身份却使他仍免不了在诗兴匮乏的场合勉力为诗。试看这首《钟山诗应西阳王教》：

> 灵山纪地德，地险资岳灵。终南表秦观，少室迩王城。
> 翠凤翔淮海，衿带绕神坰。北阜何其峻，林薄杳葱青。
> 发地多奇岭，干云非一状。合沓共隐天，参差互相望。
> 郁律构丹巘，崚嶒起青嶂。势随九疑高，气与三山壮。
> 即事既多美，临眺殊复奇。南瞻储胥观，西望昆明池。
> 山中咸可悦，赏逐四时移。春光发陇首，秋风生桂枝。
> 多值息心侣，结架山之足。八解鸣涧流，四禅隐岩曲。
> 窈冥终不见，萧条无可欲。所愿从之游，寸心于此足。
> 君王挺逸趣，羽旆临崇基。白云随玉趾，青霞杂桂旗。

---

① 沈约：《石塘濑听猿》，陈庆元校笺：《沈约集校笺》，第436页。

② 陶渊明：《丙辰岁八月中于下潠田舍获》，逯钦立校注：《陶渊明集》，中华书局1979年版，第85页。

淹留访五药，顾步伫三芝。于焉仰镳驾，岁暮以为期。[①]

这首诗有两项主要的内容，描摹钟山的景色和赞美西阳王的逸趣。但是，侍从游览的诚惶诚恐与诗人的山水兴会产生了矛盾，使他既不能专心描摹钟山的景色，也不能尽情抒发对西阳王的赞美之情。尽管他堆砌了诸如“险”“峻”“干云”“崚嶒”等词语，我们却无法真切地感受钟山的峻美；他希望用“息心”揭示游览的意义，但满目“羽旆”“桂旗”，我们只能感到一派富贵喧嚣。同时，这首诗技巧方面的不足也很明显：过于追求游览的具象化而忽略了思维的跳跃性和意象的遴选，更像一篇规整的散文而缺乏诗的韵味。而“郁律构丹巘，崚嶒起青嶂”等句子不仅练字艰涩，口吻也极不流便，与其后来所提出的“易诵读”“易识字”的主张也是背道而驰的。

阅读的经验告诉我们，成熟的诗人难免会有不擅长的创作领域，但其作品的成就却很少产生强烈的反差，这是因为其稳定的诗性思维和技巧弥补了创作中的某些不足。同一时期同出于沈约笔下的《石塘濑听猿》与《钟山诗应西阳王教》却薰莸互见，除心态和情感因素之外，沈约的创作能力尚未稳定恐怕也是重要的原因。沈约本时期没有将诗歌作为其文士生涯的主攻方向，作品的成就也呈现随机的面貌而未能达到一致的水平。因此，我们不妨将永明前期称为其诗歌创作的“自发”阶段。

第二个阶段——永明时期。

沈约在本时期的可考作品有三十余首，创作的时间集中在永明五年（487 年）之后，也就是西邸文化集团成立以后。在府主竟陵王萧子良“深心主卉木，远致极风云”[②]的好尚引导下，沈约将主要的精力投入文学领域，这是本时期其作品激增的主要原因。

沈约本时期诗歌最突出的特征是题材狭窄而广泛。西邸文士大多都出身于以文化精英自诩的阀阅世家，他们对社会其他阶层的生活原本就不甚了解和关心。竟陵王的西邸则像一座象牙塔，更加深了他

① 沈约：《钟山诗应西阳王教》，陈庆元校笺：《沈约集校笺》，第 343 页。

② 裴子野：《雕虫论》，严可均校辑：《全上古三代秦汉三国六朝文·全梁文》第五十三卷，第 3262b 页。

们与社会现实的隔膜，沈约也不例外。一方面，与现实生活的脱节，使沈约只能将创作的视野局限于贵族生活的细节之中，取材的狭窄在所难免。而另一方面，优游而闲适的心态，又使他可以从日常生活中发现诗意。同时，文人辐辏、知音众多，他自然希望能够通过涉及更多的题材来锤炼技巧、取长补短。于是，沈约欣然命笔：咏物，他用"平织方以文，穹成圆且密"(《咏竹槟榔盘》)刻画槟榔盘的形象；抒情，他用"以我径寸心，从君千里外"(《饯谢文学》)表达对友人的依依惜别之情；侍宴，他用"象筵鸣宝瑟，金瓶泛羽卮"(《三月三日率尔成篇》)描绘觥筹交错的盛况；游仙，他用"九疑纷相从，虹旌乍升没"(《和竟陵王游仙诗二首》之二)想象仙境的迷离倘恍；悼亡，他用"化涂终眇默，神理暧犹存"(《奉和竟陵王经刘瓛墓》)来寄托对亡友的哀思。他还用郡县名和药名组合成诗与他的朋友们聊以游戏。总之，本时期沈约的诗歌题材几乎遍及其"象牙塔"生活的方方面面。

这些丰富而狭窄的题材中最常见的题材是咏物。咏物诗是在西邸学士的共同推广下而日渐繁荣的一类诗歌。沈约本时期可考的咏物诗有五六首，数量居西邸学士之首，而其创作时间不可考的咏物诗则多达三十余首。在这三十余首咏物诗中，必然还有属于本时期的作品。沈约以高涨的热情创作咏物诗，对于推动这一新颖的诗歌类型的发展是有积极意义的。

我们知道，沈约的诗歌理论是在本时期建立的，而作为一位比较自信的诗歌理论家，他一经构建起自己的诗歌理论，就自觉地应用于创作之中，因此，本时期沈约诗歌作品的第二个特点是基本与其诗歌理论相吻合。这里仅以《临高台》为例。

> 高台不望远，望远使人愁。连山无断续，河水复悠悠。
> 所思爱何在，洛阳南陌头。可望不可至，何用解人忧？[①]

诗人直陈登高怀人而倍增感伤的情怀，语言浅切、韵律流畅，基本体现了其"三易说"的创作理念，也符合其"圆转流美"的审美理想。

本时期沈约的作品还有另一个特点——明显的趋同性。所谓

① 沈约：《临高台》，陈庆元校笺：《沈约集校笺》，第307页。

"同"，是指其诗歌与其他西邸其它学士的作品呈现出相似的面貌。西邸文化集团的成员们拥有相似的文化背景、审美情趣和诗歌理念，游宴、奉和、同题作诗又是他们共同的创作契机，因此，他们的作品从选材到风格、旨趣趋于雷同在所难免。从题材上看，沈约有《同咏乐器·咏篪》，王融有《同咏乐器·琵琶》，谢朓也有《同咏乐器·琴》。沈约有《侍皇太子释奠宴》，王俭也有同名作。不仅如此，在结构、语言和旨趣上，沈约的作品与其他西邸文士的作品也看不出多少差别。我们不妨将沈约的《永明乐》与谢朓的同名作对照一下。

沈约是这样写的："联翩贵游子，侈靡千金客。华毂起飞尘，珠履竟长陌。"[①]谢朓则写道："生蔑苎萝性，身与嘉惠隆。飞缨入华殿，履步出重宫。"[②]这两首诗采用的都是五言短句的结构，表现的都是作为西邸成员的那种志满意得的情绪。二者都不约而同地选择了"履"作为描写的对象，甚至还运用了相同的形容词：沈约的笔下，车马是"华毂"，谢朓的笔下，宫殿则是"华殿"。面对如此相似的作品，假如没有署名，我们也许很难界定二者的归属吧。因此，本时期是沈约创作个性相对匮乏的时期。

沈约本时期诗歌的第四个特点是思想性薄弱。这一特点，首先在他的游戏性作品中得到了充分的体现。西邸学士既是王孙贵族又是文人墨客，他们济济一堂，戏谑之间也要追求一种雅趣，而以诗歌为游戏自然是十分雅致的。身为"竟陵八友"之一的沈约也未能免俗，他的《奉和竟陵王郡县名》《和陆慧晓百姓名》等作品都是这类游戏之作。且看这首《奉和竟陵王药名》：

> 丹草秀朱翘，重台架危岊。木兰露易饮，射干枝可结。
> 阳隰采辛夷，寒山望积雪。玉泉亟周流，云华乍明灭。
> 合欢叶暮卷，爵林声夜切。垂景迫连桑，思仙慕云埒。
> 荆实剖丹瓶，龙刍汗奔血。照握乃夜光，盈车非玉屑。
> 细柳空葳蕤，水萍终委绝。黄符若可挹，长生永昭晢。[③]

---

① 沈约：《永明乐》，陈庆元校笺：《沈约集校笺》，第 322 页。

② 谢朓：《永明乐》，陈庆元校笺：《沈约集校笺》，第 324 页。

③ 沈约：《奉和竟陵王药名》，陈庆元校笺：《沈约集校笺》，第 375～376 页。

为炫耀学识的广博和技巧的高超，沈约不厌其烦地罗列了黄符、合欢、木兰、辛夷等二十余种药材名，假之楚辞和古代神话，以工稳的对仗手法将其补缀成篇，简直像用诗歌的门面开了一个中药铺，创作的严肃性荡然无存。这样的作品缺乏明晰的思理和感情脉络，几乎毫无思想性可言。

同时，即便是拥有一定的思想内容的作品，其思想格调也大多平庸而肤浅。试看这首《三月三日率尔成篇》：

丽日属元巳，年芳具在斯。开花已匝树，流嘤复满枝。
洛阳繁华子，长安轻薄儿。东出千金堰，西临雁鹜陂。
游丝映空转，高杨拂地垂。绿帻文照耀，紫燕光陆离。
清晨戏伊水，薄暮宿兰池。象筵鸣宝瑟，金瓶泛羽卮。
宁忆春蚕起，日暮桑欲萎。长袂屡以拂，雕胡方自炊。
爱而不可见，宿昔减容仪。且当忘情去，叹息独何为。①

平心而论，这首诗描摹春天的景色是相当成功的。但是，沈约对“洛阳繁华子，长安轻薄儿”的奢侈生活所表示的欣羡，对及时行乐的种种行为所表示的赞赏，无疑都反映了他那种浮华的生活方式和颓靡的人生态度。这种思想内容无论如何都谈不上深刻和高尚。

通过以上分析，我们看到：西邸文化集团浓郁的诗歌氛围，使沈约开始着意开发其诗歌才能。他的作品无论是数量还是题材较之以往都有大幅度的增广。同时，尽管沈约本时期的作品存在着趋同性的弊端和思想性浅薄的缺点，但却基本体现了其诗歌理论。因此，我们不妨将这一时期称为其诗歌创作的“自觉”阶段。

第三阶段——齐末时期。

建武元年(494 年)，五十四岁的沈约出任东阳太守。从这一年开始到齐和帝中兴二年(502 年)齐梁易代，这九年的时间是我们这里所说的“齐末时期”。本时期沈约确切可考的作品三十余首，数量与上一时期基本持平。

题材以咏怀、山水和游仙为主是沈约本时期诗歌创作的第一个特

① 沈约：《三月三日率尔成篇》，陈庆元校笺：《沈约集校笺》，第 378 页。

点。沈约的政治处境在本时期是相当艰难的。随着竟陵王在王权争夺中败于萧鸾，西邸文化集团宣告解散。他先是由于与竟陵王的友好关系，受到了明帝萧鸾的猜忌，不得不接受出守东阳的考验，后来虽然重返京城，但明帝对他的不信任态度却不可能在短时间内改变。明帝驾崩之后，南齐政局更加动荡不安，王敬则、萧遥光、陈显达、崔慧景等先后谋反作乱。这一场又一场的政治阴谋，不能不使他如履薄冰：好友谢朓不是因卷入政治旋涡而死于非命了吗？所有种种，都使本时期的沈约生活在强烈的忧患意识之中，诗歌创作也就成了他排遣忧虑的重要手段。同时，离开了竟陵王西邸，离开了大批文士流连光景、同题作诗、侍从游宴、游戏文章等创作环境，本时期的沈约可以自主地选择题材来进行创作。于是，前一时期大量存在着的、毫无兴寄的游戏之作在本时期销声匿迹了，无法承载更多情感内容的咏物诗也不多见了，而以抒发感情为主要内容的咏怀诗、可以借助摹山范水而表露情怀的山水诗，以及能够曲折反映对现实不满的游仙诗则成了本时期最常见的诗歌类型。

与第一个特点相适应，具有比较深沉的思想内容是沈约本时期诗歌作品的第二个特点。当然，所谓“深沉”是与前一时期的作品相比较而言的。

试看这首《新安江水至清浅深见底贻京邑游好》：

眷言访舟客，兹川信可珍。洞澈随深浅，皎镜无冬春。
千仞写乔树，百丈见游鳞。沧浪有时浊，清济涸无津。
岂若乘斯去，俯仰石磷磷。纷吾隔嚣滓，宁假濯衣巾。
愿以潺湲水，沾君缨上尘。①

这首诗作于东阳任上。亲身经历了宦海沉浮的沈约，对于人世之恶浊有了更深切的认识。自从许由在水边洗耳开始，清泉、沧浪就成了不慕荣利、高尚其事的隐士人格的象征符号，“洞澈随深浅，皎镜无冬春”的新安江水所暗示的也是这种精神。虽然封建文人在遭逢政治挫折时往往要生发“岂若乘斯去，俯仰石磷磷”的退隐意识，但与前一

① 沈约：《新安江水至清浅深见底贻京邑游好》，陈庆元校笺：《沈约集校笺》，第351页。

时期沈约的作品所经常流露的沉迷于俗网、汲汲于富贵的思想相比，这种思想感情无疑要深刻得多。

沈约本时期诗歌的第三个特点是具有高度的艺术性，这是诗人对艺术技巧的不懈追求在创作上结出的丰硕成果。试看这首《泛永康江》：

长枝萌紫叶，清源泛绿苔。山光浮水至，春色犯寒来。
临睨信永矣，望美暧悠哉。寄言幽闺妾，罗袖勿空裁。[①]

本诗也作于东阳任上。“长枝萌紫叶，清源泛绿苔”一联，以“紫”和“绿”的色彩搭配奠定了诗歌明丽的基调。而“山光浮水至，春色犯寒来”一联，则不仅对仗工稳，炼字尤其尖新。“浮”字传神地绘写了水色山光交相辉映的动态之美，而“犯”字则以拟人化的手法，写尽了春天在料峭微寒之中悄然而至的神韵。“临睨信永矣，望美暧悠哉”一联的精妙之处则在于新颖的句式结构。两句均以虚字结尾，造成了感叹的语气，而诗人沐浴在青山丽水之间的欢快心情则通过这一语气得到了尽情的挥洒。诗歌的艺术表现力之强令人赞叹。

将深沉的思想内容与高度的艺术技巧统一于一体，并成为一时之绝唱的作品，则是同样创作于东阳任上的著名的《八咏》组诗。《八咏》由八首杂言体诗歌组成，依次为《登台望秋月》《会圃临春风》《岁暮愍衰草》《霜来悲落桐》《夕行闻夜鹤》《晨征听晓鸿》《解珮去朝市》《披褐守山东》。将八首诗的标题串联起来，就成了一首五言八句的诗歌，沈约的整体构思堪称一绝。整组诗以灰暗、凝重的格调，宣泄了诗人悲凉抑郁的“投外之感”。这里，我们不妨以《岁暮愍衰草》为例，对《八咏》的风貌做一下简略的描述。

愍衰草，衰草无容色。憔悴荒径中，寒荄不可识。
昔时兮春日，昔日兮春风。含华兮珮实，垂绿兮散红。
氛氲鳷鹊右，照耀望仙东。送归顾慕泣淇水，嘉客淹留怀上宫。
岩陬兮海岸，冰多兮霰积。烂漫兮客根，欑幽兮寓隙。
布绵密于寒皋，吐纤疏于危石。既惆怅于君子，倍伤心于行役。
露高枝于初旦，霜红天于始夕。雕芳卉之九衢，賈灵茅之三脊。

① 沈约：《泛永康江》，陈庆元校笺：《沈约集校笺》，第395页。

风急崤道难，秋至客衣单。既伤檐下菊，复悲池上兰。
飘落逐风尽，方知岁早寒。流萤暗明烛，雁声断才续。
萎绝长信宫，芜秽丹墀曲。霜夺茎上紫，风销叶中绿。
山变兮青薇，水折兮平苇。秋鸿兮疏引，寒鸟兮聚飞。
径荒寒草合，桐长旧岩围。夜渐蘼芜没，霜露日沾衣。
愿逐晨征鸟，薄暮共西归。①

我们首先来看这首诗的思想内容。"衰草"的形象无疑融入了诗人自身的遭遇，"憔悴荒径中，寒荄不可识"是诗人对落拓不得志的处境的自伤，"昔时兮春日，昔日兮春风"是对永明时期春风得意的生活的留恋，而"含华兮佩实，垂绿兮散红"则是诗人自负才华的写照。"山变兮青薇，水折兮平苇"暗示着政治风云的变幻和自己所遭受的挫折，"萎绝长信宫，芜秽丹墀曲"是对前途渺茫的忧虑，而"愿逐晨征鸟，薄暮共西归"则又表达了诗人东山再起的雄心。这些复杂深沉而层层发展的情绪都是沈约的真实情怀。

再来看沈约采用的写作手法。他用短促紧迫的三言句起首，发唱惊挺，用简繁折衷的五言体收束，言简意赅，中间则用灵活自如的骚体进行敷陈和描绘，将抒情的节奏减缓，使诗歌既激扬酣畅又不失含蓄深婉。在这里，句式的变换与诗意的展开完全吻合，达到了舒放有序、振宕淋漓的艺术效果。同时，"飘落逐风尽，方知岁早寒"等诗句，时而句或不琢、字或不谋，时而"霜夺茎上紫，风销叶中绿"又属对精工，语言上也同样辞随意运，粗精有致。《八咏》组诗的其他作品也是如此。可见，陈祚明谓其"别为咏体，非赋非诗，振宕淋漓，激昂奔放，襟怀若此，前无古人"②绝不是溢美之词。承当这样的赞誉，《八咏》是当之无愧的。

综上所述，沈约本时期的作品以山水、游仙和咏怀为主要题材，灌注着比较深沉的思想内容，取得了高度的艺术成就，并创作了千古佳作——《八咏》，因此本时期是沈约诗歌创作的高峰阶段。

第四阶段——入梁时期。

本时期沈约确切可考的作品多达九十余首，堪称其诗歌创作的高

① 沈约：《八咏·岁暮愍衰草》，陈庆元校笺：《沈约集校笺》，第 443 页。

② 陈祚明评选，李金松点校：《采菽堂古诗选》，上海古籍出版社 2008 年版，第 746 页。

产期。作为梁朝的开国元勋和高级御用文人，沈约本时期的作品大多以奉诏应制为创作契机，以歌功颂德、点缀升平为创作主旨，内容上基本乏善可陈。因此，其作品的总体成就无法与前一时期相比肩。尽管如此，沈约仍然以其诗歌理论为原则，不懈地为革新诗风而努力着。这一点，突出表现在他的乐府诗上。

本时期沈约的乐府诗多达八十余首。以其数量在全部作品中所占的比重，即可看出沈约对于乐府体裁的用力之勤。在这些数量众多的乐府诗中，奉诏撰写的郊庙歌辞有五十二首，新题乐府有二十余首，拟古乐府则数量较少，约有四五首。

我们知道，沈约是深受南朝民歌之审美特征影响的，一旦选择了与民歌相同的题材进行创作，他的作品自然显得与民歌风神毕肖。试看这首《夜夜曲》：

北斗阑干去，夜夜心独伤。月辉横射枕，灯光半隐床。①

这是一首新题乐府。诗歌的恋情母题、缠绵清怨的格调、五言四句的结构以及不事雕琢、自然流畅的语言风格都与南朝民歌相近。郭茂倩说："艳曲兴于南朝，胡音生于北俗。哀淫靡曼之辞，迭作并起，流而忘反，以至陵夷。原其所由，盖不能制雅乐以相变，大抵多溺于郑、卫，由是新声炽而雅音废矣……虽沿情之作，或出一时，而声辞浅迫，少复近古。"②沈约所追求的恰恰是这种"声辞浅近，少复近古"的新声。

不仅新题乐府追求"新声"，沈约本时期的拟古乐府也表现了一定革新的精神。试看《四时白纻歌五首·春白纻》：

兰叶参差桃半红，飞芳舞縠戏春风。如娇如怨状不同，含笑流眄满堂中。

翡翠群飞飞不息，愿在云间长比翼。佩服瑶草驻容色，舜日尧天欢无极。③

---

① 沈约：《夜夜曲》，陈庆元校笺：《沈约集校笺》，第 317 页。

② 郭茂倩编撰：《乐府诗集》卷六十一《杂曲歌辞一》，第 884 页。

③ 沈约：《四时白纻歌五首·春白纻》，陈庆元校笺：《沈约集校笺》，第 328 页。

本诗为舞曲歌辞,“《乐府解题》曰:‘古词盛称舞者之美,宜及芳时为乐’”①。本诗所描写的也是盛日春光中的欢情舞态。此曲晋宋古辞惟用平韵,而沈约则为了突出舞女们“如娇如怨状不同”的翩跹摇曳的姿态,采用了平韵仄韵兼用的形式,因为富于变化的音节更能传神地表现“飞芳舞縠戏春风”的动感之美。这一看似细微的革新所反映的正是沈约讲究声韵美的诗歌理念。

然而,最能代表沈约革新精神的却是乐府诗中的郊庙歌辞。由于郊庙歌辞是封建帝王在祭祀宗庙的庄严场合所使用的舞曲歌辞,又具有“美圣德之形容,以其成功,告于神明”②之至关重要的政治功用,因此,后世文人无不奉《诗经》的雅颂体为圭臬,“但按故常以为程式”③,运用板滞的形式和典重的语言,营造肃穆典雅的氛围,烘托帝王的威严与高贵。自信的沈约却突破了权威观念的束缚,大胆地将其诗歌理念推广到这一沉寂的创作领域,使郊庙歌辞的面貌为之一变。

沈约的郊庙歌辞没有全部使用雅正的四言体,而是兼备四言、五言和杂言,《需雅》八首甚至采用了被当时人视为俗鄙的七言体。另外,在语言、用典上,沈约也力避艰涩,追求通俗。试看这首《昏主恣淫慝》:

> 昏主恣淫慝,皆曰自昌盛。上仁矜亿兆,誓师为请命。
> 既齐丹浦战,又符甲子辰。龛难伐有罪,伐罪吊斯民。
> 悠悠万姓,于此睹阳春。④

“昏主恣淫慝,皆曰自昌盛”“悠悠万姓,于此睹阳春”等诗句,以明白如话的语言直陈事实,摒弃了前人所惯用的以经典成文连缀成篇的方法。“既齐丹浦战”所使用的尧与苗战于丹水之浦的典故,既是常见之典,又出于《六韬》而不是《五经》,并不符合郊庙歌辞用典需要遵从《五经》的“故常”。“龛难伐有罪,伐罪吊斯民”一联,则运用了民歌中常见的“钩句”手法,令人印象深刻。这些都是沈约追求郊庙歌辞的通俗性的表现,也反映了其一贯的求新求变的诗歌主张。

---

① 郭茂倩编撰:《乐府诗集》卷五十五《舞曲歌辞四》,第797页。
② 孔祥军点校:《毛诗传笺》,第2页。
③ 郭茂倩编撰:《乐府诗集》卷一《郊庙歌辞一》,第2页。
④ 沈约:《昏主恣淫慝》,陈庆元校笺:《沈约集校笺》,第278页。

但是,沈约对于郊庙歌辞的改造,却没有被当时人所认可。萧衍说:"郊庙歌辞,应须典诰大语,不得杂用子史文章浅言,而沈约所撰,亦多舛谬。"[1]萧子云也认为:"殷荐朝飨,乐以雅名,理应正采《五经》,圣人成教。而汉来此制,不全用经典,约之所撰,弥复浅杂。"[2]因此,沈约去世之后,他的郊庙歌辞遂被梁王朝所废弃。虽然没能撼动传统创作观念的权威,但沈约能够在郊庙歌辞中推广其诗歌理念,说明他是以文学作品来看待郊庙歌辞的,其努力的方向是赋予郊庙歌辞更多的文学特质。这对于提高郊庙歌辞的文学审美价值是有帮助的。

综上所述,本时期的沈约以乐府为主要体裁,进入了其创作的高产阶段。虽然总体成就未能超越前一时期,但他那些体现着其诗歌革新理念的乐府诗作品却显得别开生面。因此,本时期可以视为其创作的保持阶段。

二、咏怀诗和山水诗

我们来看沈约的咏怀诗。这里所说的"咏怀诗",是指诗人那些以个人为抒情主体,以吟咏情怀为主要内容的诗歌作品。沈约的咏怀诗是其诗歌作品的大宗,数量约一百余首,其中既有和乐的乐府,也有用于吟诵的一般创作。五言诗数量最多,也不乏四言、七言和杂言体。

感情类型丰富多样是沈约咏怀诗的第一个特点。作为典型的御用文人,歌功颂德的作品在沈约的咏怀诗中随处可见。他的那些郊庙歌辞和多数侍从游宴的篇章,充斥着对府主、帝王的阿谀和颂扬。"穆穆宝化升,济济皇陛泰"(《三日仕林光殿曲水宴应制》)、"功高礼洽,道尊乐备。三献毕举,百司在位"(《宗庙皇帝初献奏登歌》)等内容空洞、技巧匮乏的诗句更是俯拾即是。这类作品无疑是沈约诗歌中的败笔。

然而,沈约并不是对所有的统治者都一味盲目地歌颂。他所歌颂的对象往往是文惠太子、竟陵王和梁武帝。文惠太子的赏识,使沈约得以跻身于高层统治集团;在热衷文化事业的竟陵王的身边,沈约度

---

① 《梁书》卷三十五《萧子云传》,第 514 页。
② 《梁书》卷三十五《萧子云传》,第 514 页。

过了一段美好而安定的生活；而梁武帝则不仅是南朝历史上一位比较有作为的皇帝，而且一度是沈约的朋友，并曾经给予过他高度的政治信任。因此，沈约对上述三人怀有感恩戴德的情绪是可以理解的。如果有切实的勋业为基础，沈约对他们的颂扬则往往显得比较真实可感。试看这首《应诏乐游苑饯吕僧珍》：

丹浦非乐战，负重切君临。我皇秉至德，忘己用尧心。
愍兹区宇内，鱼鸟失飞沈。推毂二崤岨，扬旆九河阴。
超乘尽三属，选士皆百金。戎车出细柳，饯席樽上林。
命师诛后服，授律缓前禽。函轘方解带，峣武稍披襟。
伐罪芒山曲，吊民伊水浔。将陪告成礼，待此未抽簪。①

天监四年（505 年），梁武帝奉吕僧珍为左卫将军，大举北伐。此诗系为吕僧珍饯行而作。当时早已形成了军事上北强南弱的局面，梁武帝此时尚能怀抱着统一中原的理想冒险出征，无疑体现了他那种发扬踔厉的精神。沈约称颂他“我皇秉至德，忘己用尧心”，也是出于真诚的钦佩。因此，与其他歌功颂德的作品不同，这首诗具有一定的艺术感染力。

沉溺于歌舞升平的生活而心满意足，也是沈约咏怀诗所经常流露的一类感情。《永明乐》《乐将殚恩未已应诏》等篇章是这类作品的代表。试看这首《江南弄四首·秦筝曲》：

罗袖飘缅拂雕桐，促柱高张散轻宫。迎歌度舞遏归风。
遏归风，止流月。寿万春，欢无歇。②

在一派红妆翠袖、凄管繁弦之中，纵情享乐的沈约渴望生活能够永远如此。这里没有对国事民瘼的关心，没有深刻的思想，只有对物欲的无尽追求。诗歌越是写得溢彩流光，沈约那种腐朽的人生观越是暴露无遗。在这样君臣穷奢极欲的氛围下，诗歌怎能有高尚的格调？

尽管存在着大量的歌功颂德和耽于享乐的作品，沈约咏怀诗的感情类型却以愁怨为主。笔者所谓的“愁怨”，指的是一个比较宽泛的概

① 沈约：《应诏乐游苑饯吕僧珍》，陈庆元校笺：《沈约集校笺》，第 340 页。
② 沈约：《江南弄四首·秦筝曲》，陈庆元校笺：《沈约集校笺》，第 325 页。

念，既包括淡淡的轻愁，也包括强烈的悲愤以及抑郁、怨恨等情感。沈约的愁怨有时是出于春思秋感。例如，这首《春咏》：

杨柳乱如丝，绮罗不自持。春草青复绿，客心伤此时。
翠苔已结洧，碧水复盈淇。日华照赵瑟，风色动燕姬。
衿中万行泪，故是一相思。①

诗歌写得深致婉约。春色恼人，明媚的春光最能撩动人们的情思。诗人绵绵的相思被春草碧色、春水绿波所唤起，而远方的伊人何尝不是同此怀抱？然而，身处异地，相聚无由，只好掬一捧同样的相思之泪以慰籍彼此的寂寞了。

沈约的愁怨有时又是出于朋友的别离。试看这首《饯谢文学》：

汉池水如带，巫山云似盖。沸汩背吴潮，潺湲横楚濑。
一望沮漳水，宁思江海会。以我径寸心，从君千里外。②

永明九年(491 年)，谢朓离开西邸远赴荆州。沈约以这首诗表达了对谢朓的深情厚谊。山隔水阻，再会难期，诗人的心情是相当沉重的，但他却不愿离群单飞的谢朓承载过多的感伤。于是，他安慰友人："以我径寸心，从君千里外。"——尽管远隔千山万水，这颗诚挚的心将永远与你同在。整首诗既写出了诗人对谢朓的深深的眷恋，又写出了感伤而不悲伤的精神，具有别具一格的艺术魅力。

别离尚且如此，笃于友情的沈约面对朋友的亡故便更有另一番况味。在《怀旧诗九首》里，沈约以沉痛的笔调，追念了王融、谢朓、虞炎等九位早逝的朋友。这组诗构思巧妙、技巧圆熟，字里行间充满着真挚的感情，艺术成就相当突出。这里仅以《伤谢朓》为例。

吏部信才杰，文锋振奇响。调与金石谐，思逐风云上。
岂言陵霜质，忽随人事往。尺璧尔何冤，一旦同丘壤。③

齐末永元元年(499 年)，萧宝卷即位，始安王萧遥光密谋篡权。他

---

① 沈约：《春咏》，陈庆元校笺：《沈约集校笺》，第 402 页。
② 沈约：《饯谢文学》，陈庆元校笺：《沈约集校笺》，第 396 页。
③ 沈约：《伤谢朓》，陈庆元校笺：《沈约集校笺》，第 413 页。

使人联络谢朓，谢朓不置可否。惧怕密泄的萧遥光立即先发制人，无端构陷，将谢朓害死于狱中。一代杰出的诗人就这样结束了年仅三十六岁的生命。莫逆之交含冤而死，沈约的悲愤可想而知。但是，诗歌却没有过多地宣泄个人的感情，而是一再强调谢朓的才华，并一再强调谢朓悲惨的命运。如此才华横溢的人却遭此不幸的下场，现实的残酷和悖理不言自明。这样一来，诗人对谢朓之死的惋惜、悲叹以及近乎于控诉般的怨愤之情都得到了充分的体现。与之可以相侔的还有《别范安成》，体现了沈约在创作上“用事不使人觉”的理念，被钟惺、谭元春评价为“一片真气浮动，无一毫境事碎琐参错”[①]，“字字幽，字字厚，字字远，字字真”[②]，是南朝诗文用典艺术的最高水平之一。

沈约的清怨更多地表现为“忧生之嗟”。《休沐寄怀》《怨歌行》以及《长歌行》等作品所抒发的即是此类情感。试看这首《学省愁卧》：

> 秋风吹广陌，萧瑟入南闱。愁人掩轩卧，高窗时动扉。
> 虚馆清阴满，神宇暧微微。网虫垂户织，夕鸟傍櫩飞。
> 缨珮空为忝，江海事多违。山中有桂树，岁暮可言归。[③]

本诗作于齐末，政局的动荡、个人处境的艰难使诗人陷入了深深的忧虑之中，本诗即是诗人心态的真实写照。诗人以萧瑟的秋风起笔，通过刻画被秋风吹动的窗扉、空寂的学馆、暮气沉沉的神宇以及网虫、夕鸟等一系列的景象，营造出一种纷乱、黯淡的氛围，烘托出无处不在的愁思。而“江海事多违”则隐晦地道出了愁思的根源。全诗将一个临轩高卧、满腹心事而又欲言又止、无可奈何的抒情主人公的形象，栩栩如生地展现在了读者面前。

通过以上的分析，我们看到，尽管情感类型丰富多样，但沈约咏怀诗的主要情感取向却是清怨。这类作品不仅数量众多，而且取得了突出的艺术成就。钟嵘说他“不闲于经纶，而长于清怨”[④]，在某种程度上说，还是有一定道理的。

---

① 钟惺、谭元春选评：《诗归》卷十三《梁一》，湖北人民出版社 1985 年版，第 262 页。
② 钟惺、谭元春选评：《诗归》卷十三《梁一》，第 262 页。
③ 沈约：《学省愁卧》，陈庆元校笺：《沈约集校笺》，第 367 页。
④ 钟嵘撰，周振甫译注：《诗品译注》，第 76 页。

我们知道，晋代阮籍的《咏怀诗》八十二首是咏怀诗发展史上的一个重要的里程碑，“厥旨渊放，归趣难求”[①]成为其作品的审美特色，而沈约曾为阮籍的《咏怀诗》作过注。[②] 虽然通过现存的一鳞半爪，我们已无法窥见沈约对阮诗的全面评论了，但是，我们可以确定，沈约对于阮籍的兴趣，表明了两位作者之间的相通之处，这些相通之处或者是阮作吸引了沈约，或者是沈约的处境与阮籍相似。沈约的一生尤其是前半生几乎没有率性而为的经历，长期的压抑和隐忍使他与阮籍有了一定的共鸣，使他对阮诗有了超乎一般的感情。阮籍《咏怀诗》里或自伤、或自宽、或愤世疾俗的孤独而忧愤的情绪打动了沈约，沈约的诗歌以抒发愁怨见长，应该与其自觉不自觉地吸取了阮籍的创作经验有一定的关系。

明代谢榛说：“景乃诗之媒，情乃诗之胚。”[③]清初的王夫之也说：“情景名为二，而实不可离。神于诗者，妙合无垠。巧者则有情中景，景中情。”[④]二人都强调了情景交融对于一首诗至关重要的作用，而善于运用情景交融的手法正是沈约咏怀诗的第二个特点。不仅如此，沈约运用情景交融的手法还有独到之处——情景俱显。所谓“情景俱显”，是指在同一首咏怀诗里，沈约虽然经常寓情于景，但是也经常直接抒情。例如前文提到的《春咏》，诗人一方面通过描绘“杨柳乱如丝”的景象映衬着情思的纷扰，另一方面又对“客心伤此时”做了直接的陈述。《学省愁卧》也是如此，“秋风吹广陌”等景色无不体现着深重的愁思，但诗人仍然以“江海事多违”直陈胸臆。这种情景俱显的手法，处理得当，能够使诗歌的感情更为酣畅淋漓；处理不当，则很有可能带来直露的弊端。沈约的咏怀诗做到了取其利而无其弊。这一点，我们可以从《八咏·晨征听晓鸿》中得到体会。

听晓鸿，晓鸿度将旦。跨弱水之微澜，发成山之远岸。

---

① 钟嵘撰，周振甫译注：《诗品译注》，第 41 页。

② 沈约注阮籍的诗今存十七则，参见林家骊《沈约研究》第 291 页。

③ 谢榛、王夫之著，宛平、舒芜校点：《四溟诗话　姜斋诗话》，人民文学出版社 1961 年版，第 79 页。

④ 谢榛、王夫之著，宛平、舒芜校点：《四溟诗话　姜斋诗话》，第 79 页。

怵春归之未几，惊此岁之云半。出海涨之苍茫，入云途之杳漫。
无东西之可辨，孰遐迩之能算。微昔见于洲渚，赴秋期于江汉。
集劲风于弱躯，负重雪于轻翰。寒溪可以饮，荒皋可以窜。
溪水徒自清，微容岂足玩。秋蓬飞兮未极，寒草萎兮无色。
楚山高兮杳难度，越水深兮不可测。美明月之驰光，愿征禽之骋翼。
伊余马之屡怀，知吾行之未极。夜绵绵而难晓，愁参差而盈臆。
望山川悉无似。惟星河犹可识。闻雁夜南飞，客泪夜沾衣。
春鸿思暮反，客子方未归。岁去欢娱尽，年来容貌非。
揽衽形虽是，抚臆事多违。青浦虽长复易解，白云诚远讵难依。[①]

诗人以失路徊徨的鸿雁自方，表达了一系列复杂的愁情苦绪。前半部分，诗人着力描写了鸿雁的形象和暮秋的景色。在"秋蓬飞兮未极，寒草萎兮无色"的衰败凄凉的背景之下，出现了一只"集劲风于弱躯，负重雪于轻翰"的品格坚韧的鸿雁，而它面对着茫茫的沧海和杳漫的云途，却陷入了"无东西之可辨"的困境。后半部分，诗人开始直接抒情。他首先祝愿鸿雁摆脱困境，展翅翱翔。接着，他将自己"参差而盈臆"的愁思做了尽情的宣泄：这里有"春鸿思暮反，客子方未归"的思归之情，有"岁去欢娱尽，年来容貌非"迟暮之感，也有"抚臆事多违"的无以名状的悲怆。本诗描摹景物的分量与直接抒情的分量不相伯仲，"含情而能达，会景而生心，体物而得神"[②]，十分鲜明地体现了沈约咏怀诗情景交融而又情景俱显的特点。

我们再来看沈约的山水诗。顾名思义，山水诗就是以描摹山水为主要内容的诗歌。从中国诗歌的发展源流来看，早在《诗经》中就存在着描写山水景物的诗句了。但是，在《诗经》时代，描摹山水还只是一种兴发诗情的工具。到了汉代，在汉昭帝的《淋池歌》等作品中，山水所占的比重有了大幅度的增强。三国时期，在曹操的《观沧海》《苦寒行》等作品中，山水的比重已大大超过了抒情的比重，因此，这些作品可以视为山水诗的先驱。

西晋时期，文人集会观山览水成了时尚。例如，著名的金谷园集

---

① 沈约：《八咏·晨征听晓鸿》，陈庆元校笺：《沈约集校笺》，第 445～446 页。

② 谢榛、王夫之著，宛平、舒芜校点：《四溟诗话　姜斋诗话》，第 155 页。

会，金谷园是石崇的庄园："有清泉、茂林、众果、竹柏、药草之属，金田十顷，羊二百口。鸡猪鹅鸭之类，莫不毕备。又有水碓、鱼池、土窟，其为娱目欢心之物备矣。"①于是石崇在此设宴并要求三十多位与会者作诗，以绘写金谷园的美景。尽管当时所作多已失传，但通过保存至今的潘岳的《金谷集作诗》②，我们仍然可以看出，当时人对金谷园所作的精心描绘是以娱目欢心为目的的。这样，山水诗在文本上就具有了独立的审美价值。

随着晋室南渡，旖旎多姿的南方风光更激发了文人们的诗情，山水诗的数量日益增多。而真正使山水诗得以成熟的则是晋宋之交的谢灵运。谢灵运创作了数量众多的具有高度美学价值的山水诗，极大地丰富了山水诗的审美内涵，也为后人的创作提供的宝贵的经验。谢灵运之后，与沈约同时的谢朓又将山水诗发展到一个新的阶段。自兹以降，山水诗遂成为我国诗歌的一大门类，历朝历代，作者众多。

沈约现存的山水诗有十余首。数量虽然不多，但艺术成就却可圈可点。这些作品多数为五言诗，也有四言之作。

沈约山水诗的第一个特点是意境开阔。在意境开阔的基础上，沈约的一些山水诗风格清丽。我们来看这首《早发定山》：

夙龄爱远壑，晚莅见奇山。标峰彩虹外，置岭白云间。
倾壁忽斜竖，绝顶复孤员。归海流漫漫，出浦水浅浅。
野棠开未落，山樱发欲然。忘归属兰杜，怀禄寄芳荃。
眷言采三秀，徘徊望九仙。③

本诗作于东阳太守任上。在自然的美景之中，诗人流连忘返。诗人笔下，定山的景色美不胜收：山峰耸立、白云缭绕；悬崖峭壁，姿态奇

---

① 石崇：《金谷诗序》，严可均校辑：《全上古三代秦汉三国六朝文·全晋文》卷三十三，第1651a页。

② 潘岳所作为："王生和鼎实，石子镇海沂。亲友各言迈，中心怅有违。何以叙离思，携手游郊畿。朝发晋京阳，夕次金谷湄。回溪萦曲阻，峻阪路威夷。绿池泛淡淡，青柳何依依。滥泉龙鳞澜，激波连珠挥。前庭树沙棠，后园植乌椑。灵囿繁石榴，茂林列芳梨。饮至临华沼，迁坐登隆坻。玄醴染朱颜，但愬杯行迟。扬桴抚灵鼓，箫管清且悲。春荣谁不慕，岁寒良独希。投分寄石友，白首同所归。"（逯钦立辑校：《先秦汉魏晋南北朝诗》，第632页）

③ 沈约：《早发定山》，陈庆元校笺：《沈约集校笺》，第354页。

异;山泉归海,野花烂漫。山峰需要仰视,山泉需要俯视,山花则需要平视。而就在这一俯一仰之间,诗歌的空间感得到了增强,意境自然显得开阔。这里,诗人遴选的意象极为简练,只有山峰、山花和山泉。而意象的简练造成了疏朗的艺术效果,诗歌之“清”因此得到了体现。同时,“标峰彩虹外,置岭白云间”“野棠开未落,山樱发欲然”等色彩鲜艳而又造语精工的诗句,又使诗歌之“丽”表现得十分鲜明。《新安江水至清浅深见底贻京邑游好》《泛永康江》等作品也同样具有这种意境开阔而风格清丽的特点。这一特点,既是其“清丽”的诗歌审美理想在创作上的反映,又与谢朓山水诗之“清”有共通之处,而与大谢山水诗“颇以繁富为累”[①]迥乎异趣。因此,这一特点可以视为当时文人对山水诗的一种革新和改造。

陈祚明评价沈约的诗歌说:“以命意为先,炼气为主,辞随意运,态以气流。”[②]正是因为“以命意为先,炼气为主”,沈约心情郁闷时所作的山水诗,往往在意境开阔的基础上,呈现出沉郁雄浑的风格。这类作品以《登玄畅楼》最为典型。

危峰带北阜,圆鼎出南岑。中有凌风树,四望川之阴。
涯岸每增减,湍平互浅深。水流本三派,台高乃四临。
上有离群客,客有慕归心。落晖映长浦,焕景烛中寻。
云生岭乍黑,日下溪半阴。信美非吾土,何事不抽簪。[③]

这首同样作于东阳的诗歌,表达了诗人思归而不得的惆怅心情。日暮时分,诗人于玄畅楼凭栏远眺,但见危峰圆鼎、水流三派、长浦落晖、云生岭黑。暮霭沉沉中,这一系列的苍茫景象使诗歌沉郁而开阔,而劲节的“凌风树”的出现则又使整首诗在沉郁之中不失雄浑。

沈约山水诗的第二个特点是擅长表现平凡的景致。试看《行园》:

寒瓜方卧垄,秋菰亦满陂。紫茄纷烂漫,绿芋郁参差。
初菘向堪把,时韭日离离。高梨有繁实,何减万年枝。

---

① 钟嵘撰,周振甫译注:《诗品译注》,第 49 页。

② 陈祚明评选,李金松点校:《采菽堂古诗选》,第 720 页。

③ 沈约:《登玄畅楼》,陈庆元校笺:《沈约集校笺》,第 348 页。

荒渠集野雁，安用昆明池。[1]

这首诗是沈约晚年所作。诗人通过摹写家园——东园的秋日风光，表达了满足喜悦的心情。东园没有奇景，只有长势喜人、硕果累累的各种菜蔬、瓜果和水渠中一群自在的野雁。而这种平凡的景致在诗人笔下却有不平凡的美：绿色的寒瓜、绿芋和时韭，浓淡不同，红色的秋菰和紫茄，深浅各异。而在这红绿掩映之中，还点缀着青白相间的菘和绿枝黄果的梨。这是一幅多么缤纷而艳丽的图画！不仅如此，在这些生机勃勃的植物中间，诗人还颇具匠心地添加了野雁嬉水的场面，而野雁的出现，陡然使静态的画面充满了动感。诗人高超的艺术表现力令人赞叹。像《行园》一样取景不求奇险而极富表现力的作品在沈约的山水诗中是比较多见的。在《留真人东山还》中，诗人这样描摹金华山："连峰竟无已，积翠远微微。寥戾野风急，芸黄秋草腓。"[2]应该说，山峰连绵葱郁、野草萎黄、劲风寥戾都是初秋的山区所常见的景象，而通过诗人逼真而生动的刻画，这些平凡的景色都被赋予了高度的审美价值。

我们知道，谢灵运的山水诗是以刻画新、奇、险的自然风光为主的，而小谢则常常"以山水作都邑诗"[3]，描写的景色由自然渐及宫宇，二者的取景倾向都与沈约喜欢描写平凡的景致有显著的不同。因此，这种取景平凡的特点是沈约山水诗的第三个特点，也是其对山水诗的一项革新和改造。

三、咏物诗、游仙诗和闺情诗

诗歌中存在咏物现象不同于"咏物诗"。早在《诗经》时期，"咏物"手法就被广泛应用，但爰至魏晋，诗人咏物的目的还多是为了"比兴"，即使有大量的敷陈，其意义也在于为主旨作衬托，因此，南朝之前，诗歌中"咏物"只是一种创作手法。学界一般认为："咏物诗指的是以自

---

① 沈约：《行园》，陈庆元校笺：《沈约集校笺》，第 370 页。

② 沈约：《留真人东山还》，陈庆元校笺：《沈约集校笺》，第 347 页。

③ 钟惺、谭元春选评：《诗归》卷十三《齐》，第 247 页。

然风物，包括天象、植物、动物以及人工物品以及物化的人等物类为吟咏对象，他们或为诗歌的题目，或为诗歌创作的主体，在诗中作者或就物论物，或借物咏怀寄寓深意。”①

齐梁之间，咏物诗蔚为勃兴。探究咏物诗兴盛的原因，首先，与咏物赋的关系密切。咏物诗的渊源可以追溯到《诗经》和楚辞。《诗经·小雅·鹤鸣》和屈原的《橘颂》等作品，“俯仰物理而咏叹之”②，可以视为早期的咏物诗。咏物赋的出现则略后于咏物诗，荀况的《蚕》《针》两赋，首开以赋咏物之风，但在诗言志而赋体物的文学观念形成之后，咏物赋则又先于咏物诗而蔓延开来。两汉留存下来的咏物赋接近五十篇，而咏物诗则寥寥无几。东汉以后，诗、赋渐呈合流之势。尽管自汉及晋，与咏物赋炽盛的创作局面无法相比，但咏物诗的创作却始终未曾消歇。例如，曹植留存《吁嗟篇》等咏物诗四首，陆机也有《园葵》等咏物之作。同时，由于表现对象的一致，咏物赋的盛行又为咏物诗的创作积累了可供参考的有利条件。以咏物赋所积累的条件为基础，并继续着诗、赋合流之势，以赋咏物之风自然可以向着诗的领域渐渐转移。

其次，由于咏物诗将客观物作为其观察和表现的对象，因此，它的繁荣还有一个前提，即客观物本身要获得独立的审美价值。在这一点上，咏物诗与山水诗是处于同一美学层次的。山水诗表现的是多种自然风景的综合体，而咏物诗则力求对单一物体做抉幽发微的描绘。可见，南朝咏物诗的勃兴又与山水诗的确立有必然的关系。由山水转向物体吟咏不过是诗人审美意识在客观自然物这一领域内的合理延伸。

最后，西邸文化集团的成立及其文学活动也为咏物诗的繁荣提供了契机。在永明之前，咏物诗的数量是不多的，创作咏物诗也还是诗人的个人行为。而活跃于竟陵王西邸的文人们多出于阀阅世家，很少有机会，也不愿去面对真实的社会现实。加之偏安江左、地域有限，更加限制了他们的创作视野。同时，府主萧子良“深心主卉木，远致极风云”，西邸文化集团就形成了大规模创作咏物诗的风气，而作为文化精

---

① 于志鹏：《中国古代咏物诗概念界说》，《济南大学学报》2004 年第 2 期。

② 谢榛、王夫之著，宛平、舒芜校点：《四溟诗话　姜斋诗话》，第 159 页。

英，西邸文士对于咏物诗的偏爱则又对当时的诗风产生了极大的影响。自此之后，咏物诗的创作在南朝盛行一时。

平心而论，咏物诗在这个阶段，多还处于"指物成形"的形似阶段，缺乏后世诗人那种深沉的寄托，但就其锻炼技巧方面，尤其是锻炼五言诗技巧而言，西邸文化集团的作用是积极而又重要的。

沈约的咏物诗现存近四十首。就题材而言，这些诗歌所涉及的范围相当广泛：有描写天象的，如《咏余雪》《和王中书德充咏白云》等；有描写鸟兽的，如《咏湖中雁》《侍宴咏反舌》等；有描写草木花果的，如《咏新荷应诏》《芳树》等；有描写器皿的，如《咏竹槟榔盘》等；也有描写服饰的，如《领边绣》等。这些作品均为五言体。

沈约的咏物诗的第一个特点是状物精工。试看这首被清人何焯誉为"咏物之祖"[①]的《咏湖中雁》：

> 白水满春塘，旅雁每回翔。唼流牵弱藻，敛翮带余霜。
> 群浮动轻浪，单泛逐孤光。悬飞竟不下，乱起未成行。
> 刷羽同摇漾，一举还故乡。[②]

诗人用轻灵之笔，对湖面和空中上下翻飞的旅雁作了生动的描绘。诗歌的精妙之处在于动词的运用。"唼""牵""敛""带""动""逐""飞""起""刷""还"，将旅雁单飞群翔的种种行止，刻画得参差错落，令人目不暇接、眼花缭乱。不止于此，此诗也是"用典不使人觉"的典范：结句"刷羽同摇漾，一举还故乡"，典出《汉书·西域传》："汉元封中，遣江都王建女细君为公主，以妻（乌孙昆莫）焉。……昆莫年老，语言不通，公主悲愁，自为作歌曰：'吾家嫁我兮天一方，远托异国兮乌孙王。穹庐为室兮旃为墙，以肉为食兮酪为浆。居常土思兮心内伤，愿为黄鹄兮归故乡。'"[③]像《咏湖中雁》这样状物精工的作品在沈约的咏物诗中是不胜枚举的。他以"方晖竟入户，圆影隙中来"（《应王中丞思远咏月》）描写月光；以"微根如欲断，轻丝似更连"（《咏青苔》）描写青苔；以"非烟复非云，如丝复如雾"（《见庭雨应诏》）描写细雨。这些诗句均

---

① 何焯著，崔高维点校：《义门读书记》第四十七卷《文选》，中华书局 1987 年版，第 935 页。

② 沈约：《咏湖中雁》，陈庆元校笺：《沈约集校笺》，第 386 页。

③ 《汉书》卷九十六《西域传下》，第 3903 页。

"巧言切状,如印之印泥,不加雕削,而曲写毫芥"[①]。沈约这种巧言切状的能力在当时是十分突出的,他能够博取"一代辞宗"的文名,或许也与"自近代以来,文贵形似"[②]的世风有关。

我们知道,沈约是主张诗歌以情志为本的。在咏物诗中,他也贯彻了这一创作理念。然而,由于题材所限,咏物诗不可能直接抒情,如何处理这一矛盾呢?沈约采取了将所咏之物拟人化的方法。这样一来,诗人就可以借所咏之物来抒发自己的情怀了。这是沈约咏物诗的第二个特点。试看这首《咏芙蓉》:

微风摇紫叶,轻露拂朱房。中池所以绿,待我泛红光。[③]

"中池所以绿,待我泛红光"真是神来之笔!如果说仅仅凭借"微风摇紫叶,轻露拂朱房"的具象描绘,只能尽芙蓉之"形"而不能尽其"神"的话,"中池所以绿,待我泛红光"则一语道尽了芙蓉的国色天香。试想,假如没有艳冠群芳的姿色,芙蓉怎能如此自负?而在这里,开口说话的芙蓉又曲折地道出了诗人踌躇满志的情怀。这种通过所咏之物的拟人化来表达个人情志的特点,在沈约的咏物诗中同样是不胜枚举的。例如,他可以使竹子产生这样的感情:"得生君户牖,不愿夹华池"(《咏檐前竹》),也可以使石榴生发这样的思想:"长愿微名隐,无使孤株出"(《咏山榴》)。应该说,这一特点对于丰富咏物诗的内容和技巧都是有所裨益的。

正如裴子野所指出的,南朝诗歌"其兴浮,其志弱,巧而不要,隐而不深"[④],沈约的咏物诗虽不乏情志,但这些情志内容却大多纤弱而肤浅。这是沈约咏物诗的第三个特点。在《咏竹槟榔盘》中,沈约说:"幸承欢醑余,宁辞嘉宴毕。"在《泳梨应诏》中,他又说:"摧折非所吝,但令入玉盘。"除了流露出一种汲汲于富贵的思想,我们实在看不出这之中有更为博大深沉的内容。再看这首《咏柳》:

---

① 周振甫:《文心雕龙今译》,第412页。

② 周振甫:《文心雕龙今译》,第412页。

③ 沈约:《咏芙蓉》,陈庆元校笺:《沈约集校笺》,第428页。

④ 裴子野:《雕虫论》,严可均校辑:《全上古三代秦汉三国六朝文·全梁文》卷五十三,第3262b页。

轻阴拂建章，夹道连未央。因风结复解，沾露柔且长。

楚妃思欲绝，班女泪成行，游人未应去，为此归故乡。[1]

诗歌的艺术水平并不低，但杨柳结复解、思妇泪成行、游子未应去，抒发的完全是一种儿女情长、英雄气短的纤弱情怀。这不能不说是沈约咏物诗的一大遗憾。

再来看沈约的游仙诗。游仙诗是以描写幻游仙境、与“仙人”（道士）交往以及采药炼丹为主要内容的诗歌。就文学的继承与发展而言，游仙诗可以上溯至楚辞。神游仙界的描写在《离骚》中占据了相当的篇幅，而在《远游》中则成为主要的内容。因此，清人朱乾《乐府正义》说：“屈子《远游》乃后世游仙之祖。”[2]游仙诗的早期之作以秦代的《仙真人诗》以及汉乐府的《华烨烨》《王子乔》为代表。诗歌以游仙为名始于建安时期的曹植。曹植不仅首先采用了“游仙诗”的名目，其游仙诗的数量和质量在当时都是首屈一指的，其他建安诗人如曹操等人也有佳作传世，之后的阮籍、嵇康等正始诗人都有所发掘和创新。嗣后，游仙诗遂在晋代风靡一时，两晋之交的郭璞则以“文体相辉，彪炳可玩”[3]的《游仙诗》十九首成为其中的翘楚。迨及南北朝，游仙之风仍经久不衰，创作者代有其人。

沐浴着这种创作风气并受家世信奉天师道的影响，沈约也创作了十余首游仙诗。沈约的游仙诗的第一个特点是风格明丽而飘逸。为更好地说明这一点，我们不妨将沈约的作品与郭璞的作品相对照。

游仙诗十九道之十

郭　璞

璇台冠昆岭，西海滨招摇。琼林笼藻映，碧树疏英翘。

丹泉溧朱沫，黑水鼓玄涛。寻仙万余日，今乃见子乔。

振发晞翠霞，解褐礼绛霄。总辔临少广，盘虬舞云轺。

---

① 沈约：《咏柳》，陈庆元校笺：《沈约集校笺》，第408页。

② 转引自苏慧霜：《以情悟道——屈原对游仙文学之影论略》，中国屈原学会编：《中国楚辞学》第九辑。

③ 钟嵘撰，周振甫译注：《诗品译注》，第63页。

永偕帝乡侣，千龄共逍遥。[①]

和竟陵王游仙诗二首之二

沈　约

朝止阊阖宫，暮宴清都阙。腾盖隐奔星，低銮避行月。
九疑纷相从，虹旌乍升没。青鸟去复还，高唐云不歇。
若华有余照，淹留且晞发。[②]

不难看出，在郭璞的笔下，仙境是切实而壮丽的：它坐落于昆仑之顶，以美玉为台。波涛汹涌的丹泉黑水环绕着玉树琼林，身着绛纱仙衣的神仙们驾虬龙，翔云海，气势恢弘。而丹泉、黑水、紫绡、玉树琼枝又使诗歌的色调丰富而浓重。而在沈约笔下，仙境是飘渺而明丽的：诗人没有对仙境作具象的描写，只以九疑山和彩虹为背景，刻画了仙人们隐星避月的飞翔之态。而飞来飞去的青鸟，则更为这幅飘渺的神仙卷营造了神秘而空灵的氛围。与郭诗相比，沈诗的画面以九疑山和青鸟的青绿为基调，以五彩缤纷的彩虹为搭配，色彩无疑更为绚丽而单纯。这种明丽而飘逸的风格，在沈约其他的游仙诗中也多有表现。再如这首《奉华阳王外兵》：

餐玉驻年龄，吞霞返容质。眇识青丘树，回见扶桑日。
烂熳蜃云舒，嵚釜山海出。[③]

青丘树与扶桑日带给人的是色彩明丽的联想，而海市蜃楼的出现，又使仙境给人以虚幻难踪之感。飘逸明丽的特点在这首诗里同样得到了体现。

以表达成仙的渴望为创作主旨是沈约游仙诗的第二个特点。在《游金华山》里，他说："若蒙羽驾迎，得奉金书召。高弛入阊阖，方睹灵妃笑。"在《酬华阳陶先生》里，他又说："若蒙九丹赠，岂惧六龙奔。"这种思想感情尤以《赤松涧》最为典型：

松子排烟去，英灵眇难测。惟有清涧流，潺湲终不息。

① 郭璞：《游仙诗十九首之十》，逯钦立辑校：《先秦汉魏晋南北朝诗》，第 866 页。
② 沈约：《和竟陵王游仙诗二首之二》，陈庆元校笺：《沈约集校笺》，第 357 页。
③ 沈约：《奉华阳王外兵》，陈庆元校笺：《沈约集校笺》，第 363 页。

神丹在兹化,云軿于此陟。愿受金液方,片言生羽翼。
渴就华池饮,饥向朝霞食。何时当来还,延伫青岩侧。[①]

沈约在传说中仙人修炼得道的清涧旁徘徊,一方面感叹仙迹难踪,另一方面又感觉成仙之道有迹可寻。他盼望自己能够得到仙方灵药,乘风而去。尽管创作游仙诗往往是作者不满现实的曲折反映,但是,仅仅渴望个人成仙却不能不说是一种狭隘的思想。在《离骚》里,美仑美奂的仙境无法阻止屈原追求理想的脚步,而"遐邈冥茫中,俯视令人哀"[②],在仙境中高蹈的郭璞也对苦难的人间表示了强烈的同情。可见,同样是游仙,沈约与屈原、郭璞的思想境界相比,存在着多么大的差距,而正是这一差距大大降低了沈约游仙诗的审美格调。

尽管如此,沈约个别的游仙之作仍具有相对深刻的思想性。试看这首《游沈道士馆》:

秦皇御宇宙,汉帝恢武功。欢娱人事尽,情性犹未充。
锐意三山上,托慕九霄中。既表祈年观,复立望仙宫。
宁为心好道,直由意无穷。曰余知止足,是愿不须丰。
遇可淹留处,便欲息微躬。山嶂远重叠,竹树近蒙笼。
开衿濯寒水,解带临清风。所累非外物,为念在玄空。
朋来握石髓,宾至驾轻鸿。都令人径绝,唯使云路通。
一举陵倒景,无事适华嵩。寄言赏心客,岁暮尔来同。[③]

从含义来看,本诗可以分为三节。前十句为第一节,揭示秦皇汉武好道的实质是对物欲的无尽追求。在沈约看来,秦始皇统一中国、汉武帝多次发动对匈奴的战争,是膨胀的权力欲使然,而在尽享人世的欢娱之后,他们"锐意三山上,托慕九霄中",也同样是膨胀的享乐欲使然。中八句为第二节,诗人对比秦皇汉武的"意无穷"交代了自己"不须丰"的"止足"心态,说明自己的好道是出于对名利的淡泊。后十句是诗歌的思想核心。诗人指出:由于自己"所累非外物,为念在玄

① 沈约:《赤松涧》,陈庆元校笺:《沈约集校笺》,第364页。
② 郭璞:《游仙诗十九首之九》,逯钦立辑校:《先秦汉魏晋南北朝诗》,第866页。
③ 沈约:《游沈道士馆》,陈庆元校笺:《沈约集校笺》,第359页。

空”，他一定能够“都令人径绝，唯使云路通”，将秦皇汉武所无法实现的得道成仙的梦想变成现实。这里的秦皇汉武是当时社会上贵族“好道”者的典型代表。虽然淡泊名利的自我标榜显得有些矫情，但沈约在这里对贵族“好道”者的揭露却是一针见血的。遗憾的是，这样的作品在沈约的游仙诗中实在为数太少了。

我们再来看沈约的闺情诗。沈约的某些作品模拟了女子的口吻，抒发着女子的“闺怨”情怀，还有一些作品则以刻画女子的姿容为主要内容。由于这些作品所描写的都是女子的风神和心理，笔者在这里将其统称为“闺情诗”。

沈约闺情诗的第一个特点是以表现贵族生活中的女子为主要对象。试看这首《日出东南隅行》：

朝日出邯郸，照我丛台端。中有倾城艳，顾影织罗纨。
延躯似纤约，遗视若回澜。瑶庄映层绮，金服炫雕栾。
幸有周匡好，西仕服秦官。宝剑随玉具，汗马饰金鞍。
萦场类转雪，逸控写腾骞。罗襟夕解带，玉钗暮垂冠。[①]

这首诗系模拟汉乐府《陌上桑》而作。不难看出，乐府古辞中采桑女秦罗敷的形象在这里已悄然被嫁与“秦官”为妻的贵族妇女所取代。“延躯似纤约，遗视若回澜”，虽然拥有与罗敷同样的美貌，但受封建礼教约束较少的民间采桑女，可以在明媚的春光中“采桑城南隅”，美得自然而淳朴；而这位贵族妇女却养在深闺“顾影织罗纨”，足不出户，美得娴淑而端庄。乐府古辞描写罗敷的装束并不强调其华丽，沈约却极力突出主人公“瑶庄映层绮，金服炫雕栾”的贵重的服饰。唐人吴兢在《乐府解题》里说：“古辞言，罗敷采桑，为使君所邀，盛夸其夫为侍中郎以拒之。”[②]而在沈约的笔下，罗敷机智地戏弄使君的精彩情节没有了，男子的形象只剩下了主人公那个威风凛凛的丈夫。这样一来，诗歌就完全丧失了古辞原有的斗争性，成了对贵族妇女的艳丽、富贵及其“罗襟夕解带，玉钗暮垂冠”的圆满的爱情生活的讴歌。

---

① 沈约：《日出东南隅行》，陈庆元校笺：《沈约集校笺》，第 284 页

② 郭茂倩编撰：《乐府诗集》卷二十八《相和歌辞三》，第 410 页。

家庭生活的女子在沈约笔下也是非常贵族化的。试看《三妇艳》：

大妇扫玉墀，中妇结罗帷。小妇独无事，对镜画蛾眉。
良人且安卧，夜长方自私。①

这是一个典型的贵族家庭生活的剪影。成群的妻妾们有的以"扫玉墀""结罗帷"来消磨着无聊的时光，有的则无所事事，"对镜画蛾眉"，而她们的丈夫则夜长安卧，高枕无忧。沈约在字里行间所流露出赞赏和艳羡的情绪，完全暴露了其腐朽的生活方式和生活态度。

沈约的闺情诗中没有劳动妇女的形象，理想的贵族妇女而外，出现在他笔下的妇女只有那些生活在贵族圈子里的歌姬和舞娘，这些女子穿梭在"周王璧台之上，汉帝金屋之中。玉树以珊瑚作枝，珠帘以玳瑁为押。其中有丽人焉。其人也，五陵豪族，充选掖庭，四姓良家，驰名永巷"②，这些充选掖庭的良家女子将面临怎样的命运呢？试看这首《携手曲》：

舍辔下雕辂，更衣奉玉床。斜簪映秋水，开镜比春妆。
所畏红颜促，君恩不可长。鵁冠且容裔，岂吝桂枝亡。③

"舍辔下雕辂，更衣奉玉床"，沈约使用了汉武帝与卫子夫的典故，点明主人公是一位刚刚得到贵族男子宠幸的歌女。她当然是美丽的："斜簪映秋水，开镜比春妆。"但她更是忧郁的：贵族男子色衰爱弛的心理使她恐惧，"所畏红颜促，君恩不可长"。面对着像秋日的桂枝一样终遭抛弃的结局，她所能做的也仅仅是发出一点顾影自怜而又无可奈何的哀叹而已。这是当时生活在贵族身边的妇女们的共同心态。沈约对她们的命运所表示的同情，是其弥漫在一派贵族情调中的闺情诗的一个难能可贵之处。

女性的审美价值在沈约那里，往往只在于她的容颜能够给人诉诸感官的愉悦，而不在于她的品质可以给人精神的升华。因此，沈约闺情诗的第二个特点，是以"玩赏"这一低层次的艺术心理对女性进行审

---

① 沈约：《三妇艳》，陈庆元校笺：《沈约集校笺》，第 293 页。
② 徐陵编，吴兆宜注，穆克宏点校：《玉台新咏笺注》，中华书局 1985 年，第 11 页。
③ 沈约：《携手曲》，陈庆元校笺：《沈约集校笺》，第 314 页。

美观照，津津乐道于女子的姿色和神态，而思想内涵则比较浅薄，甚至流于猥亵。且看这《六忆诗四首》：

忆来时，的的上阶墀。勤勤聚离别，慊慊道相思。相看常不足，相见乃忘饥。

忆坐时，点点罗帐前。或歌四五曲，或弄两三弦。笑时应无比，嗔时更可怜。

忆食时，临盘动容色。欲坐复羞坐，欲食复羞食。含哺如不饥，擎瓯似无力。

忆眠时，人眠强未眠。解罗不待劝，就枕更须牵。复恐旁人见，娇羞在烛前。①

平心而论，这首诗刻画女子“来”“坐”“食”“眠”等绰约娇弱的神态是非常传神的，也颇具民歌的风致。但是，这里已经没有了对女性之“德”的关注和描述，而只有对千娇百媚的女性之“容”的品味和观赏，“解罗不待劝，就枕更须牵”等诗句则明显带有淫靡的色彩。其实，在玩赏心态的支配下，由精心描述女子的姿容到渲染官能刺激而至于淫靡是一个合乎逻辑的过程。沈约经常无所节制地沿着这一过程滑落，例如，在《少年新婚为之咏》中，他就是从刻画新娘的“丰容好姿颜”开始，直到写出“裾开见玉趾，衫薄映凝肤”这样极具色情成分的诗句。像“既荐巫山枕，又奉齐眉食”（《梦见美人》）这种露骨地描写艳情的诗句在沈约的闺情诗中也时有出现。宋代刘克庄说：“沈休文《六忆》之类，其亵慢有甚于香奁花间者。”②此语实为不诬。日本学者兴膳宏认为沈约是“宫体”艳情诗“着先鞭的人物”③也是不无道理的。

综上所述，通过前面的分析，我们看到，尽管存在着一些不足和缺陷，但沈约的诗歌理念基本是具有革新性和突破性的，他的作品也基本体现着其诗歌理论。经历了一个逐渐成熟的创作过程，他为我们留下了数量众多而众体兼备、各具特色的诗歌作品。虽然有些作品也存在着这样或那样的缺点，但其整体成就在当时是比较突出的。因此，

① 沈约：《六忆诗四首》，陈庆元校笺：《沈约集校笺》，第441页。

② 刘克庄撰，王秀梅点校：《后村诗话》卷一，中华书局1983年版，第6页。

③ [日]兴膳宏：《艳诗的形成与沈约》，《六朝文学论稿》，第125页。

梁简文帝萧纲说："至如近世谢朓、沈约之诗，任昉、陆倕之笔，斯实文章之冠冕，述作之楷模。"[①]就诗歌理论及创作的总体成就而言，沈约享有"一代辞宗"的盛誉是当之无愧的。

四、沈约"宪章鲍明远"辨

关于沈约诗歌创作的特点和师承问题，最著名的探讨莫过于钟嵘在《诗品》中所说的那段话："观休文众制，五言最优。详其文体，察其余论，固知宪章鲍明远也。所以不闲于经纶，而长于清怨。"[②]所谓"经纶"指的是"经纶文"，沈约"不闲于经纶"，是说其不擅长庄重典雅的廊庙之作，而"长于清怨"，指的是其擅长抒发清新哀怨的个体感情。

孔子在强调诗教时说："诗可以兴，可以观，可以群，可以怨。"[③]指出了诗歌干预现实社会的四个方面，所谓"可以怨"，指的就是诗歌具有怨刺不平的功能。司马迁说："昔西伯拘羑里，演《周易》；孔子厄陈蔡，作《春秋》；屈原放逐，著《离骚》；左丘失明，厥有《国语》；孙子膑脚而论兵法；不韦迁蜀，世传《吕览》；韩非囚秦，《说难》《孤愤》；《诗》三百篇，大抵贤圣发愤之所为作也。此人皆意有所郁结，不得通其道也，故述往事，思来者。"[④]这段话总结出了一条正确的创作规律——发愤著书，给予了古代进步作家创作动机之"怨愤"以高度的评价。他说："信而见疑，忠而被谤，能无怨乎？屈平之作《离骚》，盖自怨生也。"[⑤]到了钟嵘那里，"怨"已经成为一个审美范畴和评价标准，他说："嘉会寄诗以亲，离群托诗以怨。至于楚臣去境，汉妾辞宫，或骨横朔野，魂逐飞蓬；或负戈外戍，杀气雄边；塞客衣单，孀闺泪尽。或士有解佩出朝，一去忘返；女有扬眉入宠，再盼倾国。凡斯种种，感荡心灵，非陈诗何以

---

① 萧纲：《与湘东王书》，严可均校辑：《全上古三代秦汉三国六朝文·全梁文》卷十一，第3011b页。

② 钟嵘撰，周振甫译注：《诗品译注》，第76页。

③ 杨伯峻译注：《论语译注》，第185页。

④ 司马迁：《史记》卷一百三十《太史公自序》，上海古籍出版社1997年版，第2487页。

⑤ 司马迁：《史记》卷八十四《屈原贾生列传》，第1901页。

展其义，非长歌何以骋其情？”[1]可见，在钟嵘看来，“怨”的内涵已经不是单纯的“怨刺上政”，而是可以吟咏一己之怨情，抒发个人的哀怨愤懑。这种哀怨愤懑的情绪，沈、鲍诗里都有，鲍照当然更为强烈，沈约要相对委婉、平和一些，这可以算作沈、鲍二人的共通之处。除此之外，说沈约“宪章鲍明远”，多少有些令人费解。清人陈祚明也说：“《诗品》以为宪章明远，源流既讹，独谓工丽见长，品题并谬。”[2]是不是这样呢？

有必要指出的是，钟嵘称沈约继承了鲍照诗风，是以“元嘉三大家”为参照系的，他认为在“元嘉三大家”里，沈约继承的不是颜延之和谢灵运，而是鲍照。另外，钟嵘的判断虽然总论沈约的诗，其实更多的关注点却是他的乐府。这是理解钟嵘这段话的基本出发点。

钟嵘认为沈约的乐府更接近鲍照，而远于颜谢。我们不妨将鲍照和沈约的作品对比一下。

代春日行三言

鲍　照

献岁发，吾将行。春山茂，春日明。
园中鸟，多嘉声。梅始发，桃始荣。
泛舟舻，齐棹惊。奏《采菱》，歌《鹿鸣》。
风微起，波微生。弦亦发，酒亦倾。
入莲池，折桂枝。芳袖动，芬叶披。
两相思，两不知。[3]

临高台

沈　约

高台不望远，望远使人愁。连山无断续，河水复悠悠。
所思爱何在？洛阳南陌头。可望不可至，何用解人忧？[4]

这是两首乐府诗，写的都是淡淡的相思之苦，都显得声色玲珑，颇有民歌风味。两相比较，沈约和鲍照确乎有相似之处。将沈约与鲍照

① 钟嵘撰，周振甫译注：《诗品译注》，第20页。
② 陈祚明评选，李金松点校：《采菽堂古诗选》，第721页。
③ 鲍照：《代春日行三言》，逯钦立辑校：《先秦汉魏晋南北朝诗》，第1280页。
④ 沈约：《临高台》，陈庆元校笺：《沈约集校笺》，第307页。

联系起来，似乎不像陈祚明说的那么没道理。

沈约与鲍照乐府诗的相似之处，主要表现在以下几个方面。

一是两人文学创作观念方面都有“向俗”的倾向，比如上面所举的例子。鲍照的乐府诗以世情的抒发、灵变的手法，尽脱典正之风，清人贺贻孙评价他说：“明远与颜、谢同时，而能独运灵腕，尽脱颜、谢板滞之习。”① 与鲍照一样，沈约诗歌注重向南朝民歌的学习，语言也有浅显平易的一面。鲍照的诗力避陈熟，自然浅易，钟嵘因此说他“险俗”。沈约在创作上提出了“文章三易”的主张，也写了不少语言浅易明快的诗歌，我们可以称其为“通俗”。因此，王钟陵论及南齐文学时指出：“永明之际，我们可以看到诗歌沿着两条线索在发展：一条是谢朓对谢灵运诗风的沿承，一条是沈约对鲍照诗路的继续。”②表达的正是这一意思。

二是从诗歌接受的角度，沈约比同时代的评论家更早地注意并充分肯定了鲍照的乐府诗。沈约触摸到了鲍照乐府诗的独特性，称许鲍照“文辞赡逸，尝为古乐府，文甚遒丽”③，还令人收集其流迁世间的作品，编成了《鲍照集》。这一行为影响到了后来的批评家钟嵘，他于是评价鲍照说：“总四家而擅美，跨两代而孤出。嗟其才秀人微，故取湮当代。然贵尚巧似，不避危仄，颇伤清雅之调。故言险俗者，多以附照。”④

沈约之所以盛推鲍照，应该还与其自身的经历有关。沈约幼年经历坎坷，身为罪臣之子，四处潜窜，生计艰难。中年好不容易交接了竟陵王和文惠太子等人，西邸十来年间，虽然踌躇满志却好景难长，永明末的王室内乱，又使他外放东阳。入梁时他已年过花甲，虽身居高位，但仍战战兢兢、如履薄冰。沈约的一生都在险恶的政治旋涡中度过，六十多年的风风雨雨，使他更能够理解鲍照，他不仅在《宋书》中为鲍照立传，还说：“上好为文章，自谓物莫能及，(鲍)照悟其旨，为文多鄙言累句，当时咸谓

① 贺贻孙：《诗筏》，郭绍虞编选，富寿荪校点：《清诗话续编》，第161页。

② 王钟陵：《四百年民族心灵的展示——中国中古诗歌史》，人民出版社2005年版，第433页。

③ 《宋书》卷五十一《宗室附鲍照传》，第1477页。

④ 钟嵘撰，周振甫译注：《诗品译注》，第71页。

照才尽，实不然也。”[①]细审这段话，我们可以体会到沈约所流露出的，对同处于帝侧的鲍照这位前辈深刻的惺惺相惜之情。

除上述提到的原因之外，沈约之所以高度评价鲍照，还恐怕与鲍照追求“新变”的文学观念有关。鲍照能够纠正东晋以来“玄风独振，为学穷于柱下，博物止乎七篇”[②]的玄言诗风行天下的局面，大力写作明白、浅显、易懂的乐府诗，撼动了“大明、泰始中，文章殆同书抄”[③]的积习，使得“鲍、休美文，殊已动俗”[④]，掀起了诗风改革的高潮，这与沈约改革郊庙歌辞的努力方向是一致的，他很有可能因此而推崇鲍照。

当然，沈约与鲍照的差异也相当明显。

中国诗歌传统讲究“怨而不怒”，但鲍照诗歌抒发自己身世的感慨，往往是由“怨”而“怒”。如《拟行路难》其六，写仕途坎坷和归隐的过程，鲍照不仅大声疾呼“丈夫生世会几时？安能蹀躞垂羽翼”，还傲然控诉：“自古圣贤尽贫贱，何况我辈孤且直!”萧子显在论文章三体的时候，特别将鲍照作为末一体的代表，说他“发唱惊挺，操调险急，雕藻淫艳，倾炫心魂”[⑤]，表达了他对鲍照诗风的警惕。连隋朝的王通也觉得鲍照“怨”得过分了，称“鲍照、江淹，古之狷者也，其文急以怨”[⑥]。然而，鲍照迸发的却是时代反叛者所能发出的最强音，这种声音振聋发聩，不惟沈约难以企及，后人能做到的也寥寥无几。

鲍照的才情、气魄和际遇是不可复制的，他经常故意用一种怪诞的文风、匪夷所思的修辞手法来实现自己诗歌的新鲜感和冲击力，震撼读者的视觉和听觉。在鲍照诗风不可复制的前提下，沈约只能继续着鲍照的题材和体裁，并使其“险急”“险俗”的诗风变得从容、优雅、温婉，使其正大光明，使其为上流社会所容忍。鲍照吟咏女性生活的诗作坦然直率，如《代淮南王》的后半部分：“朱城九门门九开，愿逐明月入君怀。入君怀，结君佩，怨君恨君恃君爱。筑城思坚剑思利，同盛同

---

① 《宋书》卷五十一《宗室附鲍照传》，第 1480 页。

② 《宋书》卷六十七《谢灵运传论》，第 1779 页。

③ 钟嵘撰，周振甫译注：《诗品译注》，第 24 页。

④ 钟嵘撰，周振甫译注：《诗品译注》，第 94 页。

⑤ 《南齐书》卷五十二《文学传论》，第 908 页。

⑥ 王通著，秦耀宇点校：《文中子中说》，第 24 页。

衰莫相弃。”沈约吟咏女性的生活则要含蓄很多,如《六忆诗四首》其四云:“忆眠时,人眠强未眠。解罗不待劝,就枕更须牵。复恐傍人见,娇羞在烛前。”这样改造之后,沈约的诗就变得平易而精致,变得怨而不怒,正所谓:“杂以风谣,轻唇利吻,不雅不俗,独中胸怀。”[①]然而,这样的诗歌却变得只剩下“轻唇利吻”的音律美,“杂以风谣”的民歌特质和“不雅不俗”的语言特点,实质上是更倾向于庸俗的、符合贵族文人审美的东西。因此,沈约虽然爱惜、推崇鲍照,却无法在鲍照那里吸取更多的营养,他对鲍照的继承无异于买椟还珠,实在令人痛惜。

钟嵘把鲍照、沈约的诗歌相提并论,可能还有一个原因,那就是在许多人看来,沈、鲍都是宫体诗的先导。清人吴乔说:“至于沈、鲍,文体倾侧,宫体滔滔,作俑于此。永明、天监之际,鲍体独行,延之、康乐微矣。”[②]葛晓音也指出:“艳情诗在刘宋鲍照、汤惠休的作品中已经出现,在齐梁盛行则是沈约首开其风,后为萧纲推而广之。”[③]鲍照《中兴歌》《代白纻曲》等乐府,多写男女之情,措辞秾艳,这一特点为沈约等齐梁诗人所接受,沈约的《昭君辞》《古意》《夜夜曲》等作品,比鲍照写得更显露,更注意描摹女性的体态美。人们认为鲍照开了艳体的先河,而沈约则引导着诗风的变化,二者均助力了宫体诗的出现。当然,也有人提出了不同的看法,如史年椿等人就认为把鲍照的“诗篇与宫体诗结成昭穆之缘,这是不符合事实的错误结论”[④]。

总之,初读鲍照和沈约的诗歌,我们觉得两种诗风似乎风马牛不相及,但仔细体会,还是能够领略到钟嵘所谓沈约“宪章鲍明远”的深意的。钟嵘评价沈约“宪章鲍明远”的片面性也显而易见。比如鲍照作品的“险急”,在沈约诗歌中就难以找到与之相似的例子,而沈约诗歌中讲究音韵美的特点,也是鲍照所不具备的。因此,在沈约诗歌的继承性方面,钟嵘的说法虽有一定道理,但也比较武断,让学者们感到困惑和费解。

---

① 《南齐书》卷五十二《文学传论》,第 908 页。

② 吴乔:《围炉诗话》,《清诗话续编》,第 522 页。

③ 葛晓音:《论齐梁诗的功过》,《文史知识》1986 年第 8 期。

④ 史年椿:《鲍照描写妇女的诗及其与宫体诗的关系》,《扬州师范学院学报》(社会科学版)1980 年第 9 期。

需要指出的是，作为一种审美与评价标准的“怨”，在钟嵘那里仍然遵循着儒家“直而温，宽而栗，刚而无虐，简而无傲”[①]的中和之美，所谓“情兼雅怨”[②]也是这个意思。像嵇康、鲍照那种峻切直白式的“怨”，钟嵘并不认可，所以他将鲍照置于中品。同时，沈约诗歌虽然“长于清怨”，比较符合钟嵘“怨”的标准，但因其贯彻着“文章三易”的原则，文辞方面又不够典雅，所以《诗品》也将其置于中品。其实，沈约诗歌语言平易不是缺点，其诗歌缺乏寄托才是其肤浅之处。平心而论，钟嵘将沈约诗歌置于中品还是比较得当的。

最后，顺便在这里说一下沈约拒绝为钟嵘延誉的事。《南史·文学传》里说：“嵘尝求誉于沈约，约拒之。及约卒，嵘品古今诗为评，言其优劣……盖追宿憾，以此报约也。”[③]明清以来，人们对钟嵘为“追宿憾”而置沈诗于“中品”的看法意见不一。明胡应麟说：“休文四声八病，首发千古妙铨，其于近体，允谓作者之圣。而自运乃无一篇，诸作材力有余，风神全乏。视彦升、彦龙，仅能过之。世以钟氏私憾，抑置‘中品’，非也。”[④]范文澜也说：“《南史》喜杂采小说家言，恐不足据以疑二贤也。”[⑤]事实的真相遂成历史之谜。钟嵘求誉沈约载在《南史》，因缺乏可作旁证的材料，仍言之凿凿于历史之中，我们不敢肯定也无法否定。不管钟、沈二人是否有宿憾，二人的诗学观念确乎有着不能调和的分歧。要而言之，这些分歧主要有：一是对当世诗风和诗歌成就的评价截然不同，钟嵘认为诗歌的高峰在建安时期，而沈约则以“新变”的眼光来看问题，认为历代文学在文学史上都有承前启后的作用，今之文学比之前代毫不逊色；二是对“声律论”的评价问题更是泾渭分明。这些分歧，使沈约和钟嵘虽属同一时期但无法展开争鸣，这不能不令人叹息。

---

① 李民、王健译注：《尚书译注》，上海古籍出版社 2004 年版，第 19 页。

② 钟嵘撰，周振甫译注：《诗品译注》，第 37 页。

③ 《南史》卷七十二《文学传》，第 1779 页。

④ 胡应麟：《诗薮》，周维德集校：《全明诗话》，齐鲁书社 2005 年版，第 2594 页。

⑤ 范文澜：《文心雕龙注》，人民文学出版社 1958 年版，第 556 页。

第七章　沈约文章论

诗歌之外，沈约还有大量的文章作品，这些文章依据用途不同，可以分为文学作品和朝廷公文。鉴于沈约朝廷重臣和文坛领袖的双重身份，有些文章又兼具文学与应用的功用，因此我们只能权且将这些文章分为辞赋、朝廷公文、记事颂赞文、书牍文、论说文和其它等六大类进行观照讨论。

一、沈约的辞赋

今存沈约的辞赋作品大约有十篇，虽然数目不多，却是沈约历仕三朝的真实缩影。

刘宋时期，早年的沈约辞赋以艳情主题为主，《丽人赋》是妓馆生活的写照，沈约着重刻画了丽人艳冶娇媚的容颜与步态，反映了南朝士族阶层狎妓冶游的放荡生活。《伤美人赋》抒发了主人公睹空帏思佳人的惆怅心情。嗣后的《拟风赋》《桐赋》《高松赋》三篇咏物赋都是奉和萧子良的作品，谢朓、王融、王俭、萧子良皆有同题之作。这些咏物赋与其他同题赋作区别不大，基本上没有太多情感寄托与社会意义。

咏怀主题的《愍涂赋》和《悯国赋》均则作于战乱不止、国势难定的齐末，这两篇赋作都反映了沈约对时局动荡的徘徊之感和对仕途的担忧之情。愍，悯也。无论是“愍涂”还是“悯国”，沈约最终忧心的还是自己的前程。《愍涂赋》云：“结榜穷渚，思临长屿。情依旧越，身经故楚。彼长路之多端，伊客心之无绪。欢因情而易失，悲由心而难拒。

此江海之信辽，知余思之方阻。”[①]赋中结榜、思临、情依、身经的排比能够引起读者的共鸣，而多端与无绪、易失与难拒的对比更突出了作家对前途渺茫的深深叹息。创作此赋之时，沈约已出仕十年，途径楚越旧地，又逢阴雨天气，其内心的担忧一触即发，他感叹的是路途，更是官途。《悯国赋》所寄托的情怀也是如此，一系列战乱、变故之后，沈约这位曾经的朝廷旧人感叹着“生平之无立，徒跅弛以自闲”[②]，抒发着何去何从的惆怅。

晚年，梁武时期，沈约的《郊居赋》最为盛名，此赋从内容上看属于隐逸赋。隐逸赋属抒情叙志赋，最早出现在汉代。起初隐逸赋单纯用于抒发因仕途失意而归隐求仙之愿，而后逐渐发展成将仕途坎坷转向对田园隐居生活的向往。隐逸赋的经典作品——潘岳《闲居赋》与谢灵运《山居赋》都致力于庄园景物的描述，《郊居赋》也是如此。《郊居赋》是沈约辞赋的代表作，篇幅巨大，有四百五十二句，二千六百多字，颇具汉大赋之风；内容框架、立意方面，深受潘岳与谢灵运二人的影响；而在布局、构思、字句上也颇费心血，文中通过对郊居宅邸的景观描绘，表达了沈约对居处的喜爱，同时也流露出对“仕”与“隐”错综复杂的心理矛盾。

《郊居赋》全文内容可划分为五大部分。

第一部分，从“惟至人之非己”至“亦风除而雨攘”。开篇点题，直言无经国能力，期望安稳、休闲度过余生，表明立宅郊居的隐逸本志。

第二部分，从“昔西汉之标季”到“幸风霜之可庇”，结合沈氏家族兴盛沉浮史实、表达自己出仕齐、梁有违初心，内心常有“兢鄙夫之易失，惧宠禄之难持”的不安，再次明确隐逸之心。

第三部分，从“尔乃傍穷野”到“不羡汶阳之墟”，通过描述居所周围的景物环境，“开阁室以远临，辟高轩而旁睹。渐沼沚于霤垂，周塍陌于堂下。其水草则苹萍芡芰，菁藻蒹菰；石衣海发，黄荇绿蒲。动红荷于轻浪，覆碧叶于澄湖。飡嘉实而却老，振羽服于清都。其陆卉则紫鳖绿葹，天著山韭；雁齿麋舌，牛唇彘首。布濩南池之阳，烂漫北楼

① 沈约：《愍涂赋》，陈庆元校笺：《沈约集校笺》，第4页。

② 沈约：《悯国赋》，陈庆元校笺：《沈约集校笺》，第4页。

之后。或幕渚而茈地，或萦窗而窥牖。若乃园宅殊制，田圃异区。李衡则橘林千树，石崇则杂果万株”①，以气象万千之笔，描绘了平实而又生动的画面，表明自己对目前隐逸生活的肯定。

第四部分，从“临巽维而骋目”到“亦志之而不能舍也”，阐述郊宅东南、东北方向的所见所闻所感，通过联想自己欲隐不能的现状，再次回忆居宅景物以表留恋与不舍。

第五部分，从“伤余情之颓暮”至文末，伤感年老无以报答国家，却又为终于可以回归隐居生活而欣喜，“惟以天地之恩不报，书事之官靡述；徒重于高门之地，不载于良史之笔。长太息其何言，羌愧心之非一”。可见，让沈约此生遗憾与愧悔的是身居显要，无所作为，不能青史留名。从这些无可奈何的话语里，我们可以看到一个真实的沈约，他那闲居隐逸与出仕之间的矛盾心理，以及无法重振家声的遗憾、愧对家族的感慨，引起读者深深的共鸣。文字汪洋恣肆、一气呵成，骈俪句子华美，声律抑扬顿挫，的确是赋中佳制。

为窥其全貌，我们不妨在这里摘引其中的一部分，其辞曰：

> 欲令纷披蓊郁，吐绿攒朱；罗窗映户，接霤承隅。开丹房以四照，舒翠叶而九衢。抽红英于紫蒂，衔素蕊于青跗。其林鸟则翻泊颉颃，遗音下上；楚雀多名，流嘤杂响。或班尾而绮翼，或绿衿而绛颡。好叶隐而枝藏，乍间关而来往。其水禽则大鸿小雁，天狗泽虞；秋鹭寒鹪，修鹢短凫。曳参差之弱藻，戏瀺灂之轻躯；翅抨流而起沫，翼鼓浪而成珠。其鱼则赤鲤青鲂，纤儵巨鳠。碧鳞朱尾，修颀偃额。小则戏渚成文，大则喷流扬白。不兴羡于江海，聊相忘于余宅。其竹则东南独秀，九府擅奇。不迁植于淇水，岂分根于乐池。秋蜩吟叶，寒雀噪枝。来风南轩之下，负雪北堂之垂。访往涂之轸迹，观先识之情伪。每诛空而索有，皆指难以为易。不自已而求足，并尤物以兴累。亦昔士之所迷，而今余之所避也。②

这里四六成句，两两参差，如“纷披蓊郁，吐绿攒朱；罗窗映户，

① 沈约：《郊居赋》，陈庆元校笺：《沈约集校笺》，第7页。

② 沈约：《郊居赋》，陈庆元校笺：《沈约集校笺》，第8页。

接霤承隅”，前句浮声，后必切响。“秋蜩吟叶，寒雀噪枝。来风南轩之下，负雪北堂之垂”，体物精微，描摹细腻。“访往涂之轸迹，观先识之情伪。每诛空而索有，皆指难以为易”，置身于缤纷灿烂而又自在自为的山水之间，难免慨叹于自己曾经的情伪和短见，可谓由景入情，情理无碍。

沈约在构思《郊居赋》时，经常把草稿给王筠看，并让他提意见，可见此赋的构思不是一日之功。沈约非常重视此赋的音韵美，创作时下了很大的功夫，他请王筠阅读他的草稿，王筠读至“雌霓连蜷”，沈约抚掌说：“仆尝恐人呼为霓。”[①]可见他最为得意还是赋作的音韵。这种对音律美的高度重视是沈约将他的“声律论”贯彻到辞赋上的尝试。

从辞赋的发展史来说，尽管沈约、谢朓等人倡导的“声律论”起到了“标新立异”的作用，但是作为初步的实践者，他们的影响力在梁代以后才达到了前所未有的高度。古赋发展到骈赋再到律赋是一个动态的过程，元代祝尧认为：“盖自沈休文以平上去入为四声，至子山尤以音韵为事，后遂流于声律焉。”[②]清代孙梅也说：“左、陆以下，渐趋整练，齐梁而降，益事妍华，古赋一变而为骈赋。江、鲍虎步于前，金声玉润；徐、庾鸿骞于后，绣错绮交；固非古音之洋洋，亦未如律体之靡靡也。”[③]值得注意的是，徐陵、庾信等梁朝后期赋家所继承的正是沈、谢等人的技巧。

以《愍涂赋》为例，存文如下：

> 结榜穷渚，思临长屿。情依旧越，身经故楚。彼长路之多端，伊客心之无绪。欢因情而易失，悲由心而难拒。此江海之信辽，知余思之方阻。日晻长浦，风扫联葭；叠云疑愤，广水腾华。听奔沸于洲屿，望掩暧乎烟沙。依云边以知国，极鸟道以瞻家。免凄怆于羁离，亦殷勤于行路。叹余涂之屡蹇，奚前芳之可慕。[④]

---

① 《梁书》卷三十三《王筠传》，第 485 页。

② 祝尧：《古赋辨体》卷六，王冠辑，《赋话广聚》第 2 册，北京图书馆出版社 2010 年版，第 347 页。

③ 孙梅著，李金松校点：《四六丛话》卷四，人民文学出版社 2010 年版，第 69 页。

④ 沈约：《愍涂赋》，陈庆元校笺：《沈约集校笺》，第 4 页。

全赋以“屿”“楚”“绪”“拒”“阻”等仄声韵与“葭”“华”“沙”“家”等平声韵为韵脚，用“情依旧越，身经故楚”等工稳的对句，写出了“欢因情而易失，悲由心而难拒”的心情，同时，还使用“羁离”“殷勤”等叠韵字，增加了句子的错落感。这些手法不仅表明了沈约在音韵美方面的追求，也为之后的萧纲、萧绎、徐、庾等人昭示了谋篇、对偶和练字的方向。比如：

花抽珠渐落，珠悬花更生。风来香转散，风度焰还轻。本知龙烛应无偶，复讶鱼灯有旧名。烛火灯光一双炷，讵照谁人两处情。（萧绎《对烛赋》）①

宜春苑中春已归，披香殿里作春衣。新年鸟声千种啭，二月杨花满路飞。河阳一县并是花，金谷从来满园树。一丛香草足碍人，数尺游丝即横路。（庾信《春赋》）②

这里句式更加工整，属对更加精工，辞赋的意境更加精致，有些句子已颇有近体诗的韵味。齐梁赋家使辞赋在整个中古时期大放异彩，沈约的先行之功是不能泯灭的。

沈约不仅留下了大量的诗赋作品，在《宋书·谢灵运传论》中还对赋史做了精辟的总结，既提出以“情”为核心的“文以情变”“以情纬文，以文被质”的赋学观，又与王融、谢朓等极力倡导“声律论”，提高了辞赋的唯美化倾向和艺术表现力，尤其在对偶的精工、字句的锤炼和音韵的谐畅上引领了齐梁时期的辞赋创作。沈约通过理论和实践的努力，推动辞赋向唐代“律赋”转变，为赋的演变与进步做出了应有的贡献。

二、朝廷公文和记事颂赞文

沈约用于政治公事的文章大概有一百篇，涉及十二种文体。我们将此类文章统称为朝廷公文。

第一，章法有度的朝廷公文。

① 萧绎：《对烛赋》，严可均校辑：《全上古三代秦汉三国六朝文·全梁文》卷十五，第3038b页。

② 庾信：《春赋》，倪璠注，许逸民校点：《庾子山集》，第74页。

沈约所作的朝廷公文中，以授官为内容的诏文共十四篇，出于自身安全考虑，其在诏令用词上始终保持着谨慎态度，给予的评价也因人而异。

当时授官的诏书一般都有固定格式，即“门下：引文＋某某（官职姓名）＋如何（品行才能）＋可授官职＋主者施行”。以沈约《王茂加侍中诏》为例：

> 门下：居中作卫，号望清重；任总储宫，朝难其选。望蔡县开国公、新除尚书右仆射茂，器度淹弘，志局详稳，契阔艰夷，情深恒寄，显命载加，允副佥属。可侍中、卫将军，领太子詹事，开国公如故，给鼓吹一部。主者施行。[①]

全文按照公文的格式，写得章法谨严。考《全齐文》与《全梁文》发现，齐梁授官诏文格式在引文上稍有松懈，并不要求每篇必备。如齐武帝《赠萧睿明诏》、梁武帝《给赙何点诏》皆无引文。沈约诏书的引文也不严谨，或有或无，只有在册封仆射、王侯等重要官职时，才会引用事理加以说明以表重视。如《授蔡法度廷尉制》，沈约非常欣赏蔡法度在律法上的才能，连续引用上古至晋代多个司法人物典故，期望他能以前人为榜样做好自身刑法工作。[②]

虽然历仕三代并成为梁代开国功臣而封侯，但罪臣之子的阴影始终笼罩在沈约身上，为了能生存下去，其待人处世一向圆滑谨慎，这种处世态度也渗透在其拟写的公文里。如《封徐世标制》：

> 门下：骁骑将军彭城令徐世标，才略贞济，志怀义烈，忠节内款，勋勤外著。御侮折冲，任惟心膂。顷奸慝潜煽，危机骤发，夷凶弭难，实有力焉。宜命赏畴庸，锡兹土宇。可封开国县子，食邑三百户。[③]

制文中大赞徐世标的忠节而贬低徐孝嗣的奸慝。其实，沈约所称赞的徐世标，实乃一奸佞小人。史载：“新蔡人徐世标，尤见宠信，自殿

---

① 沈约：《王茂加侍中诏》，陈庆元校笺：《沈约集校笺》，第 60 页。

② 参见沈约：《王茂加侍中诏》，陈庆元校笺：《沈约集校笺》，第 21 页。

③ 沈约：《王茂加侍中诏》，陈庆元校笺：《沈约集校笺》，第 23～24 页。

内主帅为直阁骁骑将军。凡诸杀戮，皆世标所劝。杀徐孝嗣后，封临汝县子。陈显达事起，加辅国将军。虽用护军崔慧景为都督，而兵权实在世标，当时权势倾法珍、虫儿”[①]，后因欲行篡逆被灭族。可是，为了讨好东昏侯，沈约还是闭着眼睛写了上面的文字。

再看表文。表文主要用于抒情，根据用途差异，表文的格式稍有区别。辞让的表文多列举自身不足以自谦，文末往往会表达不能胜任而惶恐上表之意。让表一般格式内容为：臣某言＋授官情况＋自谦不足＋不能胜任＋惶恐奉表。感谢的表文则侧重谢恩，其格式与让表基本相同，只须将“不能胜任”部分变成感谢赏赐则可。沈约自写的表文灵活抒情，为他人代写感谢或辞让官职的章表时，却始终遵守规定的写作格式，注重突出人物评价。

在自写表文中，沈约喜欢以“臣闻”来说理引入，为后文作铺垫。如《让五兵尚书表》：

> 臣闻百舍之赵，非宿舂所资；千里之越，岂一苇能溯。何者？装轻适于路远，舟弱疲于济深。丑貌悴容，不藉鉴于淄水；驽足蹇步，终取踬于盐车。[②]

开篇以小船不能越千里提出反问，再以轻装好上路、驽马行艰难等道理，引出自己的才干不足以担当重任的主旨。[③]

相对于自写表文，沈约在为他人代写表文时，格式与用词都比较谨慎，中规中矩。如《为南郡王让中军表》：

> 臣闻建侯茂则，非贤罔树，分器鸿典，惟懿实先。而臣挹道未弘，践义多缺，徒升国彝，空袭宸宠。光珪华组，晻蔼于关垂；令采徽猷，寂寥于甸表。晨伸委带，夕轸临颜，皇衢肇启，鼎运始资。鲁、卫兼启，义邈周年，齐、楚并建，礼高汉日。臣以末第，联辉上

① 《南史》卷七十七《恩幸传》，第1933～1934页。

② 沈约：《让五兵尚书表》，陈庆元校笺：《沈约集校笺》，第86页。

③ 由于沈约的表文主要辑自《艺文类聚》，开头的“臣某言”“授官情况”以及文末“奉表以闻”等固定格式皆被删除，仅剩下表文的重点部分。参见蔡艳丽：《沈约文研究》，广西师范大学硕士学位论文，2016年。

序，祐履荆阿，怀玺萝曲。拊志惟熏，佩握如捣。[1]

“臣闻”部分以讲道理开头，引出“臣挹道未弘”的自谦部分，接着“臣以末第”是推让官职部分，最后“佩握如捣”表达获封之后手足无措、焦急不安的情绪。格式上虽然没有前面“臣某言”与后面表达惶恐之词，但文章主体已经齐全，达到了谦虚辞让的目的。

在沈约奏议文中，表、启多表达对皇帝授官、赏赐的感谢，上疏、议、弹文等文章几乎都离不开封建礼制，论述尺度也趋向保守。如《上疏论选举》与《上言宜校勘籍谱》两篇上疏所论述的选举与籍谱都是传统话题。又如，四篇议文乃围绕帝王礼制而论，《齐武帝谥议》《齐明帝谥议》《梁武郗后谥议》都参与议论帝后谥号，而《正会乘舆议》则对皇帝乘舆礼仪表达了自己的看法。这些文章除了反映出沈约的文化素养之外，对我们了解齐梁时期的公牍文格式和行文规范也有一定的帮助。

真正能体现沈约思想的奏议文只有弹奏文。弹奏文主要弹劾违反朝廷规章制度的现象，虽然写作这类文章是出于维护封建礼教的考虑，但也可以从中看到沈约的政治见解。

《奏弹王源》是沈约政论文中批驳最直接的一篇。全文构思清晰，用词犀利，批评尖锐。开篇以郑太子忽拒文姜、隽不疑拒霍光之女典故引入，表明婚姻并非男女双方的简单结合。随后提及宋代“礼教雕衰”的姻亲现象，并对王源进行弹劾。沈约认为王源出身清显却唯利是图，不核查对方身份就以五万钱把女儿嫁给了平民满璋之，甚至还用聘礼纳妾，完全违背了封建等级婚姻制度，打破了门第间的联姻和谐，十恶不赦。文中用“人品庸陋”“玷辱流辈”“狐鼠微物”“非我族类”“蔑祖辱亲”等直白的言语，表明了其对王源的厌恶。不仅如此，黄籍、白籍所表明的是士庶差别，沈约却以白纸表奏，说明在他看来，王源已经不配当士族了。这篇文章充分反映了沈约的贵族意识，也表明了其维护贵族规范与尊严的决心。

与《奏弹王源》内容相近的文章，还有《上言宜校勘谱籍》，在这篇文

---

① 沈约:《为南郡王让中军表》,陈庆元校笺:《沈约集校笺》,第 83 页。

章里，沈约沉痛批判了谱籍假伪现象，说："不辨年号，不识官阶，或注义熙在宁康之前，或以崇安在元兴之后。此时无此府，此年无此国。元兴唯有三年，而猥称四年。又诏书甲子，不与长历相应。如此诡谬，万绪千端。"[①]其痛心疾首的态度可见一斑。文章遵从上言的规范，反映了当时谱籍混乱的现状，从谱籍对国家作用出发提出了校勘谱籍的建议。

第二，我们来看看沈约的记事颂赞文。

沈约所撰写的碑、墓志铭、铭、哀策文、颂、赞、行状、记等八种文体，在用途、内容以及格式上都有许多相通之处。在用途上，或记事，或称颂，或记事与称颂相结合；在写作内容上，或颂扬人物、或颂扬寺庙馆舍、或颂扬宗教造像；在格式上，一般以散体记事作为序言部分，其后则以四言韵文加以称颂。我们因此将此类文章统称记事颂赞类。沈约所撰写的记事颂赞文，又可以分为记事颂赞、单纯颂赞及侧重记事的颂赞等三类。碑、墓志铭、铭、哀策文四种，采用的是序文记事与韵文称颂相结合的方法，目的是为了更好地颂赞人物，属于记事颂赞类；颂、赞二种一般是单纯的称颂，属于第二类；行状、记二类，相对更侧重梳理人物的事迹，属于最后一类。

沈约的碑文共七篇，其中宫室庙宇碑文三篇、墓碑文四篇。宫室寺庙碑文的内容一般包括建筑物兴建起因、经过与规模等，免不了称颂以宣传其宗教信仰。如《善馆碑》，他说：

> 至道玄妙，无迹可寻。寄言立称，已乖宗极。神宇灵房，于义非取。九仙缅邈，等级参差。或藏形洞府，或栖志灵岳。达人独往之事，志非易立；餐松饮涧之情，理难轻树。止欲渐去喧嚣，稍离尘杂，于是既加整茸，营建堂宇。北负崇岳，南枕修衢，回托人表，鸡犬相绝。庭流松响，户接云根，指琼树而朝餐，就瑶台而一息。霓裳不反，凫舄忘归。朝九星，谒群帝，悠哉邈乎，与天地相毕矣。[②]

文章用"止欲渐去喧嚣，稍离尘杂"，概括了建馆的缘起，其余篇幅

① 沈约：《上言宜校勘谱籍》，陈庆元校笺：《沈约集校笺》，第 96 页。

② 沈约：《善馆碑》，陈庆元校笺：《沈约集校笺》，第 208 页。

都是对仙境及馆舍生活的描述，表达了作者对隐居生活的向往以及神游仙境的喜悦之情。

类似的碑文还有著名的《金庭馆碑》，其中“睹灵岳之骤启，见苍波之屡竭；望玄洲而骏驱，指蓬山而永骛。芝盖三重，驾螭龙之蜿蜒；云车万乘，载旗旆之逶迤”①，写得虚无缥缈，仿佛有神仙往来。文中表明了沈约希望隐居桐柏山学仙求道的心志，语言清丽，颇见藻思。写桐柏山及金庭馆风景一节，造语也极为清新：“遂远出天台，定居兹岭，所憩之山，实惟桐柏。灵圣之下都，五县之余地。仰出星河，上参倒景，高崖万沓，邃涧千回，因高建坛，凭岩考室。饰降神之宇，置朝礼之地。”②极言桐柏之山峦高峻、涧水流声，可谓摹态尽妍。难怪谭献评价其有“清词丽句”③，高步瀛也说：“靡丽中自具风骨，终非唐贤所及。”④

萧统录入《文选》的《齐故安陆昭王碑》也是骈体文名篇，该作品体大思精，碑序极似传体，先后铺叙萧缅的先世功业，萧缅的气度风仪、仕宦经历，等等，极详尽周到。按碑序所记，萧缅年十五始仕为刘宋邵陵王文学、中书郎，齐受禅，封安陆侯，后转太子中庶子，又做到侍中、吴郡太守、郢州刺史、侍中詹事，后迁中领军、太子詹事、会稽太守、雍州刺史数职。每迁一官，沈约即广为铺排，唯恐遗漏。《南史·萧缅传》所言甚略，其所历官职多无载。论者以为此碑铭可补史传之缺。

仅以开篇为例，曰：

> 公含辰象之秀德，体河岳之上灵，气蕴风云，身负日月。立行可模，置言成范。英华外发，清明内昭。天经地义之德，因心必尽；简久远大之方，率由斯至。挹其源者游泳而莫测，怀其道者日用而不知。昭昭若三辰之丽于天，滔滔犹四渎之纪于地。六幽允洽，一德无爽。万物仰之而弥高，千里不言而斯应。⑤

此节对句极工，不仅出句和对句的句义相偶，而且字数、词性也逐

---

① 沈约：《金庭馆碑》，陈庆元校笺：《沈约集校笺》，第209页。

② 沈约：《金庭馆碑》，陈庆元校笺：《沈约集校笺》，第209页。

③ 李兆洛选辑：《骈体文钞》，中州古籍出版社1990年版，第728页。

④ 高步瀛：《南北朝文举要》，中华书局1998年版，第339页。

⑤ 沈约：《齐故安陆昭王碑》，陈庆元校笺：《沈约集校笺》，第215～216页。

一相应。六六对、四四对、六四对、九九对、七七对，句式灵活多样，毫无板滞生涩之感。用事也能做到贴切自然，融化无迹。上引一段虽短，但所用典事很多，像《尚书》《周易》《礼记》《诗经》《论语》《庄子》《孝经》《论衡》《昌言》《典引》等，皆为典事所出之处。其中既有事典，也有语典，事典即概括化用整个故事，而语典则是截取语汇以用。仅“公含辰象之秀德，体河岳之上灵，气蕴风云，身负日月。立行可模，置言成范”一句，李善等就有连篇累牍的注释：“《周易》曰：在天成象。王弼曰：象，谓日月星辰。《孝经援神契》曰：五岳之精雄圣，四渎之精仁明。”“《论衡》曰：谷子云、唐子高章奏百上，笔有余力。然则贤者有风云之智，故吐文万牒。《庄子》曰：孔子围于陈、蔡之间，太公任吊之，曰：子其意者修身以明污，昭昭若揭日月而行。司马彪曰：揭，担也。”“仲长子《昌言》曰：规矩可模者，师傅之德也。曹植《学宫颂》曰：言为世范，行为时矩。”[①]因此，明代孙鑛曾将该文与任昉的《王文宪集序》《齐竟陵文宣王行状》和王俭的《褚渊碑文》并列，指出四者“格局一同”，而此篇“调特响，语亦多疏俊，当为特胜”[②]。

墓志铭是墓碑文的另一种形式。古人为了防止墓穴因年代久远而失寻，特意设置地上地下两种墓碑。立于地表者称墓碑文，埋于地下者则曰墓志铭，二者体制相同。沈约有墓志铭六篇，皆为公卿诸侯所作，全都没有序言，故又可称为墓铭。篇幅短小，语言凝练，典正清丽。与碑文人物评价一样，颂赞重在突出每个人的不同。如《太常卿任墓志铭》侧重任昉“善属文”的特点，《尚书右仆射范云墓志铭》突出范云辅助武帝成就帝业的功绩，而《丞相长沙宣武王墓志铭》侧重表达悲痛哀悼之情。

铭文与碑文同属记功颂德文体，除铭刻器物不同外，铭文还可以表示警戒，又称座右铭。沈约有铭文五篇，写作对象为寺庙与佛像，以宣扬佛理、赞扬佛教功德为内容。如《释迦文佛像铭》《弥陀佛铭》赞扬佛祖普渡众生、引人脱离苦海，《瑞石像铭》《光宅寺刹下铭》在颂扬佛法的同时又结合了颂赞帝王的功绩。

---

① 萧统编，李善注：《文选》，上海古籍出版社 1986 年版，第 2546 页。

② 于光华辑：《重订文选集评》，国家图书馆出版社 2012 年版，第 673 页。

在沈约的记事颂赞文里，还有侧重记事的行状和记。沈约有行状三篇，《南齐禅林寺尼净秀行状》对逝者信息记叙最为完整，包括姓名、籍贯、生平事迹。该行状记载了许多净秀入道后日常发生的通灵见闻，内容详细、叙事框架完整，具备一定的史料价值。书记是古代重要的记事文体，内容杂乱，记事、记物通用，后来统称为杂记体。沈约有记文两篇，内容皆与佛教有关。《南齐仆射王奂枳园寺刹下石记》记叙枳园寺建宝刹的缘起与经过，另一篇《竟陵王造释迦像记》则记述了建元四年(482 年)齐高帝崩后竟陵王为其造佛像以悼念一事。

相对于公文类人物评价的圆滑与谨慎，沈约碑铭行状中的人物更具体与真实。如果说这类文章有缺点的话，那缺点则在于有感而作甚少，无感敷衍较多，态度上不够真诚。如《齐故安陆昭王碑》所记：

> 永明八载，疆场大骇。天子乃心北眷，听朝不怡。扬旆汉南，非公莫可。于是驱马原隰，卷甲遄征。威令首涂，仁风载路。轨躅清晏，车徒不扰。牛酒日至，壶浆塞陌。失义犬羊，其来久矣，征赋严切，唯利是求，首鼠疆界，灾蠹弥广。公扇以廉风，孚以诚德，尽任棠置水之情，弘郭伋待期之信。金如粟而弗睹，马如羊而靡入。雏雉必怀，豚鱼不爽。由是倾巢举落，望德如归；椎髻鏊首，日拜门阙；卉服满涂，夷歌成韵。礼义既敷，威刑具举，强民犷俗，反志迁情。风尘不起，囹圄寂寞。富商野次，宿秉停菑。蝝蝗弗起，豺虎远迹。北狄惧威，关塞谧静；侦谍不敢东窥，驼马不敢南牧。①

这一段写的是萧缅任雍州太守时的德政，虽然描摹细微、句式谨严，却带有夸张的色彩，显然是为了讨好萧鸾而写的阿世之作。

三、书牍文和论说文

所谓书牍文，是指信函简牍一类的文章，包括书、启、笺、牍、简、札、帖等。书牍文在沈约散文中占有很大比重。沈约的书牍文情感真

---

① 沈约：《齐故安陆昭王碑》，陈庆元校笺：《沈约集校笺》，第 217～218 页。

挚，展现了他身为士人、宗师及友人的多面形象。这类文章是沈约散文中艺术成就较高的一类作品。

首先，我们来看沈约的书牍文。

沈约的书牍文有些用以探讨学术，如《与范述曾论竟陵王赋书》讨论萧子良的赋，《答陆厥书》与《答甄公论》讨论“四声”的问题；有的用以谈论日常事务，如《答庾光禄书》解释设忌日制假的缘由，《答乐蔼书》婉言拒绝为豫章王撰写碑文；有的则用以谈论友情，如《与约法师书》；有的用以奖掖后进，如《与王筠书》。这些书牍大都能结合其身世经历抒写在仕宦中对社会、对人生的感受和体验，因而极富感情色彩。

《与徐勉书》是沈约七十岁时写给徐勉的信，在这封信中，作者表达了自己年老力衰、欲上表乞归的心情。文章前部分写自己坎坷多难仕宦生活：

> 吾弱年孤苦，傍无期属，往者将坠于地，契阔屯邅，困于朝夕，崎岖薄宦，事非为己，望得小禄，傍此东归。岁逾十稔，方忝襄阳县，公私情计，非所了具，以身资物，不得不任人事。永明末，出守东阳，意在止足；而建武肇运，人世胶加，一去不返，行之未易。及昏猜之始，王政多门，因此谋退，庶几可果。①

这一段应是实录。沈约把自己年少孤苦、谋求小禄以自足的心态写得非常令人同情。后一部分备述自己年事已高、体弱多病、日渐消瘦的情景：

> 开年以来，病增虑切，当由生灵有限，劳役过差，总此凋竭，归之暮年，牵策行止，努力祇事。外观旁览，尚似全人，而形骸力用，不相综摄。常须过自束持，方可偃俛，解衣一卧，支体不复相关。上热下冷，月增日笃，取暖则烦，加寒必利，后差不及前差，后剧必甚前剧。百日数旬，革带常应移孔；以手握臂，率计月小半分。以此推算，岂能支久？②

沈约身居显位、文名天下却出此凄怆之语，读来令人沉痛。钱锺

① 沈约：《与徐勉书》，陈庆元校笺：《沈约集校笺》，第140页。

② 沈约：《与徐勉书》，陈庆元校笺：《沈约集校笺》，第140～141页。

书评此文说:“古人形容老态,鲜如约之亲切者。”①

《与约法师书》是反映沈约笃于友情的代表作之一。全文通过两次对周舍的回忆,将往昔的欢聚与现实的荒芜形成鲜明的对比,凸显了作者对于好友亡故的悲痛和思念之情。“周中书风趣高奇”至“情不胜恸”是第一次回忆。沈约先对周舍如水桂般的气质进行称赞,接着怀念起一年前的同游,表达对再次出游的期望。然而,故人已去,这个愿望不可能再实现了:“音容满目,言笑在耳,宿草既陈,楸槚将合。眷住怀人,情不胜恸。”②物是人非,友人逝世已久,坟前的杂草已经丛生。从“此生笃信精深”至文末是第二次回忆。沈约回忆起周舍“甘此藿食”的喜好,回忆起先前的笑谈,一切似乎历历在目却又陡然回归现实:“其事未远,其人已谢。昔之谐调,倏成悲绪,去冬今岁,人鬼见分。石耳紫菜,怆焉兴想。”③睹物思人,泪下不禁,哀悼之情抑而不止,一泻而下,读之令人心摧动容。

沈约与后进文人的交往在书牍文中也时有表现。他经常以平等的身份与后辈进行文学交流,态度温和,循循善诱,颇有一代宗师风采。如《报王筠书》,沈约大力称赞王诗之美,称其文采丽则、声律和谐、用字精确、内容新奇,直言王筠是后进中“擅美推能”之人,甚至以“余惭”“岂不多愧”自谦,并“叹服吟研,周流忘念”。④ 作为前辈以及翰林文宗,竟然能在后辈面前自称不足,足见其宽阔的胸襟。又如《报刘杳书》,沈约说他的二赞“辞采妍富,事义毕举,句韵之间,光影相照”⑤,文末还表达了与其探讨文学的愿望:“迟比叙会,更其申析。”⑥俨然将后辈当成平辈友人。

感情真挚之外,文辞畅达、平易通俗是沈约书牍文的另一特点。如《答乐蔼书》,乐蔼请沈约为豫章文献王嶷撰写碑文,此文即是沈约回复的答书。文中沈约力说自己“闾閈鄙人,名不入第,欻酬今旨,便

① 钱锺书:《管锥编》,生活·读书·新知三联书店2007年版,第2183页。
② 沈约:《与约法师书》,陈庆元校笺:《沈约集校笺》,第142页。
③ 沈约:《与约法师书》,陈庆元校笺:《沈约集校笺》,第142页。
④ 沈约:《报王筠书》,陈庆元校笺:《沈约集校笺》,第134页。
⑤ 沈约:《报刘杳书》,陈庆元校笺:《沈约集校笺》,第135页。
⑥ 沈约:《报刘杳书》,陈庆元校笺:《沈约集校笺》,第136页。

是以礼许人，闻命惭颜，已不觉汗之沾背也”[①]，谦恭之至。而“郭有道汉末之匹夫，非蔡伯喈不足以偶三绝”[②]，说自己才学疏浅，用典极为自然。整篇文章写得开合自如，很有情致，用典又不失平实，符合“三易说”的原则。

第二，我们再来看论说文。

沈约以“论”为篇名的论说文共十二篇，内容主要涉及“神不灭论”以及释经辩史等话题。沈约论说溯本铺叙，体现其强大的逻辑思维能力。沈约在反驳他人观点时，往往能从对方观点漏洞切入，层层递进，辩驳针对有力。

宗经方面，沈约共四篇论文。《辩圣论》阐述沈约对圣人的界定，他认为圣人不仅需要“含明德、尽照精粹凝玄”[③]，还需要做出有利于天下百姓的功绩，这样才能被民众所知而流传千古。《均圣论》则表现了沈约儒释思想的圆融，主张“内圣外圣，义均理一”[④]。辨史方面，《宋书》人物传记，文末皆有史论，其中《恩幸传论》《谢灵运传论》被萧统收入《文选》史论类。沈约史论除却人物颂赞功能外，常常以小见大，延伸历史话题。如《谢灵运传论》一改往常对人物的总体概述，升华成对整个文学史发展的议论，从历史角度为谢灵运定位，这也是《宋书》擅长学术梳理的一个例子。

据傅恩、马涛考证，范缜的《神灭论》有旧作和新作之分，辩论的时间亦分为永明七年(489 年)和天监六年(507 年)。[⑤] 第一次辩论时，范缜采用了刀利之喻，以假设问答为体裁，共分八段。迎战的沈约认为贤愚有别，五情也各有分域，形神只是精粗之别，养神则可无穷。入梁后，登上皇位的萧衍下诏《敕答臣下〈神灭论〉》，再次对范缜的《神灭论》进行攻难，要求“标其宗旨，辨其短长，来就佛理，以屈佛理”[⑥]，要求

---

① 沈约：《答乐蔼书》，陈庆元校笺：《沈约集校笺》，第 129 页。

② 沈约：《答乐蔼书》，陈庆元校笺：《沈约集校笺》，第 128 页。

③ 沈约：《辩圣论》，陈庆元校笺：《沈约集校笺》，第 144 页。

④ 沈约：《均圣论》，陈庆元校笺：《沈约集校笺》，第 148 页。

⑤ 参见傅恩、马涛：《范缜〈神灭论〉发表年代的考辨》，《复旦学报》1995 年第 1 期。

⑥ 萧衍：《敕答臣下〈神灭论〉》，严可均校辑：《全上古三代秦汉三国六朝文・全梁文》卷五，第 2973b 页。

群僚采用宾主问答的形式，就佛理来讨论佛理。沈约先后写了《论神形》等五篇文章来论证佛教的神不灭论。这些文章在“沈约思想论”里已经详细讨论过，这里就不再赘述了。总之，尽管沈约不掌握真理，但其论辩的方式却能把问题引向深入，为后人的论辩开辟了道路，迫使无神论者进一步完善自己的理论。这就是沈约论难文的价值所在。

四、沈约的其他文章

我们把《沈约集校笺》中的序、疏、义、文、连珠等文章，统称为其他文章。这些文章一般篇幅短小，对了解沈约文章的全貌有一定的帮助。

序，绪也，即文之丝端，又称“叙”，主要用于说明文章事理，使之次第有序，类似于后人所谓的“序言”“前言”。序文最初置于文末，故又称“后序”“跋”，这类文章统称序跋文。沈约存世序文四篇，均为替他人而作。《内典序》奉竟陵王教而作，《佛记序》奉梁武帝敕而作，前者强调心性修炼的重要性，后者则说明了虞阐《佛记》撰写缘由、经过及典籍内容选材标准。全文简明有序，条理清晰，武帝敕令“缮写流布”[①]。《棋品序》篇幅短小而凝练，文章开门见山，略举棋奕在历代明贤心中的地位，最后写武帝爱棋而授命的写作缘由。

《武帝集序》是序文中文采最好的一篇。序曰：

> 文思安安，钦明所以光宅；日月光华，南风所以兴咏。日角之主，出自诸生；锐顶之君，少明古学。汉高、宋武，虽阙章句，歌《大风》以还沛，好清谈于暮年。夫成天地之大功，膺乐推之宝运，未或不文武兼资，能事斯毕者也。[②]

开篇直接点明帝王与文学的密切关系。“文思”句典自《尚书·尧典》“聪明文思，光宅天下”句，以《尧典》比武帝文集，选典用心，可见所谓沈约高才博洽，实有所据。接着以汉高、宋武为例，论证帝王“文武兼资”，接着介绍萧衍各阶段的文学创作，序末“况乎感而后思，思而后

① 萧衍：《敕答沈约》，陈庆元校笺：《沈约集校笺》，第 182 页。

② 沈约：《武帝集序》，陈庆元校笺：《沈约集校笺》，第 172 页。

积，积而后满，满而后言”[①]是对萧衍文学的总评。这当然有溢美和浮夸的地方，但臣子之言也只能如此。清人李兆洛认为，此序“一意滔滔，运词如有不尽，可谓选言有雅矣。属词有体，隐候文之谨严者”[②]。

义，理也，本其理而疏之，与注疏类似。沈约之“义”有《因缘义》《六道相续作佛义》《佛之不异终生义》三篇，皆释佛法之义。

文，杂文也。明代徐师曾曰：“此类独以文名者，盖文中之一体也。其格有散文，有韵语，或仿楚辞，或为四六，或以盟神，或以讽人，其体不同，其用亦异。”[③]沈约杂文有四篇，其中《修竹弹甘蕉文》采用南朝时期十分标准规范的弹文方式，以严肃的文风、幽默诙谐的言语表达，体现了沈约的文采和个性。文中修竹为监察官吏，甘蕉为被弹劾者，泽兰、萱草为检举者，杜若、江蓠为查访对象。全文寓庄于谐，令人忍俊不禁。《冠子祝文》是男子成年行冠礼的祝文，包括对行冠礼之人的期望与祝福。《赛蒋山庙文》是祭祀蒋山庙的祭文，似为残文。《千僧会愿文》《忏悔文》均与佛教拜忏有关。

最后再说说连珠。这种文体，形式上多由两到三组四六对偶骈文韵句组成，形式短小，语言简练，文辞圆润；内容上，不直指事物，借比喻以见义。沈约《注制旨连珠表》对连珠的解释得很透彻：“连珠者，盖谓辞句联续，互相发明，若珠之结排也。”[④]

沈约有《连珠二首》：

> 臣闻烈风虽震，不断蔓草之根；朽壤诚微，遂贯崇山之峭。是以一夫不佳，威于赫怒；千乘必致，亡于巧笑。
>
> 臣闻鸣籁受响，非有志于要风；涓流长迈，宁厝心于归海。是以万窍怒号，不叩而咸应；百川是纳，用卑而为宰。[⑤]

两篇文章皆由两组四六骈偶韵句排比组成，文辞清丽，言简意赅。

---

① 沈约：《武帝集序》，陈庆元校笺：《沈约集校笺》，第173页。

② 李兆洛选辑：《骈体文钞》，第68页。

③ 吴讷、徐师曾撰，于北山、罗根泽点校：《文章辨体序说　文体明辨序说》，人民文艺出版社1982年版，第173页。

④ 沈约：《注制旨连珠表》，陈庆元校笺：《沈约集校笺》，第89页。

⑤ 沈约：《连珠二首》，陈庆元校笺：《沈约集校笺》，第190～191页。

综上所述,沈约的文章众体兼备,章法有度。自曹丕《典论·论文》、陆机《文赋》而至南朝齐梁,文体论从起步乃至成熟,刘勰《文心雕龙》更是文体论发展的高峰。《文心雕龙》详论文体二十三种,包括诗、乐府、赋、颂、赞、祝、盟、铭、箴、诔、碑、哀、吊、杂文、谐隐、史传、诸子、论、说、诏、策、檄、移、封禅、章、表、奏、启、议、对、书、记。萧统的《文选》则将文体分为三十七种之多。沈约的文章不仅众体兼善,朝廷应用文更是体制完备、技巧娴熟,其他各体文章也讲究声律和辞采,骈词俪句、属对精工,援古证今、精于用典。除编纂史书、创作诗歌之外,沈约还用心于各种文章的创作,取得了一定的成就,这也是值得我们重视的。

第八章　沈约影响论

沈约是一个被低估了的历史人物，他的影响自梁代及至清朝，绵延不断。对于沈约的评价，历代评论家的意见很不一致，甚至有不啻天壤的差别。文学史的形成和变化是基于后世对前人的继承和扬弃来完成的。从这个角度来说，所谓“文学史”在一定程度上就是一部文学接受史。因此，对沈约的影响和评价成了我们必须面对的问题。

一、南北朝人对沈约的继承和评价

在世及之后的南北朝，沈约倍获时誉，无论其人格，还是诗、《宋书》以及“声律论”都成了时人为之向往的典范。

《梁书·沈约传》①记载，入仕之初，蔡兴宗曾谓沈约“人伦师表”，希望他的儿子“善事之”。齐代，沈约“为征虏记室，带襄阳令，所奉之王，齐文惠太子也”。文惠太子对他也特别赏识：“时东宫多士，约特被亲遇，每直入见，影斜方出。”②一定是因为恰到好处的言行举止，沈约才能博得文惠太子的青睐，随后顺利得迁太子家令。随着身份的上升，沈约的名望也逐渐上涨。谢朓迁尚书吏部郎，“上表三让，中书疑

① 《梁书》是唐代姚思廉继承其父陈吏部尚书姚察的遗稿所作，具体作者从书中史论的署名上大体可见端倪。《梁书》有三卷无史论，署“陈吏部尚书姚察曰”二十六篇，署“史臣曰”二十七篇，署“史臣侍中郑国公魏徵曰”一篇。本节所取资料，均署名“陈吏部尚书姚察”，因此可以视为南北朝时人对沈约的评价。

② 《梁书》卷十三《沈约传》，第234页。

朓官未及让，以问祭酒沈约”，沈约说：“宋元嘉中，范晔让吏部，朱修之让黄门，蔡兴宗让中书，并三表诏答，具事宛然。近世小官不让，遂成恒俗，恐此有乖让意。王蓝田、刘安西并贵重，初自不让，今岂可慕此不让邪？孙兴公、孔觊并让记室，今岂可三署皆让邪？谢吏部今授超阶，让别有意，岂关官之大小？㧑谦之美，本出人情。若大官必让，便与诣阙章表不异。例既如此，谓都自非疑。”[①]一番话有理有据，既保护了朋友，又弘扬了礼让之美。无怪乎谢朓在《酬德赋》里说他“冠世伟才”，又说他“丽藻天逸，固难以报章，且欲申之赋颂，得尽其体物之旨”[②]。齐梁易代，沈约力劝萧衍登基，这位曾经的老朋友说：“生平与沈休文群居，不觉有异人处；今日才智纵横，可谓明识。”[③]这本是一场惊心动魄的阴谋和冒险，但在萧衍看来却是沈约的胆识和魄力。梁代之后，沈约已经位居端揆，他对某一文士的评价，每每被时人征引，成为整个社会对其的评价。这里举几个例子。

(任)昉雅善属文，尤长载笔，才思无穷，当世王公表奏，莫不请焉。昉起草即成，不加点窜。沈约一代词宗，深所推挹。[④]

尚书令沈约，当世辞宗，每见(王)筠文，咨嗟吟咏，以为不逮也。……常从容启高祖曰：“晚来名家，唯见王筠独步。”[⑤]

尚书令沈约命驾造焉，于坐策(刘)显经史十事，显对其九。约曰：“老夫昏忘，不可受策；虽然，聊试数事，不可至十也。”显问其五，约对其二。陆倕闻之叹曰：“刘郎可谓差人，虽吾家平原诣张壮武，王粲谒伯喈，必无此对。”其为名流推赏如此。[⑥]

这些例子均证明在时人心中，沈约“一代辞宗”的地位是人所共知和当之无愧的。

沈约的诗歌在其生活的时代也备受推崇，首先是帝王们对他的肯

---

① 《南齐书》卷四十七《谢朓传》，第 826 页。

② 谢朓：《酬德赋》，严可均校辑：《全上古三代秦汉三国六朝文·全齐文》第二十三卷，第 2919a 页。

③ 《梁书》卷十三《沈约传》，第 234 页。

④ 《梁书》卷十四《任昉传》，第 253 页。

⑤ 《梁书》卷三十三《王筠传》，第 484～485 页。

⑥ 《梁书》卷四十《刘显传》，第 570 页。

定。尽管武帝的三个儿子在文学上主张各异，萧统主张雅正，萧纲、萧绎则主张新变，但三位对沈约的作品却都赞赏不已。简文帝萧纲对沈约诗歌的评价很高，认为谢朓、沈约的诗，任昉、陆倕的笔，都是“文章之冠冕，述作之楷模”[①]。他命徐陵编撰的《玉台新咏》，收录了沈约诗歌三十七首，数量仅次于萧纲与萧衍。梁元帝萧绎明确地指出：“诗多而能者沈约，少而能者谢朓、何逊。”[②]昭明太子萧统英年早逝，留下的《文选》选录了沈约作品十七篇，其中诗歌十三篇，数量仅次于曹操、陆机、谢灵运等人，居第六位，这种数量上的排名说明了沈约在梁朝帝王心中的位置。

另外，还有文人自觉地向沈约学习，《陈书》记载：“(陆琼)第三子从典，字由仪。幼而聪敏。八岁，读《沈约集》，见回文研铭，从典援笔拟之，便有佳致。”[③]研习模拟是学习的第一步，从这里可以看出时人对沈约作品的喜爱。《南史》还记载：“有虞讷者见(张率)而诋之，率乃一旦焚毁，更为诗示焉，托云沈约。讷便句句嗟称，无字不善。率曰：‘此吾作也。’讷惭而退。”[④]这个笑话说明，在某些梁代文人看来，只要署名是沈约的作品就是无可置疑的。所以《梁书》总结说：“(高祖)旁求儒雅，诏采异人，文学之盛，焕乎俱集。……其在位者，则沈约、江淹、任昉，并以文采，妙绝当时。”[⑤]

沈约的作品在北朝也产生了较大的影响，这首先表现为魏收与邢邵之争。魏收尊任昉而轻沈约，而同列于“北地三才”的邢邵则重沈约而毁任昉。《颜氏家训》说：“邢子才常曰：‘沈侯文章，用事不使人觉，若胸臆语也。’深以此服之。”[⑥]又说：“邢子才、魏收俱有重名，时俗准的，以为师匠。邢赏服沈约而轻任昉，魏爱慕任昉毁沈约，每于谈宴，辞色以之。邺下纷纭，各有朋党。祖孝徵(珽)尝谓吾(颜之推)曰：

① 《梁书》卷四十九《文学传上》，第691页。
② 《梁书》卷四十九《文学传上》，第693页。
③ 《陈书》卷三十《陆琼传》，第398页。
④ 《南史》卷三十《张率传》，第815页。
⑤ 《梁书》卷四十九《文学传上》，第685页。
⑥ 檀作文译注：《颜氏家训》，第151页。

"任、沈之是非,乃邢、魏之优劣也。"[①]《北齐书》中也有同样内容的记载:"(魏)收每议陋邢邵文。邵又云:'江南任昉,文体本疏,魏收非直模拟,亦大偷窃。'收闻乃曰:'伊常于《沈约集》中作贼,何意道我偷任昉?'"[②]其实,不管是邢邵对沈约诗歌的推崇,还是魏收对沈约的贬毁,反映的都是北朝文人对沈约的重视,沈约的诗歌在北朝的广泛影响由此可以想见。所以《北史》才说:"江左文人,宋有颜延之、谢灵运,梁有沈约、任昉。"[③]

关于沈约引以为荣的"声律论",一方面,它成为了一种潮流,如《南齐书》云:"永明末,盛为文章。吴兴沈约、陈郡谢朓、琅邪王融以气类相推毂。汝南周颙善识声韵。约等文皆用宫商,以平上去入为四声,以此制韵,不可增减,世呼为'永明体'。"[④]另一方面,对这种潮流时人也有两种相反的意见,代表人物是刘勰和钟嵘。

一般认为刘勰的《文心雕龙》是对沈约"声律论"的响应和发展。刘勰认为"声律"是构成文学创作中的关键,《文心雕龙·声律》认为:"凡声有飞沉,响有双迭,双声隔字而每舛,迭韵杂句而必睽;沉则响发而断,飞则声飏不还,并辘轳交往,逆鳞相比;迂其际会,则往蹇来连,其为疾病,亦文家之吃也。"[⑤]这与沈约所提出的"宫羽相变,低昂互节"[⑥]是有互为表里之处的。史载:"(《文心雕龙》)既成,未为时流所称。勰自重其文,欲取定于沈约。约时贵盛,无由自达,乃负其书,候约出,干之于车前,状若货鬻者。约便命取读,大重之,谓为深得文理,常陈诸几案。"[⑦]有人认为刘、沈二人,士庶天隔,文心相通,可谓良有以也。

钟嵘则是旗帜鲜明地反对"声律论"的,《诗品·序》还将贵公子孙"襞积细微,专相凌架。故使文多拘忌,伤其真美"[⑧]的责任归于沈约等

① 檀作文译注:《颜氏家训》,第152页。
② 《北齐书》卷三十七《魏收传》,中华书局1972年版,第492页。
③ 《北史》卷八十三《文苑传》,中华书局1975年版,第2785页。
④ 《南齐书》卷五十二《文学传》,第898页。
⑤ 周振甫:《文心雕龙今译》,第300页。
⑥ 《宋书》卷六十七《谢灵运传论》,第1779页。
⑦ 《梁书》卷五十《文学下》,第712页。
⑧ 钟嵘撰,周振甫译注:《诗品译注》,第27页。

人，认为“王元长创其首，谢朓、沈约扬其波”①。他还说：“昔曹、刘殆文章之圣，陆、谢为体贰之才，锐精研思，千百年中，而不闻宫商之辨，四声之论。”②甚至不屑地说：“文制本须讽读，不可蹇碍，但令清浊通流，口吻调利，斯为足矣。至平上去入，则余病未能；蜂腰鹤膝，闾里已具。”③可以说，这些话句句都针对沈约的“声律论”。其实，《诗品》对于入品诗人的选择是比较严格的，在为数众多的古今诗人中，得到钟嵘青睐者只有一百二十余位，因此，“预此宗流者，便称才子”④。沈约能够跻身其中并位列中品，“其工丽亦一时之选也”⑤，说明在钟嵘看来，沈约的诗歌是具有相当成就的。钟嵘只看到了沈约“声律论”的负面效应，没有看到其带来的进步影响，他的看法无疑是偏颇的。应该看到的是，在齐梁文坛激烈而活跃的文艺论争中，刘勰、钟嵘的不同观点，彰显的是沈约“声律论”对当时文坛的震动和影响。

相对来说，对沈约诗歌提出反对意见的却是梁武帝萧衍，他反对沈约对朝章国采的改革，认为：“郊庙歌辞，应须典诰大语，不得杂用子史文章浅言；而沈约所撰，亦多舛谬。”⑥并采用了萧子云的复古意见，“惟用《五经》为本，其次《尔雅》《周易》《尚书》《大戴礼》……又寻唐、虞诸书，殷《颂》周《雅》，称美是一，而复各述时事”⑦。沈约这次改革虽然因为萧衍的反对而失败了，但沈约乐府诗“援俗入雅”的尝试却是可贵的，他不仅提升了吴歌地位，又以“三易说”为诗人向民歌学习提供了渠道，这些都是值得肯定的。同时，沈约的主张也对诗歌的俗化起到了推动作用。例如，萧纲就留下了《拟沈隐侯夜夜曲》⑧等作品，开启了“宫体”的先河。这说明对民歌的学习也应该有所取舍，民歌中充实的内容和活泼的风格值得学习，但对其中低俗的倾向也应该有所警惕。

---

① 钟嵘撰，周振甫译注：《诗品译注》，第27页。
② 钟嵘撰，周振甫译注：《诗品译注》，第27页。
③ 钟嵘撰，周振甫译注：《诗品译注》，第27页。
④ 钟嵘撰，周振甫译注：《诗品译注》，第26页。
⑤ 钟嵘撰，周振甫译注：《诗品译注》，第76页。
⑥ 《梁书》卷三十五《萧子云传》，第514页。
⑦ 《梁书》卷三十五《萧子云传》，第514页。
⑧ 参见陈庆元校笺：《沈约集校笺》，第317页。

最为客观的评价来自史官姚察，他在《梁书·沈约传》里，一方面肯定沈约的才华："谢玄晖善为诗，任彦升工于文章，约兼而有之，然不能过也。"[①]称他与同时期最杰出的文人相比并不逊色。同时，他也肯定了沈约劝进的功勋，认为他"参预缔构，赞成帝业"[②]，还称颂他和范云："云以机警明赡，济务益时，约高才博洽，名亚迁、董；俱属兴运，盖一代之英伟焉。"[③]"高才博洽"是说他的才华，"名亚迁、董"是说他的史学成就，"一代英伟"是说他的历史功绩，这些都是沈约的大节。另一方面，姚察也看到了沈约人格上的缺陷："自负高才，昧于荣利，乘时藉势，颇累清谈。及居端揆，稍弘止足。每进一官，辄殷勤请退，而终不能去，论者方之山涛。用事十余年，未尝有所荐达，政之得失，唯唯而已。"[④]姚察批评沈约"乘时藉势"也是公正的，像沈约抢在范云前面去劝进，其"乘时藉势"的心态是无法掩盖的。姚察是历仕梁、陈、隋三代之人，其揣摩沈约的心境，估计也深有感慨吧。

此外，梁代萧子显对沈约文艺思想的继承也很明显。沈约对萧子显是有提携和帮助之意的，萧子显的父亲文献王萧嶷死后，沈约曾撰《齐太尉文宪王公墓铭》，为萧嶷盖棺定论。沈约还为萧子显延誉，史载萧子显"尝著《鸿序赋》，尚书令沈约见而称曰：'可谓得明道之高致，盖《幽通》之流也'"。[⑤] 就文论而言，萧子显的文学发生论、声律论等，都明显带有沈约文论思想的印迹。在文学发生论上，萧子显所说的"委自天机，参之史传，应思悱来，勿先构聚"[⑥]的观点，强调文学的才华虽与学习有关，但并非靠外铄而成，与沈约所说的"高言妙句，音韵天成，皆暗与理合，匪由思至"[⑦]的思想并无二致。关于文学语言的运用，萧子显提出的"言尚易了"[⑧]，显然是对沈约"三易说"的高度概括。另

① 《梁书》卷十三《沈约传》，第 242 页。
② 《梁书》卷十三《沈约传》，第 244 页。
③ 《梁书》卷十三《沈约传》，第 244 页。
④ 《梁书》卷十三《沈约传》，第 242 页。
⑤ 《梁书》卷三十五《萧子显传》，第 511 页。
⑥ 《南齐书》卷五十二《文学传论》，第 908 页。
⑦ 《宋书》卷六十七《谢灵运传论》，第 1779 页。
⑧ 《南齐书》卷五十二《文学传论》，第 908 页。

外，萧子显又提出“文丽”的主张，认为“文成笔下，芬藻丽春”[①]，与沈约“清丽”的审美理想也颇为近似。在声律问题上，萧子显将“俱五声之音响，而出言异句”[②]，视为属文之道的必备条件，与沈约高度重视的“声律论”如出一辙。此外，他还提出了两个相反相成的理念，一是“吐石含金，滋润婉切”[③]，运用合乎浮声切响的方式来创造“滋润婉切”的韵律美；二是“杂以风谣，轻唇利吻”[④]，学习古乐府诗以及吴歌等民歌来达到自然活泼的风调。这些都是对沈约文学思想的理解和阐释。萧子显提出的那句振聋发聩的“在乎文章，弥患凡旧。若无新变，不能代雄”[⑤]的变革主张，也可以看作是对沈约《宋书·谢灵运传论》“文体三变”观点的合理延伸。

总之，对于沈约的为人，本时期一方面有人指责其“乘时籍势”，另一方面又有人认为其劝进是有胆识和魄力。时人也盛赞沈约笃于友谊、奖掖后进的作风。沈约的“声律论”存有争议，但支持者众而反对者寡。时人对其诗歌的评价也比较高。一言以蔽之，沈约在南北朝时期，从影响的角度来说，其影响是巨大的；从评价的角度来说，又是褒大于贬、誉大于毁的。

二、沈约在隋唐五代的影响

隋代享国三十八年，是中国历史上承南北朝、下启唐朝的大一统朝代。就笔者的耳目所闻见，谈及沈约其人其作的主要是王通和刘善经。

王通非常鄙夷沈约的为人，他说：“文士之行可见。谢灵运小人哉！其文傲，君子则谨。沈休文小人哉！其文冶，君子则典。鲍昭、江淹，古之狷者也。其文急以怨。吴筠、孔珪，古之狂者也。其文怪以怒。谢庄、王融，古之纤人也。其文碎。徐陵、庾信，古之夸人也。其

① 《南齐书》卷五十二《文学传论》，第 909 页。
② 《南齐书》卷五十二《文学传论》，第 907 页。
③ 《南齐书》卷五十二《文学传论》，第 908 页。
④ 《南齐书》卷五十二《文学传论》，第 908 页。
⑤ 《南齐书》卷五十二《文学传论》，第 908 页。

文诞。"[1]人品固然可以部分地证明文品，但绝不能简单地将人品与文品画等号。这种以人品定文品的方式缺乏合理的逻辑论证，显得比较突兀。

《文中子中说》还记载："李伯药见子（王通）而论诗。子不答。伯药退谓薛收曰：'吾上陈应、刘，下述沈、谢，分四声八病，刚柔清浊，各有端序，音若埙篪。而夫子不应我，其未达欤？'"[2]这是对"四声八病"较早的记载，但这段话没有继续做出阐释和说明。稍后，刘善经说："宋末以来，始有四声之目。沈氏乃著其谱论，云起自周颙。"[3]这一论断，较早地指出了沈约是"四声"的发明者。

隋三世而亡，之后的唐王朝空前兴盛，共历二十一帝，享国二百八十九年。唐朝对之前的历史和典章制度更为重视，对沈约的为人、《宋书》、沈约的诗文和"声律论"都做了更为深入的探讨。

关于沈约的为人，史官的评价一般较高。如李延寿说："梁武抚兹归运，啸召风云。范云恩结龙潜，沈约情深惟旧，并以兹文义，首居帷幄，追踪乱杰，各其时之遇也。而约以高才博洽，名亚董、迁，末迹为踬，亦风德之衰乎？"[4]认为沈约的晚节是他一生的污点，然而亦不过属于"风德之衰"，并不损害其大节。

《宋书》的影响也较为明显。当时的官员谈到典章制度，一般都会用《宋书》为参照，如署名唐玄宗撰，李林甫等注《唐六典》，署名魏徵撰的《隋书》，在谈到官制和典章制度，都多次征引《宋书》中的有关内容，可见这部书对唐代制度礼仪所作的贡献。

唐朝著名史学家刘知几撰写的《史通》是我国首部系统性的史学理论专著，在这部书里，刘知几对沈约的《宋书》做了较为公允的评述。他认为《宋书》至少有下面几个优点。

又如"序"："若沈《宋》之志序，萧《齐》之序录，虽皆以序为名，其实例也。必定其臧否，征其善恶，干宝、范晔，理切而多功，邓粲、道鸾，词

---

① 王通著，阮逸注，秦躍宇点校：《文中子中说》卷三，凤凰出版社 2017 年版，第 24 页。

② 王通著，阮逸注，秦躍宇点校：《文中子中说》卷二，第 11 页。

③ 刘善经《四声指归》今佚，引自卢盛江校注：《文镜秘府论汇校汇考》天卷，第 45 页。

④ 《南史》卷五十七《沈约范云传论》，第 1423 页。

烦而寡要，子显虽文伤蹇踬，而义甚优长。斯一二家，皆序例之美者。”①

比如“志”：“唯有袁山松、沈约、萧子显、魏收等数家，颇觉其非，不遵旧例。凡所记录，多合事宜。寸有所长，贤于班、马远矣。”②

复如“论赞”：“必择其善者，则干宝、范晔、裴子野是其最也，沈约、臧荣绪、萧子显抑其次也。”③

再如“索虏”：“观休文《宋典》，诚曰不工，必比伯起《魏书》，更为良史。而收每云：‘我视沈约正如奴耳。’此可谓饰嫫母而夸西施，持鱼目而笑明月者也。”④

在《外篇·史官建置》里，刘知几还谈到了史才问题，他说：“中朝之华峤、陈寿、陆机、束皙，江左之王隐、虞预、干宝、孙盛，宋之徐爰、苏宝生，梁之沈约、裴子野，斯并史官之尤美，著作之妙选也。”⑤

同时，刘知几也指出了《宋书》之弊。

其一是“曲笔”。他说：“盖史之为用也，记功司过，彰善瘅恶，得失一朝，荣辱千载。苟违斯法，岂曰能官。但古来唯闻以直笔见诛，不闻以曲词获罪。是以隐侯《宋书》多妄，萧武知而勿尤；伯起《魏史》不平，齐宣览而无谴。故令史臣得爱憎由己，高下在心，进不惮于公宪，退无愧于私室，欲求实录，不亦难乎？”⑥

其二是“失实”。他说：“崔浩谄事狄君，曲为邪说，称拓跋之祖，本李陵之胄。当时众议抵斥，事遂不行。或有窃其书以渡江者，沈约撰《宋书·索虏传》，仍传伯渊所述。凡此诸妄，其流甚多，傥无迹可寻，则真伪难辨者矣。”⑦

其三是“符瑞志”。他说：“盖自都邑以降，氏族而往，实为志者所宜先，而诸史竟无其录。如休文《宋籍》，广以《符瑞》；伯起《魏篇》，加

① 刘知几撰，白云译注：《史通》内篇第十，中华书局2014年版，第136页。

② 刘知几撰，白云译注：《史通》内篇第八，第87页。

③ 刘知几撰，白云译注：《史通》内篇第九，第126页。

④ 刘知几撰，白云译注：《史通》外篇第八，第743页。

⑤ 刘知几撰，白云译注：《史通》外篇第一，第516页。

⑥ 刘知几撰，白云译注：《史通》内篇第二十五，第516页。

⑦ 刘知几撰，白云译注：《史通》外篇第八，第745页。

之《释老》。徒以不急为务,曾何足云。”①

其四是“喜造奇说”。他说:“夫故立异端,喜造奇说,汉有刘向,晋有葛洪。近者沈约,又其甚也。”②

上面所指出的都是《宋书》固有的缺陷,刘氏的评价切中肯綮。

刘知几还特别提出了对《宋书·谢灵运传论》的看法,他说:“全说文体,备言音律,此正可为《翰林》之补亡,《流别》之总说耳。如次诸史传,实为乖越。陆士衡有云:‘离之则双美,合之则两伤。’信矣哉!”③认为传论虽然论述得当,但体例上存在“乖越”的问题。刘知几以史论惯例为标准来指责沈约的创新,这毫无疑问是保守的。《宋书》对诗歌史的勾勒,以及对声律论的阐释,放在一代大诗人谢灵运传的后面,是一种合理的引申。其他论赞也是对传主的评价和总结,有利于读者更好地把握传主的生平。这些都是无可厚非的。

刘知几的《史通》在当时被称为“笃论”,作为一位认真审视《宋书》的专家,他的看法至今仍然值得重视。

关注《宋书》的还有颜师古,他在《匡谬正俗》里表达了对《宋书》论赞体式的不满,说:“范蔚宗、沈休文之徒撰史者,详论之外,别为一首华文丽句标举得失,谓之为赞。自以取则班马,不其惑欤。”④这段话也是批评沈约在史书写法上不尊旧制。应该说,旧制的价值在于其适用性,如果旧制不适用,为什么不能改?何况旧制也是人创的,并不是什么金科玉律,这些言论的立论依据值得商榷。要评价沈约对旧制所作的修改,出发点只能是其适用性和在适用性基础上的优越性。

这一时期的史家,还往往将沈约置于南朝文士群体进行讨论,《隋书》说:“宋、齐之世,下逮梁初,灵运高致之奇,延年错综之美,谢玄晖之藻丽,沈休文之富溢,辉焕斌蔚,辞义可观。梁简文之在东宫,亦好篇什,清辞巧制,止乎衽席之间,雕琢蔓藻,思极闺闱之内。后生好事,递相放习,朝野纷纷,号为宫体。流宕不已,讫于丧亡。陈氏因之,未

---

① 刘知几撰,白云译注:《史通》内篇第八,第118页。
② 刘知几撰,白云译注:《史通》外篇第九,第782页。
③ 刘知几撰,白云译注:《史通》外篇第九,第759页。
④ 颜师古撰,刘晓东平议:《匡谬正俗平议》,山东大学出版社1999年版,第114页。

能全变。其中原则兵乱积年，文章道尽。”[①]这种说法肯定了沈约文采的富溢和其诗文的成就，但也看到了宫体所带来的恶果，是比较有见地的。

更为著名是这一段：“暨永明、天监之际，太和、天保之间，洛阳、江左，文雅尤盛。于时作者，济阳江淹、吴郡沈约、乐安任昉、济阴温子升、河间邢子才、巨鹿魏伯起等，并学穷书圃，思极人文，缛彩郁于云霞，逸响振于金石。英华秀发，波澜浩荡，笔有余力，词无竭源。方诸张、蔡、曹、王，亦各一时之选也。闻其风者，声驰景慕，然彼此好尚，互有异同。江左宫商发越，贵于清绮，河朔词义贞刚，重乎气质。气质则理胜其词，清绮则文过其意，理深者便于时用，文华者宜于咏歌，此其南北词人得失之大较也。若能掇彼清音，简兹累句，各去所短，合其两长，则文质斌斌，尽善尽美矣。”[②]这段文字表达得比较全面，不仅肯定了沈约作品的缛彩逸响、宫商发越，还阐明了南朝文学的音韵美，同时认为南、北方文学应该相互学习才能尽善尽美。这些看法都被后人看成描述南北朝文学特质的不易之论。

后晋刘昫《旧唐书》极其赞美“声律论”及沈约的文采，他说：“昔建安才子，始定霸于曹、刘；永明辞宗，先让功于沈、谢。”[③]又说：“近代唯沈隐候斟酌《二南》，剖陈三变，摅云、渊之抑郁，振潘、陆之风徽。俾律吕和谐，宫商辑洽，不独子建总建安之霸，客儿擅江左之雄。”[④]

欧阳询等编辑的我国第一部官修类书《艺文类聚》和徐坚所编辑的《初学记》都收录沈约的大量作品，这也从一个侧面反映了当时人对沈约作品的肯定态度。

这一时期，反对的声音主要来自文人群体。这个群体一般将沈约置于齐梁诗人之间，或者是将其置于声律论的是非里进行讨论，所得出的结论无外乎沈约的声律烦琐多拘，或者齐梁文体淫靡不足取。

首先是“初唐四杰”的激烈反应。卢照邻在《南阳公集序》里慨然

---

① 《隋书》卷三十五《经籍志四》，第 1090 页。

② 《隋书》卷七十六《文学传序》，第 1729～1730 页。

③ 《旧唐书》卷一百六十六《元稹白居易传论》，中华书局 1975 年版，第 4360 页。

④ 《旧唐书》卷一百九十《文苑传序》，第 4982 页。

叹曰:“八病爰超,沈隐侯永作拘囚;四声未分,梁武帝长为聋俗。后生莫晓,更恨文律烦苛;知音者稀,常恐词林交丧。《雅》《颂》不作,则后死者焉得而闻乎?”[①]卢照邻似乎有意识地区分了“八病”和“四声”,认为“四声”自当区分,而“八病”毋庸讲究,同时指责“八病”是导致《雅》《颂》不作的罪魁祸首。在《乐府杂诗序》里他又说:“潘、陆、颜、谢,蹈迷津而不归;任、沈、江、刘,来乱辙而弥远。”[②]认为自两晋以迄南朝的文学都违背了正统,都是需要批判的。王勃《上吏部裴侍郎启》也说:“自微言既绝,斯文不振。……虽沈谢争骛,适先兆齐梁之危;徐庾并驰,不能免周陈之祸。”[③]王勃将沈约作品与南朝的亡国之音联系起来,鄙视之意溢于言表。应该说,讲究声律与吟咏的内容没有关系,沈约的作品,包括齐梁宫体诗的问题都不在于讲究声律,而在于内容狭小空洞。

“初唐四杰”活动于唐朝高宗、武后时期,是盛唐诗歌的先导,他们强烈反对淫靡的齐梁文学,在内容、风格等方面对唐代文风起了拨乱反正的作用,他们反对梁代文宗沈约也是势所必然的。

其他文人也有鲜明的态度。如皎然在《诗式》里说:“乐章有宫商五音之说,不闻四声。近自周颙、刘绘流出,宫商畅于诗体,轻重低昂之节,韵合情高,此未损文格。沈休文酷裁八病,碎用四声,故风雅殆尽。后之才子,天机不高,为沈生弊法所媚;懵然随流,溺而不返。”[④]皎然承认诗歌应该讲究轻重低昂,但对沈约“酷裁八病”的做法表示反感,这个观点是比较有代表性的。晚唐的李德裕在《文章论》里则说:“沈休文独以音韵为切,重轻为难,语虽甚工,旨则未远矣。……古人辞高者,盖以言妙而工,适情不取于音韵,意尽而止,成篇不拘于只耦,故篇无定曲,辞寡累句。”[⑤]他也批评沈约过分讲究音律的做法。诚然,过多讲究“八病”是作茧自缚,但沈约作品里找不到其“酷裁八病”的痕迹,其有没有提出过“八病”之说尚且存疑,这些批评难免都有过激之嫌。

---

① 谌东飙校点:《卢照邻集》,岳麓书社 2001 年版,第 49 页。

② 谌东飙校点:《卢照邻集》,第 50 页。

③ 谌东飙校点:《王勃集》,第 70 页。

④ 李壮鹰校注:《诗式校注》,第 14 页。

⑤ 李德裕撰,傅璇琮、周建国校笺:《李德裕文集校笺》,中华书局 2018 年版,第 802 页。

颜真卿则是将讲究声律作为宫体的特征进行批判，他在《尚书刑部侍郎赠尚书右仆射孙逖文公集序》里说：“汉魏已还，雅道微缺；梁陈斯降，宫体聿兴。既驰骋于末流，遂受嗤于后学。是以沈隐侯之论谢康乐也，乃云灵均已来，此未及睹；卢黄门之序陈拾遗也，而云道丧五百岁而得陈君。若激昂颓波，虽无害于过正；榷其中论，不亦伤于厚诬。何则？雅郑在人，理乱由俗。”①颜真卿斥责“宫体”为雅道末流，推崇陈子昂振颓波于激昂，并认为这些现象都是由于当时风气所造成的。这种看法是比较符合实际的。

封演在《封氏闻见记》里说：“永明中，沈约文词精拔，盛解音韵，遂撰《四声谱》《文章八病》。有平头、上尾、蜂腰、鹤膝，以为自灵均已来，此秘未睹。时王融、刘绘、范云之徒皆称才子，慕而煽之。由是远近文学，转相祖述，而声韵之道大行。以古之为诗，取其宣导情致，激扬政化，但含徵韵商，意非切急，故能包含元气，骨体大全，《诗》《骚》以降是也。自声病之兴，动有拘制，文章之体格坏矣。”②在这里，封演既看到了沈约“文词精拔”的一面，也看到了“声韵之道大行”所带来的“动有拘制”的恶果，得出了“文章之体格坏矣”的结论，他的观点也是比较客观的。

我们再来看看唐代诗人们对沈约的态度。杜甫在《苏端薛复筵简薛华醉歌》里说：“何刘沈谢力未工。”③表达了他对沈谢诸人的不满和鄙视。孟棨《本事诗·高逸》则引李白语曰：“梁陈以来，艳薄斯极，沈休文又尚以声律，将复古道，非我而谁与？”④这段话，显示了其傲视齐梁文风、反对沈约声律论、决心恢复古道的豪迈之气。这些言论似乎说明唐代诗人都反对沈约，那么，是不是如此呢？

裴庭裕《东观奏记》记载了一则轶事，唐宣宗喜欢作诗，一日赋诗赐萧寘，萧寘说：“陛下此诗，虽‘湘水日千里，因之平生怀’亦无以加也。”明日，召学士韦澳问此两句。澳奏曰：“齐太子家令沈约诗，寘以

① 颜真卿：《颜鲁公集》，上海古籍出版社 1992 年版，第 75 页。
② 封演撰，赵贞信校注：《封氏闻见记校注》，第 13 页。
③ 杜甫著，高仁标点：《杜甫全集》，上海古籍出版社 1996 年版，第 17 页。
④ 丁福保编：《历代诗话续编》，中华书局 1983 年版，第 14 页。

睿藻清新，取方沈约尔。”[1]这则轶事说明沈约诗歌在唐代中期仍然为时人所好尚，所以人臣才敢用他的诗句来比喻皇帝的作品，只是韦澳误将‘湘水日千里，因之平生怀’当成了沈约所作。

打开《全唐诗》，我们可以看到大量引用或者以沈约为典故的诗句，如李白“沈约八咏楼，城西孤岧峣。岧峣四荒外，旷望群川会”（《送王屋山人魏万还王屋并序》）；李商隐“此时谁最赏，沈范两尚书”（《漫成三首》）；陆龟蒙“我亦休文瘦，君能叔宝清”（《奉酬袭美早春病中书事》）；贯休“耕避初平石，烧残沈约楼”（《和韦相公话婺州陈事》）；权德舆“名僧康宝月，上客沈休文”（《与沈十九拾遗同游栖霞寺上方于亮上人院会宿二首》）；元稹“休文徒倚槛，彦伯浪回船”（《酬乐天江楼夜吟稹诗，因成三十韵》）；崔颢“梁日东阳守，为楼望越中。绿窗明月在，青史古人空”（《题沈隐侯八咏楼》）；孟浩然“何必东南守，空传沈隐侯”（《陪独孤使君同与萧员外证登万山亭》）；钱起“紫泥何日到沧洲，笑向东阳沈隐侯”（《赠张南史》）；刘禹锡“东阳本是佳山水，何况曾经沈隐侯”（《答东阳于令寒碧图诗》）；张籍“郡化黄丞相，诗成沈隐侯”（《新城甲仗楼》）。杜甫的诗集里也有沈约的影子，如“阴何尚清省，沈宋欻联翩”（《秋日夔府咏怀奉寄郑监李宾客一百韵》），再如《望岳》中“会当凌绝顶，一览众山小”一句，《杜诗详注》注引沈约诗“绝顶复孤圆”[2]。最意味深长的是陈子昂的诗中也有沈约的句子，如清人王士祯曾指出，陈子昂的“‘如何此时恨，嗷嗷夜猿鸣’，本沈约‘嗷嗷夜猿鸣，溶溶晨雾合’”[3]。这么多的吟咏，怎么能说诗人们都鄙视沈约呢？

《全唐文》里也处处有沈约的痕迹：李商隐“陋若左思，瘦同沈约，无庾信之腰腹，乏崔炎之须眉，然至于感分识归，衔诚议报”（《为举人献韩郎中琮启》）；温庭筠“岂知沈约扇中，犹题拙句；孙宾车上，欲引凡姿”（《上杜舍人启》）。这些都说明，沈约已经潜移默化成为唐代文人无法规避的典故，他们对沈约的态度，与其说是抛弃，毋宁说是传承。

当时集中探讨诗词格律的作品，还有日本遍照金刚（空海）的《文

---

① 郑处诲、裴庭裕著，田廷柱点校：《明皇杂录　东观奏记》，中华书局1994年版，第106页。

② 杜甫著，仇兆鳌注：《杜诗详注》，中华书局2007年版，第50页。

③ 王士祯撰，勒斯仁点校：《池北偶谈》，中华书局1988年版，第278页。

镜秘府论》。遍照金刚于唐贞元二十年(804 年)至元和元年(806 年)在中国留学,与中国僧徒、诗人都有友好的交往。《文镜秘府论》是应当时日本人学习汉语和文学的要求,将带回国的崔融《唐朝新定诗格》、王昌龄《诗格》、元兢《诗髓脑》、皎然《诗议》等书排比编纂而成,对中日文化交流作出了贡献。全书以天、地、东、南、西、北分卷,大部分篇幅是讲述诗歌的声律、词藻、典故、对偶等形式技巧问题的,如《调四声谱》《诗章中用声法式》《论对》《论病》《论对属》等等,其所引之书,今多失传,故保存了不少中国古代文论的史料。所论“文二十八种病”“文笔十病得失”等,对研究六朝至唐古近体诗律学、文学批评、修辞学均有参考价值。《文镜秘府论》有不少篇幅讲到了沈约的声律论及所谓的“八病”问题,但歧义较大。比如,该书说:“沈侯、刘善之后,王、皎、崔、元之前,盛谈四声,争吐病犯,黄卷溢箧,缃帙满车。”[①]“颙、约已降,兢、融以往,声谱之论郁起,病犯之名争兴;家制格式,人谈疾累;徒竞文华,空事拘检;灵感沈秘,雕弊实繁。窃疑正声之已失,为当时运之使然。”[②]又说平头:“沈氏云:‘第一、第二字不宜与第六、第七同声。若能参差用之,则可矣。’”[③]说鹤膝:“沈氏曰:‘人或谓鹤膝为蜂腰,蜂腰为鹤膝。疑未辨。’然则孰谓公为该博乎!盖是多闻阙疑,慎言寡尤者欤。”[④]诸如此类,均语言未详。然“八病”的由来和内容仍悬之待考,姑仅以上述几句作为提示,以待来哲。

关于沈约的乐府,本时期吴兢的《乐府古题要解》探讨了乐府古题的来源,书中时或援引《宋书》或沈约作品,揭示了沈约在唐代的影响。如解释“白马篇”古题,他说:“曹植‘白马饰金羁’、鲍照‘白马骍角弓’、沈约‘白马紫金鞍’,皆言边塞征战之状。”[⑤]

综上所述,隋代对沈约的评价很少,唐代史官对沈约的为人以及对沈约的《宋书》,评价都较为客观。文人则多以批判齐梁文风来指责沈约过分讲究声律之弊。文人诗文中却大量吟咏或征引沈约的事迹

① 卢盛江校考:《文境秘府论汇校汇考》序,第 13 页。

② 卢盛江校考:《文境秘府论汇校汇考》西卷,第 842 页。

③ 卢盛江校考:《文境秘府论汇校汇考》西卷,第 876 页。

④ 卢盛江校考:《文境秘府论汇校汇考》西卷,第 933 页。

⑤ 丁福保辑:《历代诗话续编·乐府古题要解》,中华书局 1983 年版,第 50 页。

或诗文，说明此时沈约的影响力依旧巨大。

三、宋元时期对沈约的接受

宋元承继隋唐，对沈约的接受多围绕着沈约的“声律论”展开，也有一些新的现象和见解。

《新唐书》《宋史》《资治通鉴》对《宋书》典章制度、礼仪谥法都有讨论，《新唐书》还著录了不见于《梁书》和《南史》的《梁新定官品》十六卷、《梁仪注》十卷、《袖中记》二卷、《子钞》三十卷，这些作品均署名沈约撰，其究竟是假托还是重新发现，我们未及细详，但这一现象本身就说明了沈约的影响在进一步扩大。

由丞相脱脱和阿鲁图先后主持修撰的《宋史》记载：“（李）虚己喜为诗，数与同年进士曾致尧及其婿晏殊唱和。初，致尧谓曰：‘子之词诗虽工，而音韵犹哑。’虚己未悟。后得沈休文所谓‘前有浮声，则后须切响’，遂精于格律。”[①]这一段话，将李虚己从不懂格律到领悟到“前有浮声，则后须切响”的真谛再到精通格律的过程说得非常明确。这是沈约声律论影响比较正面的例子。

《资治通鉴》经常引用沈约的议论作为历史的评价。如：“（徐）羡之曰：‘黄、散以下悉以委蔡（廓），吾徒不复措怀；自此以上，故宜共参同异。’廓曰：‘我不能为徐千木署纸尾！’遂不拜。千木，羡之小字也。选案黄纸，录尚书与吏部尚书连名，故廓云然。沈约论曰：‘蔡廓固辞铨衡，耻为志屈；岂不知选、录同体，义无偏断乎！良以主暗时难，不欲居通塞之任。远矣哉！’”[②]沈约对蔡廓不拜的分析，可谓深远透彻。这一现象证明了沈约作为史家的价值。

关于《宋书》诸志，时人也有评论。郭茂倩的《乐府诗集》经常征引《宋书·乐志》，如在谈到《远如期》题解时，他说：“一曰《远期》。《宋书·乐志》有《晚芝曲》，沈约言旧史云‘诂不可解’，疑是汉《远期曲》也。”[③]元

---

① 《宋史》卷三百《李虚己传》，中华书局 1977 年版，第 9975 页。

② 《资治通鉴》第一百一十九卷《宋纪一》，第 1436 页。

③ 郭茂倩编撰：《乐府诗集》卷十六《鼓吹曲辞一》，第 232 页。

代马端临的《文献通考》引陈振孙的话说："其(《宋书》)志兼载魏、晋，失于限断，揆以班、马史体，未足为疵。"①又引《崇文总目》说："其书虽诸志，失于限断，然有博洽多闻之益。"②再引叶适的话说："迁、固为书、志，论述前代旧章以经纬当世，而汉事自多阙略。蔡邕、胡广始有纂辑，陈寿、范晔废不复著。至沈约比次汉、魏以来，最为详悉。"③以上种种著述都肯定了沈志博洽多闻，认为《宋书》诸志是详瞻之作。

此时提到沈约的笔记、杂记类著作，以《梦溪笔谈》《郡斋读书志》《齐东野语》《墨庄漫录》《困学纪闻》《容斋随笔》《宋朝事实类苑》等为代表。另外，宋元时期，诗文评类著作勃兴，所载内容则往往相互交叉，多有重复。这里仅以《苕溪渔隐丛话》《石林诗话》《诗人玉屑》《后村诗话》《诗谱》《沧浪诗话》《全唐诗话》等为代表，谈谈上述著作中有关沈约的问题。

沈括《梦溪笔谈》说："音韵之学，自沈约为四声，及天竺梵学入中国，其术渐密。"④又说："大都自沈约为四声，音韵愈密。然梵学则有华、竺之异，南渡之后，又杂以吴音，故音韵庞驳，师法多门。"⑤因此，他批评说："古人文章，自应律度，未以音韵为主。自沈约增崇韵学……自后浮巧之语，体制渐多……诗又有正格、偏格，类例极多。故有三十四格、十九图、四声、八病之类。"⑥将四声的出现和梵学联系起来，这还是第一次。沈括虽然保持着批判的倾向，也缺少更多的证明，但这个理论的提出，使声律论问题摆脱了是与非的纠缠，追溯了"四声"出现的根源，把问题向前推进了一步。

晁公武的《郡斋读书志》作为一部私人藏书目录，涉及沈约的书目和言论较多，除上述音韵起源问题之外，还谈到了一些礼乐典章的问题。如谈到类书的起源，他说："齐梁间士大夫之俗，喜征事以为其学

① 马端临：《文献通考》卷一百九十二，中华书局 2011 年版，第 5576 页。

② 马端临：《文献通考》卷一百九十二，第 5576 页。

③ 马端临：《文献通考》卷一百九十二，第 5577 页。

④ 沈括撰：《梦溪笔谈》卷十四，上海书店出版社 2003 年版，第 124 页。

⑤ 沈括撰：《梦溪笔谈》卷十五，第 131 页。

⑥ 沈括撰：《梦溪笔谈》卷十五，第 132 页。

浅深之候，梁武帝与沈约征栗事是也。类书之起，当在是时。”[①]谈到诗律的变化，他说：“自魏建安讫江左，诗律屡变，至沈约、庾信，以音韵相婉附，属对精密，及之问、佺期，又加靡丽，回忌声病，约句准篇，如锦绣成文，学者宗之，号曰‘沈宋’。”[②]基本梳理了律诗的初步发展和定型的过程。谈到史书，他又说：“历代之史，惟《晋》丛冗最甚，可以无讥。至于取沈约诞诬之说，采《语林》《世说》《幽明录》《搜神记》诡异谬妄之言，亦不可不辨。”[③]指出了《宋书》取材的诞诬问题。上述这些言论都有一定的合理性。

王应麟的《困学纪闻》也保留了时人探讨“四声”来源问题的结论，他引米芾的话说：“五声之音，出于五行，自然之理。沈隐侯只知四声，求其宫声不得，乃分平声为二。’”[④]这个说法继承了陆厥的疑问，并尝试做了自己的解释。《困学纪闻》还纠正了几个流行于世的错误，第一是：“韵分为五，始于吕静，非自沈约始也。”[⑤]这说明宋元时期流行着“五韵”始自沈约的说法。第二是：“晋元帝为牛氏子，其说始于沈约，而魏收《岛夷传》因之，唐贞观史官修《晋书》亦取焉。”[⑥]沈约此说实属荒诞。第三是：“‘沈约年八十，手写簿书’，本杜牧所作《方玄墓志》。本朝建隆诏亦云：‘沈约为吏，手写簿书。’愚按《理道要诀》云：‘宋光禄大夫傅隆，年过七十，手写籍书。梁尚书令沈约，位已崇高，议请宝重。’盖误以傅隆为沈约也。”[⑦]此说在隋唐时已经传播已久，王氏的更正是必要的。王应麟还说：“纬书谬妄，而沈约取之，无识甚矣。”[⑧]指出了《宋书·符瑞志》的谬妄。总之，王应麟认真地对待其所发现的问题，尽到了一个学者的责任。

洪迈的《容斋随笔》也指缪于沈约，他说：“沈约称一时文宗，妄谱

---

① 晁公武撰，孙猛校注：《郡斋读书志》卷十四，第 646 页。

② 晁公武撰，孙猛校注：《郡斋读书志》卷十七，第 834 页。

③ 晁公武撰，孙猛校注：《郡斋读书志》卷五，第 182 页。

④ 王应麟撰，翁元圻注，栾保群等校点：《困学纪闻》卷八，上海古籍出版社 2008 年，第 1065 页。

⑤ 王应麟撰，栾保群等校点：《困学纪闻》卷八，第 1065 页。

⑥ 王应麟撰，栾保群等校点：《困学纪闻》卷十三，第 1526 页。

⑦ 王应麟撰，栾保群等校点：《困学纪闻》卷十四，第 1635 页。

⑧ 王应麟撰，栾保群等校点：《困学纪闻》卷八，第 1093 页。

其上世名氏官爵，固可嗤诮，又不分别两沈国。其金天氏之裔，沈、姒、蓐、黄之沈，封于汾川，晋灭之，春秋之沈，封于汝南，蔡灭之，顾合而为一，岂不读《左氏》乎？”[①]此说认为沈约不仅在“上世名氏官爵”中造假，对沈氏的来源也表达得含混不堪，质疑沈约的识见。这种说法看似有理，但在南北朝极重家世的时代，沈约“妄谱其上世名氏官爵”恐怕还是有意为之的。洪迈这段话没有打中要害。

魏庆之的《诗人玉屑》以辑录体的形式，收录选辑了两宋诸家论诗的短札谈片。他反对世人对声律问题的成见，引叶适的话说：“盖魏晋名家，多发兴高远之言，少验物切近之实，及沈约、谢朓永明体出，士争效之。初犹甚艰，或仅得一偶句，便已名世矣。夫束字十余，五色彰施，而律吕相应，岂易工哉！善为是者，取成于心，寄妍于物，融会一法，含受万象；豨苓桔梗，时而为帝，无不按节赴之；君尊臣卑，宾顺主穆，如丸投区、矢破的，此唐人之精也。然厌之者谓其纤碎而害道，淫肆而乱雅，至于庭设九奏，广袖大舞，而反以浮响疑宫商，布缕谬组绣，则失其所以为诗矣。”[②]叶适认为，没有沈约等“永明体”诗人的努力，习惯于“以浮响疑宫商，布缕谬组绣”，则唐诗无法达到今天的成就。这个评价较为公允。

《诗人玉屑》还引王直方语曰：“谢朓尝语沈约曰：好诗圆美，流转如弹丸。故东坡答王巩云：‘新诗如弹丸。’及送欧阳弼云：‘中有清圆句，铜丸飞柘弹。’盖谓诗贵圆熟也。余以谓圆熟多失之平易；老硬多失之干枯。能不失于二者之间，可与古之作者并驱。”[③]此说不但肯定了“好诗圆美流转如弹丸”的品评意见，也指出了诗人“圆熟多失之平易；老硬多失之干枯”的弊端，实属难能可贵。叶梦得在《石林诗话》也中说：“古今论诗者多矣，吾独爱汤惠休称谢灵运为‘初日芙渠’，沈约称王筠为‘弹丸脱手’两语，最当人意。‘初日芙渠’，非人力所能为，而精彩华妙之意，自然见于造化之妙，灵运诸诗，可以当此者亦无几。‘弹丸脱手’，虽是输写便利，动无留碍，然其精圆快速，发之在手，筠亦

---

① 洪迈撰，孔凡礼点校：《容斋随笔》，中华书局2005年版，第84页。

② 魏庆之撰，王仲闻点校：《诗人玉屑》卷十九，中华书局2007年版，第629页。

③ 魏庆之撰，王仲闻点校：《诗人玉屑》卷十，第307页。

未能尽也。然作诗审到此地,岂复更有余事。"[①]此说指出了沈约评诗的精审之处,也是很有见地的。

胡仔的《苕溪渔隐丛话》辑录前代文人的诗文评论,尤详于两宋。论文考义者居多,去取较为谨严。例如,录潘淳说:"皮日休云:梁武帝诗,后牖有朽柳,沈约诗,偏眠船舷边,叠韵兴焉。"[②]录蔡居厚言:"声韵之兴,自谢庄、沈约以来,其变日多。四声中又别其清浊以为双声,一韵者以为叠韵。盖以轻重为清浊尔,所谓'前有浮声则后有切响'是也。"[③]录叶梦得说:"近任昉、王元长等,辞不贵奇,竞须新事。迩来作者,寖以成俗。遂乃句无虚语,语无虚字,牵联补衲,蠹文已甚,自然英特,罕遇其人。"[④]这些言论虽均须商榷,但反映了时人对沈约的兴趣点和对其文学理论的态度。

刘克庄在《后村诗话》里说:"徐陵所序《玉台新咏》十卷,皆《文选》所弃余也。六朝人少全集,虽赖此书略见一二,然尚好不出月露,气骨不脱脂粉,雅人庄士见之废卷。昔坡公笑萧统之陋,以陵观之,愈陋于统。如沈休文《六忆》之类,其亵慢有甚于《香奁》《花间》者,然则自《国风》《楚辞》而后,固当继以选诗,不易之论也。"[⑤]刘克庄认为沈约《六忆》之类虽然亵慢,但也是时风的一面镜子,应该予以保留,并自信地认为此是"不易之论",此说可谓新颖。

元代陈绎曾在《诗谱》中说:"沈约、吴均、何逊、王筠、任昉,阴铿、徐陵、薛道衡、江总,右诸家,律诗之源,而尤近古者,视唐律虽宽,而风度远矣。"[⑥]他认为唐前诗人尤其是梁、陈诗人虽然格律不及唐诗谨严,但气度更辽远。同时,他还评价沈约的诗歌说:"佳处斫削,清瘦可爱,自拘声病,气骨萧然。唐诸家声律皆出此。"[⑦]这句话颇值玩味,一方面肯定沈诗佳处清瘦可爱,另一方面又批评其"自拘

① 叶梦得撰,逯铭昕校注:《石林诗话校注》卷下,人民文学出版社 2011 年版,第 194 页。
② 胡仔纂集,廖德明校点:《苕溪渔隐丛话》卷二,人民文学出版社 1962 年版,第 9 页。
③ 胡仔纂集,廖德明校点:《苕溪渔隐丛话》卷二,第 9 页。
④ 胡仔纂集,廖德明校点:《苕溪渔隐丛话》卷一,第 6 页。
⑤ 刘克庄撰,王秀梅点校:《后村诗话》卷一,第 6 页。
⑥ 丁福保辑:《历代诗话续编·诗谱》,第 625 页。
⑦ 丁福保辑:《历代诗话续编·诗谱》,第 631 页。

声病，气骨萧然”，还指出沈诗是唐律的基础，这些看法都可以视为对沈诗的公允评价。

严羽《沧浪诗话》曰：“八病严于沈约……作诗正不必拘此，敝法不足据也。”[①]认为沈约的“八病”是一种敝法。周密的《齐东野语》也批评声律论所造成的不良后果，他说：“古人但随声取协，方言又多不同。至沈约以来，方有四声之拘耳，然亦正不必牵强也。”[②]这些说法都是反对沈约“拘声韵”的典型。

在文人纷纷鄙薄齐梁诗风的时候，也有反其道而行之的人。尤袤《全唐诗话》说：“魏建安后讫江左，诗律屡变。至沈约庾信，以音韵相婉附，属对精密。”[③]张邦基《墨庄漫录》则说：“《玉台新咏》梁沈约休文有《六忆诗》，盖艳词也。其后少有效其体者。王全玉乃作《宫体十忆诗》，李元膺重见之，爱其词意宛转，且曰：‘读之动人，老狂不能已，聊复效尤。’亦作十绝，谓《忆行》《忆坐》……其情致殊妍丽，自非风流才思者不能作也。”[④]李元膺、王全玉大约都是下层文人，与他们交往的人盖亦非高官显宦。王全玉所作虽然是游戏文字，但也可以看出沈约作品在下层社会的流传情况。

《太平广记》是宋代李昉等人奉宋太宗之命编纂的我国第一部文言纪实小说总集。这部书里记载了一些沈约的故事。如《异人一》里，梁武帝命沈约作覆请罣闯、颢杰、麸黔、仉肾等四公占卜的故事，既绘声绘色但又荒诞不经。还有《精怪四》里记载的木偶人“轻素”的故事，可谓奇而又奇，不可思议。还有一些轶事，如：“（吴）均又为诗曰：‘秋风泷白水，雁足印黄沙。’沈隐侯约语之曰：‘印黄沙语太险。’均曰：‘亦见公诗云，山樱发欲然。’约曰：‘我始欲然，即已印讫。’”[⑤]再如：“梁高祖尝作五字叠韵，曰：‘后牖有榴柳。’会朝士并作。刘孝绰曰：梁王长康强。沈约曰：偏眠船舷边……吴均沈思良久，竟无所言。高祖愀然

① 何文焕辑：《历代诗话·沧浪诗话》，中华书局1981年版，第691页。

② 周密撰，张茂鹏点校：《齐东野语》卷十一，中华书局1983年版，第205页。

③ 何文焕辑：《历代诗话·全唐诗话》，第72页。

④ 张邦基等撰，孔凡礼点校：《墨庄漫录　过庭录　可书》，中华书局2002年版，第142页。

⑤ 李昉等编：《太平广记》，中华书局1961年版，第1483页。

不悦。俄有诏曰:吴均不均,何逊不逊,宜付廷尉。”[①]再有:“唐许敬宗性轻,见人多忘之,或谓其不聪。曰:‘卿自难识,若是曹、刘、沈、谢,暗中摸索著亦可识。’”[②]这是都是文人雅士们相互之间的玩笑,读来不免一哂。这些故事说明沈约的影响逐渐离开了正史和文人圈子,进一步故事化,走向了具有民间意味浓郁的小说和传奇。

元代祝尧还评价了沈约的赋,其《古赋辨体》卷六认为:“盖自沈休文以平上去入为四声,至子山尤以音韵为事,后遂流于声律焉。”[③]

此外,宋代释道宣的《广弘明集》还搜录了沈约有关佛教的文章。

和唐代一样,宋元时期也有大量的诗人、词人和曲作家吟咏沈约。例子很多,这里仅举一些有代表性的作品。诗歌方面,如杨亿“云峰得句怀真赏,瘦尽东阳沈隐侯”(《再次首唱韵和》);欧阳修“平居革带频移孔,谁问无憀沈隐侯”(《即目》);苏轼“三犀窃鄙秦太守,八咏聊同沈隐侯”(《虔州八境图八首》);邵雍“无端风雨虽狂暴,不信能凌沈隐侯”(《新居成呈刘君玉殿院》);王禹偁“东阳敞八咏,吾闻沈隐侯”(《月波楼咏怀有序》);范成大“上维沈隐侯,夔台今吏师”(《麻线堆》);黄庭坚“鬓发斑然潘骑省,腰围瘦尽沈东阳”(《次韵伯氏戏赠韩正翁菊花开时家有美酒》);杨万里“君不见东阳沈隐侯,君不见宣城谢玄晖,两处双溪清彻底,二子诗句清于溪”(《谢曹宗臣惠双溪集》);梅尧臣“太守怜予句,应如沈隐侯”(《寄岳州孙屯田》);王安石“相见会知南望苦,病骸今似沈休文”(《次韵答丁端州》);等等。词作品方面,如辛弃疾“花知否,花一似何郎。又似沈东阳”(《最高楼·客有败棋者代赋梅》);刘克庄“此膝不曾屈了。更休文、腰难运掉”(《烛影摇红》);晏几道“沈郎春雪愁消臂,谢女香膏懒画眉”(《鹧鸪天》);苏轼“风压轻云贴水飞,乍晴池馆燕争泥。沈郎多病不胜衣”(《浣溪沙·春情》);贺铸“谁念东阳销瘦骨,更堪白纻衣衫薄”(《满江红·伤春曲》);范成大“分散西园盖。消减东阳带。人事改,花源在”(《千秋岁·重到桃花坞》);等等。曲作品方面,吟咏沈约的

① 李昉等编:《太平广记》,第1908页。
② 李昉等编:《太平广记》,第2071页。
③ 祝尧:《古赋辨体》卷六,王冠辑:《赋话广聚》,第347页。

现象也很普及，如《张君瑞害相思》《梅香骗翰林风月》《布袋和尚忍字记》《太白贬夜郎》《李素兰风月玉壶春》等杂剧的唱词或宾白里都有“沈约”“沈郎”“沈腰”的词句。散曲方面，如张可久“醉煞刘伯伦，瘦损沈休文。红杏村，杜宇怨黄昏”（《湖上春晓》）；刘因“休道姻缘难成就，好处要人消受，终须是配偶，偏甚先教沈郎瘦”（《姻缘》）；等等。以上诗、词、曲作品，说明沈约作为一个文化符号或者文化典故已深入人心。

总之，宋元时期，对沈约的评价常见于笔记类、诗文评类著作当中，以对声律论的探讨为大宗，《梦溪笔谈》《郡斋读书志》还提出和探讨了声律的发现与梵学之间的密切关系。评价沈约诗歌者分为两派，支持的一派以元代的陈绎曾为代表，称其“清瘦可爱”；反对的一派则以严羽为代表，他强烈反对诗歌讲究韵律，认为沈约的“敝法不足据”，叶梦得还盛赞了沈约评诗的见地。本时期还出现了一些沈约的传奇故事，体现了沈约作为一个文化符号已经走向了民间。本时期的诗、词、曲里都有沈约的影子，说明沈约的影响依旧存在。

四、明人对沈约的接受

明代对沈约的评价，涉及沈约的史才问题、人格问题，以及沈约诗歌的评价问题和“声律论”的问题，多见于史评和诗文评当中。

时人对沈约《宋书》的评论，比较有代表性的文字，主要见于胡应麟的《史书占毕》和朱明镐的《史纠》。《史书占毕》认为沈约不具史德、史才，胡应麟说：“陈、范有史才而无史学，沈、魏赢史学而乏史才。”[1]又说：“古今具史才而能旁及诸体者，班氏乎？……沈魏著作间睹，而史非其任。”[2]又说：“沈传、裴略，家门互易，史乎史乎！”[3]他还认为《宋书》繁冗，说：“读沈约、魏收诸史而知李延寿之史之得也，其浮词简

---

① 胡应麟：《史书占毕》，《少室山房笔丛》，上海书店出版社2009年版，第128页。

② 胡应麟：《史书占毕》，《少室山房笔丛》，第134页。

③ 胡应麟：《史书占毕》，《少室山房笔丛》，第128页。

也。”[①]还说：“晋史之文猥而杂，宋梁陈之史猥而浮，宋辽金之史猥而陋。”[②]要之，胡应麟认为《宋书》是一部平庸的史书。

朱明镐是明末清初人，也是复社人物之一。他少年失怙、科场崚嶒、明亡后拒绝出仕，家甚贫而志甚坚。正是这样的经历，使他身上有很多对家族的忧思和对国家的反思。《史纠》考订了诸史书法之谬及其事迹之抵牾。朱明镐说：“魏收之书颇有史裁，四夷之传，不袭旧文；十志之中，无溢前代。比之沈约《宋书》，才藻不如而断限差胜。”[③]言下之意《宋书》是富有才藻的。同时，他还高度评价沈约的《乐志》，说：“惜乎刘宋用彼昧僸，失兹典型也。休文见时不用，全录歌章并著义熙之年，不没新创之实。倘亦良史之遗乎？”[④]同时，他不客气地批评《宋书》的《州郡志》：“其间朝为庐九，夕入长桂，侨寓土断，离合万千，明序干条，灿同观火。但地理不志，风俗无通，鸿文既落，致无卓观。”[⑤]朱明镐还批评沈约的“曲笔”说：“传云仲达（沈攸之）赋敛严苦，征发无度，缮治船舸，营缮器甲，自至夏口便有异图。此皆褚渊王俭之徒，附缀其罪，以媚新君。沈书沿之，非信史也。……沈书不立忠节传，更不附孝义集。董狐卒，史之笔扫地尽矣。”[⑥]还说：“傅亮见收，独曰：‘黜昏立明，社稷之计，欲加之罪，其无辞乎？’词气惨正，《宋书》削去不载，非实录也。”[⑦]应该说，这些问题都是《宋书》客观存在的，但也正映射着朱明镐本人的寄托。

何良俊在《四友斋丛说》中说：“沈约作《宋书》，虽非当行家，然约本文士，出自一手，终是可观。”[⑧]这是从文士的角度来肯定《宋书》的例子。

关于沈约的为人，时人的评价较低。如明末组织复社进行文学和政治活动的张溥，他曾编《汉魏六朝百三家集》，在《沈隐侯集》题辞里，

---

① 胡应麟：《史书占毕》，《少室山房笔丛》，第 134 页。

② 胡应麟：《史书占毕》，《少室山房笔丛》，第 134 页。

③ 朱明镐：《史纠》，《钦定四库全书》第 688 册，文渊阁本，第 483c 页。

④ 朱明镐：《史纠》，《钦定四库全书》第 688 册，第 462b 页。

⑤ 朱明镐：《史纠》，《钦定四库全书》第 688 册，第 463c 页。

⑥ 朱明镐：《史纠》，《钦定四库全书》第 688 册，第 466c 页。

⑦ 朱明镐：《史纠》，《钦定四库全书》第 688 册，第 464a 页。

⑧ 何良俊：《四友斋丛说》，第 47 页。

他说:“梁武篡齐,决策于沈休文、范彦龙,时休文年已六十余矣,抵掌革运,鼓舞作贼,惟恐人非金玉,时失河清,举手之间,大事已定,意忘身为齐文惠家令也。”[①]唐顺之也说:“自有诗以来,其较声律、雕句文,用心最苦而立说最严者,无如沈约,苦却一生精力,使人读其诗,只见其捆缚龌龊,满卷累牍,竟不曾道出一两句好话。何则?其本色卑也。本色卑,文不能工也,而况非其本色者哉?”[②]方孝孺斥责沈约,说:“约攘利鄙夫,不达君子之道,观其罪粲之言,其心可知矣。区区富贵曾何足言,而求之者弃名节损礼义,不顾躯命而惟恐失之,如约之所得不足以当一笑。甚至于鬻国弑君以固其宠,而卒不免怅怅而亡。”[③]谢肇淛的说法更为露骨:“颜回不死,可以圣矣;诸葛亮不死,可以王矣。此不幸而死者也……至于范云、沈约、褚渊、夏贵之辈,又不幸而不死者也。”[④]胡应麟说:“休文、彦升并以博洽称,而任之孝义洁廉,先忧后乐,贤沈不啻倍蓰矣。”[⑤]以上都是沈约遭遇的恶评。还有人造谣,如顾起元说:“沈约家藏书十二万卷,然心僻恶,闻人一善,如万箭攒心。”[⑥]此说在唐代已经流传,不知确起于何时。南北朝之后对沈约的否定,本时期愈演愈烈。例如,之前人们对沈约的劝进之举还有所理解,甚至还有人赞扬“首居帷幄,追踪乱杰,各其时之遇也”[⑦],如今却一概斥之为小人行径。这也许是随着儒学思想逐渐深入人心,人们越来越看重所谓的名节、出处、作风等问题了吧。然而,王世贞却提出了不同意见,他说:“沈约乘时徼封,张缵杯酒杀人……然宁为有瑕璧,勿作无瑕石。”[⑧]此语可谓惊世骇俗,见解独特。

关于沈约诗歌的评价,时人称赞、反对两种意见针锋相对。反对

① 张溥:《沈隐侯集题辞》,陈庆元校笺:《沈约集校笺》,第517页。

② 唐顺之:《答茅鹿门知县书》,冯其庸主编:《历代文选》,中国人民大学出版社2012年版,第729页。

③ 方孝孺著,徐光大校点:《逊志斋集》,宁波出版社1996年版,第163页。

④ 谢肇淛撰,傅成校点:《五杂组》,上海古籍出版社2012年版,第83页。

⑤ 胡应麟:《诗薮》,周维德集校:《全明诗话》,第2594页。

⑥ 陆粲、顾起元撰,谭棣华、陈家禾点校:《庚巳编 客座赘语》,中华书局1987年版,第141页。

⑦ 《南史》卷五十七《沈约传论》,第1422页。

⑧ 王世贞:《艺苑卮言》,周维德集校:《全明诗话》,第1979页。

意见仍是舆论主流，但这种反对意见却能在批评齐梁华靡诗风的同时，不同程度地肯定了沈约诗歌在诗歌发展史上的价值，表现为既否定又肯定的态度，这是本时期沈约诗评中最突出的现象。

宋濂说："永明而下，抑又甚焉。沈休文拘于声韵，王元长局于褊迫……至于徐孝穆、庾子山一以婉丽为宗，诗之变极矣。"①何良俊也说："论者虽欲降杀齐梁，未知其旨。若据时代，道丧几之矣。沈约诗，诗人不用，此论何也……沈约诗'高楼切思妇，西园游上才'，格虽弱，气犹正，远比建安，可言体变，不可言道丧。"②周叙则说："其后沈约，既为增崇韵学，徐陵、庾信之流，专以音律相谐诸对是尚。江左词人遂皆抽奇摘巧，摛藻纷葩，其气魄已不充实，致后世有'读之令人四肢无气力'之诮。犹可取者，古诗之法存焉。"③胡应麟说："沈约'山光浮水至，春色犯寒来'……皆端严华妙。精工者，启垂拱之门；雄大者，树开元之帜。"④许学夷也说："玄晖、休文五言，虽自汉、魏远降，而一源流出，实为正变……元嘉五言，再流而为永明。然元嘉体虽尽入俳偶，语虽尽入雕刻，其声韵犹古，至玄晖、休文，则风气始衰，其习渐卑，故其牌渐入律，语渐绮靡，而古声渐亡矣。此五言之四变也。"⑤这些对沈诗所发的言论，无论是褒是贬，都能够基于诗歌求变的角度来立论，显示了时人辩证的历史眼光，是很有见地的。

高度称扬沈约诗歌的例子也有很多。如周叙说："沈约如风漪泛沼。"⑥杨慎说："沈休文《八咏》诗，语丽而思深，后人遂以名楼，照映千古。"⑦黄省曾说："休文结体清怨，构词清密……其他虽不能称是，自可梁室独步。"⑧朱奠培说："沈约、范云之作，如阊阖疏钟，建章清漏，不棘

---

① 宋濂撰：《答章秀才论诗》，黄灵庚编辑校点：《宋濂全集》，人民文学出版社 2014 年版，第 57 页。

② 何良俊：《四友斋丛说》，第 217 页。

③ 周叙：《诗学梯航》，周维德集校：《全明诗话》，第 88 页。

④ 胡应麟：《诗薮》，周维德集校：《全明诗话》，第 2529 页。

⑤ 许学夷：《诗源辩体》，周维德集校：《全明诗话》，第 3249 页。

⑥ 周叙：《诗学梯航》，周维德集校：《全明诗话》，第 103 页。

⑦ 杨慎：《词品》，上海古籍出版社 2009 年版，第 129 页。

⑧ 黄省曾：《五岳山人集》卷二十七，明嘉靖刻本。

不舒，有节有度。”[1]钟惺、谭元春的《古诗归》用大量的篇幅对沈约的诗进行点评，钟惺说：“沈休文在梁，大家声价，犹宋之有康乐，齐之有玄晖也。然其边幅位置较二谢稍窄，‘平生少年日’一首，声实风雅。《十九首》中所难，似又非康乐玄晖所能厝手。”[2]杨慎高度评价沈约的《八咏》，他说：“‘登台望秋月，会圃临春风。秋至愍衰草，寒来悲落桐。夕行闻夜宿，晨征听晓鸿。解佩去朝市，被褐守山东。’此诗乃唐五言律之祖也。‘夕夜’‘晨晓’四字，似复非复，后人决难下也。东坡诗‘朝与乌鹊朝，夕与牛羊夕’，二句尤妙，亦祖沈意。”[3]周履靖在阐释“力”的审美体验时，竟然说：“体裁劲健曰‘力’，沈约：‘咏歌麟趾合，箫管凤雏来。’”[4]这显然是过誉了。

持肯定意见者中最值得一提的是阮元声。他辑评的《沈隐侯集》成为本时期最重要的篇章批评资料。如评《郊居赋》云：“如见文与可绘染，来风负雪，可作亭榭题署。”评《循役朱方道路》云：“句句隐秀，所谓当行家调。”评《宿东园》云：“起句便含凄怅，奇削与陶元‘鸡鸣桑树颠’争雄。”评《三月三日率尔成章》云：“流丽清婉，似子建笔札。”评《和王中书德充咏白云》曰：“秋风一转，入神却似汉代高手。”评《别范安成》曰：“此唐李青莲古体，亦近孟襄阳。”评《登台望秋月》曰：“体势宏远，即堪匹《芜城》《舞鹤》诸赋。……较谢《月赋》，此特徘徊委转，妙有余情。”评《会圃临春风》曰：“妙绝今古，可玩而不可即。”评《秋至愍衰草》曰：“离离袅袅，啼花泣露，此为万古丽情之祖。”评《寒来悲落桐》曰：“此篇少落字意，亦不见霜来，存其妙指，莫问骊黄。”评《夕行闻夜鹤》曰：“诗格甚整，可为节制之师。”评《晨征听晓鸿》曰：“旅怀如醉，步步顾影。……奇甚，匪夷所思。”评《解佩去朝市》曰：“有致。景新，意亦工妍。”评《被揭守山东》曰：“娶景色如画。……终归善理，情事妙合，亦是赋家，心手类然。”[5]这些评价，充分显示了论者对沈约诗歌的喜爱。

---

① 朱奠培撰：《松石轩诗评》，周维德集校：《全明诗话》，第460页。

② 钟惺、谭元春选评：《诗归》卷十三《梁一》，第261页。

③ 杨慎：《升庵诗话》，周维德集校：《全明诗话》，第854页。

④ 周履靖：《骚坛秘语》，周维德集校：《全明诗话》，第2233页。

⑤ 林家骊：《沈约研究》，第445～446页。

谢榛的《四溟诗话》以谈诗法理论为主，兼涉评诗与记事，其中有不少地方涉及沈约。在点评沈约作品时，谢榛的态度比较客观公正。如："沈约《咏月》曰：'方晖竟户入，圆影隙中来。'刻意形容，殊无远韵。"[①]又说："沈休文《怨歌行》曰：'坎壈元叔赋，顿挫敬通文。遽沦班姬宠，夙窆贾生坟。'二诗多用姓名，自不害为古作。"[②]还说《孺子歌》："'沧浪之水清兮，可以濯我缨。'孟子屈原，两用此语，各有所寓……沈约《渡新安江贻游好》诗：'愿以潺湲水，沾君缨上尘'，所谓袭故而弥新，意更婉切。"[③]

反对沈约诗歌者也有很多，如郎瑛说："诗自沈约为律法，绳局趣，而灵品谢色，其气象风韵自落汉、魏人后。"[④]陆时雍说："沈约有声无韵，有色无华"，[⑤]又说"沈才不逮意，故情色不韵，读其词如枯株寡秀。诗须实际具象，虚里含神，沈约病于死实。"[⑥]他意识到了沈约诗歌言尽意尽、刻意雕琢的倾向，看法深有见地。具体的批评意见也有，如许学夷说："休文如'春光发陇首，秋风生桂枝''青苔已结洧，碧水复盈淇'、'秋风吹广陌，萧瑟入南闱'等句，皆佳句也。但较之灵运，则气格遂降耳……休文如'宝瑟玫瑰柱，金羁玳瑁鞍''日华照赵瑟，风色动燕姬''联簪映秋月，开镜比春妆''月辉横射枕，灯光半隐床'，《咏风》云：'入镜先飘粉，翻衫好弄香'等句，皆入律而绮靡者也。"[⑦]他摘录了不少沈约的诗句，主要目的仍是批评其诗风的绮靡。

围绕着沈约的声律论问题，尤其是"八病"的问题，时人讨论很多，但多凭臆测，以致众说纷纭。例如，王世贞说："'平头'谓第一字不得与第六字同平声，律诗如'风劲角弓鸣，将军猎渭城'，'风'之与'将'，何损其美？'上尾'谓第五字不得与第十字同声，如古诗'西北有高楼，

---

① 谢榛：《四溟诗话》，周维德集校：《全明诗话》，第 1316 页。

② 谢榛：《四溟诗话》，周维德集校：《全明诗话》，第 1361 页。

③ 谢榛：《四溟诗话》，周维德集校：《全明诗话》，第 1367 页。

④ 郎瑛：《七修类稿》卷三，上海书店出版社 2001 年版，第 561 页。

⑤ 陆时雍：《诗镜总论》，周维德集校：《全明诗话》，第 5112 页。

⑥ 陆时雍选评，任文京、赵东岚点校：《诗镜》卷十九，河北大学出版社 2010 年版，第 202 页。

⑦ 许学夷：《诗源辩体》，周维德集校：《全明诗话》，第 3250 页。

上与浮云齐’，虽隔韵，何害？”[①]因此，许学夷提出了一个疑问，他说：“休文论诗有‘八病’之说，此变律之渐。然观其诗，亦不证如其说，何耶？”[②]其实，认为沈约提出过“八病”之说，只是附会之上的附会，无怪乎学者有此疑惑。倒是《永乐大典残卷》中所说：“律诗兴于梁沈约永明八法，到唐杜子美律诗之体成，而大行于世。”[③]正因为本来就是“八法”而不是“八病”，所以才难以解释。此说诚为难能可贵。

虽然多数时人将“八病”归之于沈约，但本时期关于“四声八病”言论，一般均能在肯定其开唐律的功绩的同时，否定其“拘声韵”所造成的后果。王世贞说：“沈以四声定韵，多可议者。唐人用之，遂足千古。”[④]还说：“沈休文所载八病，如平头、上尾、蜂腰、鹤膝、大韵、小韵、旁纽、正纽，以上尾、鹤膝为最忌。休文之拘滞，正与古体相反，唯近律差有关耳，然亦不免商君之酷。”[⑤]许学夷也说：“休文五言平韵者，上句第五字多用仄，即休文‘八病’中所忌‘上尾’之说也。此变律之渐。”[⑥]

对于世传所谓“四声韵”，有人觉得繁杂不堪，如董谷说：“韵书始于江左，沈约乃吴人，其以四声括字，内多土腔，杂乱之甚，不可分辩。”[⑦]还有人觉得不可理解，如张燧慨叹曰：“天下事有最侥幸而不可解者，沈约韵书是也……孔子作经及汉魏古诗并仙灵篇什，班班可考，岂尽讹谬，至沈约而始悉改正耶？且约吴兴之武康人，局于方言蛮俗，不审宫羽，不备四声，而敢背越贤圣，变乱千古，亦既谬妄矣。不知后世学士大夫，何故而遵之如圣经，历百代而不敢易乎？”[⑧]

这里需要说明一下，沈约曾著有《四声谱》，但其书至晚在唐代已经失传。北宋时期流行的《广韵》传自隋朝陆法言的《切韵》，而《切韵》据说本之于沈约的《四声谱》，于是，北宋之后，人们常常误会《广韵》就

---

① 王世贞：《艺苑卮言》，周维德集校：《全明诗话》，第 1914 页。

② 许学夷：《诗源辩体》，周维德集校：《全明诗话》，第 3250 页。

③ 郑福田等主编：《永乐大典》第 1 卷，内蒙古大学出版社 1998 年版，第 128 页。

④ 王世贞：《艺苑卮言》，周维德集校：《全明诗话》，第 1914 页。

⑤ 王世贞：《艺苑卮言》，周维德集校：《全明诗话》，第 1914 页。

⑥ 许学夷：《诗源辩体》，周维德集校：《全明诗话》，第 3250 页。

⑦ 董谷：《碧里杂存》卷下，王云五主编：《丛书集成初编》，商务印书馆 1937 年版，第 78 页。

⑧ 屠隆、褚人获均有同样疑问。参见张燧撰，朱志先校释：《千百年眼校释》，武汉大学出版社 2018 年版，第 211 页。

是“沈韵”。宋元之际《礼部韵略》盛行于世，而《广韵》等韵书逐渐衰微。人们又把《礼部韵略》和元初阴时夫撰的《韵府群玉》通称为“平水韵”，也称“阴韵”。失察之下，明代音韵学学者如周德清、宋濂、杨慎、陈第等均将《广韵》或《平水韵》指为“沈韵”。胡震亨的《唐音癸签》梳理了上述“沈韵”以讹传讹的过程。他首先承认了沈约声律论的贡献，他说：“律体虽成于唐，实权舆沈约声病之说。”①同时，他还描述了“沈韵”发展的脉络，说：“音韵之学，至齐梁寖备。沈约撰切韵之书，名四声谱。后隋仁寿中，陆法言等尝加纂次。唐仪凤后，郭知玄又附益之，号切韵。天宝末，陈州司法孙愐复加刊正，名为唐韵。皆宗约之旧。宋景德以及元祐，先后重修，名礼部韵略，今承用者是也。宋濂云，唐以诗、赋设科，益严声律之禁，有宋因之，以礼部之掌贡举，名韵书曰《礼部韵略》，毫发弗敢违背。虽中经二三大儒，且谓承袭之久，不欲变更焉。”②这就解释了张燧的疑问，所谓“毫发弗敢违背”者，实为《礼部韵略》，而不是“沈韵”。这一说法是理据充分、梳理清晰的。

此外，本时期还有人对沈约的文章给予了较高的评价。如孙鑛将沈约的《齐故安陆昭王碑文》与任昉、王俭的碑文并列并指出沈作“调特响，语亦多疏俊，当为特胜”③。蒋一葵说：“其（沈约）《谢敕赐绢葛启》云：‘素采冰华，绨文霜洁。变溽暑于闺阁，起凉风于襟袖。’任昉见之，叹曰：‘此休文字字锦也。’”④又说：“沈休文《为安陆王谢荆州章》有云：‘身班帝穆，爵首藩圭。好《礼》惭河，敦《诗》愧楚。’……词极追琢有章。”⑤这些评论均为前人未曾涉及的领域。

承继宋人“四声源自梵文”的说法，本时期谭浚认为：“及自西域之书入中国，至齐梁间盛行，而后周颙、沈约有声病之说。”⑥惜乎未作证明。

本时期又有了沈约女死后其尸能言的传奇，载王同轨《耳谈》。⑦

---

① 胡震亨：《唐音癸签》，古典文学出版社 1957 年版，第 3 页。

② 胡震亨：《唐音癸签》，第 3 页。

③ 于光华：《重订文选集评》下册，国家图书馆出版社 2012 年版，第 672 页。

④ 蒋一葵撰：《尧山堂偶隽》，吕景琳点校：《尧山堂外纪》，中华书局 2019 年版，第 1557 页。

⑤ 蒋一葵撰：《尧山堂偶隽》，吕景琳点校：《尧山堂外纪》，第 1558 页。

⑥ 谭浚：《说诗》，周维德集校：《全明诗话》，第 1838 页。

⑦ 参见王同轨撰，孙顺霖校注：《耳谈》，中州古籍出版社 1990 年版，第 14 页。

当然,传奇仅是一个故事,但借此可以证明沈约形象在民间的进一步传播。

以沈约作为典故的文人诗歌也有一些,但数量上较宋元时期要少。如方孝孺“莫怪风流谢安石,未应憔悴沈休文”(《解嘲》);湛若水“洋洋鉴湖水,中有沈隐侯”(《有瑞堂诗(并序)》);何白“海内才名沈隐侯,方袍白帻傲沧洲”(《沈广文过访山中作》);等等。由此可见,沈约作为一个文化符号进一步固定了下来。

综上,明代学者对沈约的为人多持否定的态度,对他的史学成就也倾向于持否定的看法。对沈约的诗歌品评有赞赏和反对两种意见,赞赏者无需多言,持反对意见者也大都看到了其诗在诗歌发展史上的价值,表现为既否定又肯定的态度,这是本时期沈约诗评中最突出的现象。对于其声律论也有很多讨论,但多数意见是以讹传讹的。总之,有关沈约的讨论,在明代学者中仍属于一个热点,但其他群体中,沈约的影响正逐渐减弱。

五、清人对沈约的接受

清代是我国古代学术的集大成时期,这一时期对沈约的研究非常繁富,涉及沈约问题的方方面面。笔者无法占有所有的文献,耳目所见,难免挂一漏万。下面仍然围绕对沈约为人的评价、对其诗文的评价、对其《宋书》的评价三个问题分别展开。

这一时期的人对沈约人格的批评达到了高潮,与前一时期类似,有些意见近似于谩骂。如潘德舆曰:“沈约力赞梁武之篡,及居齐王于巴陵,又力赞杀之,忍心至此,贼臣之尤也。……数人皆博学高才,词苑之领袖,顾得罪君父如此,岂得以其能为诗而贷之哉!故予欲世人选诗读诗者,如曹操、阮籍、陆机、潘岳、谢灵运、沈约、范云、陈子昂、宋之问、沈佺期诸乱臣逆党之诗,一概不选不读,以端初学之趋向,而立诗教之纲维。盖人品小疵,宜宽而不论,此诸人非小疵也。”[1]李塨说:“帝王卿相之学,自有要领,不在广览博记间也。霍光、张安世不失为

① 潘德舆:《养一斋诗话》,《清诗话续编》,第2045页。

桢干，沈约、沈佺期不失为邪佞。”[①]汤鹏说：“尔乃桓荣专门章句，未足为天子之师；沈约树帜词华，无补于污君之代：劣其具而浮者也。”[②]褚人获则承继明代张燧、屠隆的观点，认为沈约滥得虚名，他说：“约本齐臣，更事梁武，禅代之诏出其手。后梦齐和帝引刀断其舌，乃上章于天，谓禅代之事，不由己出。欺天乎？欺人乎？古文人之最滥得名者，此人也。”[③]再如，宋大樽曰：“齐、梁、陈、隋之格之降而愈下也，其由来安在……江淹、沈约先仕宋、齐……女事二夫，男仕二姓，尚何言乎！”[④]李必恒的诗则云：“齿冷南朝沈家令，一生辛苦望台司。”[⑤]

上述言论或指责沈约力赞梁武之篡，或指责其鬻国弑君，或讥讽其汲汲于富贵，或嘲笑其历仕三朝，这些诚然都是事实，但论者缺乏真切的知人论世，只是站在道德的制高点随意指摘，显得有些意气用事。

王夫之对沈约人格的批评是通过他的《读通鉴论》和《古诗评选》来完成的。他在《读通鉴论》里说：“华歆、贾充、刘穆之、谢晦、沈约、褚渊、崔季、舒胥，贪人也，扶人为乱贼，居篡弑之功，而身受佐命之赏。”[⑥]他还说：“俄而事此以为主，而吾之富贵也无损；俄而事彼以为主，而吾之富贵也无损；夺人之大位以与人，见夺者即复得焉，而其富贵也抑无损。奖之以败闲丧检，而席荣宠为故物，则何怪谢晦、褚渊、沈约之无惮无惭，唯其所欲易之君而易之邪？”[⑦]指责沈约辈操纵帝王谋逆的伎俩是一场无论成败于个人而言皆无损的投机。谈到萧梁代齐的时候，王夫之有不少涉及萧衍与沈约关系的推测，如：“乃若衍之恶不可掩者，则弑和帝是已。衍固欲置之南海，而沈约以危词动之，然衍以是恶约，夺其权而加以恶谥，则衍且有自艾之心矣。”[⑧]又说：“其与梁武谋篡者，则沈约、范云，于齐无肺附之寄，而发迹于梁以乍起者也。于是而

① 李塨：《阅史郄视》，陈山榜等点校：《李塨集》，人民出版社 2014 年版，第 1179 页。

② 汤鹏：《浮邱子》，刘志靖等校点：《汤鹏集》，岳麓书社 2011 年版，第 16 页。

③ 褚人获辑撰，李梦生校点：《坚瓠集》，上海古籍出版社 2012 年版，第 873 页。

④ 宋大樽：《茗香诗论》，丁福保编：《清诗话》，上海古籍出版社 1999 年版，第 108 页。

⑤ 李必恒：《题初学记》，郭绍虞等选编：《万首论诗绝句》，人民文学出版社 1991 年版，第 334 页。

⑥ 王夫之撰，舒士彦点校：《读通鉴论》，中华书局 1979 年版，第 522 页。

⑦ 王夫之撰，舒士彦点校：《读通鉴论》，第 396 页。

⑧ 王夫之撰，舒士彦点校：《读通鉴论》，第 475 页。

授受之际，所号为荐绅之领袖者，皆不与焉。则世局一迁，而夫人不昧之天良，乃以无所传染而的孤露。”①他还再三重申萧衍的矛盾心理，说：“不杀稷而稷失志以死于叛民，不杀约而约丧魄以死于断舌之梦。帝语及稷而怒形于色，约死而加以恶谥。推斯情也，帝之自疚自赧于独知之隐，虽履天子之贵，若无尺地可以自容也可知矣。”②又说：“故梁废王亮为庶人，用徐勉、周舍而抑沈约，诚有鉴于彼也。”③在《古诗评选》里，王夫之又说：“休文一切文笔，文者必酸，质者必俗，独于此体（四言）得其最优，使他皆佚，四言独传，讵不生人企想，乃令《六忆》《八咏》流声俗耳。约之不幸，岂徒不死于永元之前，以副蔡兴宗‘人伦师表’之誉哉！”④作为明代遗民，王夫之长期参加反清起义，怀抱着家国之痛和兴亡之感来看待沈约的人格和作品，其抱有上述观点是不难理解的。

清人对《宋书》的批评，多见于赵翼的《廿二史札记》和章学诚的《文史通义》，以及顾炎武的《日知录》。

赵翼倾向于对《宋书》的考证，如他说：“据《任昉传》，梁台建，禅让文诰多昉所作；又《沈约传》，武帝与约谋禅代，命约草其事，约即出怀中诏书，帝初无所改；又《邱迟传》，梁初劝进及殊礼皆迟文，则九锡文总不外此三人也。”⑤又说：“余向疑约修《宋书》，凡宋、齐革易之际宜为齐讳，晋、宋革易之际，不必为宋讳，乃为宋讳者反甚于为齐讳，然后知为宋讳者徐爰旧本也，为齐讳者约所补辑也。人但知《宋书》为沈约作，而不知大半乃徐爰作也，观《宋书》者当于此而推之。”⑥诸如此类不胜枚举，这些问题都属于学术问题，不涉及对沈约的评价。

章学诚的《文史通义》是一部杰出的史学理论著作，章学诚在书中也没有一味地贬低沈约，而是实事求是地进行评价。一方面，章学诚承认沈约是“阴恶之人”，他说：“魏收之矫诬，沈约之阴恶，读其书者，

① 王夫之撰，舒士彦点校：《读通鉴论》，第 477 页。

② 王夫之撰，舒士彦点校：《读通鉴论》，第 487 页。

③ 王夫之撰，舒士彦点校：《读通鉴论》，第 478 页。

④ 王夫之评选，李中华、李利民校点：《古诗评选》，上海古籍出版社 2011 年版，第 106 页。

⑤ 赵翼著，王树民校证：《廿二史札记校证》，第 154 页。

⑥ 赵翼著，王树民校证：《廿二史札记校证》，第 188～189 页。

先不信其人，其患未至于甚也。”[①]另一方面，他又说：“沈约之传灵运，通论六朝文史者，不为绳墨拘牵，微存作者之意，翛然如空谷之足音矣。”[②]称赞沈约在《宋书·谢灵运传》里的体例创新。同时，章学诚还指出了一些《宋书》的问题，如：“夫据事直书，善恶自见，《春秋》之意也。必标目以示褒贬，何怪沈约、魏收诸书，直以标题为戏哉！”[③]

此外，顾炎武的《日知录》也有涉及沈约的部分内容，虽然言语平和，但还是能够体会出他对沈约的看法。顾炎武看到了《宋书》诸志的贡献，他说：“陈寿《三国志》、习凿齿《汉晋春秋》无志，故沈约《宋书》诸志并前代所阙者补之。”[④]同时，他也考证和纠正了一些《宋书》中的错误，如：“沈、姒、蓐、黄四国皆在汾水之上，为晋所灭。黄，非江人、黄人之黄，则沈亦非沈子嘉之沈，休文乃并列而合之为一，误也。”[⑤]他还表达了对沈约文集繁冗的不满，如：“文以少而盛，以多而衰……而江左梁简文帝至八十五卷，元帝至五十二卷，沈约至一百一卷，所谓虽多亦奚以为？”[⑥]

沈约的《宋书·州郡志》相对于其前司马彪的《续汉书·郡国志》、其后萧子显的《南齐书·州郡志》，内容上更为翔实丰富，相对于魏收的《魏书·地形志》也更为明晰确切，水平与《隋书·地理志》不相上下，但也存在着断限不严、为例不纯和相互矛盾等问题。本时期谈及《宋书·州郡志》的著述较多，评论褒贬不一。顾祖禹的《读史方舆纪要》参考了很多《宋书·州郡志》的内容，他说：“《齐志》略标形似，沈约《州郡》详而未精。”[⑦]邵晋涵则说：“（沈约）所撰诸志，实能裨前史所未备。……惟《州郡志》只据《太康地志》暨何承天、徐爰原本，间为折衷其异同，而于侨置创立者，或不书其置立年月，犹未免于疏略焉。”[⑧]牛运震的《读史纠谬》对

---

① 章学诚原著，严杰、武秀成校注：《文史通义全译》，第 256 页。

② 章学诚原著，严杰、武秀成校注：《文史通义全译》，第 899 页。

③ 章学诚原著，严杰、武秀成校注：《文史通义全译》，第 518 页。

④ 顾炎武著，陈垣校注：《日知录校注》，安徽大学出版社 2007 年版，第 1447 页。

⑤ 顾炎武著，陈垣校注：《日知录校注》，第 1254 页。

⑥ 顾炎武著，陈垣校注：《日知录校注》，第 1046 页。

⑦ 顾祖禹撰，贺次君、施和金点校：《读史方舆纪要》，中华书局 2005 年版，第 3 页。

⑧ 邵晋涵：《南江文钞》，李嘉翼、祝鸿杰点校：《邵晋涵集》，浙江古籍出版社 2016 年版，第 2045 页。

沈约及《宋书》的总体评价不高，关于《州郡志》，他说："刘宋偏安半壁，顾乃侨立河北州郡于南，甚属无谓，遂使作史者重列复叙，条理不清。此中宜有删更，庶存史体。"[1]姚鼐的批评态度更加鲜明，他说："南朝诸史，仅沈约《宋书》，萧子显《齐书》有《地志》，《梁》《陈》无志。其作志者，于沿革亦略，逮于后世而欲求之！不亦难乎？"[2]

此外，王鸣盛的《十七史商榷》讨论了一些有关《宋书》问题，似乎对今本《宋书·百官志》的真伪提出了质疑，他说："凡每志之首必有总叙，述其缘起，各史皆然。《宋·百官志》独无装头，竟从太宰直起。"[3]上述这些著述虽然带有作者的倾向，但仍属于学术范围内的探讨，对我们全面了解《宋书》是有帮助的。

关于沈约诗文的评价，最热点的问题还是其声律论所涉及问题的方方面面。

万光泰的《四声谱考略》是本时期中古音研究的开山之作。从方法论上说，万光泰对沈约诗文用韵做了穷尽性的考察。以《广韵》为参照，将韵字分门别类，对沈约诗文的分类界限作出了一个比较切合实际的判断。从研究成果上看，他厘清了"沈韵"与《广韵》的关系，归纳出了 58 个韵部，大部分结果与王力、周祖谟一致。纪昀的《沈约四声考》也是一部比较著名的专门著作，纪昀认为沈约的诗文符合其"四声"之说，他把流传下来的沈约诗文用《四声谱》衡量了一番，得出的结论是："约既执声病绳人，则约之文章，必不自乱其例。所用四声，即其谱也。今取其有韵之文，州分部居而考之，平声得四十一部，不合《切韵》者才一二，仄声得七十五部，不合《切韵》者无一焉。"[4]同时，他认为"八病"并不是沈约所发明："按齐梁诸史，休文但言四声五音，不言八病，言八病自唐人始。所列名目，唯《诗品》载蜂腰、鹤膝二名，《南史》载平头、上尾、蜂腰、鹤膝四名，其大韵、小韵、正纽、旁纽之说，王伯厚但据李淑《诗苑类格》，不知淑又何本，似乎辗转附益

① 牛运震撰，李念孔等点校：《读史纠谬》卷六，齐鲁书社 1989 年版，第 274 页。

② 姚鼐著，刘季高标校：《惜抱轩诗文集》，上海古籍出版社 1992 年版，第 25 页。

③ 王鸣盛撰，黄曙辉点校：《十七史商榷》，上海古籍出版社 2013 年版，第 721 页。

④ 纪昀：《沈氏四声考》，王灏辑：《畿辅丛书》第 1252 册，第 161 页。

者也。”[1]这个判断非常有见地。

本时期的学人均基本能认同沈约的声律论乃是律诗的滥觞，对所谓的“八病”也不再作过多讨论。如鲁九皋说：“休文审定音韵，特标五声八病，遂为律诗滥觞。”[2]吴淇高度评价了沈约的贡献，说他是：“千古诗道中最有关系之人。”[3]还说：“观唐人用韵最严，而礼部所颁，断以梁沈约为主。”[4]吴乔讨论了“八病”的由来与失传的情况，认为：“沈隐侯云：‘一篇之内，音韵尽殊；两句之中，轻重各异。’详此则八病俱去，亦不在曲折分其名目也。”[5]还说：“今本《玉篇》前有纽韵之图，列旁纽、正纽甚详。序引《声谱》，恐是沈隐侯《四声谱》。闻世间尚有是书，应是论八病事，恨求之不得耳。”[6]这说明沈约的“八病”到清代已成学界的“哥德巴赫猜想”。

赵翼梳理了五、七言诗的格律问题，认为格律的形成是诗体求变趋新的内在要求。他说：“自《古诗十九首》以五言传，《柏梁》以七言传，于是才士专以五七言为诗。然汉、魏以来，尚多散行，不尚对偶。自谢灵运辈始以对属为工，已为律诗开端；沈约辈又分别四声，创为蜂腰、鹤膝诸说，而律体始备。至唐初沈、宋诸人，益讲求声病，于是五七律遂成一定格式，如圆之有规，方之有矩，虽圣贤复起，不能改易矣。盖事之出于人为者，大概日趋于新，精益求精，密益加密，本风会使然，故虽出于人为，其实即天运也。”[7]贺贻孙也说：“自玄晖后，如沈约、江淹、王筠、任昉诸君，皆慕玄晖之风，而皆不能及。休文复倡为声病之说，音韵稍促，遂开古诗近体分途之渐。盖江东颜、谢之体，至玄晖而畅，至沈约辈而弱，至陈、隋而荡矣。愈变愈新，因而愈衰，是六朝之诗，亦自为初盛中晚也。”[8]可见，本时期学者看到了沈约在齐梁之后靡

---

① 纪昀：《沈氏四声考》，王灏辑：《畿辅丛书》第1252册，第165页。
② 鲁九皋：《诗学源流考》，《清诗话续编》，第1354页。
③ 吴淇撰，汪俊、黄进德点校：《六朝选诗定论》，广陵书社2009年版，第426页。
④ 吴淇撰，汪俊、黄进德点校：《六朝选诗定论》，第426页。
⑤ 吴乔：《围炉诗话》，《清诗话续编》，第494页。
⑥ 吴乔：《围炉诗话》，《清诗话续编》，第495页。
⑦ 赵翼：《瓯北诗话》，《清诗话续编》，第1341页。
⑧ 贺贻孙：《诗筏》，《清诗话续编》，第163页。

荡诗风中起到的推动作用，但并不否认六朝诗歌发展是一个求新的过程，尽管方向完全走错了。

声律论的功过问题本时期仍然有人讨论。反对者如叶燮，他说："沈约乃为音韵之宗，以四声八病、叠韵双声等法，约束千秋风雅，亦何为也！"①崔述说："自沈约始调四声，陈隋之际，竞尚徘偶；永徽神龙以后，稳顺声势，谓之律诗，遂驱意以就词；于是诗为矫揉造作之物，不畅其情。"②牟愿相也说："沈约四声八病，最害诗，其自运亦促促不能畅人。"③赞成者如王鸣盛，他说："声音文字随时而变，此势所必至……李登、吕静、沈约诸人，过小功大……知今不知古，俗儒之陋也。知古不知今，迂儒之癖也。"④掷地有声地回击了泥古者的陋见。

我们知道，明清时期很多文士将当时流行的《平水韵》指为"沈韵"，这一点在明朝就有所表现，清朝则更甚。如王夫之说："沈约生际齐梁，风沿吴越，固不能均齐鲁而埒商周矣。故东冬、支微之别，约创之而约之前未有也，约定之而其君且不用也，约守之而约所为之诗赋不能无出入也。"⑤当然，也有人能够冷静思考这个问题，如陈其元说："今人论诗韵，多极诋沈约，以为约湖州人，江左偏音，不足为据，殊不知约所撰《四声》一卷，亡之久矣。约之后，隋陆法言撰《四声切韵》，唐孙愐撰《唐韵》五卷，今并不存；存者宋之《广韵》及《礼部韵略》。嗣有平水刘渊仍《礼韵》而通并其部分。至元黄公绍仍刘韵而广其笺注。最后有阴氏兄弟著《韵府》，取各韵书大加刊削，颇多遗漏，当时并不推为善本，然自明初到今，相沿用之，学者即指以为沈韵，其知为平水刘氏韵者已希矣，何论阴氏？徒使沈隐侯于千数百年之后横被诋諆，岂不异哉！"⑥冯金伯也说："沈约韵虽有其书，世实未尝遵用之。今之所遵，唐孙愐韵，非沈氏韵也。盖沈氏之韵，最为烦苛，总四声凡分二百

---

① 叶燮：《原诗》，《清诗话》，第603页。

② 崔述：《知非集》自序，《清代诗文集汇编》编纂委员会编：《清代诗文集汇编》第399册，上海古籍出版社2010年版，第43页。

③ 牟愿相：《小澥草堂杂论诗》，《清诗话续编》，第917页。

④ 王鸣盛撰，黄曙辉点校：《十七史商榷》，第1181页。

⑤ 王夫之：《诗经叶韵辨》，《船山全书》编辑委员会编校：《船山全书》第3册，岳麓书社2011年版，第280页。

⑥ 陈其元撰，杨璐点校：《庸闲斋笔记》，中华书局1989年版，第95页。

零六部，唐人因而合之为一百七部，曰唐韵。陈州司马孙愐差次之，今所遵承，皆是物也，若沈氏则废阁久矣。岂惟唐人为然，即梁、陈、隋人亦未尝用之也……且岂徒梁、陈、隋人乎，即约亦不能自遵之……故曰，沈约虽有其书，实未尝有遵用之者也。”[①]张德瀛陈述了沈韵亡佚的判断，他说：“齐永明时尚声韵之学，周颙撰《四声切韵》，沈隐侯撰《四声谱》，曩尝求其书读之而不可得，盖二书本未传于世也。”[②]顾炎武说：“魏晋以下，去古日远，词赋日繁，而后名之曰韵；至宋周颙、梁沈约而四声之谱作。然自秦、汉之文，其音已渐戾于古，至东京益甚。而休文作谱，乃不能上据雅南，旁摭骚子，以成不刊之典，而仅按班、张以下诸人之赋，曹、刘以下诸人之诗所用之音撰为定本。于是今音行而古音亡，为音学之一变。下及唐代，以诗赋取士，其韵一以陆法言切韵为准，虽有独用、同用之注，而其分部未尝改也；至宋景佑之际，微有更易；理宗末年，平水刘渊始并二百六韵为一百七；元黄公绍作《韵会》因之，以迄于今。于是宋韵行而唐韵亡，为音学之再变。”[③]方濬师也说：“《三百篇》至汉、魏、六朝、初无一定之韵。自沈约《韵谱》一出，唐人稍加增损，取以设科，名曰《礼部韵略》，遂使千余年间学诗者奉为刑书……明初宋文宪等正讹订谬，定为《正韵》……尚不失《中原音韵》之正。至韵谱之舛，则在唐李涪已极言之矣。况唐时多有不拘沈韵者……沈韵之不合古者多矣，今韵之不合沈者又多矣。”[④]这些言论无论对错，都对为“沈韵”正名起到了拨乱反正的作用。

也有人仍把“平水韵”当作“沈韵”，探讨其在诗词创作中是否适用的问题。如谢元淮讨论了词、曲的声韵问题，涉及到南北音的不同、声音的阴阳、叶律、四声、曲调等内容，他说：“沈约韵，后人虽明知其谬，而千余年来遵为功令，竟成不刊之典，因沿错误如此。”[⑤]李渔则强调韵书的作用：“未有沈休文诗韵以前，大同小异之韵，或可叶入诗中。既有此书，即三百篇之风人复作，亦当俯就范围。李白诗仙，杜甫诗圣，

---

① 冯金伯：《词苑萃编》，唐圭璋编：《词话丛编》，中华书局 1986 年版，第 2158 页。

② 张德瀛：《词征》，唐圭璋编：《词话丛编》，第 4117 页。

③ 顾炎武：《音学五书序》，华忱之点校：《顾亭林诗文集》，中华书局 1959 年版，第 25 页。

④ 方濬师撰，盛冬铃点校：《蕉轩随录　续录》，中华书局 1995 年版，第 433 页。

⑤ 谢元淮：《填词浅说》，唐圭璋编：《词话丛编》，第 2513 页。

其才岂出沈约下，未闻以才思纵横而跃出韵外，况其了乎？设有一诗于此，言言中的，字字惊人，而以一东二冬并叶，或三江七阳互施，吾知司选政者，必加摈黜，岂有以才高句美而破格收之者乎？词家绳墨，只在《谱》《韵》二书，合谱合韵，方可言才，不则八斗难克升合，五车不敌片纸，虽多虽富，亦奚以为？”[①]尽管李渔重申作诗、词应该采用“沈韵”，但却不知道其所谓的“沈韵”乃是平水韵。

真正解决韵书流变问题的是《四库全书总目提要》，该提要小学类目对存世的韵书一一做了梳理，明确了《切韵》《广韵》《平水韵》《洪武正韵》与沈约“四声韵”的关系，也明确了沈韵亡佚的事实。《洪武正韵》提要曰：“大旨斥沈约为吴音，一以中原之韵更正其失……考《隋志》载沈约《四声》一卷，新旧《唐书》皆不著录，是其书至唐已佚。陆法言《切韵序》作于隋文帝仁寿元年，而其著书则在开皇初。所述韵书，惟有吕静、夏侯该、阳休之、周思言、李季节、杜台卿六家，绝不及约。是其书隋时已不行于北方……（宋）濂《序》乃以陆法言以来之韵指为沈约，其谬殊甚。”[②]《韵经》提要也说：“案《梁书》《南史》沈约传，并载约撰《四声谱》。《隋志》载其书一卷，而《唐志》已不著录。观陆法言《切韵序》，历述吕静、夏侯该、阳休之、周思言、李季节、杜台卿六家之韵，独不及约书，是隋开皇时其书已不显。唐李涪作《刊误》，但诟陆韵而不及沈书，则僖宗时已佚矣。正域何由于数百年后得其故本？”[③]《四库全书总目提要》以断言“沈韵”已亡佚的方式，终结了明清以来关于“沈韵”的困扰和纠缠。

与明代一样，本时期关于沈约的诗歌，有人给予了高度评价，也有人嗤之以鼻，分歧颇大。略可分为肯定派、反对派和中间派。

肯定者，以陈祚明尤为突出。在《采菽堂古诗选》里，陈祚明总结了沈约诗歌的特点：“休文诗体全宗康乐，以命意为先，以炼气为主。辞随意运，态以气流。故华而不浮，隽而不靡。”[④]还说：“大抵多发天怀，取自然为诣极；句或不琢，字或不谋……骤而咏之，沨沨可爱；细而

① 李渔撰，江巨荣、卢寿荣校注：《闲情偶寄》，上海古籍出版社2000年版，第48页。

② 永瑢等：《四库全书总目》，中华书局2003年版，第363页。

③ 永瑢等：《四库全书总目》，第382页。

④ 陈祚明评选，李金松点校：《采菽堂古诗选》，第728页。

味之，悠悠不穷。”[①]对于钟嵘对沈约所做的评价，他也表示了不同的看法：“《诗品》以为宪章明远，源流既讹，独谓工丽见长，品题并谬。要其据胜，特在含毫之先。命旨既超，匠心独具，浑沦跌宕，具以神行。字句之间，不妨率直。”[②]他还给了沈诗一个较高的评价：“沈休文诗如干将名剑，水断蛟龙，陆剸犀兕。铓刃铦利，所触无留，独不似鱼肠匕首，有雕镂之用。又如洞庭山水，穷高极深。嵯峨于霄，澒洞极泉，其纡回秀折，不如武夷九曲之佳，而浩大奇观，固极仁知之乐。”[③]

叶矫然也是清人中比较欣赏沈约作品的一位，他不仅肯定了沈约的独至之妙，还摘引名句以证其思深藻密。他说：“沈东阳乐府，结撰纤郁，隐而弥耀，密而见理。如‘局途顿远策，留欢恨奔箭。拊戚状惊澜，循休拟回电’，‘往欢追壮心，来戚满衰志。殂芳无再馥，沦灰岂遂炽’等语，却与大谢齐镳，平原嗣响。”[④]又说：“沈休文诗思深藻密，多沈坚之响。及观其《登台望秋月》《岁暮愍秋草》《晨征听晓鸿》《被揭守山东》等篇，情文斐亹，点缀流连，直是初唐四杰鼻祖，信大家才子不可以一格律也。”[⑤]还说：“沈、谢不似曹、刘，李、杜不似沈、谢，况苏、黄乎？要各有独至之妙。”[⑥]

何焯的《义门读书记》对沈约的诗有不少点评。如评《别范安成诗》诗，他说：“清便婉转，自成永明以后风气。上四句总起，第三联指范，第四联自叙送别者。所以申道彼此之情，行者居者俱须写到，后人多偏重行者，无复依依如画矣。”[⑦]评《应王中丞思远咏月》诗，他说：“小庾以降，必无此力量。一诗中户隙楼园轩门房，七事可抵小赋。三四一大一小，五六一忧一乐，七八一高一下。高楼一联，自小庾至玉溪皆奉为使事之法。”[⑧]评《钟山诗应西阳王教》诗，他说：“规抚蒜山诗而峭蒨则过。”[⑨]评

① 陈祚明评选，李金松点校：《采菽堂古诗选》，第728页。
② 陈祚明评选，李金松点校：《采菽堂古诗选》，第728页。
③ 陈祚明评选，李金松点校：《采菽堂古诗选》，第729页。
④ 叶矫然：《龙性堂诗话》，《清诗话续编》，第955页。
⑤ 叶矫然：《龙性堂诗话》，《清诗话续编》，第1056页。
⑥ 叶矫然：《龙性堂诗话》，《清诗话续编》，第946页。
⑦ 何焯著，崔高维点校：《义门读书记》，中华书局1987年版，第892页。
⑧ 何焯著，崔高维点校：《义门读书记》，第935页。
⑨ 何焯著，崔高维点校：《义门读书记》，第899页。

《宿东园》又说："开出宋之问、王维风气。"①还说"休文五言诗此篇(《游沈道士馆》)是其压卷。"②这些言论也表明了何氏对沈诗的喜爱。

施闰章说："沈、陈风韵气概，已盛潘、谢。"③朱庭珍说："陆士衡、颜延之、沈隐侯……陈简斋等，虽成就家数各异，然皆名家也。"④吴乔说："沈约'生平少年日'、柳恽'汀洲采白苹'二篇，可以继美《十九首》。"⑤贺贻孙也说："沈休文《别范安成》诗，虽风骨遒上，为齐、梁间仅见，然已渐似李太白、孟襄阳、高达夫、岑嘉州近体矣。"⑥宋征璧说："沈休文'遇可淹留处，便欲息微躬'，居然真率。"⑦清末民初的震钧引《古诗存》说："沈休文才华富健，人所艳称，然其佳处不尽在此，如《游沈道士馆》《别范安成》诸作，置之汉魏，岂复能辨，特惜其不多耳。"⑧王闿运《八代诗选》眉批评沈约《侍宴乐游苑饯吕僧珍应诏》云："此当是极意经营之作，轻重吞吐俱入妙，结自叙并颂扬，三面俱到。出语尤斟酌尽善，笔亦摇曳。"⑨这些都从一个侧面肯定了沈诗。

否定者也有很多。王夫之虽然对沈约的诗偶有表扬，但批评更为尖锐，他说："'明月虽外照，宁知心内伤''休文得年七十三，吟成书万言，惟此十字有生人之气，其他如败鼓声、如落叶色，庸陋酸滞，遂为千古恶诗宗祖。"⑩他反对骈偶，捎带着批评沈诗，说："对偶语出于诗赋，然西汉、盛唐皆以意为主，灵活不滞。唯沈约、许浑一流人，以取青妃白，自矜整炼，大手笔所不屑也。"⑪叶燮的《原诗》也表达了对沈诗的厌恶，他说："六朝诗家，惟陶潜、谢灵运、谢朓三人最杰出，可以鼎立。三家之诗不相谋：陶潜澹远，灵运警秀，朓高华。各辟境界、开生面，其名句无人能道。左思、

① 何焯著，崔高维点校：《义门读书记》，第899页。
② 何焯著，崔高维点校：《义门读书记》，第899页。
③ 施闰章：《蠖斋诗话》，《清诗话》，第386页。
④ 朱庭珍：《筱园诗话》，《清诗话续编》，第2371页。
⑤ 吴乔：《围炉诗话》，《清诗话续编》，第516页。
⑥ 贺贻孙：《诗筏》，《清诗话续编》，第162页。
⑦ 宋征璧：《抱真堂诗话》，《清诗话续编》，第118页。
⑧ 震钧：《天咫偶闻》，北京古籍出版社1982年版，第95页。
⑨ 同声社编：《同声月刊》第1卷第6号，1941年，第37页。
⑩ 王夫之撰，李中华、李利民校点：《古诗评选》，上海古籍出版社2011年版，第238页。
⑪ 王夫之：《夕堂永日绪论》，《船山全书》编辑委员会编校：《船山全书》，第847页。

鲍照次之。思与照亦各自开生面，余子不能望其肩项。最下者潘安、沈约，几无一首一语可取，诗如其人之品也。”[①]又说：“沈约云：‘好诗圆转如弹丸’，斯言虽未尽然，然亦有所得处。约能言之，及观其诗，竟无一首能践斯言者，何也？约诗惟‘勿言一尊酒，明日难重持’二语稍佳，余俱无可取。又约《郊居赋》初无长处，而自矜其‘雌霓连蜷’数语，谓王筠曰：‘知音者稀，真赏殆绝，仆所相邀，在此数语。’数语有何意味，而自矜若此？约之才思，于此可推。”[②]李重华说：“沈隐侯最讲声病，昭明选录至多。余意沈诗生气索然，并不逮何、范二家。”[③]牟愿相也说：“沈休文诗如锦衣山行，多逢荆棘。”[④]诸如此类，不一而足。

还有一些否定的言论不同程度地涉及沈约，姑录于此。贺贻孙说：“南朝齐、梁以后，帝王务以新词相竞，而梁氏一家，不减曹家父子兄弟，所恨体气卑弱耳。武帝以文学，与谢朓、沈约辈，为齐竟陵王八友，著作宏富，固自天授。而简文艳情丽藻，在明远、玄晖之间，沈约、任昉诸臣，皆所不及，武帝以东阿拟之，信不虚也。”[⑤]刘熙载说：“杜少陵《简薛华醉歌》云：‘近来海内为长句，汝与山东李白好，何刘沈谢力未工，才兼鲍照愁绝倒。’此虽意重推薛，然亦见鲍之长句，何、刘、沈、谢均莫及也。”[⑥]方濬师曰：“昔谢秘书爱《沈约集》，行立坐卧，靡不讽咏。予于公之文章，殆庶几矣。”[⑦]叶燮说：“六朝之诗，大约沿袭字句，无特立大家之才。其时评诗而着为文者，如钟嵘、如刘勰，其言不过吞吐抑扬，不能持论……他如汤惠休‘初日芙蓉’、沈约‘弹丸脱手’之言，差可引伸，然俱属一斑之见，终非大家体段。”[⑧]这些言论的重点都不是沈约，但也透露了论者对沈约的看法，有一定的参考价值。

我们把那些虽然不十分推崇沈诗，但能够领略沈诗之长的言论统称为中间派。如沈德潜，他说：“家令诗，较之鲍、谢，性情声色俱逊一格矣。

① 叶燮：《原诗》，《清诗话》，第 602 页。

② 叶燮：《原诗》，《清诗话》，第 603 页。

③ 李重华：《贞一斋诗话》，《清诗话》，第 935 页。

④ 牟愿相：《小澥草堂杂论诗》，《清诗话续编》，第 917 页。

⑤ 贺贻孙：《诗筏》，《清诗话续编》，第 162 页。

⑥ 刘熙载：《艺概》，《清诗话续编》，第 2423 页。

⑦ 方濬师撰，盛冬铃点校：《蕉轩随录　续录》，第 134 页。

⑧ 叶燮：《原诗》，《清诗话》，第 603 页。

然在萧梁之代，亦推大家。以边幅尚阔，词气尚厚，能存古诗一脉也。”①又说：“萧梁之代，君臣赠答，亦工艳情，风格日卑矣。隐侯短章，略存古体；文通、仲言，辞藻斐然，虽非出群之雄，亦称一时能手。”②透过这些不作褒贬的言论，我们还是能够体会到沈德潜对沈诗的好感的。再如王士祯，他说：“齐梁间江左有‘沈诗任笔’之语，谓沈约之诗，任昉之文也。然余观彦升之诗，实胜休文远甚；当时惟玄晖足相匹敌耳，休文不足道也。”③又说：“梁代右文，作者尤众。绳以风雅，略其名位，则江淹、何逊足为两雄，沈约、范云、吴均、柳恽差堪羽翼。”④前后评价似乎并不一致。王寿昌则一方面说：“沈休文之偏于琐屑。”⑤另一方面又说：“结句贵有味外之味，弦外之音。言情则如沈休文之‘梦中不识路，何以慰相思’……写景则有……沈休文之‘愿以潺湲沫，沾君缨上尘’。”⑥评价也有矛盾。

清人研究沈约的角度在不断拓展，诗之外，有人还评价了沈约的赋和文章。李调元不仅肯定沈约赋作的价值，还强调其在古赋与律赋中的过渡作用，他说：“沈约《高松赋》云‘经千霜而得拱，仰百仞而方枝’，得字字清劲有力，可谓琢句之法。”⑦又说：“永明、天监之际，吴均、沈约诸人，音节谐和，属对密切，而古意渐远。”⑧还说：“梁沈约《郊居赋》云‘来风南轩之下，负雪北堂之垂’，简文帝《晚春赋》云：‘水筛空而照底，风入树而香枝’，炼字新隽，是永明以后风气，去魏晋已远。”⑨复说：“邺中小赋，古意尚存，齐梁人效之，琢句愈秀，结字愈新，而去古愈远。录休文《桐赋》：‘喧密叶于凤晨，宿高枝于鸾暮。’即古变为律之渐矣。”⑩上述几段话都表达了李调元对沈赋的高度重视。

李兆洛认为沈约的《梁武帝集序》“属词有体，隐候文之谨严者，一

① 沈德潜：《古诗源》，华夏出版社 2001 年版，第 467 页。
② 沈德潜：《说诗晬语》，《清诗话》，第 533 页。
③ 王士祯撰，张世林点校：《分甘余话》，中华书局 1989 年版，第 31 页。
④ 王士祯撰，闻人倓笺：《古诗笺》，第 2 页。
⑤ 王寿昌：《小清华园诗谈》，《清诗话续编》，第 1858 页。
⑥ 王寿昌：《小清华园诗谈》，《清诗话续编》，第 1903～1904 页。
⑦ 李调元：《赋话》，王冠辑：《赋话广聚》第 3 册，第 11～12 页。
⑧ 李调元：《赋话》，王冠辑：《赋话广聚》第 3 册，第 8 页。
⑨ 李调元：《赋话》，王冠辑：《赋话广聚》第 3 册，第 11 页。
⑩ 李调元：《赋话》，王冠辑：《赋话广聚》第 3 册，第 12 页。

意滔滔，运词如有不尽，可谓选言有雅矣"[①]，肯定了沈约的才华和文章的优美。蒋士铨对沈约的骈文评价很高，他认为沈约的《为武帝与谢朏敕》"曲折顿挫，生气盘旋……许多意思以数行尽之，便觉遒宕可喜"[②]，又说其《齐司空柳世隆行状》"能炼而不能轻，令人思开府之妙"[③]。

本时期还有人谈到了沈诗与词的关系。徐釚认为："沈约《六忆》诗，其三云：'忆眠诗，人眠独未眠。解罗不待劝，就枕更须牵。复恐旁人见，娇羞在烛前。'亦词之滥觞也。"[④]江顺诒不同意此种说法，他说："此体制似词，乃乐府之变格。"[⑤]谢章铤则强烈反对，他说："昔人谓梁武帝《江南弄》、沈隐侯《六忆》为词之渐，是未免数典忘祖欤。"[⑥]这些讨论涉及词的起源，是值得研究的。冯金伯在谈论诗词同源的时候说："宋词用沈约诗休文'梦中不识路，何以慰相思'，宋人反其指而用之曰：'重门不锁相思梦，随意绕天涯。'各自佳。"[⑦]彭孙遹说："近人诗余，云间独盛，然能作景语，不能作情语。尝从素箧，见宋宗丞《长相思》十六阕，力仿沈休文《六忆》诗体。刻划无余，令人色飞魂断，斯为优矣。"[⑧]

最后，本时期特别值得一提的还有《四库全书总目提要》。这部提要著录了清乾隆以前哲学、史学、文学以及科学技术等各方面的文化典籍一万多种，主编署名为永瑢，总纂为纪昀。在这部书目里，有很多关于沈约的评论。现撮其要者录于此，以证明沈约在本时期的广泛影响。

关于沈约四声韵的问题前面已有论及，现主要来看看其他问题。关于《宋书》的书目提要有很多，如《宋书》提要曰："约表上其书，谓《本纪》、《列传》缮写已毕，合《志》、《表》七十卷。所撰诸志，须成续上。今此书有《纪》《志》《传》而无《表》。刘知几《史通》谓此书为《记》十、《志》

---

① 李兆洛辑：《骈体文钞》，中州古籍出版社 1990 年版，第 68 页。

② 蒋士铨：《忠雅堂评选四六法海》卷六，清光绪十年深柳读书堂朱墨套印本。

③ 蒋士铨：《忠雅堂评选四六法海》卷八。

④ 徐釚撰，唐圭璋校注：《词苑丛谈》，中华书局 2008 年版，第 1 页。

⑤ 江顺诒：《词学集成》，《词话丛编》，第 3225 页。

⑥ 谢章铤：《赌棋山庄词话》，《词话丛编》，第 3476 页。

⑦ 冯金伯：《词苑萃编》，《词话丛编》，第 1791 页。

⑧ 彭孙遹：《金粟词话》，《词话丛编》，第 724 页。

三十、《列传》六十，合百卷，不言其有《表》。《隋书·经籍志》亦作《宋书》一百卷，与今本卷数符合。或唐以前其《表》早佚，今本卷帙出于后人所编次欤……八《志》之中，惟《符瑞》实为疣赘。《州郡》惟据《太康地志》及何承天、徐爰原本，于侨置创立，并省分析，多不详其年月，亦为疏略。至于《礼志》合郊祀、祭祀、朝会、舆服总为一门，以省支节。《乐志》详述八音众器及鼓吹铙歌诸乐章以存义训，如《铎舞曲》《圣人制礼乐篇》，有声而词不可详者，每一句为一断，以存其节奏，义例尤善。若其追述前代，晁公武《读书志》虽以失于限断为讥，然班固《汉书》增载《地理》，上叙九州；创设《五行》，演明鸿范。推原溯本，事有前规。且魏、晋并皆短祚，宋承其后，历时未久，多所因仍。约详其沿革之由，未为大失，亦未可遽用纠弹也。观《徐爰传》述当时修史，议为桓玄等立传。约则谓桓玄、卢循等身为晋贼，非关后代；吴隐、谢混等义止前朝，不宜滥入；刘毅、何无忌等志在兴复，情非造宋，并为刊除，归之晋籍。其申明史例，又何尝不谨严乎？”[①]这段话对《宋书》的总体评价，理据尤为简洁充分。《南史》提要曰：“盖延寿当日专致力于《北史》，《南史》不过因其旧文，排纂删润。故其减字节句，每失本意。间有所增益，又缘饰为多。如宋《路太后传》较《宋书》为详。然沈约修史，工于诋毁前朝，而不载路太后饮酒置毒之事，当亦揆以前后恩慈，不应存此异说也。延寿采杂史为实录，又岂可尽信哉？”[②]这一提要既指出了《宋书》的曲笔，又质疑了《南史》的真实性，也是很有道理的。《南史识小录》提要云：“盖自沈约《宋书》以下，大抵竞标藻采，务摭异闻，词每涉乎俪裁，事或取诸小说。”[③]指出了《宋书》务摭异闻的弊端。《竹书纪年》提要曰：“案《晋书·束晳传》：晋太康二年，汲县人发魏襄王冢，得古书七十五篇。中有《竹书纪年》十三篇。今世所行题沈约注，亦与《隋志》相符。顾炎武考证之学最为精核，所作《日知录》中，往往引以为据，然反覆推勘，似非汲冢原书……自明以来，流传已久，姑录之以备一说。其伪则终不可掩也。”[④]这段话提出了对沈注《竹书纪

① 永瑢等：《四库全书总目》卷四十五，第405页。

② 永瑢等：《四库全书总目》卷四十六，第409页。

③ 永瑢等：《四库全书总目》卷六十五，第578页。

④ 永瑢等：《四库全书总目》卷四十七，第418页。

年》的疑惑，也给出了馆臣们的基本判断。

其他一些言论也很有见地。《拟汉乐府》提要曰："汉乐府多声词合写，不能复辨，沈约《宋书》言之甚明。（胡）缵宗乃揣摩题意为之，殊类于刻舟求剑。"[①]《古乐苑》提要曰："至梁昭明太子、沈约、王锡、王规、王缵、殷钧之《大言》《细言》，不过偶然游戏，实宋玉《大言赋》之流。既非古调，亦未被新声，强名之曰'乐府'，则《世说新语》所谓'矛头淅米剑头炊，百岁老翁攀枯枝，井上辘轳卧婴儿，盲人骑瞎马，夜半临深池'者，何又不入乎？"[②]《童子鸣集》提要曰："《读李博士集》'绕屋梅花然'句，盖用沈约诗'山樱红欲然'语，以之品梅殊不类。"[③]

综上所述，清人对沈约的研究热情极为高涨，不仅表述了对其人格的不屑甚至厌恶，还更为深入地探讨了《宋书》诸志的价值。此外，对其"声律论"的研究也更为广泛，除了谈到其"拘声韵"所造成的负面效应之外，还将其置于历史的长河中考察其价值，厘清了沈韵的来龙去脉，纪昀还大胆地做出了"八病"乃是辗转附益的猜想。清人对沈约诗歌的评价分为肯定、否定和中间三派，三派除了各自的表述之外，还涉及词和赋的领域。总之，人们对沈约的评价在降低，但沈约的影响却在不断扩大。

---

① 永瑢等：《四库全书总目》卷一百七十六，第1572页。

② 永瑢等：《四库全书总目》卷一百八十九，第1720页。

③ 永瑢等：《四库全书总目》卷一百七十八，第1604页。

结 论

让我们回过头来，重新审视一下沈约这位南朝的文学巨擘。

沈约是出生于南朝宋代的“罪臣之子”，背负着将“武力强宗”转化为“文化士族”的历史使命和责任，凭借个人的才华和努力，在皇家的血腥火并和南北朝分裂的战争阴影下挣扎着生存下来。他兢兢业业、如履薄冰，参与了齐竟陵王文化集团，在齐梁禅代的历史时刻，积极劝进，得到了梁武帝的信任，成为有梁一代的肱股大臣，在改造吴兴沈氏的文化品格方面起到了关键性的作用。

沈约积极向民歌吸取营养，改革了梁代的国章朝采，提出了“四声”和“三易”等文学主张，在一定程度上影响了时代的文学走势，尤其是“四声”的发明，开律诗之先河。他勤于著述，一部《宋书》奠定了其史学地位，一部《沈约集》显示了其在诗、文、赋等多方面的文学才能。

沈约生活在三教圆融的时代，他以儒家自居，以佛教归心，但这些意识都不是相互排斥的信仰，而更多的是立身之术。他寡于嗜欲、笃于友情、奖掖后进，深受当时文人的尊重，在其生活的南朝时代，可谓倍获时誉。

南北朝以降，至于明清，人们对沈约的评价进一步深广，各种言论层出不穷，尤其是在沈约的声律论、《宋书》和诗歌品评等领域都有广泛的争鸣。

关于沈约的人格，我们无庸多做评论。沈约诚然不是一个品行高洁的人，人们对他有成见是可以理解的，但他的人格却是南北朝时期文人的典型代表。人格境界的高低固然与其作品有密切而重要的关系，但将人格与作品画等号，显然是一种失之武断的做法。

关于沈约的“声律论”，我们更应该持辩证的态度。我们知道，沈约并没有提出过“八病”之说，他为此而遭受长期的批判是非常冤枉的。同时，沈约的“声律论”固然比较烦琐和粗糙，也使诗歌在一定时期之内受到了约束，但其却为律诗的出现奠定了基础，其在诗歌发展史上的地位和价值是不容忽视的。

当然，我们也无须对沈约人格思想的局限及其诗歌的不足做太多的辩解。他那强烈的家族意识，使其过分戚戚于个人和家族的得失而缺乏对国事民瘼的关怀，他的士族情结也使他的诗歌经常弥漫着浓厚的贵族情调，甚至在纸醉金迷之中出现了淫靡的倾向。但是，沈约富于革新性的诗歌主张引领着当时诗歌的发展方向，其诗歌作品也颇具特色，具有突出的审美价值。必须承认，沈约“一代辞宗”的地位绝非浪得虚名。他是一个值得深入研究的大家，也是一个被时代低估了的人物。

参考文献

一、著作

(梁)沈约:《宋书》,中华书局1974年版。

(梁)沈约撰,陈庆元校笺:《沈约集校笺》,浙江古籍出版社1995年版。

(梁)萧子显:《南齐书》,中华书局1987年版。

(唐)姚思廉:《梁书》,中华书局1973年版。

(唐)姚思廉:《陈书》,中华书局1972年版。

(唐)李延寿:《南史》,中华书局1983年版。

(唐)李延寿:《北史》,中华书局1983年版。

(北齐)魏收:《魏书》,中华书局1984年版。

(唐)魏徵:《隋书》,中华书局1982年版。

(后晋)刘昫等:《旧唐书》,中华书局1986年版。

(北宋)宋祁等:《新唐书》,中华书局1986年版。

(北宋)司马光:《资治通鉴》,中华书局2007年版。

(梁)钟嵘撰,周振甫译:《文心雕龙今译》,中华书局1986年版。

(梁)释慧皎等:《高僧传合集》,上海古籍出版社1991年版。

(梁)释僧佑:《弘明集》,上海古籍出版社1991年版。

(梁)萧统编,(唐)李善注:《文选》,中华书局1986年版。

(西汉)董仲舒著,(清)苏舆义证:《春秋繁露义证》,中华书局1992年版。

(晋)郭象注,(唐)成玄英疏:《庄子注疏》,中华书局 2011 年版。

(梁)徐陵编,(清)吴兆宜注,穆克宏点校:《玉台新咏笺注》,中华书局 1985 年版。

(隋)颜之推撰,檀作文译注:《颜氏家训》,中华书局 2007 年版。

(唐)释道宣:《广弘明集》,上海古籍出版社 1991 年版。

(唐)杜甫著,(清)仇兆鳌注:《杜诗详注》,中华书局 2007 年版。

(唐)刘知几撰,白云译注:《史通》,中华书局 2014 年版。

(唐)封演撰,赵贞信校注:《封氏闻见记校注》,中华书局 2005 年版。

(唐)颜师古撰,刘晓东平议:《匡谬正俗平议》,山东大学出版社 1999 年版。

(唐)李德裕撰,傅璇琮、周建国校笺:《李德裕文集校笺》,中华书局 2018 年版。

(唐)颜真卿:《颜鲁公集》,上海古籍出版社 1992 年版。

(唐)郑处诲、(唐)裴庭裕著,田廷柱点校:《明皇杂录　东观奏记》,中华书局 1994 年版。

(元)马端临:《文献通考》,中华书局 1986 年版。

(北宋)沈括:《梦溪笔谈》,上海古籍出版社 2015 年版。

(北宋)郭茂倩:《乐府诗集》,中华书局 1979 年版。

(北宋)洪迈撰,孔凡礼点校:《容斋随笔》,中华书局 2005 年版。

(北宋)魏庆之撰,王仲闻点校:《诗人玉屑》,中华书局 2007 年版。

(北宋)叶梦得撰,逯铭昕校注:《石林诗话校注》,人民文学出版社 2011 年版。

(南宋)王应麟撰,(清)翁元圻注,栾保群等校点:《困学纪闻》,上海古籍出版社 2008 年版。

(南宋)严羽撰,郭绍虞校释:《沧浪诗话校释》,人民文学出版社 1983 年版。

(南宋)晁公武撰,孙猛校证:《郡斋读书志校证》,上海古籍出版社 1990 年版。

(南宋)胡仔纂集,廖德明校点:《苕溪渔隐丛话》,人民文学出版社 1962 年版。

(南宋)刘克庄撰,王秀梅点校:《后村诗话》,中华书局 1983 年版。

(明)方孝孺撰,徐光大校点:《逊志斋集》,宁波出版社 1996 年版。

(明)谢肇淛撰,傅成校点:《五杂组》,上海古籍出版社 2012 年版。

(明)陆粲、(明)顾起元撰,谭棣华、陈家禾点校:《庚巳编　客座赘语》,中华书局 1987 年版。

(明)宋濂撰,黄灵庚编辑校点:《宋濂全集》,人民文学出版社 2014 年版。

(明)杨慎:《词品》,上海古籍出版社 2009 年版。

(明)陆时雍选评,任文京、赵东岚点校:《诗镜》,河北大学出版社 2010 年版。

(明)胡震亨:《唐音癸签》,古典文学出版社 1957 年版。

(明)胡应麟:《少室山房笔丛》,上海书店出版社 2009 年版。

(清)顾炎武撰,华忱之点校:《顾亭林诗文集》,中华书局 1959 年版。

(清)赵翼撰,王树民校证:《廿二史札记》,中华书局 1984 年版。

(清)顾祖禹撰:《读史方舆纪要》,上海书店出版社 1998 年版。

(清)何文焕辑:《历代诗话》,中华书局 1981 年版。

(清)王夫之等撰:《清诗话》,上海古籍出版社 1963 年版。

(清)王夫之撰,舒士彦点校:《读通鉴论》,中华书局 1979 年版。

(清)王夫之:《船山全书》,岳麓书社 2011 年版。

(清)章学诚著,叶瑛校注:《文史通义校注》,中华书局 1983 年版。

(清)王士祯:《池北偶谈》,中华书局 1988 年版。

(清)王士祯撰,张世林点校:《分甘余话》,中华书局 1989 年版。

(清)王士祯撰,闻人倓笺:《古诗笺》,上海古籍出版社 1980 年版。

(清)徐釚撰,唐圭璋校注:《词苑丛谈》,中华书局 2008 年版。

(清)邵晋涵著,李嘉翼、祝鸿杰点校:《邵晋涵集》,浙江古籍出版社 2016 年版。

(清)牛运震撰,李念孔等点校:《读史纠谬》,齐鲁书社 1989 年版。

(清)姚鼐撰,刘季高标校:《惜抱轩文集》,上海古籍出版社 1992 年版。

(清)王鸣盛撰,黄曙辉点校:《十七史商榷》,上海古籍出版社 2013 年版。

(清)李兆洛辑:《骈体文钞》,中州古籍出版社 1990 年版。

(清)纪昀:《沈氏四声考》,王灏辑:《畿辅丛书》第 1252 册,民国定州王氏谦德堂刻本。

(清)陈其元撰,杨璐点校:《庸闲斋笔记》,中华书局 1989 年版。

(清)陈祚明评选,李金松点校:《采菽堂古诗选》,上海古籍出版社 2009 年版。

(清)何焯:《义门读书记》,中华书局 1987 年版。

(清)沈德潜:《古诗源》,华夏出版社 2001 年版。

(清)沈雄:《古今词话》,上海古籍出版社 2009 年版。

(清)李塨撰,陈山榜等点校:《李塨集》,人民出版社 2014 年版。

(清)汤鹏撰,刘志靖等校点:《汤鹏集》,岳麓书社 2011 年版。

(清)褚人获辑撰,李梦生校点:《坚瓠集　坚瓠续集》,上海古籍出版社 2012 年版。

(清)章学诚著,严杰、武秀成校注:《文史通义全译》,贵州人民出版社 1997 年版。

(清)吴淇注,汪俊、黄进德点校:《六朝选诗定论》,广陵书社 2009 年版。

(清)严可均编:《全上古三代秦汉三国六朝文》,上海古籍出版社 2009 年版。

(清)于光华:《重订文选集评》,国家图书馆出版社 2012 年版。

(清)阮元撰,邓经元点校:《揅经室集》,中华书局 1993 年版。

(清)何良俊:《四友斋丛说》,中华书局 1959 年版。

(清)方濬师撰,盛冬铃点校:《蕉轩随录　续录》,中华书局 1997 年版。

(清)李渔撰,江巨荣、卢寿荣校注:《闲情偶寄》,上海古籍出版社 2000 年版。

(清)永瑢等:《四库全书总目》,中华书局 2003 年版。

(清)蒋士铨:《忠雅堂评选四六法海》,清光绪十年深柳读书堂朱墨套印本。

章太炎:《诸子学略说》,广西师范大学出版社 2010 年版。

高步瀛选注:《南北朝文举要》,中华书局 1998 年版。

丁福保编:《历代诗话续编》,中华书局 1983 年版。

杨伯峻:《论语译注》,中华书局 1980 年版。

饶尚宽译注:《老子》,中华书局 2006 年版。

谌东飙校点:《初唐四杰集·卢照邻集》,岳麓书社 2001 年版。

李云逸校注:《卢照邻集校注》,中华书局 1998 年版。

郭绍虞编选,富寿荪校点:《清诗话续编》,上海古籍出版社 1983 年版。

郭绍虞:《照隅室古典文学论集》,上海古籍出版社 1983 年版。

郭绍虞等选编:《万首论诗绝句》,人民文学出版社 1991 年版。

林家骊:《沈约研究》,杭州大学出版社 1999 年版。

林家骊:《一代辞宗——沈约传》,浙江人民出版社 2006 年版。

逯钦立辑:《先秦汉魏晋南北朝诗》,中华书局 1983 年版。

苏晋仁、萧炼子校注:《宋书乐志校注》,齐鲁书社 1986 年版。

范文澜:《中国通史》,人民出版社 2009 年版。

任继愈:《中国佛教史》,中国社会科学出版社 1981 年版。

任继愈:《中国道教史》,上海人民出版社 1990 年版。

萧涤非:《汉魏六朝乐府文学史》,人民文学出版社 1984 年版。

王运熙:《六朝乐府与民歌》,中华书局上海编辑所 1961 年版。

王运熙、杨明:《魏晋南北朝文学批评史》,上海古籍出版社 1989 年版。

王运熙:《乐府诗述论》(增补本),上海古籍出版社 2006 年版。

罗根泽:《中国文学批评史》,上海古籍出版社 1984 年版。

曹道衡:《魏晋南北朝文学思想史》,中华书局 1990 年版。

曹道衡、沈玉成:《南北朝文学史》,人民文学出版社 1998 年版。

王瑶:《中古文学史论》,北京大学出版社 1998 年版。

吴正岚:《六朝江东士族的家学门风》,南京大学出版社 2013 年版。

刘跃进:《门阀士族与永明文学》,生活·读书·新知三联书店 1996 年版。

刘跃进:《玉台新咏研究》,中华书局 2000 年版。

刘麟生:《中国骈文史》,上海书店 1984 年版。

陆侃如:《中国古文学系年》,人民文学出版社 1985 年版。

陈寅格:《金明馆丛稿初编》,上海古籍出版社 1980 年版。

曹旭:《诗品研究》,上海古籍出版社 1998 年版。

启功:《汉语现象论丛》,商务印书馆 1981 年版。

启功:《诗文声律论稿》,中华书局 2009 年版。

杨生枝:《乐府诗史》,青海人民出版社 1985 年版。

余冠英:《乐府诗选》,人民文学出版社 1997 年版。

钱锺书:《管锥编》,中华书局 1986 年版。

王钟陵:《中国中古诗歌史》,江苏教育出版社 1988 年版。

葛晓音:《八代诗史》,陕西人民出版社 2007 年版。

李士彪:《魏晋南北朝文体学》,上海古籍出版社 2004 年版。

王仲荦:《魏晋南北朝史》,上海人民出版社 2016 年版。

周维德集校:《全明诗话》,齐鲁书社 2005 年版。

普慧:《南朝佛教与文学》,中华书局 2002 年版。

田余庆:《东晋门阀政治》,北京大学出版社 1989 年版。

程章灿:《魏晋南北朝赋史》,江苏古籍出版社 1992 年版。

丘琼苏:《历代乐志律志校释》,人民音乐出版社 1999 年版。

李方元:《〈宋书乐志〉研究》,上海音乐学院出版社 2004 年版。

张善余:《中国人口地理》,科学出版社 2003 年版。

饶宗颐:《梵学集》,上海古籍出版社 1993 年版。

汪受宽:《谥法研究》,上海古籍出版社 1995 年版。

赵淡元:《中国历史要籍介绍及选读》,高等教育出版社 1988 年版。

毛汉光:《两晋南北朝士族政治之研究》,(台北)中国学术著作奖助出版委员会 1966 年版。

周光培编:《历代笔记小说集成》,河北教育出版社 1994 年版。

卢盛江:《文镜秘府论研究》,人民文学出版社 2013 年版。

谭洁:《南朝佛学与文学——以竟陵八友为中心》,宗教文化出版社 2009 年版。

王弈清、唐圭璋等编:《词话丛编》,中华书局 2012 年版。

萧亢达:《汉代乐舞百戏艺术研究》,文物出版社 1991 年版。

丁福保辑:《历代诗话续编》,中华书局 1983 年版。

[日]铃木虎雄:《沈约年谱》,商务印书馆 1935 年版。

[日]弘法大师著,卢盛江校考:《文镜秘府论汇校汇考》,中华书局 2006 年版。

[日]兴膳宏:《六朝文学论稿》,彭恩华译,岳麓书社 1985 年版。

[日]清水凯夫:《六朝文学论文集》,韩基国译,重庆出版社 1989 年版。

陈清泉等编著:《中国史学家评传》,中州古籍出版社 1985 年版。

山东大学文史哲研究所:《中国历代著名文学家评传》,山东教育出版社 1983 年版。

王冠辑:《赋话广聚》,北京图书馆出版社 2010 年版。

二、论文

跃进:《从武力强宗到文化士族——吴兴沈氏的衰微与沈约的振起》,《浙江学刊》1990 年第 8 期。

王永平:《东晋南朝吴兴沈氏之尚武及其地位的变迁》,《南都学坛》2005 年第 5 期。

唐燮军:《六朝吴兴沈氏宗族文化的传承与变易》,《重庆社会科学》2007 年第 3 期。

唐燮军:《诗人之外的沈约——对沈约思想与生平的文化考察》,《文学遗产》2006 年第 4 期。

唐燮军:《沈约〈宋书〉平议》,《晋阳学刊》2007 年第 9 期。

朱绍侯:《沈约〈宋书〉述评》,《南都学坛》2001 年第 7 期。

钱志熙:《〈宋书·谢灵运传论〉与永明文学革新——兼论沈约的文学发展道路》,《求索》1993 年第 2 期。

杨满仁:《论沈约的佛教思想及其创作》,《北方论丛》2012 年第 2 期。

普慧:《齐梁诗歌声律论与佛经转读及佛教悉昙》,《文史哲》2000 年第 11 期。

刘加夫:《南朝文人乐府诗演进述论》,《山东师范大学学报》(人文社会科学版)2004 年第 10 期。

孙宝:《沈约与齐梁宗经隶事之变》,《文史哲》2014 年第 9 期。

陈冬辉:《沈约·八咏诗·八咏楼》,《浙江师范学院学报》1982 年第 3 期。

常为群:《论沈约的咏物诗》,《南京师大学报》(社会科学版) 1998 年第 10 期。

于志鹏:《情性既隐声色大开——南朝永明咏物诗创作浅论》,《华北电力大学学报》(社会科学版)2017 年第 10 期。

郭常斐:《二十世纪以来沈约研究综述》,《江西教育学院学报》2007 年第 8 期。

邱光华:《沈约诗歌理论近百年来研究综述》,《中国诗歌研究》2006 年第 0 期。

赵静:《“永明声律论”百年研究综述》,《南阳师范学院学报》(社会科学版)2005 年第 7 期。

李燕:《近五十年来沈约文学思想研究评述》,《北京科技大学学报》(社会科学版)2012 年第 12 期。

林家骊:《沈约诗歌的评价和在文学史上的地位》,《杭州大学学报》(哲学社会科学版)1991 年第 5 期。

方北辰:《魏晋南朝江东世家大族述论》,《文献》1989 年第 10 期。

王永平:《南朝吴兴武康沈氏之学术文化述略》,《南都学坛》2004 年第 5 期。

陈斯风:《南朝名门吴兴沈氏宗族考论》,《社会科学辑刊》2001 年第 4 期。

李方元:《隋前五部正史乐志及其文本传统》,《中国音乐学》2004 年第 3 期。

傅恩、马涛:《范缜〈神灭论〉发表年代的考辨》,《复旦学报》1995 年第 1 期。

马萌:《〈宋书·乐志〉歌诗“援俗入雅”倾向及其原因》,《殷都学刊》2007 年第 2 期。

侯迎华:《汉魏六朝公文批评的总体特征》,《山西师大学报》(社会科学版)2011 年第 7 期。

后 记

《沈约新解读》交付出版，我深深地舒了口气。这是我对自己、对老师的承诺，我总算没有食言。

往事在脑海里一一浮现——1996年，我考入山东大学古代文学专业攻读硕士学位，报考的方向是魏晋南北朝文学。在此之前，我已工作了5年，是当地政府的一个小公务员，大学读的是财会专业。

我报考的导师是时任山东大学文学院党委书记的张可礼先生。我的考研成绩比录取分数线高不了几分，研招办的人对我说："张先生很受学生欢迎，你很可能会被调剂。"我于是慌忙申请了几个调剂的学校，四川大学通知我，可以参加复试，可复试的时间却是第二天一早。我一边央人帮忙购买机票，一边决定面见张可礼先生。忐忑地见到了张先生，他听完了我的诉说，沉默了许久，说："你不要去四川大学了，我想想办法。"

直到现在，我还记得第一次见到张先生时的样子：四周是一堆堆的书，他坐在椅子上，双手交叉在胸前，清癯的身形，浓重的胶东口音，暖如春风般的微笑，不怒而威的气场。后来，有个同学说："张老先生很儒家。"我觉得这一论断，在所有对张先生的评价中最中肯，也最全面。

以后的六年，我一直师承张先生，从硕士读到了博士。说是读书，其实我也没读几本书。张先生却很认真，认真到连标点符号都给我改过来，更不用说一堆一堆的修改意见了。我基础差、底子薄，又不够努力，成绩自然可想而知。马上就要毕业答辩了，我的论文才写完了沈约的文论和诗歌，而关于他的文章、史学和影响等部分则还没有深入。我向张先生申请延毕，张先生不同意，他严肃地说："就用这样答辩，可以的，但是，你以后一定要把这篇论文写完！"答辩的时候，我亲口向答辩委员会的诸位先生保证："我的论文未写完，在今后的学习工作中，一定把它完成。"

毕业后，我先是在上海的某民办高校做行政工作，一晃就是7年。2008年母亲生病，我调回家乡，入职山东交通学院。这些年来，我教过大学语文、教过应用写作、教过公共关系、教过秘书学、教过艺术导论、教过工作分析，上过20多门新课，做过行政管理专业负责人，做过人力资源专业负责人。遇到过很多挫折，也得到了很多帮助，无论是怎样的经历，都值得感谢。

每年春节去拜见张先生，他总是说："你工作忙不忙？不忙的话，把你的毕业论文写完吧。别忘了，你承诺过。"我只好答应。然而，工作繁忙，一年拖一年，直至毕业19年之后的今天，我才把这篇论文写完。

我把书稿交给张先生，他高兴地说："不管水平如何，你总算兑现了对答辩委员会的承诺，一诺千金，做事理应如此。"我感到非常惭愧，又有些欣喜，不管怎么说，我算是对自己的学术生涯有了个交代。

我怯怯地提出了请张先生作序的请求，他毫不犹豫地答应了。第二天，他就把序文发给了我，还让我对序文中不合适的地方进行修改。没想到，十几天后，张先生就查出了癌症，住进了医院。给这本书作序，成了张老师最后的工作，也成了我对他永远的愧疚。

疫情影响下，探视病人极为困难。先生当时已虚弱得无力说话，他用笔写道："我给你们增加了麻烦。"一句话，让海青、剑锋师兄和我都潸然泪下。张门弟子中，有长江学者，有985院校的文学院院长，有中国人也有外国人，张先生从未给学生们增加过任何麻烦，连搬家这种理应学生出力的事，他都没叫过我们，却每年都自掏腰包，请我们吃饭。是我们一直给他增加负担，尤其是我，我要是早知道他得了病，绝不会让他写什么序，我只希望他健康长寿，希望他长命百岁。

张老师在给这本书的序中说："重要的是要提升自己的人生境界。要随缘，随遇而安。要努力做到不论做什么工作，都要有爱心、有兴味，努力做好。"我深知自己不是个有才华的学生，但我懂张先生的话，我会生活得有兴味,会努力把工作做好。

自从踏进师门,张先生用他的勤奋,教育着懒散的我;用他的谦虚,修正着张狂的我;用他的严谨,纠正着粗疏的我;他用他的宽容,包容着我,让我还能像年轻人一样,以梦为马,指点江山。可以说,没有张先生的教诲,就没有我的今天。

颟顸蒙教诲,三生有幸,那年得入泮水;

春风竟树人,天地无情,何处再觅程门!

谨以此文纪念敬爱的张可礼先生!

张　泉

2022 年 4 月